CHRISTIAN VON ASTER

Nimmerzwerg

CHRISTIAN VON ASTER

NIMMERZWERG

Die große Erzferkelprophezeiung
3

Roman

LYX
EGMONT

Originalausgabe April 2009 bei LYX
verlegt durch Egmont Verlagsgesellschaften mbH,
Gertrudenstr. 30–36, 50667 Köln

1. Auflage
Redaktion: Sara Riffel
Satz: Greiner & Reichel
Druck: CPI – Clausen & Bosse, Leck
ISBN 978-3-8025-8159-5

www.egmont-lyx.de

PROLOG

Krugk Trümmerboldt saß an der steinernen Tafel in der Höhle des Großen Verwalters und zwirbelte lächelnd seinen frisch polierten Bart. Hinter ihm prasselte in einem grob gefugten Kamin aus makellos weißem Felsgestein jenes Feuer, dem man nachsagte, dass es noch niemals erloschen war und nie verlöschen würde. Auch wenn das nicht ganz stimmte. Aber zum einen klang „niemals" besser als „selten", und zum anderen symbolisierte besagtes Feuer in seiner vollkommenen Unverlöschlichkeit den flammenden Geist des Ehernen Volkes. Und eben deshalb saß Trümmerboldt vor dem niemals verlöschenden Feuer, an das der Herr der Zwerge sich von alters her zurückzuziehen pflegte, um sich mit seinen Häuptlingen oder einem guten Humpen Bitterbräu zu beratschlagen.

Die Höhle des Großen Verwalters war reine, in den Fels gehauene Tradition. Und eigentlich war es Krugk Trümmerboldt, der nicht hierher gehörte. Er war kaum mehr als das klägliche Überbleibsel absonderlicher Verstrickungen, in deren Verlauf sich die Bruderschaft des behände entwendeten Beutels und das Zwergische Zwielicht* unter der Führung Felsigk Klammgluths die Macht über das Eherne Imperium erschlichen hatten.

Klammgluth war das Oberhaupt des Zwielichts gewesen. Der Herr aller Halunken, der mit seiner Verschlagenheit und

* Die Vereinigung aller zwergischen Halunken, Beutelschneider, Fälscher, Betrüger und Schutzgolderpresser, die bereits von Schnappsagk Silberkies angestrebt, aber erst unter seinem Zögling Felsigk Klammgluth zustande gekommen war (vgl. „Das abartige Artefakt – Die große Erzferkelprophezeiung 2").

Voraussicht die Angst des Großen Verwalters ausgenutzt und sich mit Hilfe eines tückischen Plans zum Herrn aller Zwerge aufgeschwungen hatte.

Der Große Verwalter, der eigentliche Herrscher des Imperiums, hatte in steter Furcht gelebt, dass sich die Felsen bewegen und die Dinge verändern könnten. Einem Volk, das inmitten von Felsen lebt, sind nämlich Dinge, die sich bewegen, von vornherein suspekt – im tatsächlichen wie im übertragenen Sinne.* Der Verwalter war der Bewahrer der Tradition gewesen, von den Gottzwergen auserwählt. Seine Aufgabe war es, ihren Willen zu erfüllen und jeder Veränderung Einhalt zu gebieten.

Und diese Tatsache hatte sich Klammgluth zunutze gemacht …

Der Anführer des Zwielichts hatte die Ängste des Verwalters geschürt, sein Misstrauen gegen sein eigenes Volk angefacht, bis dieser schließlich ein verzweifeltes Gesetz nach dem anderen erlassen und mit beinahe jeder Tradition gebrochen hatte, nur um die Macht zu sichern, die ihn eigentlich in die Lage versetzen sollte, besagte Traditionen zu bewahren.

Am Ende hatten ihn die aufgebrachten Zwerge in der goldenen Orakelhöhle, die er selbst hatte errichten lassen, gestürzt. Und nun war der Verwalter in einer abgelegenen Höhle an eine Wand geschmiedet worden, zusammen mit zahllosen anderen Gefangenen, welche die Gemeinschaft der Begnadeten Bewahrer bildeten und in ihrem Verlies sämtliche Geheimnisse der Zwergenheit hüteten.

* In der zwergischen Vorstellung entsprachen selbst Gedanken Steinen. Sie zu bewegen, brauchte Kraft und machte Lärm, weshalb sich jeder, der aus unerfindlichen Gründen über das nötige Maß hinaus dachte und in seinem Kopf (der konsequenterweise als Steinbruch betrachtet wurde) große Steine wälzte, gegenüber Kleinkiesgrüblern verdächtig machte.

Kaum dass der Verwalter fortgesperrt war, hatte sich Klammgluth zum Herrn aller Zwerge ausrufen lassen und seinen Gehilfen Krugk Trümmerboldt vorübergehend zu seinem Stellvertreter ernannt. Dann war er zusammen mit Harrm Kiesgrimm, einem weiteren Getreuen, und einem gedungenen Zwergenmörder aufgebrochen, um dem Schicksalszwerg zu folgen, der in den Tiefen der Höhlen nach dem Undenkbaren suchte. Das Undenkbare galt in den Grenzen des Imperiums als größter und mächtigster aller denkbaren Schätze – obwohl niemand wusste, worum es sich dabei genau handelte. Manche munkelten, es müsse der goldene Bart Raffzahn Schmalzls sein. Einige Schürfbrüder behaupteten, es handele sich um das Mysterium des selbstgrabenden Ganges, während die meisten Wurzelmeister überzeugt waren, dass das Undenkbare jede Flüssigkeit in Bier oder zumindest Stein in Gold verwandeln konnte. Manche zogen sogar die Möglichkeit in Betracht, dass es sich bei dem Undenkbaren um ein Bier handelte, das gegen Kopfschmerzen half. Neben insgesamt achtunddreißig legendären Äxten und Hämmern aus mythischen und überwiegend ausgedachten Kriegen vermutete man in dem Undenkbaren schließlich sogar Frauen. Da die Frauen des Ehernen Volkes seit Hunderten von Jahren tot waren, war hier aber wohl eher der Wunsch der Vater des Gedanken. Tatsächlich wusste kaum noch ein Zwerg, wie die Zwergenfrauen überhaupt ausgesehen hatten.

Die nüchternen und trunkenen zwergischen Phantasien, die sich um das Undenkbare rankten, waren jedenfalls so zahllos wie die Lügen über die Heldentaten von Rammstein dem Älteren.

Und den hatte es nicht einmal gegeben.

Was immer das Undenkbare auch war, Felsigk Klammgluth, der frischgehämmerte Herr aller Zwerge, hatte es in seinen Besitz bringen wollen. Etwas haben zu wollen, ohne zu wissen, wofür man es braucht, ist von alters her eine Neigung der Mächtigen.

Und Trümmerboldt zweifelte nicht daran, dass sein Herr Erfolg haben würde. Derlei Zweifel hatten sich in der Vergangenheit als folgenschwer erwiesen. Klammgluth hatte so etwas stets persönlich genommen. Was nicht selten dazu geführt hatte, dass er seine zwölfschwänzige Quallenpeitsche sogar gegen seine treuesten Diener erhoben hatte. Trümmerboldt hatte sie bereits zweimal zu spüren bekommen. Und diese beiden Male hatten völlig ausgereicht, ihn die Unfehlbarkeit seines Herrn erkennen zu lassen.

Felsigk Klammgluth hatte es sogar vermocht, kleine Niederlagen durch erzählerische Ausschmückungen in große Triumphe zu verwandeln. Er konnte also gar nicht scheitern. Und jeden seiner Fehler beging er lediglich, um letzten Endes Nutzen daraus zu ziehen.

Dementsprechend war Krugk Trümmerboldt vollkommen sicher, dass sein Herr Erfolg haben und schon bald mitsamt dem Undenkbaren zurückkehren würde.

Auch wenn es ein wenig länger dauerte.

Tatsächlich war Klammgluth inzwischen bei dem Versuch, das Undenkbare in seine Gewalt zu bringen, ums Leben gekommen. Davon wusste Trümmerboldt jedoch nichts, und er wartete deshalb frohen Mutes in der Höhle des Verwalters auf seinen Herrn, während er die Privilegien der vorübergehenden Herrschaft genoss. Dabei konzentrierte er sich vor allem auf seine Vorrechte. Zu Beginn jeder Schicht ließ er sich seinen Bart mit Goldwolle polieren, und sein Alltag bestand aus gutem Bier, vortrefflichem Tabak und dem Tragen von Prunkrüstungen. Darüber hinaus tat er sich darin hervor, willkürliche Befehle zu erteilen und Steuern einzutreiben.

Dabei war er zu dem Schluss gekommen, dass die Herrscherei, wenn man die Verpflichtungen einmal beiseiteließ, ein recht angenehmes Unterfangen sein konnte. Und das Volk der Zwerge hatte nach den jüngsten Umwälzungen genug mit sich selbst zu tun, als dass es einen weiteren Herrscher oder seinen Stellvertreter gestürzt hätte.

Und so aalte sich Krugk Trümmerboldt also in der Höhle des Verwalters wie ein Erzwurm in einer Goldader. Er lehnte sich zurück, räkelte sich und betrachtete gedankenverloren die Reliefs über dem umlaufenden Kamin: die Zeichen der großen zwergischen Häuser. Ursprünglich waren es sechs gewesen. Doch nachdem die Stämme Erz, Sand und Feuer entzwergt und hinter den Abgrund des Vergessens verbannt worden waren, gab es bloß noch drei: Fels, Erde und Stahl. Von den übrigen Stämmen waren lediglich gähnende schwarze Löcher im Fels geblieben.

Für einen kurzen Moment spürte Trümmerboldt die Macht dieses Ortes. Hier hatte sich einst der Verwalter mit den Häuptlingen getroffen, vor dem Feuer, das niemals erlosch, unter den Zeichen des Ehernen Volkes, um nachzudenken, zu erschaffen und neue Prophezeiungen zu verkünden. An dieser Tafel hatten der Verwalter und die Häuptlinge die gesamte Geschichte der Zwerge bestimmt.

Trümmerboldt aber interessierte sich nicht für Geschichte.

Und ebenso wenig für Tradition.

Selbst die Götter scherten ihn kaum.

Schließlich hatte er mit keinem von ihnen jemals ein lohnendes Geschäft gemacht.

Einst mochte hier also der Verwalter mit seinen Häuptlingen zusammengekommen sein. Heute kam Trümmerboldt mit seinem Humpen hier zusammen.

Er zog ihn näher zu sich heran und lächelte.

Mit seinem Posten als Statthalter des Ehernen Imperiums

würde er sich leicht anfreunden können. Zumal er sich gar nicht so sehr von seiner ursprünglichen Tätigkeit unterschied. Schließlich hatte er schon immer als bester Schutzgolderpresser des Zwergischen Zwielichts gegolten. Und diese Tätigkeit war dem Steuereintreiben nicht unähnlich …

KAPITEL I

IN DEM DER SCHICKSALSZWERG ZUNÄCHST AUF EINEM MAGMASEE UMHERIRRT, DANN AUF GEWISSE ART GERETTET WIRD, LETZTEN ENDES ABER LIEBER DARAUF VERZICHTET HÄTTE

Auf einem Floß aus feuerfesten kupfernen Kampfrüstungen trieb der Schicksalszwerg durch das zähflüssige Magma. Der Schicksalszwerg bestand aus fünf Zwergen, wie sie unter gewöhnlichen Umständen wohl kaum je zueinandergefunden hätten, und seine Bestimmung war es, die Zwergenheit vor dem Untergang zu bewahren.

Eine unbedachte Prophezeiung hatte diese fünf zusammengeschmiedet, und im Hochofen des Schicksals waren ihre Geschicke miteinander verschmolzen. Ob sie nun wollten oder nicht. Die meisten von ihnen wollten nicht. Das lag daran, dass sie mit der Rettung der Zwergenheit eigentlich nichts im Sinn hatten. Doch als sich im Zwielicht der Höhlen die große Erzferkelprophezeiung* zu erfüllen begonnen hatte, jene uralte Vorhersage, die das Ende von Zwerg und Zwergeszwerg, von allem, jedem und dem Rest verhieß, war der Schicksalszwerg geboren worden, um dem Verderben Einhalt zu gebieten.

Und genau das hatte er getan.

Die Prophezeiung besagte, dass, wenn der Zwerg, der kein Bier trinkt, seine Hand dem Zwerg reicht, der das Licht der Gänge mit goldenen Zähnen erblickt hat, und die Immerschwar-

* Abgerichtete Erzferkel spürten im Dienst der Zwerge Erze auf. Obwohl sie eigentlich nicht sprechen konnten, ließ sich eines von ihnen vor vielen Hundert Jahren doch dazu hinreißen, eine Reihe von Prophezeiungen zu verkünden, die das Schicksal und die Zukunft der Zwergenheit betrafen und seit damals vom Ehernen Volk mündlich überliefert wurden.

ze zurückkehrt, das Ende gekommen ist von allem, was da ist und geheißen wird das Eherne Imperium. Und diesem Ende hatten sich jene fünf, die einer waren, entgegengestellt. Das Ende schien jedoch eine überaus komplizierte Angelegenheit und grub sich offenbar notfalls auch mal einen anderen Gang, um ans Ziel zu gelangen. Inzwischen hatte sich ein Teil der Erzferkelprophezeiung schon bewahrheitet, und das Ende von allem, jedem und dem Rest war weiter auf dem Vormarsch.

Ein Großteil der Mitglieder des Schicksalszwergs war davon alles andere als begeistert. Diese Schicksalszwergsache hatte ihnen bis jetzt nichts als Ärger eingebracht: Bei der ganzen Zwergenretterei waren sie zunächst durch Magie zweihundert Jahre gealtert* und inzwischen zu allem Überfluss auch noch zu Verstoßenen geworden. Entzwergte, die nicht länger das Privileg genossen, zu dem Volk zu gehören, das zu erretten ihre Bestimmung war.

Mit Prophezeiungen war das allerdings so eine Sache. Wenn die Gottzwerge derlei einmal in die Wand des Schicksals geschlagen hatten, dann brauchte es mehr als einen Meißel, um es wieder auszulöschen.

Und dieser Umstand war den gebeutelten Rettern der Zwergenheit schmerzlich bewusst.

Farrnwart Blechboldt, der Erzferkelbändiger mit dem dunklen Geheimnis**, wäre am liebsten zu seiner Herde heimgekehrt,

* Krass Breitbart, Häuptling des Feuerclans und Anführer der Überzwergverschwörung, bediente sich im Kampf gegen den Schicksalszwerg verbotener Magie und ließ dessen fünf Mitglieder mit einem Schlag um zweihundert Jahre altern. (Vgl. „Zwerg und Überzwerg – Die große Erzferkelprophezeiung 1")

** Farrnwart Blechboldt war der wahre Untrunkene aus dem ersten Teil der großen Erzferkelprophezeiung. Er vertrug kein Bier, was er durch den regelmäßigen Konsum von Falschbier und gelegentlich vorgetäuschte Trunkenheit zu verschleiern versuchte.

Fazzgadt Eisenbart, ein grubenständiger Schürfbruder, hielt jede Art von Prophezeiung für ebenso sinnvoll wie einen Kropf, und der Höchste aller Hohepriester war eigentlich zu alt für derartige Abenteuer. Diese drei hätten deshalb den Humpen des Schicksalszwergs inzwischen mit Freuden an jemand anderen weitergereicht, um ihn nicht selbst leeren zu müssen.

Garstholm Flammrank hingegen, ein ehemaliger Drachenjäger und zuletzt General der Freiwilligen Felswehr, der eigentlich nur aus Tätowierungen und Muskeln bestand, war der Schicksalszwergprophezeiung gegenüber ein wenig offener eingestellt. Sie sorgte immerhin dafür, dass er nicht vor Langeweile sterben würde. Außerdem hoffte er, sobald die Zwerge fertig gerettet waren, eine angemessene Belohnung zu erhalten. Er war bereits einige Jahre länger entzwergt als seine Kameraden und hatte bei der Niederschlagung der Überzwergverschwörung sein Augenlicht eingebüßt. Das jedoch scherte ihn wenig, da ein Zwerg seines Erachtens kaum mehr als einen vollen Bart, zwei gute Ohren und gesunde Hände brauchte.

Der fünfte Zwerg im Schicksalsbunde schließlich hatte einen ganz eigenen Standpunkt, der in Worten nur schwer wiederzugeben ist. Das liegt vor allem daran, dass Lunt Glimmboldt, der Zögling Fazzgadt Eisenbarts, kaum geschlüpft*, im nächsten Moment schon um zweihundert Jahre gealtert war und somit seine gesamte zwergische Jugend innerhalb weniger Augenblicke durchlebt hatte. Dieser Umstand hatte dazu geführt, dass die Stollen in seinem Kopf ein wenig anders verliefen als bei normalen Zwergen. Sie waren dunkler und verschlungener und mit Sicherheit auch weniger ertragreich. Auf ein

* Die Tatsache, dass Zwerge mit voll ausgebildetem Bart aus stählernen Eiern zu schlüpfen pflegten, wird in den meisten traditionellen zwergischen Überlieferungen aus unerfindlichen Gründen nicht erwähnt.

Wort zusammengehämmert, ließe sich Glimmboldt wohl am ehesten als schwachsinnig bezeichnen, was ihm in vielerlei Hinsicht auch gerecht wurde. Darüber hinaus war er – was allerdings kaum jemand wusste – ein wesentlicher Bestandteil der großen Erzferkelprophezeiung. Denn er war der Zwerg, der mit goldenen Zähnen geboren worden war. Davon hatte er jedoch nicht die geringste Ahnung, da sein Oheim, Fazzgadt Eisenbart, diese Laune der Natur eilig korrigiert und ihm kurz nach dem Schlüpfen die Zähne herausgebrochen hatte, um mit dem Gold einige Ausgaben zu kompensieren. Aus diesem Grund galt Glimmboldt bei den Zwergen lediglich als einer, der ohne Zähne auf die Welt gekommen war, was aber für einen Zwerg nicht minder ungewöhnlich war. Inzwischen trug er ein geschmiedetes Gebiss aus schwarzem Feiertagsstahl und erfreute sich seines Lebens, auch wenn er die rechte Hand nicht von der linken unterscheiden konnte und wahrscheinlich selbst noch in einem Trollkochtopf Freude am warmen Wasser gehabt hätte.

Eine ähnliche Lebenseinstellung vertrat auch einer der beiden Begleiter des Schicksalszwergs, die nicht Teil der Prophezeiung waren. Der Schrauber war der beste Fallensteller des Ehernen Imperiums und der Wächter der kryptischen Kammer gewesen … bis Blechboldts Hammer sich auf seinem Helm ausgetobt hatte. Seitdem schien der Schrauber eher Gemüse als Zwerg zu sein und sorgte dafür, dass Lunt Glimmboldt nicht der einzige Stumpfsinnige in der Runde war.

Der letzte Zwerg auf dem schicksalhaften Floß, das am Grund des Ehernen Imperiums in dem brodelnden Magma dahintrieb, war Bragk Nattergriff, ein legendärer zwergischer Meisterdieb, der bloß noch drei Finger an der rechten Hand hatte und den der Schicksalszwerg vor Kurzem aus dem finstersten Kerker des Ehernen Imperiums befreit hatte. Wobei besagter Kerker im Vergleich mit der Fahrt auf dem Magmasee allerdings gar nicht so schlecht abgeschnitten hätte.

Die Hitze war kaum erträglich, und das Atmen fiel den Zwergen schwer. Außerdem schmerzten ihnen ihre Hinterteile. Die mechanischen kupfernen Kolosse, aus denen ihr Floß bestand, vermochten zwar aufgrund einer speziellen Behandlung ihrer Oberfläche der zerstörerischen Hitze des Magmasees standzuhalten, heiß wurden sie aber dennoch. So heiß, dass die Passagiere des eigentümlichen Floßes ständig in Bewegung bleiben mussten, um sich nicht ernsthaft zu verbrennen.

Was Hitze anbelangte, war das Eherne Volk vergleichsweise zäh. Schließlich wuchsen die Zwerge umgeben von Minen und Schmiedefeuern auf. Mit etwas Übung konnte ein Zwerg, wenn es schnell ging, sogar einen brennenden Schmelzofen von innen reparieren. Zumindest theoretisch.

Das Problem war freilich der Funkenflug. Im Ofen und auch auf dem Magmasee. Immer wieder fingen die Bärte der Zwerge Feuer. Was sie nun schon länger als eine Schicht davor bewahrte, einzuschlafen und vom Floß zu fallen. Und in der Schicht davor hatten sie auch nicht geschlafen. Die Stimmung war dementsprechend gedrückt. Außerdem kam noch hinzu, dass sie Glimmboldt und den Schrauber ständig hatten zurückhalten müssen, wenn diese vergnügt glucksend ihre Hände nach den Drachenquappen ausgestreckt hatten, die durch das rot glühende, flüssige Gestein huschten. Wieder und wieder hatten sich die beiden schwachsinnigen Zwerge die Finger verbrannt, und doch hatten sie stets aufs Neue nach den Kreaturen gegriffen, die sich im Magma tummelten. Zumindest bis die anderen es leid gewesen waren und Glimmboldt wie auch den Schrauber mit den beiden einzigen verbliebenen Seilen an den goldenen Altar gefesselt hatten. Der goldene Altar, den sie aus der kryptischen Kammer gestohlen hatten, hatte das Herz des Undenkbaren gebildet. Und in der kristallenen Vitrine auf seinem Sockel befand sich die letzte Hoffnung der Zwergenheit: das abartige Artefakt. Die Zwerge wussten zwar weder, worum es sich bei dem Artefakt handelte, noch, wie sie es aus der Vitrine herausholen konnten, geschweige denn, wie es ihr Volk retten sollte. Aber zumindest hatten sie es in ihren Besitz gebracht.

Im Augenblick blieb ihnen auch wenig Zeit, sich darüber Gedanken zu machen. Nun, da die beiden Schwachsinnigen endlich Ruhe gaben, versuchten sich die anderen ganz auf die Fahrt zu konzentrieren, während sich immer wieder Funken in ihren Bärten einnisteten und ihnen der Schweiß über die Gesichter lief.

Seit Beginn ihrer Irrfahrt versuchten sie mit Hilfe der Arme der kupfernen Kolosse, die sie als Ruder verwendeten, vergleichsweise erfolglos, dem Floß eine Richtung zu geben. Am Ende aber unterlagen sie immer wieder der Strömung des Magmasees, die ihnen zäh und rot glühend unerbittlich ihren Willen aufzwang.

Verbissen kämpften Fazzgadt und Blechboldt dagegen an, stemmten die Ruder in die wabernde Glut, aus der gierige Funken aufstiegen, um Jagd auf ihre Bärte zu machen.

Doch ganz gleich, in welche Richtung sie ihr Floß auch lenkten, da war nichts als die Ahnung eines riesigen Gewölbes um sie herum, das keinerlei Begrenzung zu besitzen schien und nur etwa bis auf zwei Bart Höhe von dem zäh umherschwappenden, glimmenden Magma beleuchtet wurde. Darüber lag Dunkelheit. Undurchdringliche, schwärzeste Dunkelheit. Einzig der Widerhall ihrer Stimmen ließ sie von Zeit zu Zeit erahnen, wie viel Dunkelheit tatsächlich um sie herum war …

Bragk Nattergriff, der zwergische Meisterdieb, hatte vor einer Weile eine kleine metallene Sanduhr hervorgezogen, die er nun, da der Sand durchgelaufen war, ein weiteres Mal umdrehte.

„Eine ganze Schicht. Eine ganze Schicht treiben wir nun schon in dieser grässlichen Glut. Ich könnte Kiesel kotzen!“, sagte Nattergriff an den Hohepriester gewandt, der nachdenklich in die Finsternis der Höhle starrte. Der Meisterdieb verlagerte das Gewicht. „Mein Hinterteil brennt wie Feuer, und meine Stiefel sind beinahe durchgeglüht. Also, was soll das sein, Priester? Wieder mal Bestimmung?“

Der Hohepriester antwortete lange Zeit nicht.

„Sie muss verdammt groß sein, diese Höhle, wenn wir nach all der Zeit immer noch nirgendwo angekommen sind“, hallte seine Stimme schließlich durch das glutschwangere Dunkel.

„Vielleicht liegt es auch an der Strömung“, gab Farrnwart Blechboldt zu bedenken, der neben Fazzgadt Eisenbart am Ruder stand, und deutete auf die wirbelnden, glühenden Magmaschlieren um sie herum.

„Seien wir ehrlich“, meldete sich Garstholm Flammrank, der blinde General, zu Wort, der neben den beiden gefesselten Kiesköpfen am goldenen Altar saß, „wer immer dieses Floß für diesen See entworfen haben mag, war selbst nie hier. Wir sind seine Versuchskäfer, und wenn ihr mich fragt, so habe ich meine Zweifel, ob wir das Ganze überleben werden. Ich glaube, es war ein Fehler, überhaupt loszufahren.“ Er senkte den Kopf, sodass die Falten seiner roten Augenbinde unheimliche Schatten auf sein Gesicht warfen.

„Und was wäre die Alternative gewesen?“, ließ sich Blechboldt vom Ruder her vernehmen. „Uns ein Leben lang vor den Anhängern des Zwielichts verstecken? Uns andere Namen zulegen und die Bärte färben, um inmitten einer neuen Ordnung zu leben, deren Anhänger uns nach dem Leben trachten?“

„Wenn ich mir aussuchen könnte, ob ich bei lebendigem

Leib gekocht werden oder mich lieber verstecken will, dann fällt mir die Wahl nicht schwer, Ferkelbändiger", entgegnete Flammrank leise.

Der Hohepriester schüttelte müde den Kopf.

„Aber das kann nicht sein, Flammrank. Die Gottzwerge sind auf unserer Seite! Es muss Bestimmung sein …"

Flammrank lächelte, sodass sich das rote Tuch über seinen Augen spannte.

„Ich fürchte, Weißbart, deine Gottzwerge waren auch noch nie hier unten …"

Die Zwerge ließen schweigend die Blicke schweifen. Womöglich hatte Flammrank recht. Um sie herum war nichts als brodelndes, zähes Magma, flüssiges Feuer, das gierig an ihrem Floß emporleckte und sie, wie es schien, nur allzu gern verschlungen hätte.

Kein Ufer, kein Steinstrand.

Vereinzelt ragten Säulen aus dem glühenden See auf, die irgendwo, hoch über ihnen, eine im Dunkel verborgene Decke stützten. Die Zwerge waren an zahllosen dieser Säulen vorbeigetrieben, zeitweise durch niedrige Passagen, in denen sie die Köpfe hatten einziehen müssen. Nur um kurz darauf in noch weiträumigere Bereiche der Höhle zu gelangen.

Kein Zwerg kannte diesen See. Es gab weder Karten, noch wurde er in Geschichten erwähnt. An diesem Ort war noch niemand jemals gewesen. Denn niemand, der nicht in die kryptische Kammer eingedrungen war, das Undenkbare vollbracht und das gesamte Eherne Volk gegen sich aufgebracht hatte, hätte einen Grund gehabt, hier zu sein. Der Magmasee, auf dem sie all ihren Bemühungen zum Trotz ziellos dahintrieben, lag im Abgrund des Vergessens. Irgendwo hoch über ihnen befand sich die Brücke der Verbannung, über die verstoßene Zwerge den Abgrund überquerten, um in die Gefilde der

Entzwergten zu gelangen und den Rest ihres Daseins abseits des Ehernen Imperiums zu fristen. Die Brücke der Verbannung war ein Konstrukt der Strafe und der Ächtung, drei Gang lang, ein tränenschwangeres Geflecht aus Stahl, Seilen und Schmach. Jeder Schritt darauf war Schmerz im Gemüt jener Zwerge, die nicht länger Zwerge sein durften.

Auf der einen Seite lag das Imperium, auf der anderen die Welt der Entzwergten, deren Bewohner einander Gerüchten zufolge gegenseitig auffraßen, die Bärte ihrer Toten rauchten und weder Gesetz noch Vernunft kannten.

Über den Abgrund des Vergessens hinweg verband jene Brücke zwei vollkommen unterschiedliche Welten. Und am Fuße des Abgrunds lagen jene von flüssigem Gestein durchspülten Höhlen, die noch nie ein Zwerg erkundet hatte.

Der Schicksalszwerg hatte sein Floß am steinernen Ufer des Ehernen Imperiums in das Magma geschoben, mit dem Ziel, hinüber in die Welt der gesetzlosen Totenraucher zu gelangen. Er und seine beiden Begleiter hatten sich vom Imperium abgewandt und sich durch ihr Tun selbst entzwergt.

Wären sie in das Eherne Imperium zurückgekehrt, hätten die Schergen des Zwergischen Zwielichts sie gejagt. Denn das Zwielicht, die Gemeinschaft der zwergischen Halunken, hatte die Macht im Imperium an sich gerissen. Zwei seiner Anführer hatten sie zwar besiegt, doch ein weiterer herrschte noch immer über das Eherne Volk. Ihm unterstanden drei zwergische Geheimdienste, und er würde den Tod seiner Kameraden gewiss rächen wollen. Da konnte sich der Schicksalszwerg ebenso gut von den Entzwergten erschlagen und rauchen lassen.

Trolle und Echsenmenschen mieden die Nähe des Magmasees, so wie jeder vernünftige Zwerg es wohl auch getan hätte.

Doch vernünftig waren sie nicht.

Sie waren zwei Schwachsinnige, der Schicksalszwerg und ein legendärer zwergischer Meisterdieb. Und damit war das Floß voll. Für Vernunft war da kein Platz.

Fehlende Vernunft war im Augenblick allerdings das geringste ihrer Probleme. Und selbst ihre schmerzenden Hinterteile fielen kaum ins Gewicht angesichts der Tatsache, dass noch immer kein Ende ihrer Irrfahrt in Sicht war.

Allmählich nämlich begann es in ihren Bäuchen zu rumoren, und die Müdigkeit ergriff von ihnen Besitz. Es war nur eine Frage der Zeit, bis einem von ihnen die Augen zufielen und er das Gleichgewicht verlor. Alles, was sie tun konnten, war, sich gegenseitig wach zu halten und zu hoffen, dass das Ganze irgendeinen Sinn hatte.

„Axtbruch und Hammerfäule noch eins. Seht ihr diese Säule dort?“ Fazzgadts Ausruf ließ die Gefährten emporschrecken. Ihre Blicke folgten seinem Fingerzeig und richteten sich auf die Säule, die ihr eigentümliches Floß in diesem Moment passierte. Trotz der wabernden Glut konnten sie sie deutlich erkennen – abgesehen freilich von Flammrank. Und sie konnten auch die kreuzförmige Kerbe im Stein sehen. Fazzgadts Blick verfinsterte sich.

„Dieses Zeichen habe ich mit meiner Axt in die Säule gehauen, als wir das letzte Mal hier vorbeigekommen sind. Dieses vermaledeite Stück Fels war mir damals schon bekannt vorgekommen.“

„Und was bedeutet das?“, fragte Blechboldt stirnrunzelnd.

Fazzgadt hob an, es ihm zu erklären, doch der General nahm ihm das Wort aus dem Mund: „Dass die Strömung stärker ist als unsere Ruder. Und wir nichts dagegen tun können.“

Er ließ den Kopf hängen und lächelte matt.

Ohne das Ruder loszulassen, starrte Blechboldt ihn ungläubig an.

„Mit anderen Worten, wir werden hier so lange treiben, bis wir gar sind?“, fragte er.

Der blinde General nickte müde.

Der Hohepriester aber sprang auf, blickte wild von einem zum anderen und schrie, dass es zigfach aus der Finsternis widerhallte: „Nein! Niemals! Die Gottzwerge …“

Fazzgadts tiefe, raue Stimme schnitt ihm entschieden das Wort ab: „Wenn du mir noch einmal irgendetwas von deinen Gottzwergen erzählst, alter Mann, dann werde ich dir den Bart frittieren!“

„Du willst mir drohen?“ Der Hohepriester baute sich vor ihm auf. Eine lächerliche Geste, wenn man bedachte, dass ein tausendjähriger Zwerg, der in seinem Leben noch keine Schicht lang einen Hammer geschwungen hatte, sich hier mit einem trainierten Schürfbruder anlegen wollte. Fazzgadt legte das Ruder beiseite und trat so dicht an den Priester heran, dass ihre Bärte sich berührten.

„Oh nein, Weißbart, ich will dir nicht drohen, ich will dir wehtun!“ Seine Augen funkelten böse im roten Widerschein des Magma. Bevor der Hohepriester jedoch Angst vor der eigenen Courage bekommen konnte, meldete sich in seltsam ruhigem Ton Garstholm Flammrank, der blinde General, zu Wort: „Nun gut. Gehen wir also davon aus, dass wir verloren sind. Wir sind sicher nicht die Ersten, denen das passiert, aber wir haben weder Tabak noch Bier, um diesen Umstand etwas angenehmer zu gestalten. Und genau da liegt das Problem.“

Der Hohepriester wandte sich dem blinden General zu und trat dabei beiläufig einen Schritt von Fazzgadt weg. Er holte tief Luft und seufzte dann: „Ich denke, wir sollten beten.“

Mit einem großen Satz war Fazzgadt wieder bei ihm und packte ihn wütend am Schlafittchen.

„Du kriegst gleich ein paar gebetet, Priester!“, schrie er.

„Erst bringst du uns mit dieser ganzen Prophezeierei in diese Lage, und dann wird gebetet? Nicht mit mir!"

Die Stimmung auf dem glühend heißen Floß, das ziellos auf dem Magmasee dahintrieb, wurde immer ungemütlicher. Themen wie Götter und Rettung waren problematisch, und es gab tatsächlich weder etwas zu rauchen noch zu trinken. Infolgedessen wuchs die Bereitschaft, sich gegenseitig von Bord zu schubsen, stetig. Da gab plötzlich Lunt Glimmboldt, einer der beiden Zurückgebliebenen, die nichts Problematisches an ihrer hoffnungslosen Lage erkennen konnten, ein lautes, freudiges Glucksen von sich.

Zunächst glaubten die Zwerge, er hätte lediglich eine weitere springende Drachenquappe gesehen. Als Glimmboldt aber keine Ruhe gab, ließen die streitenden Zwerge schließlich voneinander ab und verschoben das Frittieren von Bärten und Versenken von Fäusten bis auf Weiteres, um zu schauen, was den Dünnbärtigen in eine solche Aufregung versetzt hatte. Sie blickten angestrengt in die Dunkelheit, konnten jedoch nichts erkennen.

„Da ist etwas …", sagte Blechboldt plötzlich.

Fazzgadt schüttelte den Kopf. „Unmöglich. Was sollte denn da sein?"

„Aber ich hab es doch gesehen!", erwiderte der Ferkelbändiger beharrlich.

Nun war er es, den Fazzgadt wütend anfunkelte. Drohend hob Fazzgadt den Zeigefinger und drückte ihn Blechboldt auf die breite Nase.

„Hör zu, Ferkelfreund, wenn ich mit dem Priester fertig bin, kann ich meinen Hammer gern auch noch …"

„Beim Heiligen Hammer, er hat recht!"

Der Hohepriester hatte seine geschliffenen Augengläser zurechtgerückt und war an den Bug getreten.

Und dann sahen sie es alle.

Dieses Mal handelte es sich nicht um Drachenquappen.

Es war etwas anderes, etwas ungleich Größeres und Gefährlicheres.

In der Ferne zeichneten sich über dem wabernden roten Magma vier riesige, weiß glühende Augen ab.

Langsam nahm Fazzgadt den drohenden Zeigefinger aus dem Gesicht des Ferkelbändigers und deutete stattdessen auf das gewaltige Untier in der Dunkelheit.

„Was zum Teufel ist das?"

„Ich … ich weiß es nicht", stammelte Blechboldt, der mit offenem Bart neben ihm stand.

Hinter ihnen erklang Flammranks fragende Stimme.

„Was seht ihr?"

„Was immer es ist, es hat vier Augen und ist verdammt groß", gab der Ferkelbändiger ihm über die Schulter hinweg zur Antwort, ohne den Blick von den vier leuchtenden Punkten abzuwenden, die ganz langsam größer zu werden schienen.

„Vier Augen?", fragte der Drachenjäger argwöhnisch. „Und sie gehören tatsächlich zu einer Kreatur?"

„Es sieht zumindest so aus, als würden sie sich an einem Körper befinden. Aber dieses Geschöpf muss gewaltig sein …", erwiderte Fazzgadt.

„Das ist vollkommen unmöglich", murmelte Flammrank. „Wir haben die Drachenbarriere noch nicht passiert. Wie sollte er sie überwunden haben? Das kann er nicht. Nein, das geht nicht. Es muss …"

Der Hohepriester wandte den Blick von dem näher kommenden Geschöpf ab und ging zu dem General am Altar hinüber. „Du weißt, was das ist?"

Flammrank hob den Kopf.

„Es gibt nur einen Drachen mit vier Augen, Priester. Einen

einzigen. Den grässlichen Grantelgreif. Und das ist alles andere als gut. Wie groß ist er?"

Der Hohepriester blickte wieder auf den Magmasee hinaus und versuchte die Größe des noch immer weit entfernten Dings abzuschätzen.

„Seine Augen liegen bestimmt zwei Zwerg auseinander."

„Zwei Zwerg. Das heißt, er ist ausgewachsen ..."

Nun kamen auch Blechboldt und Fazzgadt zu dem General und dem Hohepriester hinüber. Flammrank war einst Drachenjäger gewesen. Er wusste, wovon er sprach. Vielleicht war dieses Wissen das Einzige, was sie jetzt noch retten konnte.

„Ein ausgewachsener Grantelgreif? Aber was bedeutet das, Flammrank?"

Blechboldt beugte sich zu dem Drachenjäger hinab. Der lachte nur leise auf und schüttelte müde den Kopf.

„Nun, liebe Freunde und Mitprophezeite, es bedeutet vor allem, dass uns der Tod schneller ereilen wird als beim Verhungern. Allerdings spielt der Grantelgreif mit seiner Beute. Er bricht ihr jeden Knochen im Leib und frisst als Erstes die Haut. Aber ich nehme an, dass ich euch wohl nicht mehr darüber erzählen muss."

Fazzgadt, Blechboldt und der Hohepriester schluckten, während Glimmboldt und der Schrauber weiterhin fröhlich vor sich hin gluckten. Der blinde General senkte die Stimme: „Das Klügste wäre, einfach von Bord zu springen ..."

Fazzgadt konnte den Blick nicht von dem nahenden Ungeheuer abwenden. Dichte schwarze Rauchschwaden waberten um die leuchtenden Augen des Geschöpfes herum über die glutrote Magmaoberfläche. „Da scheint eine ganze Menge Rauch zu sein ...", sagte er.

Flammranks Finger krallten sich schmerzhaft in Fazzgadts Arm.

„Rauch?“, rief er entsetzt. „Bei der Hohen Höhle*, das bedeutet, dass er in der Brunft ist! Und dass er seine Weibchen beeindrucken will …“

Nattergriff, der sich inzwischen ebenfalls zu ihnen gesellt hatte, hob die Brauen und erwiderte: „Weibchen beeindrucken. Das klingt nach Arbeit.“

„Wie steht es mit Kämpfen?“, erkundigte sich Fazzgadt. „Können wir dieses Untier nicht besiegen?“

Der General lachte auf. „Haben wir eine Flammspießballista? Sprengkäferkanonen? Kämpfen würde alles nur noch schlimmer machen. Glaubt mir, es wäre wirklich besser, wenn wir einfach über Bord springen würden …“

Die Zwerge blickten den ehemaligen Drachenjäger zweifelnd an. Aber wenn jemand etwas von Drachen verstand, war es doch wohl er, oder? Und wenn er tatsächlich recht hatte, dann war es vielleicht wirklich das Klügste, sich schlimmeres Leid zu ersparen.

Sie blickten einander an. Es war ein stummer, trauriger Blick, ein Abschied. Vom Schicksalszwerg, dem Meisterdieb, dem schwachsinnigen Schrauber und von diesem Teil der Welt, voller Verzweiflung darüber, dass sie nach all den überstandenen Abenteuern, nach all den unglaublichen Geschehnissen nun auf diese Weise in die Hohe Höhle einziehen sollten. Schweren Herzens machten sie sich auf das nahende Ende gefasst. Fazzgadt band Glimmboldt los, umarmte ihn und legte ihm die Hand auf die Schulter, bereit, seinen letzten Schritt an der Seite seines Zöglings zu machen. Der Hohepriester nickte Fazzgadt matt zu und legte seinerseits dem Drachenjäger die

* Die Hohe Höhle (auch Nachtodtrinkhalle genannt) ist der Ort, an dem die Zwerge ihrem Glauben gemäß nach dem Tod mit den Götter zusammenkommen, um mit ihnen zu trinken.

Hand auf die Schulter, während Nattergriff mit gesenktem Bart die Hand des Schraubers ergriff, den sie inzwischen ebenfalls losgebunden hatten. Schließlich gesellte sich auch Blechboldt schweigend zu ihnen. Und dann traten sie alle zusammen langsam an den Rand des Floßes heran, das sich leicht zu neigen begann.

Und während sich die gegenüberliegende Seite des Floßes aus dem rot glühenden Magma hob, herrschte für zwei kurze Schläge Stille zwischen den bärtigen Gefährten.

Schließlich war es der Hohepriester, der einige letzte Worte sprach. Bedeutungsschwanger hallte seine brüchige Stimme durch die Finsternis: „Hammergefährten, Axtbrüder, gemeinsam haben wir Stollen durchquert, die kein Zwerg vor uns je gesehen hat. Wir haben dem Überzwerg getrotzt*, das Undenkbare vollbracht** und uns unseren Schluck aus dem Humpen der Gottzwerge verdient! Bedauerlicherweise dürfen wir unsere Bärte wohl recht bald mit jenem trefflichen Trunk benetzen. Denn die Götter wollen uns an ihrer Seite haben, sodass wir …“

In diesem Moment versetzte ihm Fazzgadt einen harten Stoß in die Rippen, sodass dem Priester die Luft wegblieb und er verstummte. „Du sollst mir mit deinem bröselblöden Göttergeseier aufhören, Alter!“, zischte Fazzgadt wütend. „Wir werden in die Hohe Höhle einziehen. So weit in Ordnung. Da muss ich mir vorher nicht noch einen Kiesel an den Bart quatschen lassen!“

Der Hohepriester richtete sich hustend auf und schlug hastig einige Funken aus, die im Begriff standen, seinen Bart in Flammen zu setzen. „Du solltest etwas mehr Respekt zeigen, Fazz-

* Vgl. „Zwerg und Überzwerg – Die große Erzferkelprophezeiung 1“.
** Vgl. „Das abartige Artefakt – Die große Erzferkelprophezeiung 2“.

gadt Eisenbart! Denn ich bin ebenso Teil der Prophezeiung wie du! Das Schicksal hat uns zu einem Zwerg geschmiedet, der …"

In Fazzgadts Augen glomm ein böses Funkeln. „Ich habe Respekt in meinem rechten Stiefel, Alter! Willst du ihn spüren?"

Blechboldt schüttelte traurig den Kopf und starrte in das brodelnde Magma hinab. „Ich weiß nicht, ob wir die letzten Schläge unseres Daseins im Zwist verbringen sollten."

„Ja, warum denn nicht?", schrie Fazzgadt. „Mit diesem alten Kieselkasper hat schließlich alles angefangen! Schicksalszwerg. Dass ich nicht lache! Er geht vor, wir wackeln wie ein Haufen linkischer Lavalemminge* hinterher, und am Ende beißen wir alle in den Fels, während er von seinen Gottzwergen faselt!"

In diesem Moment mischte sich Bragk Nattergriff in das Gespräch: „Ohne euch unterbrechen zu wollen, aber bevor wir den letzten Schritt tun, hätte ich noch eine Frage an unseren Drachenjäger."

„Stell nur deine Frage, Meisterdieb", sagte Flammrank kraftlos. „Auch wenn es wahrscheinlich deine letzte ist."

Nattergriff holte tief Luft. „Sag, hat so ein grässlicher Grantelgreif Segel?"

Im selben Moment waren Zwist, Gottzwerge und jedes mögliche Verderben vergessen! Alle folgten mit den Blicken dem Fingerzeig des Meisterdiebs. Und wahrhaftig: Vor ihnen ragten im dunstigen Schimmer des zäh fließenden Magmas drei riesige metallene Segel aus dem tiefschwarzen Rauch auf, die im Widerschein des Sees matt funkelten. Sie gehörten zu einem

* Der Lavalemming ist eine eigentümlich selbstmörderische Kreatur, die sich in Lavatümpeln vor ihren natürlichen Feinden zu verstecken pflegt, wo sie jedoch aufgrund ihrer mangelnden Hitzeresistenz in der Regel ums Leben kommt. Gelehrte vermuten, dass das Verhalten der Lemminge einem älteren Zeitalter entstammt, in dem Lava generell niedrigere Temperaturen aufwies.

kolossalen eisernen Ungetüm, das von gewaltigen Nieten zusammengehalten wurde, welche die Größe von Zwergenschädeln haben mussten – ein mächtiges bauchiges Gefährt, das sich mit rot glühendem Rumpf durch den Magmasee schob.

Es erinnerte an die Schiffe, mit denen das Eherne Volk die unterirdischen Flüsse zu befahren pflegte. Allerdings nur entfernt. Denn es war viel größer, um einiges finsterer und weitaus stählerner …

Und dann erkannten die Zwerge auch, was die Augen des vermeintlichen Grantelgreifs in Wirklichkeit waren: Laternen. Diese wiederum erinnerten an die klassischen Grubenlaternen des Imperiums, waren jedoch ebenfalls um einiges größer und bestanden mit Sicherheit aus einem anderen Metall. Einem, das ebenso wie der Rumpf der grauenhaften Hitze des flüssigen Gesteins zu trotzen vermochte. Vier riesige Grubenlaternen befanden sich an der Vorderseite des Ungetüms, während aus zwei mächtigen Schloten auf seiner Rückseite unablässig Rauch hervorquoll, der sich in dunklen Wolken um das unwirkliche Gefährt legte.

Was immer es war, es war kein Drache, der ihnen die Haut abziehen und irgendwelche Knochen brechen würde! Es war eine Maschine, von Zwergenhand erschaffen und von Zwergenhand bedient.

„Das ist … das ist wirklich unglaublich!" Staunend beobachtete Blechboldt, wie das riesige metallene Ungetüm immer größer wurde.

„Was denn? Was geht hier vor sich?", fragte Flammrank und drehte unruhig den Kopf hin und her.

Fazzgadt kicherte schwach. „Dein Drache. Er ist eine Maschine …"

Daraufhin begannen die Zwerge laut zu rufen und auf und ab zu springen, um die Besatzung des ehernen Kolosses auf sich aufmerksam zu machen. Und wenig später änderte das metallene Ungetüm tatsächlich seinen Kurs und begann, auf die kleine Gruppe zuzuhalten.

Der Schweiß des Hohepriester mischte sich mit Tränen der Dankbarkeit. „Die Götter haben uns …“, setzte er an, verstummte jedoch sogleich wieder, als Fazzgadt mahnend einen Zeigefinger hob.

„Nein, verdammt noch eins. Keine Götter. Ein für alle Mal. Oder du wirst deinen Bart fressen, das verspreche ich dir!“

Der Hohepriester lächelte. „Was auch immer du sagst, Fazzgadt. Es ist und bleibt Bestimmung!“

Dem hatte nun selbst Fazzgadt nichts mehr entgegenzusetzen. So oft, wie sie dem Herzsteindieb* inzwischen schon aus dem Sack gesprungen waren, ging da tatsächlich etwas nicht mit rechten Dingen zu …

Das eiserne Schiff kam weiter auf sie zu. Bei näherem Hinsehen erkannten sie, dass sein dunkler Rumpf aus dem gleichen Stahl zu bestehen schien wie die Handschuhe, mit denen die Zwerge traditionellerweise ihre Steinkastanien aus dem Feuer holten. Ein Metall, das auch der schlimmsten Hitze zu trotzen vermochte. Doch es war selten, und in dieser Masse hatte keiner von ihnen es jemals gesehen.

Doch wo immer es herkam, was immer es war, es bedeutete Rettung.

Über dem glühenden Rumpf und vor den beiden riesigen Schloten erhoben sich an mächtigen Masten drei aus dunklem, gluttrotzendem Blech gehämmerte, starre Segel, die knarrend dem Sog der warmen Luft folgten.

* Im Glauben des Ehernen Volkes trägt jeder Zwerg einen Herzstein in der Brust, der ihn am Leben hält. Der Herzsteindieb ist der Legende zufolge der Räuber desselben und somit die zwergische Personifizierung des Todes.

Das Geräusch schmerzte den Zwergen in den Ohren. Und doch war es ihnen eine helle Freude, es zu hören! Das Geräusch schwoll immer weiter an und mischte sich mit einem dumpfen, rhythmischen Stampfen, dem Wüten der Maschine im Inneren des Kolosses, die ihn unablässig vorantrieb, selbst jetzt, da er gegen die Strömung beidrehte und auf das Floß des Schicksalszwergs zuhielt.

Das Schiff schob zähflüssige rot glühende Wellen vor sich her. Dumpf glucksend schwappte das Magma gegen das kupferne Floß und brachte es auf beängstigende Weise ins Schwanken. Während das dreimastige Ungetüm näherkam, bäumte sich das Floß immer stärker auf, und die Zwerge mussten sich an dem massiven goldenen Altar festklammern, um nicht den Halt zu verlieren.

Und dann schlug der Rumpf des stählernen Giganten schließlich gegen das Floß. Von oben wurden einige Seile herabgeworfen. Sie bestanden aus Finsterfrickelflechte, der auch die schlimmste Hitze kaum etwas anzuhaben vermochte. Und dann erschienen hoch über den Gefährten an der Reling des Schiffes einige bärbeißige Zwergengesichter. Es waren hässliche Gesichter mit wirren Bärten. Die Gefährten aber waren sich auch ohne Worte einig: Wenn man die Wahl zwischen dem Tod und ungepflegten Zwergen hatte, umarmte man mit Freuden selbst den stinkendsten Schürfbruder.

Zumindest waren es Zwerge. Sie trugen zwar keine Helme, sondern schmutzige lederne Kopftücher, aber sie waren ihresgleichen. Auch wenn sie noch so finster dreinblickten.

Die Geretteten griffen nach den Seilen, knoteten sich daran fest und begannen zu klettern. Fazzgadt half Glimmboldt, Nattergriff dem Schrauber, und Blechboldt schließlich griff dem blinden General unter die Arme.

Mühsam kämpften sie sich an der Außenwand des Schiffes

empor, wobei sie sich auf dem Weg nach oben immer wieder Hände und Füße an dem glühend heißen Metall verbrannten.

Als sie dann endlich über die Reling stiegen, halfen die Umstehenden ihnen mit kräftigen Händen. Dabei blieben die Mienen ihrer Retter jedoch weiterhin finster. Ihre Gesichter waren hitzegegerbt, und der Schweiß rann ihnen in die schmutzigen Bärte, die eigentümlich glänzten. Wahrscheinlich waren sie mit irgendetwas eingerieben worden, um sie vor dem Funkenflug zu schützen. Einige ihrer Retter verbargen ihre Bärte sogar unter feuerfesten Schutzhüllen aus Finsterfrickelflechte.

Und dann erblickten die Gefährten die Stammeszeichen ihrer Retter. Statt der Zeichen der entzwergten Stämme Erz, Sand oder Feuer, trugen sie ein Amulett mit einem flammenden Anker darauf. Dies war eine andere Welt. Mit anderen Zeichen und Gesetzen. Daran würden sich die Geretteten gewöhnen müssen. Hier waren es ihre Zeichen, die merkwürdig waren. Sie waren es, die von der anderen Seite kamen. Sie spürten die Blicke der fremden Zwerge auf den Stammeszeichen ruhen, die sie auf der Brust trugen: Fels, Erde und Stahl. Im Ehernen Imperium hätte das etwas bedeutet. Hier aber galten die ehrbaren Stämme nichts … Unsicher ließen die Geretteten die Blicke über die Gruppe der finster dreinschauenden Flammenankerzwerge schweifen. Schließlich war es Blechboldt, der das unangenehme Schweigen durchbrach. Lachend begann er, einen Retter nach dem anderen zu umarmen.

„Beim Heiligen Amboss, wir sind froh, dass ihr uns gefunden habt! Wir dachten schon, unser letztes Stündlein hätte geschlagen …“ Blechboldt hielt inne, als er ein merkwürdiges Geräusch hörte. Ein helles, metallenes, rhythmisches Klacken, welches das dumpfe Wummern der Antriebsmaschine ebenso übertönte wie das Knarren der blechernen Segel. Und es schien sich ihnen über das Deck des Schiffes zu nähern. Einer nach dem anderen traten ihre Retter auseinander, um eine Gasse für einen Zwerg zu bilden, bei dessen Anblick es dem Schicksalszwerg und sogar den beiden Schwachsinnigen kalt den Rücken hinunterlief.

Er war vergleichsweise klein. Seine langen schwarzen Augenbrauen waren in seinen Bart eingeflochten, er trug massive silberne Ohrringe, und der sichtbare Teil seines Gesichtes war von einem einzigen wirren Narbenmuster überzogen. Sein linkes Auge wurde von einer dunklen ledernen Klappe verdeckt.

Auf dem Kopf trug er einen eigentümlichen rostfleckigen Helm mit drei Zacken, und er war in eine Art schwarzen Grubenmantel mit allerlei metallenen Verzierungen gehüllt. Auf seiner Schulter hockte eine fette Ratte und starrte dem Schicksalszwerg stumpfsinnig entgegen. Anstelle seiner rechten Hand besaß der Zwerg einen rostigen Haken, der über ein Gewinde an einem metallenen Sockel mit seinem Unterarm verbunden war. Der Haken konnte offenbar gegen einige weitere Werkzeuge ausgetauscht werden, die am breiten Gürtel des Zwergs baumelten. Neben einem Hammerkopf erkannten die Gefährten eine dreifingrige Klaue und eine bartlange Klinge. Die Linke hielt der Zwerg hinter seinem Rücken versteckt, während er langsam auf die Geretteten zugeschritten kam.

Sein rechtes Bein war der Ursprung des klackenden Geräusches. Es war eine metallene Prothese, die unterhalb des Knies mit einigen martialisch anmutenden rostigen Schrauben befestigt war.

„Willkommen auf der *Sturmgluth* …“ Der Zwerg lächelte die Gefährten offenherzig an und enthüllte dabei Zähne, die komplett aus Silber zu bestehen schienen. Dann streckte er gebieterisch die linke Hand aus und bekam im nächsten Augenblick von einem der Schiffszwerge eine langstielige brennende Knochenpfeife gereicht. „Mein Name, Zwerge, ist Tihf Schwartzbarth. Ihr aber dürft mich Käpt'n nennen."

Lächelnd nahm er einen tiefen Zug aus seiner Pfeife und musterte die Gefährten. „Noch nicht lange hier unten, was?"

Der Höchste der Hohen trat einen Schritt vor: „Ich, Käpt'n, bin der Hohepriester des Ehernen Volkes und wurde gemeinsam mit meinen Gefährten von den wirren Stollen des Schicksals an diesen Ort verschlagen …"

Doch Tihf Schwartzbarth schien ihm nicht zugehört zu haben. „Und dann auch noch über den Magmasee …"

Er trat an die Reling und nickte in die Richtung, aus der sie gekommen waren. Dann fiel sein Blick auf das kupferne Floß, und seine Augen verengten sich.

Der Allerhöchste gab den Versuch nicht auf, den Kapitän der *Sturmgluth* zu beeindrucken: „Dies, Zwerg, ist nichts Geringeres als das abartige Artefakt! Gemäß dem Willen der Götter haben wir das Undenkbare vollbracht und …"

Schwartzbarth hob die Hand und gebot dem Höchsten zu schweigen.

„So, so … das abartige Artefakt …"

Dann gab er seinen Leuten ein Zeichen. Sofort begannen sie, an den Seilen hinabzuklettern. Geräuschvoll spie Schwartzbarth einen großen Klumpen Zwergenrotz in die rote Glut hinab.

Der Hohepriester wollte mit seiner Rede fortfahren, doch der Kapitän ließ ihn noch immer nicht zu Wort kommen.

„Ihr hättet ja auch einfach die Brücke nehmen können, wie jeder anständige Entzwergte …"

Der Hohepriester, der inzwischen begriffen hatte, dass es Schwartzbarth nicht interessierte, was er zu sagen hatte, schwieg beleidigt.

Das leise Quietschen einiger Seilwinden war zu hören, während die Besatzung der *Sturmgluth* den Altar heraufzog. Tihf Schwartzbarth nickte zufrieden, als der massive goldene Quader über den Rand der Reling gehoben wurde.

Dann wandte er sich wieder den Gefährten zu.

„Aber, glaubt mir, auch wir sind froh, euch gefunden zu haben …" Er lächelte freundlich, zwinkerte ihnen zu und paffte zufrieden eine kleine Rauchwolke in ihre Richtung. Dann nickte er seinen Leuten zu, und der Schicksalszwerg und seine beiden Begleiter wurden gepackt und in Ketten gelegt. „Trolle zahlen nämlich gut für Grubensklaven."

Finster lachend drehte sich Kapitän Schwartzbarth um und ging klackend über das metallene Deck davon. Die Ratte auf seiner Schulter schaute sich noch einmal um und bedachte die Zwerge mit einem mürrischen Blick, während diese von einem Dutzend Flammenankerzwerge zur Laderaumluke der *Sturmgluth* geschleppt wurden.

Über ihren Köpfen zog indessen ein fetter brauner Käfer von der Größe einer Zwergenfaust seine Kreise, dessen dunkle Facettenaugen unablässig auf das Geschehen gerichtet waren. Es handelte sich um einen Glutschwirrling*, der in dieser Region eigentlich nicht vorkam. Das aber war nicht die einzige Besonderheit dieses speziellen Vertreters seiner Art. Wenn irgendein Zwerg genauer hingesehen hätte, hätte er eine leichte Trübung der Facettenaugen und einige ausgefranste Löcher im Panzer des Insekts erkennen können, die ebenso wie der Zustand des dritten Flügelpaares darauf hindeuteten, dass das

* Der Glutschwirrling (im Volksbart auch Funkenfliege genannt) ist ein funkenfressendes Insekt, das für gewöhnlich in Gängen mit konventionellen Fackeln zu finden ist. Ein Schwarm Schwirrlinge vermag das Licht einer Fackel komplett zu schlucken, was die Tiere vor allem in den Zeitaltern vor den Käferleuchten sehr unbeliebt machte.

Tier längst tot war. Den Käfer allerdings schien das nicht weiter zu scheren. Er flog unermüdlich im Kreis und beobachtete aus sicherer Entfernung, wie die Mannschaft der *Sturmgluth* dem Schicksalszwerg und seinen Begleitern Waffen und Besitz abnahm und sie dann, unbeeindruckt von ihren lautstarken Protesten, in den Laderaum hinabstieß.

INTERMEZZO

Die Zwerge kamen zu Trümmerboldt, wie sie einst zum Großen Verwalter gekommen waren.

Sie kamen und störten ihn. Ständig. Während er sich die Fußnägel vergolden ließ, während der Haarspalter seinen Bart toupierte oder er seine Schlagringe polierte. Seine Untertanen stellten ihm Fragen, wollten, dass er Recht sprach, Entscheidungen fällte und sie an seiner Weisheit teilhaben ließ. Doch Trümmerboldt hatte keine Antworten. Er verstand deutlich mehr von Unrecht als von Recht, und seine Weisheit reichte bei Weitem nicht aus, um sie mit irgendjemandem zu teilen.

Wenn die Zwerge also zu ihm kamen, tat er zunächst, was er immer getan hatte. Er drohte ihnen mit seinem Hammer, falls sie es wagen sollten, ein weiteres Mal bei ihm vorzusprechen. Und obwohl einige wenige Probleme auf diese Weise tatsächlich aus den Gängen verschwanden, regte sich unter dem Ehernen Volk, das gerade erst einen Herrscher gestürzt hatte, bald schon wieder ein gewisser Unmut.

Und Krugk Trümmerboldt spürte das sehr wohl.

Er hatte lang genug Zwerge verprügelt, um zu erkennen, wenn einer unzufrieden war. Und er ärgerte sich. Über die Unzufriedenheit der Zwerge und darüber, dass sie überhaupt zu ihm kamen. Schließlich war er nur der Stellvertreter des neuen Herrschers der Zwerge. Wenn Felsigk Klammgluth zurückkehrte, würde er ihm das Hammerzepter mit Freuden überlassen. Bedauerlicherweise schien Klammgluth sich mit der Wiederkehr etwas schwer zu tun. Er war nun schon länger als eine Schicht fort und hatte nicht einmal einen Felsläufer* geschickt, um von seinen Fortschritten zu berichten.

Trümmerboldt hatte kein gutes Gefühl bei der Sache. Er, dem es die meiste Zeit über schwerfiel, sich selbst zu beherrschen, musste nun irrtümlicherweise ein ganzes Volk beherrschen. Und dann noch ein unzufriedenes. Dem kargen Maß seiner Weisheit zum Trotz wusste er, dass sich Unzufriedenheit und steuerzahlende Zwerge nicht gut miteinander vertrugen. Also hatte er sich schließlich dazu entschlossen, seinen Hammer fortzustecken und stattdessen den gesamtzwergischen Alkoholpegel zu heben. Fortan gab es, wann immer im Inneren der Gänge Probleme zutage gefördert wurden, ein Fass Freibier für jeden Betroffenen. Die Folge war zunächst ein nicht unerheblicher Anstieg der Zahl der Probleme und bald darauf auch der Schürf- und Grubenunfälle. Und natürlich betrunkene Steuerzahler, Zwerge, die sich am Ende der Schicht lieber in ihrer Höhle betranken, als lästige Audienzen bei ihrem Herrscher zu erbitten.

Erfahrungsgemäß würden sich die Zwerge aber über kurz oder lang an die größere Alkoholmenge gewöhnen.

Zwerge gewöhnten sich an alles, was mit Alkohol zu tun hatte.

Dann wären zwei Fässer pro Schicht nötig.

Später womöglich sogar drei.

Und irgendwann würde es einfach zu teuer werden, das Eherne Volk am Bierhahn zu säugen. Krugk Trümmerboldt,

* Der Felsläufer, ein rattenähnliches Geschöpf von der Größe einer Zwergenfaust, wurde gezähmt und auf bestimmte Gerüche abgerichtet. Er bewegte sich durch das verschlungene Tunnelsystem der Felsbohrwürmer in Richtung seines Zielgeruchs. Auf die geschorenen Körper der Felsläufer wurden einfache Zeichen gemalt, um kurze Botschaften zu übermitteln, weshalb er nicht selten auch als zwergische Brieftaube bezeichnet wird.

der provisorische Herrscher der Zwerge, würde Hilfe brauchen, wenn er die Macht über die Zwerge bewahren und sie irgendwann einmal unversehrt seinem Herrn zurückgeben wollte. Denn gegenwärtig war diese provisorische Macht das Einzige, was ihm geblieben war. Er konnte sich weder auf den Rückhalt durch das Zwergische Zwielicht noch auf die Sicherheit des alten Schutzgolderpressergeschäftes verlassen. Der Anonymität des Zwergischen Zwielichts war er in der Schicht entwachsen, als Felsigk Klammgluth und Harrm Kiesgrimm losgezogen waren, um das Undenkbare denkbar zu machen. Seitdem stand er im hellen Schein der Leuchtkäfer, sichtbar für jeden Zwerg, der uneingeschränkte Herrscher des Ehernen Volkes. Sein Bart war öffentlich geworden, und an jedem Haar zupfte ein Untertan …

Krugk Trümmerboldt konnte nicht mehr zurück.

Und es schauderte ihn bei dem Gedanken, weiter voranzuschreiten.

Wehmütig betrachtete Trümmerboldt seine vergoldeten Fußnägel. Er war wahrhaft aus den Schatten getreten. Die Tage des Zwergischen Zwielichts waren gezählt. Sein Anführer war verschwunden, und alles, was geblieben war, waren die Geheimdienste des einstigen Verwalters, der schwarze, der schwärzere und der tiefschwarze Menhir, in denen inzwischen alle zwergischen Halunken des gegenwärtigen Zeitalters organisiert waren. Für den Fall, dass Klammgluth nicht zurückkehrte, hatte sich Trümmerboldt schon beinahe damit abgefunden, den Platz des Großen Verwalters einzunehmen und Herr der gesamten Zwergenheit zu sein. Allerdings gedachte er, dies nach seinen eigenen Regeln zu tun. Einfach und unkompliziert. So wie er seinen Geschäften seit eh und je nachzugehen pflegte. Um sich aber auf dem schwarzen Thron der Herrschaft zu halten, würde er eisernen Willen, einen Plan und Verbündete brauchen. Denn irgendwann würde sein Volk anfangen zu zweifeln. Und am Ende dieser Zweifel würde Trümmerboldt nicht etwa im Dunkel des Zwielichts, sondern mit blauen Flecken in den Verliesen von Vorrngarth verschwinden oder bei den Entzwergten landen. Er hatte gesehen, was dem letzten Großen Verwalter widerfahren war, nachdem Klammgluth, der Anführer des Zwergischen Zwielichts, seinen Plan in die Tat umgesetzt hatte. Das Eherne Volk hatte nicht einmal eine Schicht gebraucht, um seinen Herrscher vom Thron in den Kerker zu bringen. Jetzt hing der Verwalter an irgendeiner Wand in einem lichtlosen Verlies und würde dort hängen, bis sein Bart den Boden berührte. Da er jedoch gut vier Zwerg über dem Boden hing, würde das noch ein halbes Zeitalter dauern. Dies entsprach dem härtesten Urteil innerhalb des zwergischen Rechtssystems.* Gewöhnliche Übeltäter pflegte man etwa einen halben Zwerg über dem Boden festzuschmieden oder nach Vorrngarth zu schicken. Sofern man ihrer habhaft wurde. Die meisten Mitglieder des Zwergischen Zwielichts waren in der Regel zu gerissen, als dass sie jemals den harten Hammer des Rechts zu spüren bekommen hätten. Krugk Trümmerboldt hatte die verschlungenen Gänge des Schicksals als Schurke betreten, um sie als Herrscher zu verlassen. Und auch wenn er die Sprache des Schicksals nicht verstand, so verstand er doch die des Goldes. Und da diese Sprache jener der Herrschaft ähnelte, traute er sich zu, als Übersetzer zwischen Göttern und Zwergen zu vermitteln.

Denn dies war die Aufgabe der zwergischen Herrscher seit den Tagen, da der erste Verwalter den Ewigen Schmied unter

* Diese Formulierung wird an dieser Stelle gewählt, da weder in der klassischen noch der apokryphen zwergischen Überlieferung von einem Zwerg berichtet wird, der im Rahmen der zwergischen Strafe der Bodenbartung höher gehangen hätte als der letzte rechtmäßige Verwalter.

den Tisch getrunken hatte. Für gewöhnlich erfüllten die Verwalter diese Aufgabe im Namen der Götter und mit dem Segen des Einzigen, Wahren und Wunderbaren, des Klotzenden unter den Kleckernden, des Höchsten aller zwergischen Priester. Der jedoch war unlängst vom letzten Großen Verwalter abgeschafft und jedweder Einzigartigkeit, Wunderbarkeit und Wahrheit beraubt worden. Genau genommen hatte der Verwalter sogar seinen Tod befohlen. Der ehemals Einzigartige war mitsamt dem Rest des Schicksalszwergs aus dem Imperium geflohen und würde Trümmerboldts Herrschaftsstatus deswegen kaum bestätigen können. An seiner statt hatte der vorhergehende Verwalter einige Orakeldeuter beschäftigt, die eine Zeit lang aus Bierschaum die Zukunft gelesen hatten. Irgendwann waren aber auch sie in irgendeinen Kerker geworfen worden. Die Schaumdeuter würden Trümmerboldts Position als Herrscher also ebenso wenig festigen können.

Die Auswahl an göttlichen Verbündeten war spärlich geworden.

Und wenn er es sich recht überlegte, dann war kaum etwas im Ehernen Imperium noch so, wie es einmal gewesen war.

Die Dinge veränderten sich mit einer derartigen Geschwindigkeit, dass es schwerfiel, den Überblick zu behalten. Besonders, wenn die eigenen Fähigkeiten darauf beschränkt waren, Zwergen Schläge anzudrohen.

Die Regeln und Traditionen des Ehernen Volkes, die seit den Tagen des Ewigen Schmieds wie friedliche Felsen im Halbdunkel der Höhlen geruht hatten, waren zu rollenden Steinen geworden, die unkontrolliert durch die Gänge polterten.

Ein Stein aber ruhte noch immer dort, wo die Götter ihn einst im Einvernehmen mit dem ersten Verwalter aufgestellt hatten: die Hohe Höhle. Und ebenso ihr Wächter, der ehrwürdige Harrm Blutklump, der das letzte Heilige Amt des Ehernen Imperiums innehatte. Gerüchten zufolge hatte er mit den Göttern selbst getrunken und war unsterblich.

Nachdem der Höchste der Hohen quasi entzwergt und die übrige Priesterschaft in die Felsverliese geworfen worden war, stellte Blutklump die letzte Verbindung des Ehernen Volkes mit seinen Göttern dar. Er, der Wächter der Hohen Höhle, der den Gottzwergen beim Schmieden der Zeitalter über die Schulter gesehen hatte, würde Trümmerboldt den Weg weisen, ihm den Willen der Götter offenbaren und ihn zu einem Herrscher machen, zu dem die Zwergenheit aufblicken konnte.

Auch wenn er es wahrscheinlich nicht freiwillig tun würde.

KAPITEL II

IN DEM DIE TÄTIGKEIT DER MAGMAPIRATEN UMRISSEN WIRD, EIN ZWERG GOTTKRAUT RAUCHT UND EINIGE ZWERGE DEN BART VERLIEREN

„Magmapiraten?“

Der Hohepriester, der mit schweren Ketten an den Schrauber gefesselt war, blickte sein Gegenüber ungläubig an. Vor ihm hockte ein abgerissener Zwerg, dessen Kleider in Fetzen herabhingen und dessen Augen von dunklen Ringen umgeben waren. Die rostigen Ketten, mit denen er gefesselt war, führten zu einem weiteren Zwerg, der schnarchend neben ihm auf dem Boden lag. Der Schicksalszwerg befand sich mit einem guten Dutzend Gefangener, von denen immer zwei aneinandergekettet waren, im Laderaum des stählernen Schiffes. Keiner von ihnen trug ein Stammeszeichen, und ihre Bärte waren bis aufs Kinn gestutzt. Sie boten einen jämmerlichen Anblick. Ein bedrückendes Beispiel für die verlorene Würde der Entzwergten. Selbst die finsteren Gesellen an Deck waren mehr Zwerg als dieser traurige Haufen. Der Gefangene sprach leise, beinahe im Flüsterton, offenbar aus Furcht vor den Flammenankerzwergen.

Blechboldt, der an den stumpfsinnigen Glimmboldt gekettet war, betrachtete verwundert das nackte Kinn des Gefangenen. Es wirkte noch immer befremdlich. Schließlich war der Bart der Sitz der zwergischen Seele, und ein Zwerg ohne Bart hatte etwas Widernatürliches an sich. Der Gefangene spürte seinen Blick und wandte sich ihm zu. „Sie schneiden uns die Bärte ab, um unseren Willen zu brechen und damit wir kein Essen und keine Waffen darin verstecken können. Sie nehmen uns unsere Würde und machen uns zu Trollsklaven …“

Erschrocken fasste sich Blechboldt an den Bart. Bei dem Gedanken daran, sich in den Händen derart skrupelloser Bartabschneider zu befinden, lief es ihm kalt den Rücken hinab. Vorsichtig blickte er sich um.

Im Laderaum war es beinahe vollkommen dunkel. Nur durch einige Öffnungen in der Bordwand drang der spärliche Widerschein der wabernden roten Glut des Magmasees herein. Und über allem lag der dichte Rauch von den rumorenden Maschinen der *Sturmgluth*. Der Gefangene hustete leise.

„Und was tun diese Magmapiraten?“, fragte der blinde General, der an den dösenden Fazzgadt gekettet war.

„Handel treiben“, erwiderte der Gefangene. „Hauptsächlich mit Trollen und Echsen. Uns verkaufen sie an die Trolle und Dracheneier an die Echsenmenschen.“

Der Hohepriester schüttelte den Kopf. „Sie verkaufen Zwerge an Trolle?“

Der Gefesselte bedeutete ihm, leiser zu sprechen, und fuhr im Flüsterton fort: „Sie scheren sich nicht um die Gesetze des Imperiums. Sie lauern uns auf und verfolgen uns. Wir sind Flammsteinfischer. Ich war unser Bootsführer. Zwei Zwerge meiner Mannschaft sind im See verglüht, als sie uns fingen. Aber Schwartzbarth kümmert das nicht. Er wird einen guten Preis für uns bekommen.“

„Entzwergte, die mit Unzwergen Handel treiben …“, hauchte der Hohepriester. „Beim Großen Geröll, das scheint mir wahrlich eine wüste Welt zu sein.“

Der Flammsteinfischer nickte.

„Aber zumindest wagen sie sich nicht bis zu unseren Siedlungen vor. Sie fürchten die Blitzkanonen, mit denen unser Ufer geschützt ist. Darum fangen sie uns draußen auf dem See …“

Ketten rasselten, als Flammrank etwas näher an den Gefangenen heranrückte.

„Warte, Zwerg, du sagst, sie verkaufen Dracheneier an die Echsen?“

Verwirrt betrachtete der bartlose Gefangene die rote Augenbinde des blinden Generals.

„Ja.“

„Aber weshalb sollten sie das tun?“, fragte Flammrank mit scharfer Stimme.

Der Gefangene zögerte kurz, offensichtlich verwundert darüber, wie wenig die Neuankömmlinge über die Welt der Entzwergten wussten. Dann antwortete er vorsichtig: „Die … die Echsen fressen sie. Sie glauben, dadurch die Macht der Drachen erlangen zu können.“

Den Drachenjäger schien die Vorstellung, dass Kreaturen, die ebenso wie die Zwerge aus Eiern schlüpften, noch vor ihrer Geburt aus dem Leben gerissen wurden, maßlos zu erzürnen. Der blinde Zwerg riss die Fäuste hoch und zerrte wütend an seinen Ketten, sodass der an ihn gefesselte Fazzgadt aus seinem Schlummer emporschrak. Schlaftrunken blickte er sich um, sah seine Kameraden und die übrigen Gefangenen an und seufzte.

„Ich habe von Frauen geträumt …“, sagte er.

„Und? Wie haben sie ausgesehen?“, fragte einer der Flammsteinfischer neugierig.

„Es war dunkel“, murmelte Fazzgadt und senkte den Kopf. Doch einen Moment später hob er ihn wieder und blickte den Höchsten der Hohen an. „Olmtreiber! Du hast uns hier runtergebracht. Wegen dir werden uns diese Magmaratten an die Stinkschädel verschachern!“

Der Hohepriester blickte sich zögernd um. Fazzgadts Vorhaltungen waren ihm sichtlich unangenehm.

„Aber du bist alt genug, dass du etwas über die Frauen wissen musst“, fuhr Fazzgadt fort. „Du hast sie gesehen und gekannt! Los, Alter, erhelle uns unsere letzten Schichten mit ein paar Frauengeschichten!“

Die Blicke aller Anwesenden richteten sich auf den Hohepriester. Ein Murmeln breitete sich unter den Gefangenen aus, und sie rückten interessiert näher. Sie wollten hören, wie die Frauen ihres Volkes gewesen waren. Die Weibzwerge, die für die meisten von ihnen bloß eine Legende waren.

Der Hohepriester sank ein wenig in sich zusammen und murmelte kleinlaut: „Um ehrlich zu sein … das Orakelgeschäft ist kein einfaches. Man ist eigentlich immer beschäftigt und … außerdem habe ich mich nie so sehr für Frauen interessiert.“

Unmut machte sich unter den Gefangenen breit. Fazzgadt richtete sich auf und schleppte seine Kette zum Allerüberhöchsten hinüber.

„Nicht einmal das willst du mir also gönnen!“, murrte er. „Du schleifst mich und meinen Zögling durch die Höhlen, lässt uns entzwergen, verprügeln und an Trolle verkaufen und bist nicht einmal bereit …“

In diesem Moment öffnete sich über ihnen knarrend eine eiserne Luke. Rost rieselte von der Einfassung herab, eine Eisenleiter wurde herabgelassen, und dann erschien eine Lampe, deren bleiches Licht mit einem Schlag den gesamten Laderaum erhellte.

Sein Anblick wurde allerdings auch bei Licht nicht angenehmer. Stahl und Rost, Ketten und Gefangene. Dicht aneinandergedrängt hockten die Gefährten da, Glimmboldt, der Ferkelbändiger, Flammrank und Fazzgadt, der drohend über dem Hohepriester stand, und in einiger Entfernung von ihnen der Meisterdieb, der an einen schlafenden Flammsteinfischer gekettet war und gerade im Begriff stand, ihm seine Ohrringe zu stehlen.

Nach der Lampe erschien ein Zwerg in der Luke, der in

ein Gewand aus Finsterfrickelflechte gehüllt war. Er trug eine martialische Rüstung und zwei Äxte im Gürtel und hatte allem Anschein nach nur noch ein Ohr. Mürrisch schaute er in den Laderaum hinab.

Der Gefangene flüsterte dem Hohepriester zu: „Das ist Thorf Glimmspan, die rechte Hand des Kapitäns."

Der Hohepriester nickte stumm.

Glimmspan hob die Hand und deutete direkt auf ihn.

„Den da nach oben zum Kapitän."

Zwei finster dreinschauende Zwerge stiegen hastig in den Laderaum hinab, lösten die Ketten des Höchsten und packten ihn. Nachdem sie den Schrauber an die Wand gefesselt hatten, zerrten sie den Hohepriester zur Leiter hinüber und schoben ihn die Sprossen empor. Von oben griffen einige kräftige, behaarte Arme nach ihm, und dann verschwand der weißbärtige Tausendjährige durch die Luke.

Gleich darauf beugte sich der Einohrige noch einmal hinab.

Er grinste böse und deutete erneut in Richtung der neuen Gefangenen.

„Und denen dort den Bart ab."

Tihf Schwartzbarth hatte den goldenen Altar in seine Kabine wuchten lassen und hockte nun bereits seit einer halben Schicht im kalten weißen Licht einiger geschmiedeter Wandlampen nachdenklich davor. Weshalb, fragte er sich immer wieder, sollte eine Handvoll Zwerge freiwillig den sicheren Schoß des Imperiums gegen die Welt der Entzwergten eintauschen? Und wenn sie das Imperium schon verließen, warum taten sie es dann nicht wie jeder anständige Geächtete über die Brücke der Verbannung? Der Magmasee war ein ungastlicher, gefährlicher Ort. Nicht nur der Strömung wegen. Die Entzwergten wagten sich nur auf den See hinaus, um inmitten des Magmas nach Flammsteinen zu fischen. Und er, der selbst unter den Geächteten noch geächtet war, hatte sich diesen Ort als sein Territorium erwählt. Er kannte den Magmasee wie seinen eigenen Tabaksbeutel, wusste, an welchem Felsen er das Steuer herumreißen musste, wo die üppigsten Flammsteingründe waren und an welchen Magmaschnellen man den Fischern am besten auflauern konnte. Er kannte das Magma so gut, dass er beinahe ein Teil davon war, und seine Mannschaft munkelte gar, dass tatsächlich flüssiges Gestein durch seine Adern strömte.

Er, Tihf Schwartzbarth, der Kapitän der *Sturmgluth*, war der uneingeschränkte Herrscher des Magmasees, und dieses Schiff war sein Palast. Der See gehörte ihm und damit auch alles, was darauf herumtrieb.

Die verwegenen Zwerge ebenso wie dieses Ding. Das abartige Artefakt. Was immer es auch sein mochte. Obwohl es direkt vor seinen Augen lag, konnte er sich diese Frage nicht beantworten. Das Artefakt ruhte unter einer kristallenen Kuppel, die untrennbar mit dem goldenen Altar verbunden zu sein schien. Er hatte versucht, sie zu öffnen, doch alle Mühe war vergebens gewesen. Am Ende hatte er bloß noch wütend mit dem rostigen Haken an seinem Armstumpf auf die Kuppel eingedroschen. Er hatte nicht einmal den Hauch eines Kratzers auf dem Kristall hinterlassen. Als Nächstes hatte er statt des Hakens den Hammer an seinem Arm festgeschraubt und dann die Klaue. Er hatte auf das Kristall eingedroschen, bis ihm der Schweiß unter dem eisernen Dreispitz hervorgelaufen war.

Und nun kniete er erschöpft vor dem Altar, die Ratte auf der Schulter, die linke Hand auf das Glas der Vitrine gelegt, die schwarze Braue dagegengepresst, und betrachtete mit dem verbliebenen Auge grimmig das Artefakt in ihrem Inneren.

Sicher war nur, dass das Ding aus Leder war. Zumindest

außen. Sein Inneres schien aus zahllosen Schichten dünnen Stoffes zu bestehen. Etwas Ähnliches hatte Schwartzbarth sein Lebtag noch nicht gesehen. Derlei konnte man weder mit dem Hammer noch der Axt erschaffen. Es wirkte, als sei es nicht von Zwergenhand gemacht.

Aber wer hätte es dann erschaffen können?

Waren es womöglich die Götter gewesen?

Doch selbst wenn, wäre damit noch immer nicht geklärt, wozu das Ding nütze war. Aber wenn das wirklich das abartige Artefakt war, dann hatten diese Zwerge mit ihrem seltsamen Floß nicht nur das Imperium auf dem unwirtlichsten aller denkbaren Wege verlassen, sondern darüber hinaus tatsächlich das Undenkbare vollbracht. Und das wiederum bedeutete, dass Bedeutsames im Gange war.

Die Piraten hatten ihre Spione. Selbst hier unten war ihnen zu Ohren gekommen, dass die Säulen des Imperiums ins Wanken geraten waren und dass der Verwalter die Neuordnung unumstößlicher Traditionen veranlasst hatte. Gerüchten zufolge sollte sich sogar die große Erzferkelprophezeiung bewahrheitet haben.

Aber auf derlei abergläubisches Kieselgeklapper gab Schwartzbarth nichts.

Nachdenklich fuhr er sich mit dem Haken durch den Bart.

Wenn dieses Ding tatsächlich das abartige Artefakt war, dann war alles möglich. Vielleicht konnte es ihm sogar den Weg zurück ins Imperium ebnen. Denn wenn diese Zwerge das Artefakt entwendet hatten, würde der gegenwärtige Verwalter sicher alles dafür tun, um es wiederzuerhalten. Wahrhaftig alles. Schwartzbarth würde in das Eherne Imperium zurückkehren dürfen. Wieder ein Zwerg sein. Vielleicht den Rang eines Erzfürsten bekleiden. Oder gar den eines Stammesführers.

Versonnen schloss der Kapitän der *Sturmgluth* sein Auge und atmete tief durch. Womöglich war dies der Hammer, mit dem sich ein Wunder aus den Wänden des Schicksals schlagen ließe …

Zuvor aber galt es, so viel wie möglich über das abartige Artefakt in Erfahrung zu bringen: Wie seine Gefangenen es in ihren Besitz gebracht hatten. Warum sie es getan hatten. Und was sie damit vorgehabt hatten …

Er trat von dem Altar zurück und ging zu einem stählernen Ornamenttisch hinüber. Dort ließ er sich in einen schweren Lehnstein sinken, griff nach einem Krug und schenkte sich einen Humpen Bier ein.

Vor ihm lag die Habe der neuen Gefangenen, Taschen, Waffen, Nachschlüssel und Helme. Er hatte alles mehrfach durchsucht, aber nichts Bemerkenswertes gefunden. Bei nächster Gelegenheit würde er das ganze Gerümpel über Bord werfen. Er hob den Blick und betrachtete den Kamin, in dem ein paar Eisbrocken lagen, die inzwischen beinahe ganz geschmolzen waren. Sie erfüllten die Kajüte mit einer angenehmen Kühle, die nach der Hitze, die in den anderen Räumen der *Sturmgluth* herrschte, eine wahre Wohltat war. Derlei Annehmlichkeiten waren das Vorrecht des Kapitäns. Ebenso wie das trübe weiße Licht der leise summenden Lampen, die von den dumpf wummernden Maschinen der *Sturmgluth* betrieben wurden.

Bedächtig leerte Schwartzbarth seinen Humpen, zog eine kleine Blechschatulle hervor und öffnete sie. Lächelnd betrachtete er ihren Inhalt: das geschorene Barthaar seiner Gefangenen.

Die Ratte auf seiner Schulter quiekte leise, sprang behände über seinen Arm auf den Tisch, stellte sich auf die Hinterläufe und blickte ihren Herrn aus großen schwarzen Augen an.

Lächelnd streichelte Schwartzbarth dem Tier mit der Spitze

seines Hakens über den Bauch. Dann griff er in die Schatulle, nahm ein paar Haare daraus hervor und fütterte damit das Tier.

„Lass es dir schmecken, Trolltöter, mein kleiner, treuer Kamerad. Du hast es dir verdient …"

Zufrieden beobachtete er, wie die Ratte die Haare gierig verschlang. Er wollte gerade ein weiteres Mal in die Schatulle greifen, als drei schwere Schläge an der Kabinentür erklangen. Schwartzbarth hielt inne und richtete sich in seinem Lehnstein auf.

„Komm herein, Glimmspan", rief er.

Mit leisem Knarren öffnete sich die Tür, und eine Welle heißer Luft strömte in die Kabine. Ihr folgte der zwergische Vertraute des Kapitäns, die Hände auf den Äxten, den Kopf geneigt und den Blick ergeben auf seinen Vorgesetzten gerichtet. Direkt hinter ihm schleiften zwei muskulöse Flammenankerzwerge den graubärtigen Anführer der neuen Gefangenen in die Kajüte.

Kurz vor dem Altar stießen sie ihn zu Boden.

Fluchend rappelte sich der Gefesselte auf.

Glimmspan aber ließ nicht zu, dass er sich ganz aufrichtete. Er legte ihm die Axtklinge an den Hals und flüsterte ihm ins Ohr: „Knie, Sklave, vor dem Herrn der *Sturmgluth*!"

Der Höchste murmelte leise einen Fluch, blieb aber auf den Knien.

Tihf erhob sich hinter seinem Ornamenttisch, verschränkte Hand und Haken auf dem Rücken und ging zu dem knienden Gefangenen hinüber. Zufrieden nickte er seinem Schergen zu.

„Du kannst gehen, Glimmspan. Und bring mir neues Eis."

Mit sichtlichem Unmut neigte der Einohrige das Haupt und verließ, flankiert von den beiden Muskelzwergen, die Kajüte.

Kaum dass die Tür sich geschlossen hatte, baute sich der Kapitän vor dem Gefangenen auf.

„Du behauptest also, der Einzigartige zu sein? Der Wunderbare? Der Unglaubliche? Die strahlende Fackel des zwergischen Glaubens, der eine unter den anderen?"

„Nun ja, ich war einmal der Einzigartige, Wunderbare und Unglaubliche", erwiderte der Hohepriester zerknirscht.

Der Kapitän der *Sturmgluth* hob eine Braue.

„Dann bist du es also nicht mehr?"

„Ich bin das, was von ihm übrig ist", versuchte der Hohepriester zu erklären.

„Was willst du damit sagen?", fragte der Piratenkapitän ärgerlich.

„Der Verwalter hat diese Titel zerschmettert", erwiderte der Hohepriester. „Mitsamt allem, wofür sie stehen."

„Ich verstehe." Schweigend grübelte Schwartzbarth zwei kurze Schläge nach. „Er wird dich also nicht zurückhaben wollen."

„Von wem sprecht Ihr?", fragte der Allerhöchste vorsichtig.

„Vom Verwalter."

„Soweit ich weiß, ist der Verwalter inzwischen ebenso wenig mehr Verwalter, wie ich Hohepriester bin."

Schwartzbarth verdrehte die Augen. „Und was soll das nun wieder bedeuten?"

„Nun, das Zwergische Zwielicht hat ihn gestürzt, und ein Zwerg namens Felsigk Klammgluth hat den schwarzen Thron bestiegen."

„Dann ist dieser Klammgluth jetzt also der Verwalter?"

Der Allerhöchste zögerte einen Moment, als ahnte er, dass seine Antwort sein Gegenüber nicht zufriedenstellen würde.

„Klammgluth … ist tot."

Schwartzbarth schob sich den Dreispitz in den Nacken und

kratzte sich mit dem Haken an der Stirn. Kaum war man ein paar hundert Schichten verbannt, ging es auf der anderen Seite des Abgrundes drunter und drüber.

Allein vom Zuhören wurde ihm schwindelig.

Der Kapitän beschloss, sich zunächst einmal ein Pfeifchen zu stopfen. Auch auf die Gefahr hin, dass danach schon wieder jemand anderes über das Imperium herrschte.

Kopfschüttelnd ging er an dem vor ihm knienden Hohepriester vorbei und trat an die stählerne Kajütenwand, wo sich ein kleines, verziertes Eisenschränkchen befand. Über die Schulter hinweg sagte er zum Höchsten: „Also gut, kommen wir auf etwas anderes zu sprechen. Das da …" Er deutete auf den goldenen Altar. „Das da ist also das abartige Artefakt?"

Der Hohepriester nickte eifrig. „Ja. Wir haben es aus der kryptischen Kammer am Ende des gemeinen Ganges gestohlen. Ich und meine Gefährten, die wir zusammen den Schicksalszwerg bilden …"

Schwartzbarth hob abwehrend den Haken.

„Nein. Bitte keine anstrengenden Geschichten mehr. Beantworte einfach meine Fragen." Er öffnete das eiserne Schränkchen, und ein anregender Duft drang daraus hervor und erfüllte den ganzen Raum. Oder besser eine Vielzahl von anregenden Düften. Das Schränkchen bestand aus schlichtem Schmiedewerk und besaß wenige Verzierungen, nicht einmal Schlösser. Wozu auch? Kein Zwerg, der etwas unter dem Helm hatte, hätte sich hier herunter gewagt. Die Höhlen jenseits des Abgrundes mochten das Reich der Entzwergten sein, doch der Magmasee war die Welt der Verfluchten, Verdammten und Verlorenen. Und diese zu bestehlen, war in etwa so ratsam, wie einem Troll etwas aus den Zähnen pulen zu wollen.

Die Einzigen, die in Kapitän Schwartzbarths Kajüte kamen, waren Mitglieder seiner Mannschaft. Und die hätten eher den

Kopf ins Magma gesteckt, als sich mit ihrem Befehlshaber anzulegen. Schwartzbarth hätte in seiner Kajüte selbst die größten Schätze der Höhlen offen herumliegen lassen können. Und es waren wahrhaft Schätze, die sich da in seinem Tabakschrank befanden! Er bewahrte darin so ziemlich alles auf, was sich in irgendeiner Weise rauchen ließ. Manchmal lauerten die Magmapiraten Neuankömmlingen auf oder überfielen die Höhlen der Entzwergten, um sich an ihren Tabaksbeuteln zu vergreifen oder Sklaven zu rauben.

Die Sklaven waren Geschäft. Der Tabak war Vergnügen.

Neben Runzelrinde lagen in Tihf Schwartzbarths eisernem Schränkchen auch Tausendschmauch und Keuchkraut. Selbst Steinschmauch, Nachtschattentabak und Glimmfarrn fanden sich darin. Und sogar Gottkraut.

Angesichts dieser Sammlung von Rauchwaren wäre wohl selbst Staubboldt Stockbruch, der oberste Rauchmeister der Zwerge, vor Neid erblasst. Sein Handwerk unterlag Regeln und Gesetzen, die außerhalb des Imperiums keinen Zwerg scherten. Tihf Schwartzbarth konnte seinen Tabak mischen, wie immer er wollte. Fledermausblut, Schleimschleicherfühler, Aschassel oder Trollfingernagel waren die geringsten Probleme. Er stopfte seine Pfeife selbst mit zerstoßenen Sprengkäfern oder getrockneten Gleimpilzstängeln. Manchmal sogar mit dem Barthaar seiner Gefangenen.

Die besonderen Tabaksorten behielt der Kapitän natürlich für sich, und die Mannschaft bekam, was er ihnen zuteilte. Ihre Ration war großzügig, doch dafür wussten sie in den seltensten Fällen, was sie bekamen. Schwartzbarth hatte eine spezielle Mischung entwickelt, deren wichtigste Zutat er seinen Leuten wohlweislich verschwieg. Der Einzige, der wusste, worum es sich dabei handelte, war Thorf Glimmspan, dem auch die freudlose Aufgabe zuteil wurde, sich um die Beschaffung dieser Zutat zu kümmern, die selbst in einer Welt ohne Gesetze noch verrucht genug war, um besser unbekannt zu bleiben.

Geistesabwesend schraubte Kapitän Schwartzbarth seinen Haken ab und ersetzte ihn durch einen eisernen Pfeifenhalter, in dem eine langstielige Trollknochenpfeife steckte. Er stopfte etwas Tabak in den bleichen Knochenkopf der Pfeife. Dann nahm er in aller Gemütsruhe mit einer kleinen Zange einen glühenden Stein aus einer Stahlschale, die auf dem Schrank stand, drückte ihn in den Pfeifenkopf und sog an der Pfeife, bis die Glut den Tabak erfasste. Der Duft des Tabaks erfüllte die Kajüte. Er roch schwer, bitter, süß und seltsam. Langsam wandte sich der Kapitän, dunkle Rauchwölkchen paffend, wieder seinem Gefangenen zu.

„Gehe ich recht in der Annahme, dass der Zwerg, der gegenwärtig das Hammerzepter führt und über das Imperium herrscht, wer immer es auch sein mag, einiges dafür geben würde, um zumindest das abartige Artefakt wiederzubekommen?"

Schwartzbarth sog den Rauch ein und schaute sein Gegenüber abwartend an.

Der Hohepriester nickte langsam.

„Oh ja, das täte er, Meister Schwartzbarth. Doch erlaubt mir, Euch von der Prophezeiung zu berichten, die ..."

Der Kapitän schüttelte lächelnd den Kopf.

„Nein. Lieber nicht."

„Aber das Schicksal ...", begann der Hohepriester von Neuem.

„Wir haben gute Äxte, Alterchen", fiel ihm der Kapitän ins Wort. „Darum brauchen wir hier unten kein Schicksal. Und wenn dir das nicht passt, kannst du gerne von Bord gehen ..."

Das Auftreten des Kapitäns schüchterte den Hohepriester ein. Er war es nicht gewohnt, dass jemand ihm den Bart verbot.

Aber er spürte, dass es besser war, sich diesem Zwerg nicht zu widersetzen. Mit geneigtem Haupt schaute er sich vorsichtig um, sah den goldenen Altar und den Ornamenttisch, auf dem die Habseligkeiten des Schicksalszwergs lagen, welche die Piraten ihnen abgenommen hatten. Verzweifelt suchte der Hohepriester nach einem Ausweg, einer Möglichkeit, die *Sturmgluth* mitsamt seinen Kameraden zu verlassen.

Und dann stieg ihm ein bestimmter Geruch in die Nase, den er während der letzten schicksalhaften Schichten immer wieder gerochen hatte, der sein Leben von Grund auf verändert und ihm den Glauben zurückgegeben hatte. Jedenfalls vorübergehend. Es roch nach Gottkraut. Ganz ohne Zweifel. Tihf Schwartzbarth rauchte tatsächlich Gottkraut!

Und wenn der Kapitän der *Sturmgluth* Gottkraut rauchte, dann hatte der Schicksalszwerg noch eine Chance.

Gemeinhin sagte man, dass Gottkraut so stark war, dass es jeden, der es rauchte, in die Lage versetzte, mit den Steinen zu sprechen. Das war zwar nur eine Redensart, aber darin lag immerhin ein Körnchen Wahrheit: Gottkraut ließ Zwerge tatsächlich mit Steinen sprechen. Allerdings nur mit ganz besonderen Steinen. Sogenannten Seelensteinen. Sie waren von roter Färbung und poröser Beschaffenheit und vermochten unter gewissen Umständen die Seele eines verstorbenen Zwerges aufzunehmen. Wenn sich nämlich ein solcher Stein beim Verbrennen der sterblichen Überreste eines Zwergs in der Nähe des Feuers befand, ging die Seele des Zwergs statt in das Feuer in den Stein über. Und ein Zwerg, der Gottkraut geraucht hatte, konnte Kontakt mit der Seele in dem Stein aufnehmen.

Heimlich lächelte der Höchste in seinen Bart.

Die wenigsten Zwerge wussten davon, was die Seelensteine vermochten. Und sprechende Steine wirkten wahre Wunder!

Niemand wusste das besser als er selbst, der lange genug von einem dieser Steine belogen worden war. Und eben dieser verlogene Seelenstein befand sich in seiner Tasche, die auf dem Tisch neben den Waffen und Habseligkeiten seiner Gefährten lag. Es war ohne Zweifel der verlogenste Seelenstein, den das Imperium je gesehen hatte. Er hatte behauptet, eine Manifestation des Ewigen Schmieds zu sein und den Willen der Götter zu verkünden. Erst dadurch hatte er den Höchsten und seine Kameraden überhaupt dazu gebracht, das Undenkbare zu wagen und sich gegen den Verwalter, das Imperium und alles, was einem guten Zwerg sonst noch heilig war, zu stellen.

Schnappsagk Silberkies, dem größten Halunken der Zwergenheit gegenüber hatte der Stein später behauptet, er wäre der Gott des Zwergischen Zwielichts, wodurch er ihn dazu gebracht hatte, die Felsverliese von Vorrngarth zu öffnen.

Wie der Höchste inzwischen hatte erfahren müssen, ruhte jedoch weder der Ewige Schmied noch der Gott des Zwergischen Zwielichts in jenem Stein. Vielmehr handelte es sich um die Seele des zwergischen Gelehrten Wutrich Pilzgrimm, der für seine unorthodoxen Methoden bekannt gewesen war und schon einige Hundert Jahre nicht mehr unter den Schürfenden weilte.

Und besagter Methoden bediente er sich selbst jetzt noch.

Verlogen, wie er war, hätte er einem Zwerg vermutlich Stein als Käse verkaufen können. Und auf eben diese Fähigkeit gedachte der Hohepriester zu setzen. Er wusste, dass der Stein alles wahrzunehmen vermochte, was um ihn herum geschah. Er hatte deshalb sicher auch gesehen und gehört, was in der Kajüte vor sich ging – wie auch immer er das bewerkstelligte.

Der Hohepriester sah Schwartzbarth einen weiteren tiefen Zug aus seiner Trollknochenpfeife nehmen. Der Schurke rauchte tatsächlich Gottkraut. Er würde den Stein also hören können. Der Allerhöchste musste nur noch darauf hoffen, dass der Stein mitspielte und sich etwas einfallen ließe, um sie hier herauszuhauen.

Der Allerüberhöchste richtete sich zu seiner vollen Größe auf, rückte mit gefesselten Händen seine geschliffenen Augengläser zurecht und deutete anklagend auf den Kapitän der Magmapiraten.

„Weh dir, Tihf Schwartzbarth, weh dir, der du das Schicksal verhöhnst! Denn in unserem Gepäck befindet sich ein Artefakt, das älter ist und heiliger als der Hammer der Altvorderen und der Bierquell von Bims*! Schau dort in jene Tasche und erfahre, dass Äxte dich nicht vor dem Hammer des Schicksals zu schützen vermögen!“

Schwartzbarth runzelte die Stirn. Etwas Rost rieselte von seinem Dreispitz. Er war sich nicht sicher, ob er das gerade wirklich gehört hatte. Er hatte Gefangene schon für wesentlich geringfügigere Vergehen über Bord geworfen. Und jetzt stellte sich dieser greise, helmlose Weißbart mit der Halbglatze hier auf und wollte ihm drohen? Und dann auch noch mit dem Schicksal? Er kannte unzählige Dinge, die schlimmer waren als das Schicksal. Zum Beispiel, was die Trolle vor dem Einschlafen mit ihren Frauen taten. Wer das einmal gesehen hatte, hatte keine Angst mehr vor dem Schicksal, sondern war bloß noch froh, keine Trollfrau zu sein.

* Der Bierquell von Bims, dem man nachsagte, alles in Bier verwandeln zu können, was mit ihm in Berührung kam, gilt als eines der großen Mysterien der Zwergenheit und eines der vier Höhlenwunder. Obwohl sich im Lauf der Jahrhunderte zahlreiche Expeditionen mit noch ungleich zahlreicheren Fässern aufmachten, um ihn zu finden, wurde er doch nie entdeckt. Kritiker der Legende gehen davon aus, dass der Mythos des Bierquells von zwergischen Fassmachern erdacht worden war.

Doch was, wenn an den Worten des Alten tatsächlich etwas dran war? Es konnte nicht schaden, einmal nachzusehen, oder?

Er funkelte seinen Gefangenen düster an und wandte sich dann dem Ornamenttisch mit den erbeuteten Habseligkeiten zu. Vorsichtig öffnete er die Tasche, von der der Hohepriester gesprochen hatte. Sie hatte ein großes Loch und ihre besten Tage augenscheinlich schon lange hinter sich, war jedoch von ausgezeichneter Qualität. In ihrem Inneren aber befand sich lediglich ein kleiner roter Steinwürfel.

Tihf Schwartzbarth holte ihn heraus und drehte sich mit fragendem Blick zu dem Gefangenen um. Doch im gleichen Augenblick vernahm der Kapitän der *Sturmgluth* eine Stimme. Es war eine seltsame Stimme. Sie klang nicht wie die eines Zwerges, sondern beinahe unwirklich, fast so, als würde sie nur in seinem eigenen Kopf existieren. Und dabei schien ihr Ursprung doch auf irgendeine sonderbare Weise in dem Stein in seiner Hand zu liegen.

„Vernimm meine Stimme, Tihf Schwartzbarth, und erzittere! Denn ich bin der steingewordene Wille des Magmas! Seit Urzeiten mäanderte ich glühend durch die Tiefen der Höhlen, bis die Götter mir befahlen, Stein zu werden, um dir von der Aufgabe zu berichten, die sie …"

„Halt den Mund", sagte Schwartzbarth knapp.

Der Stein ließ sich davon jedoch nicht beirren.

„Die Aufgabe, welche die Götter …"

Der Kapitän hob drohend seinen Haken und funkelte den Stein zornig an.

„Du sollst den Mund halten, oder ich öffne eine der Luken, und du bist schneller wieder Magma, als dir lieb ist."

Der Stein, oder besser Wutrich Pilzgrimm, geriet ins Stottern. „Äh, ich, also die Götter … Die Götter sind der Ansicht …"

Schwartzbarth lächelte hämisch.

„Hör zu, du Kasperkiesel, wer immer du auch sein magst, ich rauche Gottkraut, weil es mir schmeckt, und nicht, weil ich mit meinen Ahnen sprechen will."

Er wandte sich wieder dem Höchsten zu, der zusammenfuhr und sofort wieder auf die Knie sank. Im nächsten Augenblick war Schwartzbarth schon bei ihm und presste ihm seinen Haken unters Kinn.

„Glaubst du etwa, ich wüsste nicht, was ein Seelenstein ist?", herrschte der Kapitän den Alten wütend an. „Denkst du, ich habe Kies unterm Helm? Ich glaube, ich werde dich Sprengstoff fressen lassen, dir eine Lunte in den Hintern stecken und dann meine Zunderbüchse herausholen!"

In diesem Moment meldete sich erneut der Seelenstein zu Wort: „Ich sehe schon. Du kennst dich aus. Nehmen wir also einmal an, ich bin nicht die Stimme des Magmas."

Schwartzbarth knurrte leise, wobei einer seiner silbernen Zähne aufblitzte.

„Du sollst den Mund halten."

Der Stein fuhr jedoch ungerührt fort: „Ja, das sagtest du bereits. Aber da wusstest du auch noch nicht, dass ich der Einzige bin, der dir etwas über das Ding dort auf dem Altar erzählen kann."

Schwartzbarth stieß den Hohepriester unsanft von sich und trat mit dem Stein in der Hand an den Altar heran. Mit leuchtenden Augen betrachtete er das lederne Ding in der Vitrine. Seine Neugier war zurückgekehrt. Doch sie war nicht allein. Zu ihr hatte sich ein gesundes Misstrauen gesellt.

„Und warum, Stein, sollte ich dir glauben?"

Und in diesem Moment geschah es zum ersten Mal, dass ein Zwerg einen Stein schmunzeln hörte: „Weil ich, werter Schwartzbarth, es erschaffen habe …"

INTERMEZZO

Bereits zu Beginn der zweiten Schicht seiner provisorischen Herrschaft hatte Krugk Trümmerboldt zum Wohle der gesamten Zwergenheit die zwergische Zeitrechnung revolutioniert und die Schichten um zweihundert Schlag verlängert. Denn ein Zwerg, der mehr arbeitete, verdiente mehr Gold. Und ein Zwerg, der mehr Gold verdiente, zahlte mehr Steuern. Ebenso zum Wohle der Zwergenheit grübelte er außerdem über die Abschaffung des Feierabends nach.

Bevor er in dieser Angelegenheit jedoch zu einem endgültigen Entschluss gelangen konnte, heckte Krugk Trümmerboldt einen anderen Plan aus, um seine Herrschaft endgültig in Granit zu meißeln. Er würde Harrm Blutklump, den Wächter der Hohen Höhle aufsuchen, jener Höhle unterhalb des Schachtes, der zu den Göttern selbst hinaufführte. Wenn er dem Wächter allerdings tatsächlich gegenübertreten und ihn um seine Unterstützung ersuchen wollte, musste er zuvor so viel wie möglich über ihn in Erfahrung bringen. Das war klar wie Quarz.

Unterstützung war erfahrungsgemäß nichts, das sich aus einem Zwerg einfach herausprügeln ließ. Das nämlich wäre, da es sich dabei um sein Spezialgebiet handelte, einfach gewesen. In diesem Stollen war Trümmerboldt zu Hause. Doch um Harrm Blutklump davon zu überzeugen, ihm zu helfen, würde es mehr brauchen als ein paar Drohungen und einen flinken Hammer. Um den Wächter der Hohen Höhle türmte sich ein ganzer Steinbruch von Legenden und Gerüchten. Es hieß, er habe schon zu Lebzeiten die Hohe Höhle betreten, sei unsterblich und vermöge außerdem an verschiedenen Orten gleichzeitig zu sein. Selbst einen Zwerg wie Trümmerboldt, der es, ohne zu zögern, unbewaffnet mit einem Dutzend Schürfbrüdern aufgenommen und seinen Bart unversehrt aus der Höhle eines Erzgiftlings* gezogen hätte, machten solche Gerüchte unsicher.

Harrm Blutklump war ein Mysterium.

Und Trümmerboldt hatte noch nie ein Mysterium bedroht.

Seit Urzeiten bewachte dieser Zwerg die einzige Verbindung des Ehernen Imperiums mit jener Höhle, in der die Gottzwerge hausten.

Krugk Trümmerboldt verstand nicht viel von Religion.

Obwohl es seinen Grund hatte, warum er nie Schutzgold von Priestern erpresst hatte.

Der nämlich lag darin, dass er die Götter nicht einschätzen konnte. Wenn er auch nur die geringste Chance gesehen hätte, ihnen Furcht einzuflößen, dann hätte er sich wohl selbst noch mit den Göttern angelegt. Womöglich aber war dies die Gelegenheit, mehr über sie herauszufinden …

Näheres über Harrm Blutklump in Erfahrung zu bringen hatte sich bald als schwierig erwiesen. Aus den trübsinnigen Schürfern, die unter der Aufsicht von Trümmerboldts Garde, dem einstigen schwarzen Menhir, ihre Arbeit in den Stollen verrichteten, war kaum mehr als ehrfürchtiges Gestammel herauszubekommen, und die zwergischen Geheimorganisationen wussten genauso wenig über den Wächter wie Trümmerboldt selbst.

* Der Erzgiftling, eine legendäre Egelart, galt, obwohl er nie leibhaftig gesehen wurde, als giftigste Kreatur im Inneren der Gänge, der man nachsagte, sich aufgrund ihrer außerordentlichen Giftigkeit innerhalb kürzester Zeit komplett selbst vergiftet zu haben.

Wen aber konnte er sonst fragen?

Der Lebensweg eines Zwerges war ein gerader Stollen, den er, ohne nach rechts oder links zu blicken, den Hammer in der Faust, von Anfang bis Ende durchschritt. Den Hammer beiseitezulegen und Abzweigungen zu erkunden, wagten nur Priester oder Gelehrte. Und ebenso wie die Priester waren inzwischen aufgrund der aktuellen politischen Entwicklungen auch die meisten Gelehrten in die Kerker des Ehernen Imperiums eingegangen. Zumindest die echten Gelehrten. Dazu muss gesagt werden, dass der Gelehrtenstatus innerhalb des zwergischen Denkens nicht ganz klar umrissen war und es vermutlich seit den Tagen des großen Wutrich Pilzgrimm keine wahren Gelehrten mehr gegeben hatte. Damals hatte sich ein Gelehrter vor allem dadurch ausgezeichnet, dass er Zusammenhänge erkannte. Derlei aber wurde immer weniger gern gesehen, weshalb die Gelehrten auch mehr und mehr in Verruf geraten waren. Besonders, nachdem niemand Geringeres als der legendäre Pilzgrimm während der Spinnenkriege den Tod aller Zwergenfrauen und ihrer weiblichen Nachkommenschaft verschuldet hatte. Darüber zu sprechen, war in den Gängen verpönt, und in der Überlieferung in all ihren Formen hatte man sich darauf geeinigt, das Ganze als einen großen, tragischen Unfall zu bezeichnen.

Wie alle anderen Gelehrten hatte auch Wutrich Pilzgrimm zwei Hämmer besessen. Wobei Hämmer hier die Bezeichnung für die beiden Zwerge darstellte, die in den Diensten des Gelehrten standen und Besorgungen für ihn erledigten. Oder, wenn es nottat, auch mal einen Troll. Sie waren die starken Arme und wehrhaften Hände des Gelehrten, während er selbst sich auf andere Dinge konzentrierte.

In Trümmerboldts Augen bedeutete das nichts weiter, als dass ein Zwerg, der keiner ehrlichen Arbeit nachging, zwei weitere Zwerge von derselben abhielt. Abgesehen von ihrem schlechten Ruf und der Tatsache, dass sie Schürfkräfte an sich banden, brachen Gelehrte ebenso wie Priester kein Gold in den Stollen. Sie lebten von den Gaben der Zwerge und dem Wohlwollen ihres Herrschers, was sie in Krugk Trümmerboldts provisorischem Herrschaftssystem – dessen einziger Zweck im Erheben von Steuern bestand – vergleichsweise überflüssig machte. Also hatte der neue Herrscher der Zwerge die Hämmer der Gelehrten in die Stollen geschickt und überdies angeordnet, die Gelehrten im Gebrauch echter Hämmer unterweisen zu lassen. Das hatte allerdings nur den sicheren Beweis dafür erbracht, dass ein bewaffneter Gelehrter vor allem eine Gefahr für sich selbst darstellte. Nachdem also die Knochensäger, Fleischmetze und Kieferbieger, kurz, alle Heilkundigen des Ehernen Imperiums eine Zeit lang vor allem Gelehrte hatten versorgen dürfen, hatte Trümmerboldt das gesamte Gelehrtenpack mitsamt der Priester in den Kerker werfen lassen, um sie aus dem Weg zu haben.

Und da die Heilkundigen danach nicht mehr ganz so viel zu tun gehabt hatten, hatte er sie, um die soeben frei gewordenen Arbeitsplätze zu besetzen, in die Stollen geschickt. Seitdem standen ihm weder Glaube noch Tradition mehr im Weg. Sein Wille war Recht. Seine Willkür Gesetz. Wenn auch nur in Sandstein gemeißelt.

Als Krugk Trümmerboldt nun also doch der Hilfe der Gelehrten bedurfte, musste er sich hinab in die Verliese begeben. Und während seine Leibwache ihre silbernen Schlagstöcke spielerisch in die ledernen Handschuhe klatschen ließ, zerrte Trümmerboldt einen Gelehrten nach dem anderen an seinen rostigen Ketten aus der Dunkelheit, um in Erfahrung zu bringen, was sie über den Wächter der Hohen Höhle wussten.

Der provisorische Herr der Zwerge zog von einem Kerker

zum nächsten, vorbei an den Arbeitsstollen, in denen die dröhnenden Schläge der Spitzhacken erklangen. Zufrieden betrachtete Trümmerboldt seine Wachen. Der schwarze Menhir war überall. Die ersten Menhire trugen bereits die martialische Rüstung, die Trümmerboldt eine Schicht zuvor für sie entworfen hatte. Sie war eine Weiterentwicklung der Rüstung der Freiwilligen Felswehr. Schwarz und rot, Stahl und Leder, im Gegensatz zu den älteren Rüstungen waren jedoch an Schultern, Helm und Knien kleine, scharfe, schwarz schimmernde Klingen befestigt. Der Anblick der Menhire war furchteinflößend genug, dass sie in ihrer Rüstung auch mal ein Nickerchen machen konnten, ohne dass sich jemand an sie herangewagt hätte. Mit streng geflochtenen Bärten standen sie überall in den Gängen verteilt, die schwarzen Visiere hinuntergeklappt, die Silberstäbe drohend in der Faust, und neigten den Bart vor ihrem Herrn, wenn er an ihnen vorüberschritt. Unter ihren Augen schoben derweil, in steter Furcht vor den Stöcken der Wachen, schwitzende Zwerge Loren voll Erz durch die Gänge, ihre nackten, behaarten Oberkörper von Striemen und blauen Flecken überzogen.

Als sich die Geschichten der gefangenen Gelehrten nach drei Schichten allmählich zu wiederholen begannen, glaubte Trümmerboldt schließlich alles zu wissen, was er wissen musste. Er hatte viel erfahren und wusste inzwischen, dass der Wächter der Hohen Höhle nicht immer unsterblich gewesen war und erst Harrm Blutklump diese göttliche Ehre zuteil geworden war, der den Schacht der Hohen Höhle schon seit nunmehr tausenddreihundert Jahren bewachte. Vielleicht war er also nicht einmal unsterblich, sondern nur verdammt alt. Es gab schließlich durchaus ein paar Tausendjährige unter den Zwergen …

In früheren Zeitaltern hatte der Wächter stets gespürt, wenn es für ihn an der Zeit war, selbst in die Hohe Höhle einzuziehen und mit den Göttern anzustoßen. Er hatte dann den Verwalter aufgefordert, einen Gelehrten zu ihm zu schicken, damit er diesem das Handwerk des Wächtertums beibringen konnte. Denn die Aufgabe, den göttlichen Schacht zu bewachen, war die wichtigste und ehrbarste der gesamten Zwergenheit*. Um sie zu erlernen, brauchte es Geduld und Weisheit, Kenntnis von den Dingen und den Dingen hinter den Dingen und nicht zuletzt auch von all den Dingen zwischen den Dingen hinter den Dingen. Ganz zu schweigen von denen über und unter den Dingen.

Kurzum, die Aufgabe des Wächters war alles andere als einfach. Es dauerte einige Zeit, sie zu erlernen, weshalb der Wächter in der Regel bemüht war, seinen Nachfolger so früh wie möglich auszubilden. Blutklump aber hatte bisher noch nicht um die Entsendung eines Nachfolgers gebeten. Und vor ungefähr dreihundert Jahren war, den Worten der Gelehrten zufolge, etwas Sonderbares geschehen. Blutklump, der vor Hunderten von Jahren – bevor er zur Bewachung der Hohen Höhle entsandt worden war – selbst der linke Hammer des großen Gelehrten Wutrich Pilzgrimm gewesen war, verfügte, wie jeder Gelehrte seiner Zeit, über zwei Hämmer. Und eines Tages war sein rechter Hammer, ein kaum vierhundert Jahre alter Rotbart namens Bims Funkenbruch, Kopf über Helm in panischer Furcht aus der Wächterhöhle geflohen.

* Der schrundige Schacht galt dem Ehernen Volk als direkter Zugang in die Hohe Höhle, in welche die Toten eingingen, um dort gemeinsam mit den Göttern ein Bier zu trinken, für das allein es sich schon beinahe zu sterben lohnte. Dem mythischen Jenseitsbier standen allerdings auch mystische Jenseitskopfschmerzen gegenüber, die verschiedenen Legenden zufolge selbst den Gottzwergen zu schaffen machten.

Mit zerrissenem Wams und blutigen Füßen war er aus den oberen Höhlen zurückgekehrt, schreiend, helmlos und mit zerrauftem Bart. Es hieß, sein Körper sei von Narben übersät gewesen und tief in seinem Schädel habe ein Knochenbohrer gesteckt, wie die Heilkundigen ihn benutzten. Seine Arme hätten in seltsamen stählernen Vorrichtungen gesteckt, und es wäre offensichtlich gewesen, dass ihm einiges Wüstes widerfahren war.

Und obwohl er geschrien hatte wie ein Zwerg vor einem leeren Fass, hatte man doch kein einziges Wort aus Blutklumps rechtem Hammer herausholen können. Er hatte nur geschrien und geschwiegen. Und eben das tat er auch heute noch.

Kaum dass Funkenbruch auf derart unrühmliche Weise in den Schoß des Imperiums zurückgekehrt war, war der Große Verwalter mit der Schwarzen Garde aufgebrochen, um in der Wächterhöhle nach dem Rechten zu sehen. Und seit seiner Rückkehr von dort hatte kein Zwerg je wieder die Wächterebene betreten.

Hin und wieder war noch Blutklumps linker Hammer gesichtet worden, der sich in den Schmiedehöhlen herumdrückte und im Auftrag seines Herrn Zahnräder und Kolben, Röhren und Muffen, Schrauben, Gewinde und eiserne Federn herstellen ließ, um die manische Maschine zu nähren. Doch je öfter man ihn sah, desto sonderbarer wurde er, der linke Hammer des Wächters.

Der letzte Verwalter hatte dann vor knapp zweihundert Jahren eine Delegation von drei Zwergen auf die Wächterebene entsandt, um herauszufinden, ob Blutklump noch am Leben war und seine Ankündigung ernst gemeint hatte. Nur einer von ihnen war so weit vollständig zurückgekehrt, dass man ihn noch als Zwerg hatte erkennen können. Und dieser konnte lediglich von den Fallen berichten, die den Weg zu den Wächterhöhlen säumten. Denn bis zum Wächter selbst waren er und seine beiden Gefährten nicht vorgedrungen.

Seit jener Schicht hatte kein Zwerg je wieder versucht, auf die Wächterebene zu gelangen oder Kontakt mit Harrm Blutklump aufzunehmen. Und selbst mit seinem linken Hammer, der sich mitunter angeblich immer noch in den Schmiededistrikten herumtrieb, wagte niemand mehr ein Wort zu wechseln. Die Geheimnisse des Schachtes lagen versiegelt in den Wächterhöhlen, abseits von Neugier und Verständnis der gewöhnlichen Zwergenhaften.

Über all das sinnierte Krugk Trümmerboldt nach, als er aus den Verliesen emporstieg und die einstigen Gelehrten wieder der Finsternis überließ. Begleitet von zwei Wachen mit Käferlaternen schritt Trümmerboldt zügig voran. Überall in den Gängen roch es nach Schweiß und Furcht. Das waren die zentralen Bestandteile der Welt. Seiner Welt. Der des größten Schutzgolderpressers aller Zeitalter, den die verschlungenen Stollen des Schicksals zum Herrscher über Zwerg und Zwergeszwerg gemacht hatten.

Er hatte in Erfahrung gebracht, was er wissen musste. Blutklump war die Lösung seiner Probleme. Ein Mythos, eine Legende, mit der man Frischgeschlüpfte erschreckte. Wenn dieser Zwerg seine provisorische Herrschaft im Namen der Götter bestätigte, dann würde das Provisorium ewig andauern! Nun musste er bloß noch irgendwie in Blutklumps Höhle gelangen.

Auf dem Weg zurück auf die Verwalterebene grübelte Krugk Trümmerboldt angestrengt nach, suchte einen Spalt im Fels der Geheimnisse, durch den er hindurchlugen konnte. Doch der Stein dieses Rätsels war makellos. Die Wahrheit der Wächterhöhlen verbarg sich vor seinen Blicken und Gedanken hinter Fallen, Aberglauben und Schweigen. Wenn es keinen anderen Ausweg gab, so dachte Trümmerboldt, während er im grünlichen Widerschein der summenden Käferlaternen in einen weiteren Gang einbog, würde er den Menhir entsenden müssen. Zwerg um Zwerg würde in Blutklumps Fallen sterben, und am Ende würde er über die Leichen seiner Getreuen hinweg die Wächterhöhle betreten können …

Wenn es sein musste, würde er auch diesen Stollen wählen. Sein Entschluss, dem ehrwürdigen Wächter der Hohen Höhle gegenüberzutreten, stand fest. Dafür würde er so viel Gold und Bärte opfern, wie eben nötig war.

KAPITEL III

IN DEM DAS ABARTIGE ARTEFAKT NOCH RÄTSELHAFTER WIRD, ZUM ERSTEN MAL DIE SCHARTIGE SCHAUFEL ERWÄHNUNG FINDET UND EIN TOTER KÄFER BEI ALL DEM ZUSCHAUT

Unbeirrbar stampften die monströsen Maschinen der *Sturmgluth* durch den Magmasee voran in Richtung Blutbucht. Wankend glitt das Schiff durch die wabernde Hitze und legte sich mit knarrenden Blechsegeln von einer Seite auf die andere. Hoch über ihm, im dichten Rauch, der aus seinen gigantischen Schloten quoll, schwirrte ein schon lange toter Käfer umher und beobachtete, wie Thorf Glimmspan den gefesselten Hohepriester aus Schwartzbarths Kajüte zerrte, um ihn zu seinem persönlichen Vergnügen an einen der Maste zu binden und ein wenig auszupeitschen.

Und während der Einohrige mit bösem Lächeln die Peitsche hob, tauchte der Käfer mit brummenden Flügeln durch die wabernde Hitze hinab, flog einen Bogen und starrte mit totem, kaltem Blick durch die rußgeschwärzten Fenster der Kapitänskajüte.

Im Inneren erkannte er in der vom schmelzenden Eis gekühlten Luft Tihf Schwartzbarth, der mit einem roten Stein in der Hand vor einem goldenen Altar stand. Der Käfer sah, wie der Bart des Kapitäns sich bewegte und der Herr der *Sturmgluth* mit jenem Stein zu sprechen schien.

Der Käfer stieß sich vom Fenster ab.

Er schwirrte vor der Kajüte auf und ab, als würde er zwischen stählernen Streben und Kristall nach etwas suchen. Kurz darauf verschwand er leise brummend durch ein schmales, rostzerfressenes Lüftungsrohr, das ins Innere der Kajüte führte.

Argwöhnisch drehte Schwartzbarth den Stein in seiner verbliebenen Hand.

In der Halterung seines Armstumpfes ruhte seine Pfeife, in der das Gottkraut glühte.

Seine Ratte sprang auf dem Ornamenttisch umher und blieb immer wieder stehen, um ihren schmalen Kopf in der silbernen Schatulle mit Zwergenbarthaar zu versenken.

Der Kapitän der *Sturmgluth* sog an seiner Pfeife und hob den Stein vor sein Auge.

„Du behauptest also, du hättest das abartige Artefakt erschaffen?“, fragte er schließlich mit unüberhörbarem Misstrauen in der Stimme.

„Nicht ganz“, ertönte die Stimme des Steins.

Schwartzbarth funkelte ihn böse an.

„Das hast du aber gesagt!“

Der Stein versuchte sich zu erklären: „Ich habe lediglich gesagt, dass ich das erschaffen habe, was sich dort unter dem Glas auf jenem goldenen Altar befindet.“

Nachdenklich griff sich der Kapitän in den Bart, drehte den Kopf und betrachtete den Altar und das Ding darauf. Er grübelte einen Moment lang nach und wandte sich dann wieder dem Stein in seiner Hand zu.

„Aber das ist das abartige Artefakt!“

Der Stein räusperte sich. „Mit Verlaub, Käpt'n“, fuhr er mit belehrender Stimme fort, „das ist es nicht. Vielmehr handelt es sich dabei um die Enzyklopädie der Erzwärtigen. Diese befand sich lediglich am selben Ort mit dem Artefakt, weil der Verwalter einst darauf bestand, sie am sichersten Platz des gesamten Imperiums, nämlich in der kryptischen Kammer am Ende des gemeinen Ganges, zu verstecken.“

Schwartzbarth trat an die Vitrine und starrte ungläubig hinein.

„*Was* soll das sein?“

„Die Enzyklopädie der Erzwärtigen, das komplette Kompendium, das gesammelte Wissen des Ehernen Volkes.“

Misstrauisch schritt der Kapitän der *Sturmgluth* um die Vitrine herum und betrachtete das Ding in ihrem Inneren. Das gesamte Wissen des Ehernen Volkes konnte allerdings nicht besonders umfangreich sein, wenn es tatsächlich dort hineinpasste. Das Ding war allenfalls einen Zwerg groß …

Wahrscheinlicher war, dass der Stein log. Denn darin schien er sehr geübt zu sein. Schwartzbarth hatte ein Gespür für so etwas. Er lachte böse auf.

„Wie sollte das gehen, Zwerg? Mein Wissen passt in meinen Körper. Und wahrscheinlich bräuchte es nicht einmal den ganzen Platz. Wie soll dann das Wissen Tausender Zwerge in etwas hineinpassen, das kaum größer ist als ein einzelner Zwerg?“

Der Stein seufzte.

„Das Geheimnis heißt Schrift. Und es ist ein mächtiges Geheimnis. So mächtig, dass der Verwalter es in die Tiefen der kryptischen Kammer verbannte, auf dass nie ein Zwerg es ergründen möge!“ Der Stein hielt kurz inne. „Ich persönlich fand das immer etwas übertrieben.“

Beinahe lautlos kam durch eine faustgroße Rohröffnung in der Decke ein merkwürdiger Käfer ins Innere der Kajüte geschwirrt. Bemüht, dem Blick des Kapitäns auszuweichen, verbarg er sich hinter dem eisernen Tabakschränkchen und lugte mit seinen untoten Augen vorsichtig dahinter hervor.

In diesem Moment hielt Trolltöter inne und hob die Schnauze aus der Schatulle mit dem Barthaar. Die Ratte sog durch Nase und Vorderzähne die Luft ein und blickte sich hektisch um. Sie glaubte, etwas gewittert zu haben.

Schwartzbarth kratzte sich mit der Pfeife am Kinn. Er schaute den Stein in seiner Hand lange und nachdenklich an.

„Schrift, hm, soso …", sagte er schließlich. Ihm war anzumerken, dass er den Ausführungen des Steines nicht einen Bart weit folgen konnte. Zugleich aber machten Andeutungen über mächtige Geheimnisse Zwerge, die keiner geregelten Arbeit nachgingen, seit Urzeiten neugierig. „Aber was genau ist diese Enzyklopädie?", fragte er.

Der Stein antwortete, ohne zu zögern: „Sie ist wie zehntausend Steine voller Zeichen, nur leichter. Und diese Zeichen vermögen jedem, der sie zu deuten vermag, ihre Geheimnisse zu offenbaren."

Schwartzbarth bemühte sich redlich, zu verstehen.

„Diese Zeichen haben also auch Geheimnisse?"

„Ja, aber es sind nicht ihre, sondern unsere."

„Woher sollen diese Zeichen unsere Geheimnisse kennen?"

Ganz allmählich wurde quarzklar, dass der Stein log. Der Kapitän dachte kurz nach und sog an seiner Pfeife. Wenn dem allerdings nicht so war, und diese Zeichen doch das ein oder andere Geheimnis kannten, dann war diese Schrift eine verdammt unheimliche Angelegenheit.

Der Stein fuhr unbeirrt fort, bemüht, dem einfachen Gemüt eines entzwergten Magmadümplers gerecht zu werden: „Sie kennen die Geheimnisse nicht. Aber derjenige, der sie niederschrieb, kannte sie."

„Hm, und das warst also du …", erwiderte Schwartzbarth grüblerisch. „Aber woher kennst du meine Geheimnisse, du schurkischer Stein?"

Die Stimme des Steins wurde nachdrücklicher. „Es sind nicht deine oder meine Geheimnisse! Es sind die des Ehernen Volkes! In diesem mit Käferleder gebundenen Kompendium findet sich unser gesamtes Wissen, frei von den Fesseln des

Verwalters. Alles, was Zwerge in meinen Tagen wussten. Wissen, von dem niemand erfahren sollte, Erfindungen, die nie genehmigt wurden!"

Schwartzbarth zog nachdenklich an seiner Pfeife.

„Aber wie kannst du all diese Dinge wissen? Wie kannst du sie mit deiner Schrift dort hineingemeißelt haben? Wer bist du, dass du …"

Der Stein ließ ihn nicht ausreden, sondern fuhr stattdessen in bedeutungsschwangerem Ton fort: „Ich, Tihf Schwartzbarth, bin Wutrich Pilzgrimm, der letzte große Gelehrte der Zwergenheit."

Schwartzbarth blickte den Stein verwundert an und hob eine seiner schwarzen Brauen, sodass das hineingeflochtene Ende seines Bartes mit emporzuckte.

„Oder zumindest das, was von ihm übrig ist", korrigierte sich der Stein eilig.

Kaum dass der Name Wutrich Pilzgrimm gefallen war, schrak der Käfer im Schatten des Schrankes auf und fuhr mit lautem Surren empor.

Die Ratte, die sich immer noch unruhig in der Kajüte umschaute, spitzte die Ohren und sprang mit einem riesigen Satz vom Tisch auf die Schulter ihres Herrn.

Schwartzbarth fuhr herum. Hinter dem Schrank erkannte er die Ahnung eines Schattens. Trolltöter auf seiner Schulter fauchte laut. Die dunklen Augen der Ratte schweiften durch die Kajüte, und mit zitternden Barthaaren drehte sie langsam ihren schmalen Kopf, bis sie den Käfer entdeckt hatte.

Sie sprang von der Schulter des Kapitäns, setzte über den goldenen Altar hinweg und huschte mit wehenden Barthaaren auf das geflügelte Geschöpf zu, um es mit ihren Krallen im Sprung zu zerreißen.

Doch im selben Moment, als Trolltöter zum Sprung ansetzte, schoss der Käfer in die Luft hinauf – gerade hoch genug, dass die Ratte ihn verfehlte.

„Glut und Gischt noch eins!"

Schwartzbarth warf Stein samt Pfeife auf den Tisch und tauschte hastig den Pfeifenhalter gegen die Klinge aus. Dann machte er einen Schritt in Richtung Tabakschrank. Seine Augen verengten sich unter den geflochtenen Brauen, während er zusah, wie Trolltöter ein weiteres Mal Anlauf nahm und auf den Schrank sprang, um den Eindringling von dort zu erwischen. Doch erneut brachte sich ihr Opfer im letzten Moment mit brummenden Flügeln in Sicherheit. Dieses Mal aber verfehlte Trolltöter den Käfer nicht ganz. Mit einem Bein des Käfers zwischen den Zähnen krachte die Ratte mit lautem Scheppern in einen Stapel ungespülter blecherner Humpen.

Jetzt erst erkannte Schwartzbarth, dass es ein Glutschwirrling war, der sich in seine Kajüte verirrt hatte, und während er die Klinge hob und auf den Altar kletterte, schrie er: „Wie zum Troll kommt dieses hässliche Geschwirr hier herein?"

Er fuchtelte mit der Klinge in der Luft herum, verfehlte den Käfer jedoch ein ums andere Mal. In immer kleiner werdenden Kreisen schwirrte dieser unterhalb der eisernen Decke umher und verschwand schließlich, bevor Trolltöter sich wieder aufrappeln und Schwartzbarth die Vitrine erklimmen konnte, durch das rostfleckige Lüftungsrohr nach draußen.

Einen Moment lang starrten die Ratte und ihr Herr dem Käfer verwundert nach. Dann kletterte Schwartzbarth zu Boden und tauschte Klinge gegen Pfeifenhalter aus, während die Ratte wieder ihren Platz auf seiner Schulter einnahm. Sie stupste ihn mit der Schnauze gegen die Wange, und Schwartzbarth griff nach dem Käferbein, das sie ihm hinhielt. Grübelnd fuhr er mit dem Finger über das borstige rote Gebilde.

„Tatsächlich ein Glutschwirrling …“ Verwundert drehte er das Bein hin und her. „Aber so weit unten habe ich noch nie einen von ihnen gesehen …“ Er schüttelte den Kopf, stopfte das Käferbein in seine glühende Pfeife und begann wieder zu schmauchen. Dann wandte er sich erneut dem Stein zu. „Sei's drum. Sag mir, Pilzdings, warum hast du all dieses Wissen in dieses Ding gesteckt? Hat irgendwer dich dafür bezahlt?“

„Mein Lohn ist ein höherer, Zwerg!“, antwortete der Stein ein wenig empört. „Ich wollte Wissen bewahren. Über die Zeiten hinweg, ohne dass es sich nach und nach in trunkener Überlieferung verzerrte. Und darum habe ich Schrift und Papier erfunden!“

Schwartzbarth fuhr erschrocken zusammen.

„Dieses Papier, kennt es auch irgendwelche Geheimnisse?“

„Es bewahrt die Zeichen! Papier ist wie Stein, in barthaarfeine Scheiben geschnitten. Ein Fels sind zehntausend Seiten.“

Das überstieg das Vorstellungsvermögen des Magmapiraten, weshalb er noch einmal auf den zweiten Punkt zurückkam: „Dich hat also niemand dafür bezahlt?“

„Ich habe das Wissen unseres Volkes auf diese Seiten gebannt“, erläuterte der Stein. „Wort für Wort, Zeichen um Zeichen. Legenden, Erkenntnisse, Mythen und Geschichte. Auch meine beiden treuen Hämmer, Harrm Blutklump und Krummdingk Eisenkeim, habe ich heimlich in die Geheimnisse der Zeichen eingeweiht. Und dann, als ich dem Verwalter Buch und Schrift vorlegte, ließ er beides verbieten. Er sagte, wenn die Zwerge die Schrift erlernten, würden sie früher oder später beginnen, die Wände der Gänge vollzukritzeln. Und wenn sie Zugang zum Wissen der Väter und Vätersväter hätten, bräuchten sie keine Götter mehr. Und mit den Göttern würde auch er überflüssig werden. In seinen Augen war der Zwerg nicht geschaffen, seinen Bart in solche Dinge wie Bücher zu stecken. Er ächtete das Kompendium, hatte dabei jedoch zu viel Respekt vor dem Wissen der Jahrhunderte, als dass er es einfach vernichtet hätte."

Obwohl er nur die Hälfte verstand, nickte Schwartzbarth langsam. Er begriff zumindest, dass dieses Ding voller Zeichen und Geheimnisse tatsächlich einen gewissen Wert haben musste, wenn darum so ein Aufhebens gemacht worden war. Und wertvolle Dinge ließen sich verkaufen. Er musste sich nur überlegen, an wen.

Der Stein war jedoch noch nicht fertig: „Verbergen wollte der Verwalter das Buch vor den Blicken der Schürfenden. Auf dass niemals ein Zwerg gegen seinen Willen das Wissen der Vorväter erwarb. Und so hieß er mich, dieses unheilige Ding an den sichersten Ort des Imperiums zu bringen, wo nie ein Zwerg es erblicken würde. Und ich versteckte es eben dort, wo auch das abartige Artefakt untergebracht war. Ich trug es in die kryptische Kammer, verbesserte die zahllosen Fallen des gemeinen Ganges, ließ mir dabei jedoch eine Hintertür, damit ich es irgendwann wiedererlangen konnte.* Ich wollte das Wissen der Zwergenheit bewahren, die Erkenntnisse vergangener Schichten, um sie irgendwann dem Ehernen Volk mitzuteilen. Wenn die Zeit dafür gekommen war. Meine eigene Zeit sollte jedoch bedauerlicherweise weit früher kommen."

Schwartzbarth, der immer noch darüber nachdachte, wem er das Ding verkaufen könnte, schrak hoch.

„Du bist gestorben?"

Die Stimme des Steines klang schauderhaft, als er antwortete: „Auf die schlimmste erdenkliche Art."

* Hierbei handelte es sich um drei massive, mechanisch verstärkte Kupferrüstungen, die sogenannten Kupferkrieger, die Pilzgrimm einzig zu dem Zweck entwickelte, um den Fallen des gemeinen Ganges trotzen zu können (vgl. „Das abartige Artefakt – Die große Erzferkelprophezeiung 2").

Schwartzbarth schluckte. Das konnte nur eines bedeuten.

„Du bist verdurstet?"

„Nein. Ich habe den Splitterschierlingsbecher getrunken."

Der Kapitän der *Sturmgluth* erschauerte. Der schwarze Splitterschierling. Eine der giftigsten Substanzen diesseits und jenseits des Vergessens. Mit dem Saft des Schierlings konnte man Muster in Eisen ätzen oder einen kurzen, schmerzlosen Tod sterben. Wobei Letzteres ihm doch ein wenig sonderbar erschien.

„Aber warum sollte ein Zwerg das tun?"

„Ich bin dem Willen meines Herrn gefolgt, des einzigen und wahren Herrschers aller Zwergenhaften, die da wandeln im Zwielicht der Gänge des Imperiums. Denn man legte mir zur Last, dass ich durch eine einzige unbedachte Handlung die Zukunft des gesamten Ehernen Volkes zerstört hatte. Allerdings habe ich es in bestem Gewissen und mit den ehrbarsten Absichten getan."

Der Stein schwieg einen Moment lang, und Schwartzbarth, der das Gefühl hatte, dass dies eine längere Geschichte werden würde, stopfte sich eilig eine neue Pfeife, bevor der Stein weitersprach: „Während des Krieges gegen die Immerschwarze, die Allesverderberin, die schwarze Splitterspinne, entwickelte ich, um das vielbeinige Volk unserer Feinde zu vernichten, mit Hilfe von Harrm Blutklump und Krummdingk Eisenkeim, den beiden treuesten Hämmern, die ein Gelehrter je hatte, eine mechanische Sprengspinne."

Sprengstoff? Schwartzbarth wurde hellhörig. Die Mannschaft der *Sturmgluth* benutzte ihn mitunter, um Trolle zu vertreiben. Aber in den Grenzen des Imperiums war Sprengstoff seit vielen Hundert Jahren verboten. Seit die Zwergenfrauen bei einem tragischen Unfall ums Leben gekommen waren …
Und in diesem Moment begann der Kapitän der *Sturmgluth*

zu ahnen, welchen Lauf die Geschichte des Steines nehmen würde.

„Wir hämmerten und schmiedeten, schweißten und schmolzen in unserem Explodarium*. Und am Ende verfügten wir über zwei Exemplare mit ausreichend Sprengkraft, um jede Einzelne der gottlosen Splitterspinnen mitsamt ihrer Bruthöhlen zu zerstören!“

Schwartzbarth nickte bedächtig und sog an seiner Pfeife. „Und es ist euch auch gelungen. Glaube mir, ich bin noch nicht so lange entzwergt, dass ich die Geschichte vom Ende des größten aller Kriege nicht kennen würde. Du hast die Spinnen besiegt.“

„Oh ja, das habe ich“, erwiderte der Stein mit wehmütiger Stimme. „Als ich und meine treuen Hämmer das Räderwerk der Sprengspinnen aufgezogen hatten, schickten wir sie in die Gänge. Ihr Weg war exakt vorgegeben und einer komplizierten Mechanik unterworfen. Die erste der Sprengspinnen nahm den ihr bestimmten Weg. Die andere aber versagte. Gewiss, die erste Spinne zerstörte das gesamte Volk der Immerschwarzen, die zweite aber nahm einen anderen Gang. Letzten Endes blieb sie in der Weibzwerghöhle stehen und zerstörte dort in Feuerball und Flammenmeer statt dem Volk der Spinnen einen Teil des unseren. Die Sprengspinne explodierte in der Höhle, wo unsere Frauen inmitten der Eier schliefen, aus denen ihre Töchter schlüpfen würden, und die gewaltige Explosion tötete sämtliche Weibzwerge, geschlüpft oder ungeschlüpft …“

* Das Explodarium, eine Erfindung Wutrich Pilzgrimms, war eine Höhle, die in den früheren Zeitaltern ausschließlich zur Aufzucht von Sprengkäfern und zur Erprobung von Sprengstoffen diente und dementsprechend gesichert war. Hier hatten der Gelehrte und seine Hämmer allerlei als unzerstörbar geltende Materialien pulverisiert und die wohl bedeutendsten Sprengstoffstudien der Zwergengeschichte betrieben.

Mit jedem Wort des Steins weiteten sich Schwartzbarths Augen mehr. Wenn der Stein die Wahrheit sagte, dann war die Geschichte der Zwerge voll von Lügen. Aber das war nicht möglich! Nicht innerhalb des Imperiums, nicht auf der anderen Seite des Vergessens, unter der Herrschaft des Großen Verwalters! In der Welt der Entzwergten waren Lügen an der Tagesordnung und beim Handel mit den Trollen sogar unvermeidlich. In den alten Gängen jedoch …

„Aber warum befanden sich die Eier der Töchter der Weibzwerge überhaupt mit ihnen in der Höhle?“, fragte Schwartzbarth. „Und wie war es möglich, sie von denen ihrer Söhne zu unterscheiden?“

Der Stein seufzte ob der mangelnden Bildung seines Gegenübers.

„Du scheinst nicht viel von der Geschichte deines Volkes zu wissen, Zwerg“, sagte er. „Die Weibzwerge wurden stets von den Mannzwergen getrennt, schon vor der Geburt, da der Einfluss der einen schlecht für die anderen war! Und die Eier, unter deren Schale unsere Töchter ruhten, ließen sich aufgrund ihrer Färbung von denen der Söhne unterscheiden … Ach, was erzähle ich, du bist das Kind einer anderen Zeit. Für dich sind die Weibzwerge immer schon tot gewesen. Woher solltest du all das wissen …“

Der Kapitän der *Sturmgluth* hob den Zeigefinger.

„Aber die Legenden besagen, dass der Tod der Frauen ein Unfall war! Die Geschichte …“

Der Stein ließ ihn nicht ausreden. „Die Geschichte, Zwerg, ist immer nur die, von der die Mächtigen wollen, dass sie erzählt wird.“

Schwartzbarth hob die Pfeife an den Bart, nahm einen Zug und schwieg nachdenklich. Über ihnen knarrten die Masten, und das Schiff neigte sich leicht zur Seite, während der Stein weitersprach: „Der Verwalter beschloss, dass kein Zwerg je erfahren sollte, dass einer der Unseren dem Ehernen Volk seine Zukunft genommen hatte. Der Verwalter, die Häuptlinge, der Hohepriester, ich und meine beiden treuen Hämmer schworen, die Wahrheit für uns zu behalten, solange wir lebten. Fortan sollte es heißen, dass ein tragisches Unglück den Tod der Weibzwerge verschuldet habe. Und so ist es bis zum heutigen Tag. Dies lehrt man die Schlüpflinge, und dies erzählen die Legenden …"

Schwartzbarth schüttelte ungläubig den Kopf, während der Stein seine Geschichte beendete: „Die Wahrheit aber ist, dass die Weiber, aus deren Eiern ein jeder von uns geschlüpft ist, durch meine Erfindung und die unerbittliche Macht des Fortschritts zu Tode kamen. Und das war auch der Grund, weshalb der Verwalter mir nahelegte, den Schierlingsbecher zu trinken und meinem Bart ein Ende zu setzen."

Tihf Schwartzbarth stand in dichten Gottkrautrauch gehüllt da und konnte es beinahe nicht glauben. „Was für eine grässliche Wahrheit. Du scheinst mir ein schlimmerer Schurke, als ich es jemals sein könnte."

„Ich bin nicht allzu stolz darauf", erwiderte der Stein erneut mit wehmütiger Stimme. „Die Schuld lastete schwer auf mir, und ich war alt. Ich hatte nicht mehr viele Schichten vor mir. Also tat ich, wie der Verwalter mich geheißen. Mein hässliches Erbe war der Tod der Frauen. Mein besseres waren zwei gebildete Hämmer, die die Schrift beherrschten und den Schlüssel zur Enzyklopädie der Erzwärtigen besaßen."

Schwartzbarth blickte auf das Buch und die Zeichen darin und nickte anerkennend.

„Ein Erbe, wie kein zweiter Zwerg es hätte hinterlassen können."

„Und eben darum trug ich Sorge, dass von mir genug in dieser Welt übrig blieb. Als man mich ins Feuerloch hinabsenkte, um meinen Körper zu verbrennen und meine Seele in die Hohe Höhle zu entsenden, trug einer meiner Hämmer diesen Seelenstein bei sich, auf dass er meine Seele aufnehmen und mein Geist in dieser Welt bleiben würde, damit das Wissen der Vorväter nicht verloren ging. Denn auch wenn ich Blutklump und Eisenkeim die Schrift gelehrt hatte, lag das Buch doch hinter einem Wald aus Fallen verborgen, die Hunderte Zwerge nicht hätten überwinden können. Den Schlüssel zu jenen Fallen versteckte ich in der zweiten verborgenen Kammer. Und seither wanderte ich als Stein von Hand zu Hand, auf der Suche nach einer Möglichkeit, das Undenkbare zu vollbringen und das Kompendium wiederzuerlangen …“

Mit dem Stein in der Hand trat Schwartzbarth an die Vitrine heran und betrachtete mit glänzenden Augen das in Käferleder gebundene Buch. Es schien fürwahr ein absonderlicher Schatz, den er da geborgen hatte.

„Und nun bist du erneut in seinen Besitz gelangt“, sagte der Kapitän. Er zögerte einen Moment, kaute auf seinem Pfeifenstiel herum und fragte schließlich mit gierig leuchtenden Augen: „Sag, kannst du mich diese Zeichen lehren?“

„Nun, bevor ich erneut von dem Buch getrennt werde und einige Hundert Jahre warten muss, um es wiederzuerlangen, werde ich das wohl tun“, erwiderte der Stein. „Auch wenn du nicht unbedingt meine erste Wahl bist.“

Schwartzbarth lachte und funkelte den Stein mit seinem verbliebenen Auge an.

„Ha! Aber ich bin deine einzige!“

Er führte die Pfeife wieder zum Bart und schob sich dann mit dem Pfeifenstiel den rostigen Dreispitz in den Nacken. „Aber nun verrate mir, wie wir dieses Buch dort herausbekommen?“

„Hör zu, Schwartzbarth, es ist ein komplizierter Mechanismus. Und er ist nicht ganz ungefährlich. Wir werden vier deiner Leute brauchen. Sie sollten kräftig sein. Und zwei davon solltest du entbehren können."

Dieser Gedanke schien Schwartzbarth nicht unbedingt zuzusagen.

„Entbehren? Denkst du, Piraten wie diese wachsen wie Pilze in den Gängen?"

„Willst du mit mir streiten? Ich wollte es einem möglichen Dieb nicht allzu einfach machen. Und da ist es, mit Verlaub, von Vorteil, wenn so eine Falle ein wenig tödlich ist …"

Der Kapitän der *Sturmgluth* brummte in seinen Bart.

„Schon gut, schon gut, dann lasse ich ein paar Gefangene kommen. Aber lass uns gleich beginnen. Und wehe, es lohnt sich nicht! Die sind bis zu drei Brocken Blitzbasalt wert!"

Dieser Investition zum Trotz durchlief Tihf Schwartzbarth ein wohliger Schauer. Alles Wissen, alle Macht der Zwergenheit stand im Begriff, sich ihm zu offenbaren! Die Ahnung allein berauschte ihn. Was würde er mit diesem Wissen alles anfangen können? Die Vorstellung schlug unter seinem eisernen Dreispitz förmlich Funken. Möglichkeiten taten sich vor ihm auf. Neue Gänge. Womöglich würde er am Ende, wenn er die rostzerfressenen Planken der *Sturmgluth* verließ, nicht bloß als Erzfürst ins Eherne Imperium zurückkehren, sondern dank alter Geheimnisse und schier unbegrenzten Wissens sogar das Hammerzepter des Verwalters einfordern können …

Als der verschwitzte Glimmspan kurz darauf den Hohepriester polternd durch die Luke in den Laderaum hinabstieß, huschte leise brummend ein untoter Glutschwirrling an ihnen vorbei ins Zwielicht hinab. Der Käfer landete auf dem Kopf eines schnarchenden Gefangenen und lugte vorsichtig aus dessen zerzaustem Haar hervor.

Er sah den Allerhöchsten, der mit blutigem Rücken direkt unter der Luke auf dem Boden aufgekommen war und mit entsetztem Blick die nackten Gesichter seiner Kameraden betrachtete.

Gerade erhoben sich vier Piraten von den Armen und Beinen des tobenden Flammrank, der sofort mit klirrenden Ketten ebenfalls bartlos in die Höhe fuhr. Sein Kinn war von einigen blutenden Wunden übersät, denn selbst in gefesseltem Zustand hatte er sich noch gewehrt. Einer der Piraten hatte ein blaues Auge. Aus seiner grobporigen Nase troff Blut in seinen Bart. Fluchend versetzte er dem General einen Tritt, während er ein schimmerndes Bartmesser in seinen Gürtel schob. Derweil sammelte ein anderer Pirat das frisch geschorene Barthaar ein und legte es in eine silberne Dose, in deren Deckel der Flammenanker eingeprägt war.

Da entdeckten die Piraten den Höchsten, der gerade seine verbogenen Augengläser vom Boden aufklaubte. Sofort hatte der Pirat mit dem blauen Auge sein Bartmesser wieder in der Faust. Einer der anderen hielt ihn jedoch zurück.

„Ich weiß nicht, Kargk, er ist ein Hohepriester …“

Grinsend riss der Angesprochene sich los.

„Drauf gehämmert, das war er vielleicht einmal. Jetzt ist er Scherviech …“

Damit ging er auf den Hohepriester zu.

„Aber er ist ein Tausendjähriger!“, gab ein weiterer Pirat zu bedenken.

„Na und? Das bin ich auch, in sechshundert Jahren!“, entgegnete Kargk und hob das Messer, das im roten Widerschein des Magmasees funkelte.

„Aber was ist mit Ehrfurcht vor dem Alter, dem Weiß seines Bartes, der Weisheit der Jahrhunderte?“, entfuhr es dem Piraten, der als Erster versucht hatte, Kargk zurückzuhalten.

Dieser wirbelte mit erhobenem Bartmesser herum und blickte ihn finster an.

„Hör gut zu, Shmuddz. Was denkst du, was ich tue, wenn ich die Wahl zwischen Ehrerbietung und Spaß habe?"

Mit einem einzigen großen Schritt war Kargk bei dem Gefesselten. Und noch bevor der Tausendjährige sich überhaupt aufgerappelt hatte, lag sein Bart bereits am Boden. Höhnisch lachend schob der Pirat das Messer zurück in den Gürtel, während Shmuddz die makellos weißen Barthaare mit sichtlichem Unbehagen einsammelte und in seine Silberdose legte. Dann packten die beiden anderen Piraten den Höchsten, schleiften ihn zurück zu den übrigen Gefangenen und ketteten ihn wieder an den Schrauber.

Der Käfer tippelte auf dem Kopf des Schlafenden hin und her, um besser sehen können.

Kargk kletterte lachend die Leiter empor und verschwand durch die Luke. Die anderen Piraten folgten ihm und nahmen ihre Basaltleuchten mit sich.

Der tote Käfer drehte langsam den verrottenden Kopf, um den gesamten Laderaum überblicken zu können, der vom kargen, durch die Luken hereindringenden Magmaschimmer nur trübe erleuchtet wurde.

Über das Schnarchen und Stöhnen der Flammsteinfischer hinweg ertönte leise Fazzgadts Stimme, der sich zum Hohepriester hinüberbeugte.

„Nun, Alter, wohin hat uns der Wille deiner Götter gebracht, hm?"

Der Höchste, entbartet und mit zerschundenem Rücken, schaute ihn unter flackernden Lidern an.

„All das hat … einen Sinn."

Angesichts von so viel Verstocktheit verschlug es Fazzgadt

für zwei kurze Schläge die Sprache. Der Alte war gerade ausgepeitscht und seines prächtigen Bartes beraubt worden. Er war auf die schlimmste erdenkliche Zwergenart gedemütigt worden und glaubte immer noch, dass die Götter aus irgendeinem Grund genau das beabsichtigt hatten. Fazzgadt schüttelte den Kopf, wobei er sich über das merkwürdige Gefühl wunderte, kein Barthaar auf seiner Brust zu spüren.

„Oh ja, natürlich hat es Sinn, dass man uns unsere Bärte und unsere Würde nimmt! Genauso viel Sinn wie ein Hammer, den ein Zwerg sich auf den Daumen haut! Es erinnert den Zwerg nämlich daran, dass er es besser nicht getan hätte!"

Glimmboldt gluckste vergnügt. Er hatte sich noch nie mit einem Hammer auf den Daumen gehauen, was vor allem daran lag, dass niemand so dumm gewesen wäre, ihm einen Hammer in die Hand zu geben.

Der Höchste rückte mit zitternden Händen seine Augengläser zurecht und blinzelte Fazzgadt verständnislos an.

„Begreifst du denn nicht, Alter?", zischte Fazzgadt zwischen den Zähnen hervor. „Es ist hoffnungslos! Wir sind verloren!"

Hinter ihnen lachte der blinde General leise auf.

„Also, das sehe ich anders!"

Fazzgadt fuhr herum.

„Hallo? Du bist blind, du bartloses Stollengezücht!"

Das Lachen des Generals wurde indes nur noch lauter. „Ja und? Aber was für ein Abenteuer, Freunde! Bartlos, mitsamt zwei kieselblöden Kleingeistern und aller Hoffnung beraubt im Bauch eines gigantischen Magmapiratenschiffes gefangen zu sein! Das ist eine Herausforderung! Lasst uns einen Plan schmieden! Auf uns wartet ein Heldentod, Freunde!"

Fazzgadt verdrehte die Augen und wünschte sich, den Stein der Zeit um einige Schichten zurückrollen zu können und sich niemals auf diese ganze helmverbrannte Geschichte eingelassen zu haben. So aber blieb ihm nichts anderes zu tun, als seufzend die Liste Garstholm Flammranks zu ergänzen: „Du hast den blinden Wahnsinnigen vergessen."

In diesem Moment meldete sich neben ihm leise Farrnwart Blechboldt zu Wort, der die ganze Zeit über mit der Hand an seinem nackten Kinn schweigend in die glutrote Finsternis des Laderaums gestarrt hatte. „Und was, wenn die Seele eines Zwerges nun doch in seinem Bart sitzt?"

Fazzgadt schaute ihn verwundert an. Sollte der Aberglaube jetzt auch noch von dem einzigen Vernünftigen unter seinen Kameraden Besitz ergriffen haben?

Der Hohepriester hustete leise und erwiderte: „Dann, mein guter Blechboldt, mischt sich deine Seele gerade in einer silbernen Schatulle mit meiner."

Der Ferkelbändiger hob den Kopf und starrte ihn verständnislos an.

„Aber was soll meine Seele in einer silbernen Schatulle?"

Der Hohepriester lächelte matt.

„Der Kapitän bewahrt die Barthaare seiner Gefangenen in einer solchen Schatulle auf. Einen Teil davon wird er rauchen, und den Rest wird seine Ratte fressen."

Blechboldt schien nicht recht zu wissen, was er davon halten sollte. Zumindest aber verwandelte sich der trübsinnige Ausdruck auf seinem Gesicht in Verwunderung.

Fazzgadt fluchte leise.

Neben ihnen erklang die Stimme von Nattergriff, der an einen der schnarchenden Flammsteinfischer gekettet war.

„Wisst ihr was? Mir ist egal, ob das alles so vorherbestimmt ist. Ich glaube, ich will nichts mehr mit euch zu tun haben. Macht, was ihr wollt. Ich komm schon klar."

Mit diesen Worten drehte er sich von den anderen weg, legte sich auf die Seite und schloss die Augen.

Fazzgadt richtete den Zeigefinger auf den Hohepriester.

„Beim Heiligen Hammer, Alter, sobald wir hier raus sind, wirst du ein bisschen herumprophezeien und dafür sorgen, dass Glimmboldt und ich auch nichts mehr mit dem Schicksalszwerg zu tun und unsere Ruhe haben. Und solltest du dich weigern …“, Fazzgadt beugte sich zu dem Höchsten hinüber, so weit, wie die Ketten es zuließen, „… dann werde ich mein nächstes Bier aus deinem Schädel trinken!“

Der Höchste schrak ein wenig zusammen und blinzelte nervös.

„Wie kannst du so etwas nur sagen?“, fragte er entsetzt.

Fazzgadt streckte die Arme aus, bekam den Hohepriester zu fassen und schüttelte ihn. „Ganz einfach, Tatterzwerg, indem ich den Mund aufmache!“

Währenddessen betrachtete Blechboldt verwundert Fazzgadts Gesicht. Fazzgadt wollte gerade ausholen, um dem Hohepriester die Faust ins Gesicht zu schlagen, als der Ferkelbändiger mit leiser Stimme sagte: „Fazzgadt, du … du hast da ein Loch im Kinn …“

Fazzgadt ließ den Hohepriester los und betastete seinen Kiefer. Es war ein ungewohntes Gefühl, wie seine Hände über die bartlose Haut fuhren. Tatsächlich ertastete er dort eine kleine Vertiefung.

„Hm, es ist nur eine Delle“, murmelte er.

„Vielleicht ist es eine Krankheit“, gab Blechboldt zu bedenken.

Fazzgadt schaute den Ferkelbändiger bestürzt an und suchte aufmerksam an dessen Kinn nach einem ähnlichen Grübchen. Er fand jedoch nichts und betrachtete deshalb auch seine anderen Kameraden genauer, soweit dies in dem trüben Licht möglich war. Und schließlich entdeckte er doch noch ein weiteres Grübchen.

„Schau! Glimmboldt hat auch eines! So schlimm kann es also nicht sein …“

Blechboldt blickte kurz zu dem kleinen Wirrbart hinüber, der vergnügt an seiner Kette nagte. Tatsächlich hatte auch er ein Grübchen am Kinn. Blechboldt drehte sich wieder Fazzgadt zu und sagte mit zitternder Stimme: „Vielleicht ist es ansteckend …“

Da war aus dem hinteren Teil des Laderaums die Stimme eines Flammsteinfischers zu hören: „Behaltet eure helmrissigen Ideen für euch und lasst uns in Ruhe schlafen, ihr verdammten Kieselkasper!“

Fazzgadt runzelte die Stirn. Dann packte er den Kopf seines Zöglings und betrachtete dessen Kinn etwas genauer.

„Aber auch wenn es keine Krankheit ist, irgendwie sieht es seltsam aus …“

Während Glimmboldt vergnügt glucksend die Kette fallen ließ, kam Blechboldt vorsichtig herangerückt.

„Du hast recht. Es sieht tatsächlich merkwürdig aus. Beinahe … beinahe wie eine Schaufel …“

Plötzlich regte sich in der Nähe etwas, Ketten rasselten, und aus dem Halbdunkel erklang eine kraftlose Stimme: „Hast du gerade Schaufel gesagt?“

Es war einer der Flammsteinfischer. Er rappelte sich hoch, rüttelte einen seiner Kameraden wach und flüsterte ihm etwas ins Ohr. Dieser wiederum stieß den nächsten an, und innerhalb von zwanzig Schlägen war der gesamte Laderaum auf den Beinen.

Irgendwo im hinteren Teil des Laderaums stieß sich der Glutschwirrling vom Rücken eines Zwerges ab und flog hastig zu einer Deckenverstrebung empor, von wo aus er seine Facettenaugen wieder auf Fazzgadt und seinen Zögling richtete.

Gerade rechtzeitig, um zu sehen, wie der vorderste Flammsteinfischer zu Lunt Glimmboldt hinüberging und dessen nacktes Kinn betrachtete. Die Augen des Fischers weiteten sich vor Staunen. Er schlug das Zeichen des Hammers auf der Brust, und ein Raunen ging durch die Gefangenen.

Die Ketten klirrten lauter, und es kam Bewegung in das Zwielicht.

Die Blicke aller waren auf Glimmboldts nacktes Kinn gerichtet. Ein zweiter Flammsteinfischer machte das Hammerzeichen und flüsterte mit ehrfurchtsvoller Stimme: „Bei den Gottzwergen …"

Und als sich gleich darauf noch ein dritter und ein vierter behämmerte, blickten sich Fazzgadt, Blechboldt und der Rest des Schicksalszwergs verwundert an.

Die Gefangenen sanken schweigend rund um Glimmboldt auf die Knie. Es war ein eigentümlicher Anblick. Keiner der Gefährten verstand, was hier vor sich ging. Schließlich war es Bragk Nattergriff, der Meisterdieb, der sich gerade erst vom Schicksalszwerg losgesagt hatte, der die Frage stellte, die allen unter den Bartwurzeln brannte.

„Was, zum Erz noch eins, ist das Problem?"

Ehrfürchtig flüsterte einer der Knienden, ohne den Blick von Glimmboldts Kinn abzuwenden: „Es ist … das Zeichen!"

Fazzgadt verdrehte die Augen, Blechboldt runzelte die Stirn, und der Hohepriester lächelte zufrieden, während Nattergriff nachsetzte: „Was für ein Zeichen, du stumpfspitziger Dünnsteinbohrer?"

Es war ein anderer der Knienden, der ihm antwortete: „Die schartige Schaufel!"

Fazzgadt stöhnte auf und fing an zu schimpfen: „Na, hurra. Wundervoll. Wenigstens ist es die schartige Schaufel. Hätte ja auch der hohle Hammer sein können. Die schrundige Spitzhacke." Mit jedem Wort wurde er lauter. „Oder der klobige Krug!" Doch keiner der Flammsteinfischer reagierte. „Ihr habt doch alle am falschen Kiesel gelutscht, ihr bartlosen Unzwerge!", schrie er so laut, dass seine Kameraden ihn verwundert anblickten.

Einer der anderen Gefangenen flüsterte leise: „Du verstehst nicht, Zwerg. Die Gemeinschaft der schartigen Schaufel ist …"

Über ihnen begannen die Eisenplanken zu knarren.

„Psssst", zischte ein Zwerg im hinteren Teil des Laderaums und hob warnend den Finger an die Lippen.

Einen Moment später wurde die Luke über ihnen aufgerissen, und einer der Piraten brüllte hinunter: „Was soll der Lärm? Wollt ihr etwa schreien, Sklavenpack? Soll ich euch meine Peitsche spüren lassen, damit es sich richtig lohnt?"

Er funkelte sie böse an, während es um ihn herum oben an Deck lauter zu werden schien. Man hörte Schritte, aufgeregtes Hin-und-her-Eilen, gebrüllte Befehle, und dann hallte es aus dem Ausguck bis in den Laderaum hinab: „Blutbucht voraus!"

Gleich darauf wurde der Zwerg an der Luke beiseitegezerrt, und stattdessen erschien das Gesicht Thorf Glimmspans. Sein böses Grinsen reichte von einem Ohr bis zu der Stelle, wo sein zweites hätte sein sollen.

„Sortiert eure Ketten, ihr bartlosen Bimssteinlutscher, macht euch hübsch und stellt euch ordentlich in einer Reihe auf!"

Die Stimme des Piraten klang ebenso vergnügt wie gehässig.

In diesem Moment stieß sich der tote Glutschwirrling vom Rücken eines der Gefangenen ab und flog brummend durch die Luke in die Hitze der unterirdischen Höhle empor.

Erschrocken fuhr der Einohrige zurück und sah den Käfer im Zwielicht verschwinden. Er runzelte die Stirn, legte den

Kopf schief und beugte sich dann noch einmal zur Luke hinab: „Also noch mal: Wir gehen an Land, ihr schäbigen Schieferschubser! Und dort draußen warten ein paar junge, stramme Trolle begierig darauf, eure Bekanntschaft zu machen!“

INTERMEZZO

Seit Krugk Trümmerboldt auf die Ebene des Verwalters zurückgekehrt war, hatte er bereits den einen oder anderen Bierzwist geschlichtet. Und während er Fass um Fass an seine unzufriedenen Untertanen ausschenkte, hatte er weitergegrübelt, seine Gedanken immer tiefer in das Problem um den Wächter getrieben.

Und dann kam ihm der einzige mögliche Spalt in den Sinn, durch den er einen Blick auf das Mysterium der Wächterhöhlen werfen konnte und von dem er sehr genau wusste, wo er sich befand.

So machte sich der provisorische Herrscher der Zwerge wenig später in Begleitung zweier Leibwächter auf, um sich an den dünnen Axtgriff zu klammern, der sich ihm aus dem Dunkel des Schicksals entgegenreckte.

Unter dem Schutz der beiden Menhire begab er sich hinab auf die Siechenebene.

Früher waren die dort befindlichen Fieberhöhlen der beste Ort für einen Zwerg gewesen, um sich ein wenig vor der Arbeit zu drücken. Dafür hatte er lediglich beginnenden Bartspliss, einen Kieselkatarrh oder Schieferschnupfen vortäuschen müssen. Natürlich hätte er sich auch einfach ein Bein brechen können. Das Ergebnis war in früheren Zeitaltern stets das Gleiche gewesen: Der Zwerg konnte es sich auf einem weichen Sumpfgraslager bequem machen und wurde mit Hilfe einiger Humpen fern jeder Arbeit wieder aufgepäppelt.

Aber das war lange her.

Inzwischen hatte der vorübergehende Verwalter Trümmerboldt verfügt, dass weder Beinbrüche noch Grubenhusten einen Zwerg notwendigerweise von der Arbeit abhielten. Seiner Definition zufolge war Krankheit lediglich ein Ausdruck von Arbeitsunwilligkeit.

Und derlei würde er nicht hinnehmen. Denn zum einen hatten die Götter das Eherne Volk dazu erschaffen, dass es arbeitete, und zum anderen verdarben faule Zwerge die Goldbilanz.

Und Götter und Goldbilanz waren in den Gängen des Ehernen Imperiums die einzigen Dinge von Belang. Wenn ein Zwerg nicht an das eine glaubte, dann glaubte er zumindest an das andere.

Und darum hatte Trümmerboldt inzwischen innerhalb weniger Schichten statt der Fieberhöhlen sogenannte Siechenstollen einrichten lassen, in denen ausschließlich kranke Zwerge arbeiteten. Krugk Trümmerboldt ließ ihnen die Wahl: entweder Siechenstollen oder Felsverlies. Die Entscheidung lag ganz bei ihnen, und für gewöhnlich wählten sie die Stollen. Hier schürften also beinlose Zwerge in Räderstühlen, während blinde Zwerge auf ihren Helmen herumhämmerten. In den Siechenstollen waren bald schon sämtliche zwergische Krankheiten vertreten, und von ihren Wänden hallte die ganze Schicht über ein vielstimmiger schmutziger Husten wider. Alle erdenklichen Ausdrücke zwergischer Arbeitsunwilligkeit, von Anthrazitallergie bis Porphyrpest, gediehen hier unten prächtig und wurden großzügig weitergegeben.

In den schweren Stahltüren, welche die Siechenstollen vom Rest der Gänge trennten, gab es lediglich Öffnungen für Grubenwagen. Hinein fuhren Bier, Pilzbrot, Leuchtkäfer und Spitzhacken. Heraus kamen Gold, Eisen und Silber sowie von Zeit zu Zeit ein Dahingesiechter.

Die Heilkundigen des gesamten Imperiums, Fleischmetze,

Knochenflicker und Kieferbieger, erhielten die Weisung, bei kranken Zwergen lediglich den Hammerarm wieder instand zu setzen und sie umgehend in die Siechenstollen hinabzuschicken.

Die einstigen Fieberhöhlen standen deswegen inzwischen beinahe leer. Es wurde weder geheilt noch behandelt. Kranke Zwerge husteten heimlich, und wenn einer sich den rechten Arm brach, dann nahm er den Hammer eilig in die Linke, um nicht in der Finsternis der Seuchensammlung zu landen.

Dieses Verhalten wiederum machte bald die meisten Heilkundigen arbeitslos. Zumindest, bis Trümmerboldt ihnen eine Spitzhacke in die Hand drücken und sie in die Stollen schicken ließ …

Der emsige Tanz ihrer Spitzhacken, zusammen mit denen der Kranken, tat der Goldstatistik des Imperiums zunächst außerordentlich gut.

Das Eherne Volk hustete heimlich, bekam ein Extrafässchen Bier und jubelte laut, um nicht den silbernen Schlagstock der Menhire zu spüren zu bekommen.

Obwohl die Fieberhöhlen inzwischen so gut wie leer standen, begab sich Krugk Trümmerboldt am Ende dieser Schicht in Begleitung zweier Leibwachen dorthin hinab. Der Grund dafür war der letzte dort verbliebene Zwerg, der vermutlich der Einzige war, der ihm etwas über Harrm Blutklump erzählen konnte. Dieser Zwerg wusste womöglich mehr über den unsterblichen Wächter der Hohen Höhle als jeder andere: Bims Funkenbruch, sein ehemaliger rechter Hammer. Der einzige Grund, warum dieser nicht in den Siechenstollen gelandet war, bestand darin, dass der letzte wahrhaftige Verwalter Funkenbruch vor zweihundert Jahren in den Stand eines Erzveterans erhoben hatte …

Krugk Trümmerboldt plante für eine weitere Verbesserung der Goldbilanz zwar bereits seit Längerem die Einrichtung spezieller Veteranenwerkstätten, doch da er sich damit noch etwas Zeit gelassen hatte, lag Bims Funkenbruch noch immer auf seinem Sumpfgraslager in einer der verlassenen Fieberhöhlen. Und aus diesem Grunde wusste Trümmerboldt genau, wo er den einstigen rechten Hammer des Wächters finden würde.

Er hatte sonderbare Geschichten über ihn gehört. Beispielsweise hieß es, dass Funkenbruch seit dreihundert Jahren kein Wort gesprochen hatte. Doch das scherte den provisorischen Herrscher der Zwerge nicht. Er kannte Mittel und Wege, Steine weinen zu lassen. Und wenn er mit seiner nachdrücklichen Art selbst aus einer leeren Börse noch Gold herauspressen konnte, dann würde er allemal auch einem stummen Zwerg noch ein paar Worte entlocken können!

KAPITEL IV

IN DEM ES RICHTUNG TROLLMARKT GEHT, EIN SCHLIMMER FALL GOLDGIERIGER LIPPENLÄHMUNG OFFENBAR WIRD UND KRUGK TRÜMMERBOLDT DER FLEISCHGEWORDENEN ANGST BEGEGNET

Die *Sturmgluth* war inzwischen in der Blutbucht vor Anker gegangen. Gerade wuchteten die Piraten eine Planke vom Schiff auf den eisernen Steg hinab, der ins Innere der Trollhöhlen führte. Hoch über dem Schiff hingen grob geflochtene Körbe aus Finsterfrickelflechte, die ein käferloses weißes Licht verbreiteten. Auch auf dem Steg waren in kurzen Abständen Lampen aufgestellt, in deren Schein sich zwielichtige Zwerge herumdrückten. Vereinzelt waren sogar ein paar Trolle zu sehen.

Unter den Augen Tihf Schwartzbarths führten seine Leute die Gefangenen über die stählerne Planke von Bord. Und unter den Verdammten, die mit gesenkten, bartlosen Häuptern, einer an den anderen gekettet und mit fleckigen ledernen Lendenschurzen bekleidet, von Bord getrieben wurden, befanden sich auch die Mitglieder des Schicksalszwergs und ein zwergischer Meisterdieb, der nichts mehr mit ihnen zu tun haben wollte.

Der eiserne Steg knarrte unter den Füßen der Gefangenen. So schnell wie möglich hasteten sie in ihren rasselnden Ketten über das heiße Metall, um sich nicht die Zehen zu verbrennen.

Zufrieden musterte der Kapitän der *Sturmgluth* den Gefangenentross, während er hinter sich ein leises Klatschen hörte, als einige seiner Männer die Leichen der beiden Gefangenen über Bord warfen, die den Fallen des Altars zum Opfer gefallen waren.

Der Stein hatte recht gehabt. Die Fallen waren beeindruckend gewesen. Selbst für einen Magmapiraten. Jedenfalls hatten sie eine Weile gebraucht, bis sie sämtliche Körperteile der beiden unglückseligen Gefangenen wieder aufgelesen hatten. In den Schichten, als er noch einen Bart und den Namen Wutrich Pilzgrimm getragen hatte, hatte der Stein offenbar tatsächlich einiges getan, um das gesammelte Wissen der Zwerge zu schützen. Und wenn der Stein Schwartzbarth erst einmal in das Geheimnis der Zeichen eingeweiht hatte, würde dieses Wissen ihm gehören. Tihf Schwartzbarth, dem ersten Magmapiraten der Unterwelt, Kapitän der *Sturmgluth* und Schrecken des Magmas.

Und er würde es zu nutzen wissen …

Hinter den Gefangenen gingen sechs Magmapiraten, die unter sichtlicher Anstrengung und mit Hilfe einiger Eisenstangen den goldenen Altar schleppten, der nun, seines kristallenen Aufbaus beraubt, seltsam *gewöhnlich* wirkte. Einzig einige Blutspritzer an der Vorderseite erinnerten noch an das Buch und die furchtbaren Fallen Wutrich Pilzgrimms, mit denen es gesichert gewesen war.

Der Kapitän hatte, was er wollte. Ein Material wie Gold war auf der *Sturmgluth* nichts wert. Es war lediglich Ballast. Darum würden Glimmspan und seine Männer den Altar auf den Trollmarkt schaffen, wo sich mit etwas Glück ein Troll fand, der Freude an etwas Funkelndem hatte und ein wenig Blitzbasalt dafür lockermachen würde.

Das Licht der käferlosen Laternen säumte den Weg der Gefangenen, die sich mit rasselnden Ketten voranschleppten.

Der Hafen der Blutbucht war ein merkwürdiger Ort. Hier, an der Grenze zwischen den Trollhöhlen und der Welt der Entzwergten, mischten sich die groben Gebräuche der Trolle mit den kläglichen Überresten zwergischer Tradition. Was blieb, war ein Zerrbild von beidem. Zwerge, die ihresgleichen an das Trollvolk verkauften oder mit Trollfrauen schäkerten, und betrunkene Trolle. In der Blutbucht gingen Glücksspiel, Faustkämpfe und noch weit hässlichere Dinge vonstatten. Doch dies war der Abgrund des Vergessens, und hinter der nächsten Gangbiegung erinnerte sich kaum noch jemand daran, was er zwanzig Schritte zuvor gesehen hatte. Hier geschah, was geschah. Trolle nagten das letzte Fleisch von Zwergenknochen, und niemand scherte sich darum, wenn nur der Basalt im Beutel rasselte. Die Blutbucht war ein zwielichtiger Ort ohne Gesetz und Moral. Der richtige Platz für Trollstollenmogule, Magmapiraten und Beutelschneider. Und die Blutbucht bildete vom Magmasee aus den einzigen Zugang zum Trollmarkt, dem Ort, von dem selbst die Götter sich angewidert abgewandt hatten.

Mit Trolltöter auf der Schulter stand Tihf Schwartzbarth an der Reling und beobachtete, wie seine Männer die zusammengeketteten Gefangenen an einigen verwahrlosten Trollen und bettelnden Zwergen vorbei den Steg entlangführten. Im Kopf versuchte er sich auszurechnen, was diese Ladung bringen würde: Sie hatten einige Flammsteinfischer und ein paar Sonderlinge aus dem Imperium zu bieten. Zwei Dutzend Sklaven für die Minen. Das hieß genügend Blitzbasalt, um die Gier der *Sturmgluth* vorübergehend zu stillen. Das Handeln überließ Schwartzbarth allerdings seinem Vertrauten. Denn Thorf Glimmspan war der Einzige in seiner Mannschaft, der ein passables Trollisch sprach. Lange bevor Glimmspan der Mannschaft der *Sturmgluth* beigetreten war, war er mit einigen anderen Entzwergten in Trollgefangenschaft geraten. Und da die Trolle ihn als Letzten fressen wollten, blieb ihm, während die anderen Zwerge nach und nach weniger wurden, ausreichend Zeit, die Grundzüge der trollischen Sprache zu erlernen. Dass er den Trollen schließlich entkam, war auf drei Dinge zurückzuführen: Thorf Glimmspan lernte schnell, er war ein großartiger Lügner, und der Troll an sich recht dumm. Als die Reihe schließlich an ihn kam, konnte Glimmspan den Trollen nämlich in gebrochenem Trollisch glaubhaft versichern, dass in seinen Adern, aufgrund komplizierter rassischer Verstrickungen, ein gewisser Anteil Trollblut floss.

Wirklich glauben wollten seine Peiniger ihm das allerdings erst, als Glimmspan schließlich herzhaft in den haarigen Unterschenkel eines seiner gerösteten Begleiter biss. Wie viel Überwindung ihn das gekostet hatte, hatte niemand jemals erfahren. Und manchmal, wenn der Einohrige mit leuchtenden Augen davon erzählte, mochte man glauben, dass es ihm womöglich sogar geschmeckt hatte. Nachdem er Zwergenfleisch gegessen hatte, hatten die Trolle Glimmspan als einen der Ihren anerkannt und scherzten und lachten seither fröhlich mit ihm. Sie riefen ihn Grablagk, was so viel wie „kleiner Troll" bedeutete. Glimmspan war darum bestens dafür geeignet, mit den Trollen Handel zu treiben. Auch wenn er, um diesen Status aufrechtzuerhalten, mitunter immer noch einen Bissen Zwergenfleisch mit seinen grobschlächtigen Freunden nehmen musste.

Den Kapitän der *Sturmgluth* scherte das nicht. Ein Zwerg, der sogar in fremden Sprachen zu lügen vermochte, war in dieser glutschwangeren Welt der Gesetzlosigkeit zu wertvoll, als dass er ihm ein wenig Kannibalismus zum Vorwurf gemacht hätte.

Thorf Glimmspan war sein bester Zwerg an Bord. Und darum beobachtete Schwartzbarth ihn genau und ahndete seine Fehler doppelt so schwer wie die der anderen. Sein rechtes Ohr hatte Glimmspan eingebüßt, als er bei der Wache eingeschlafen war und einige Echsenmenschen Dracheneier aus dem Laderaum gestohlen hatten. Das Ohr trug Schwartzbarth seit diesem Vorfall in einem kleinen Lederbeutel an seinem

Hals, um seinen Untergebenen stets daran zu erinnern, was Nachlässigkeit für Folgen hatte. Egal, in wie vielen Sprachen man zu lügen vermochte.

Lächelnd drehte Schwartzbarth den roten Seelenstein Wutrich Pilzgrimms in den Händen. Schließlich ließ er ihn in ein ledernes Futteral an seinem Schultergurt gleiten, stopfte sich seine Pfeife mit Gottkraut, gab ein wenig frisch geschorenes Barthaar hinzu und betrachtete zufrieden den gefesselten Zwergentross, der in Richtung des Trollmarktes davonwankte.

Mit finsterem Blick führte Thorf Glimmspan den Zug der Gefangenen an. Er spürte die Blicke Schwartzbarths in seinem Rücken und wusste sehr wohl, was sie bedeuteten. Der kleinste Fehler, und er würde den strengen Haken seines Herrn zu spüren bekommen. Und sein zweites Ohr, das inzwischen zu seinem Lieblingsohr geworden war, bedeutete ihm zu viel, als dass er es leichtfertig aufs Spiel gesetzt hätte. Die Tatsache, dass der Kapitän sein anderes Ohr allzeit um seinen Hals trug, war Mahnung genug. Und Demütigung. Im Traum hatte Glimmspan seinen Herrn mehr als einmal hinterrücks erdolcht und sich sein Ohr zurückgeholt. In Wirklichkeit hätte er das aber nie gewagt. Zumal er wusste, wozu Trolltöter in der Lage war, wenn Schwartzbarth es wollte.

Er erinnerte sich da an eine besonders eindrucksvolle Begebenheit, der die Ratte ihren Namen verdankte. Die Piraten waren mit einigen Gefangenen zum Markt unterwegs gewesen. Längst waren die käferlosen Laternen trollischen Talglampen gewichen. Die Gänge waren dunkel und die Luft abgestanden und stickig gewesen. Ein Dutzend Trolle hatte sich ihnen in den Weg gestellt, um Wegzoll zu erpressen. Riesige Ungetüme, mit grauer, stinkender Haut, über und über mit schmutzigem, borstigem Haar bedeckt, mit riesigen Hauern und dumpfem

Blick. Glimmspan hatte vergeblich versucht, sie zu beschwichtigen. Doch die Trolle waren gierig gewesen. Sie hatten die Hälfte der Sklaven gefordert. Und dann hatte Schwartzbarth mit finsterem Lächeln die silberne Dose hervorgeholt, in der er das geschorene Barthaar der Gefangenen verwahrte. Sofort war die Ratte von seiner Schulter auf seine Hand gehuscht. Blitzschnell hatte der Kapitän der *Sturmgluth* die Dose herumgedreht und ihre Unterseite aufgeschoben. Die Ratte hatte ihre Füße in die Öffnung gesteckt, und im nächsten Moment hatten an ihren kurzen Beinchen kleine schwarze Klingen gefunkelt.

Die Trolle hatten gelacht. Zum letzten Mal. Denn im gleichen Augenblick war Trolltöter bereits losgelaufen und mit einem riesigen Satz auf der Schulter des ersten Trolls gelandet. Eine der Klingen hatte seine fleischige, schmutzige Wange aufgerissen. Die Ratte hatte sich abgestoßen, war im Gesicht des nächsten Trolls gelandet, hatte eine Klinge hindurchgezogen und war weitergehastet. Während die ersten beiden Unholde mit verdrehten Augen zu Boden gegangen waren, hatte der nächste grunzend versucht, die Ratte zu ergreifen, die ihm daraufhin die Hand zerschnitten hatte. So schnell, dass man ihr mit den Blicken nicht hatte folgen können, hatte die Ratte jeden einzelnen stinkenden Troll verwundet und war schließlich über ihre zusammengesackten Körper hinweg zurück zu der silbernen Schatulle gelaufen.

Sie hatte die Klingen abgestreift, Schwartzbarth hatte die Dose geschlossen, sie herumgedreht und Trolltöter seine Belohnung gegeben. Und während das Tier sich noch am Barthaar der Gefangenen gelabt hatte, waren die Zwerge durch die Reihe der gefällten Trolle weiter in Richtung Markt geschritten.

Ja, Glimmspan hatte selbst gesehen, wie die Ratte mit Hilfe vergifteter Klingen ein Dutzend Trolle binnen weniger Schläge niedergemacht hatte. Er wusste bis heute nicht, was für ein Gift

Schwartzbarth für diese Klingen benutzte. Für gewöhnlich waren Trolle solchen Dingen gegenüber relativ unempfindlich.

Ihn schauderte es jedes Mal aufs Neue, wenn er daran dachte.

Seinem linken Ohr zuliebe versuchte er seine Arbeit so gewissenhaft wie möglich zu machen.

Zumindest, bis er die Gelegenheit erhielt, sich das andere zurückzuholen …

Einer an den anderen gekettet wankten die Gefangenen mit gefesselten Händen und nacktem Kinn inmitten der Gluthitze über den Steg. Sie waren ein einziger Zug schwitzenden Fleisches. Inzwischen hatte man ihnen alles abgenommen – Helme, Rüstungen, selbst die Stiefel. Sodass Flammsteinfischer, Schicksalszwerg und Meisterdieb sich nur noch mit fleckigen Lendenschurzen bekleidet voranschleppten. Wo man hinsah, erblickte man blaue Flecke und Blutergüsse. Die Signatur der Piraten, die sie aus dem Laderaum hinausgeprügelt hatten.

Inzwischen hatten sie die Gefangenen an einer langen Kette aufgereiht, die zwei Piraten hinter sich her zerrten, während einige andere mit grimmigen Mienen und knallenden Peitschen neben dem schwankenden Tross einherschritten.

Blechboldt und Glimmboldt schlurften vor Flammrank und Fazzgadt. Unter ihnen brodelte das Magma und schwappte träge gegen die Stützpfeiler des Steges. Neugierig drehte sich der General, dem die Piraten sogar seine rote Augenbinde abgenommen hatten, zu seinen Kameraden um: „Wo sind wir hier? Was ist das für ein Ort? Es riecht seltsam hier …“

„Trolle“, flüsterte Fazzgadt, der am Ende des Steges einige schwer bewaffnete Unholde entdeckt hatte, die sie argwöhnisch musterten. In der Nähe sah er einen Zwerg, der sich in einem waghalsigen Faustkampf mit einem Troll versuchte, gleich daneben einige Piraten, die einen betrunkenen Troll beraubten, und schließlich in einer dunklen Nische einen Zwerg, der mit einer Trollfrau turtelte, deren graue Brüste beinahe so groß waren wie er selbst.

Fazzgadt schüttelte angewidert den Kopf und schilderte dem General in knappen Worten, was er sah.

Flammrank fluchte.

„Magmapiraten, pah! Räudige Trollzehlutscher sind diese Kerle …“

Er spie aus, worauf es unter dem Steg leise zischte. Seine blinden weißen Augen schimmerten in den verbrannten Augenhöhlen unheimlich im roten Widerschein des brodelnden Magmas.

Einer der Peitschenträger vernahm die Worte des blinden Generals und ließ sich nicht zweimal bitten. Von der Seite des Stegs her sausten Peitschenschnüre mit eingeflochtenen Splittern auf Flammranks Rücken nieder und zerrissen die kunstvollen schweißbedeckten Tätowierungen.

Von den Schlägen des Ersten beeindruckt, fühlte sich gleich auch ein zweiter und ein dritter Peitschenpirat berufen, seine Kunst am Rücken der Gefangenen zu erproben.

Keine zehn Schläge später sausten überall auf dem Steg die Peitschen nieder und rissen Haut und Haar von nackten Leibern. Zischend mischte sich Magma mit Zwergenblut.

Die Gefangenen schrien auf, während die Piraten lachend ihre Splitterriemen schwangen. Ihre Opfer versuchten, den Schlägen zu entgehen, sich unter ihnen hinwegzuducken oder auseinanderzustreben. Doch vergebens. Die Ketten hielten sie zusammen. Sie hatten viele Rücken und waren doch nur ein einziges Stück Peitschenfleisch. Ein Flammsteinfischer ging zu Boden, sein Mitgefangener wurde mit umgerissen, und die Nachfolgenden gerieten ins Straucheln. Wutschnaubend stürmte Fazzgadt auf einen der Peitscher zu und zog dabei den an ihn geketteten General mit sich. Fazzgadt packte den Piraten am Bart und versenkte die Faust in seinem Gesicht, sodass sein Gegenüber erst die Peitsche und dann das Gleichgewicht verlor und zuletzt mit einem Aufschrei vom Steg in die brodelnde Glut stürzte. Sofort waren zwei weitere Piraten herbeigeeilt und droschen auf den aufmüpfigen Gefangenen ein.

Unterdessen hatte sich jedoch die Kette, die die Gefangenen miteinander verband, verwirrt. Schreie hallten über den glühend heißen Steg, auf dem ein heilloses Durcheinander aus Zwergen und Ketten herrschte.

Die Trolle und Bettler auf dem Steg traten zurück, um nicht auch noch von den niedersausenden Peitschen getroffen zu werden.

In diesem Moment stürzte der erste Gefangene vom Steg.

Die Kette straffte sich, und der Schrei des verglühenden Zwerges ging nahtlos in den seines Mitgefangenen über, der ebenfalls in das glutrote Verderben hinabgerissen wurde. Da stürzten auch schon die nächsten beiden vom Steg. Der Schrei schien kein Ende nehmen zu wollen. Während der Letzte dieser vier Zwerge sich in flüssige Glut verwandelte, hastete Thorf Glimmspann bereits mit einem riesigen Schlüsselbund durch den wirren Haufen, um Schlimmeres zu verhindern.

Er wusste, dass Schwartzbarth immer noch zuschaute und ihm diesen Fehler anlasten würde, und nun galt es, sein Ohr zu retten!

Während er noch verzweifelt nach den richtigen Schlüsseln suchte, rutschten der fünfte und sechste Zwerg in das glühende Magma hinab. Und dann glitten der Schrauber und der Hohepriester auf den Rand des Steges zu. Vergebens versuchte Blechboldt, die Hand des Hohepriesters zu ergreifen. Als Erstes erwischte es den Schrauber.

Seine Augen weiteten sich freudig, als er unter dem Steg einen Schwarm Drachenquappen vorbeischwimmen sah. Lachend fiel er kopfüber in das rot glühende Magma. Der Hohepriester, der an ihn gekettet war, geriet ins Taumeln und hätte beinahe das Gleichgewicht verloren, als unvermittelt eine Klinge die Kette spaltete. Der Höchste wurde von einer kräftigen Hand gepackt und in die Mitte des Steges zurückgestoßen. Tihf Schwartzbarth baute sich vor dem verdutzten Glimmspan auf und schob ihm die Klinge an seinem Armstumpf unter sein verbliebenes linkes Ohr.

„Du elender Mooslutscher hast mich gerade fünf Sklaven und ein Mitglied meiner Mannschaft gekostet."

Glimmspan schluckte und ließ den Schlüsselbund langsam sinken.

Schwartzbarth funkelte ihn zornig an. Auf seiner Schulter hockte die Ratte und starrte dem Einohrigen ins Gesicht. Trolltöters Barthaare zitterten leicht. Beinahe schien es, als würde das Tier grinsen.

Auf der Brust des Kapitäns baumelte der Lederbeutel mit Glimmspans Ohr darin. Groß genug, dass auch noch das linke mit hineingepasst hätte.

Schwartzbarth dachte einen Moment lang nach und knurrte Glimmspan dann wütend an: „Das ist eine Menge Blitzbasalt. Aber mit einem Ohr und einer Nase wären wir wieder quitt, mein Guter, denkst du nicht auch …?"

Der Kapitän verstärkte den Druck seiner Klinge, und Glimmspans Augen weiteten sich vor Furcht. Doch statt ihn zu verkrüppeln, wandte sich der Kapitän lachend ab und tauschte die Klinge wieder gegen seinen Haken ein.

Glimmspann wollte gerade aufatmen, als Schwartzbarth noch einmal herumfuhr und den Haken mit Schwung über seine rechte Wange zog.

Der Einohrige jaulte auf, Blut lief ihm in den Bart.

„Wenn deine Unachtsamkeit mich auch nur einen weiteren Sklaven kostet, dann schwöre ich dir, dass du dir wünschen wirst, dass ich dir nur Ohr und Nase nehme!", zischte Schwartzbarth. Sein verbliebenes Auge blitzte auf.

Dann wandte er sich wieder den anderen Piraten zu.

„Entwirrt ihre Ketten und schafft sie auf den Markt." Nach einem kurzen Blick auf die zerschundenen und von Peitschenstriemen übersäten Zwerge fügte er noch hinzu: „Und hört gefälligst auf, meine Ware unnötig zu beschädigen!"

Mit finsterer Miene drehte er sich um und stakste mit der Ratte auf der Schulter leise fluchend und mit klackendem Eisenbein wieder zurück in Richtung Schiff.

In Begleitung zweier Menhire in voller Rüstung, mit schwarzen Visieren und klingenbewehrten Schulterstücken erreichte der nur bedingt rechtmäßige Herrscher der Zwerge schließlich die Fieberhöhlen. In den meisten von ihnen herrschte Dunkelheit. Seit Trümmerboldt beinahe sämtliche Knochenflicker und Kieferbieger in die Stollen geschickt hatte, waren die Höhlen nahezu leer.

Nur aus einer einzigen Höhle fiel spärlicher Lichtschein hinaus in den Gang. Es war die letzte noch in Gebrauch befindliche Fieberhöhle. Krugk Trümmerboldt durchlief ein wohliger Schauer. Hier würde er die letzte lebende Verbindung zu Harrm Blutklump finden. Den einzigen möglichen Schlüssel zu den Rätseln der Wächterebene: Bims Funkenbruch.

Entschlossen schritt der provisorische Herr der Zwerge, seine waffenstrotzende Wache im Gefolge, auf das Licht zu.

Als Trümmerboldt und seine Leibwächter die Höhle betraten, fuhr der Patient von seinem Sumpfgraslager empor und starrte ihnen mit schreckensgeweiteten Augen entgegen.

Funkenbruchs Blick huschte von einem zum anderen, dann flatterten seine Lider, und er sank seufzend wieder auf sein Lager zurück. Er war der einzige Patient, der in der Fieberhöhle verblieben war. Alle anderen Lager waren leer.

Trümmerboldt bedeutete seinen Männern, am Eingang der Höhle zu warten, ging zu dem fiebrigen Funkenbruch hinüber, beugte sich zu ihm hinab und musterte ihn eingehend.

Bims Funkenbruch bot einen jämmerlichen Anblick. Der schmalbrüstige Zwerg zitterte am ganzen Leib. Er hatte kaum Fleisch auf den Rippen und schien nicht mehr in der Lage, überhaupt noch einen Hammer zu halten. Seine Haut war bleich wie die eines Grottenolms, und sein blasser roter Bart gelichtet und spärlich. Er wirkte kaum noch wie ein Bart, sondern nur wie ein paar dünne, verfilzte Haarsträhnen.

Am Fußende seines Lagers standen einige Krüge und ein halb leeres Fässchen Betäubungsbier. Am Kopfende hing an einem rostigen Haken Bims Funkenbruchs Helm. Und der Staub darauf sprach eine deutliche Sprache. Er war lange nicht mehr getragen worden.

Bims Funkenbruch wirkte geradezu räudig. Trümmerboldt fiel es schwer, in ihm überhaupt noch einen Zwerg zu erkennen.

Neben dem Lager brannte eine kleine Öllampe, in deren flackerndem Widerschein der kalte Schweiß auf Funkenbruchs Stirn glänzte. Neben der Öllampe stand eine Schale mit glimmendem Räucherkraut*, dessen Rauch für gewöhnlich üble Gerüche vertreiben sollte. In diesem Fall gelang es ihm jedoch nicht. Ein schwerer Gestank nach altem Schweiß und fortschreitender Krankheit lag über der Höhle.

* Seiner Aufgabe, üble Gerüche zu vertreiben, wurde das klassische Räucherkraut allein dadurch gerecht, dass es bei seiner Verbrennung einen noch weit übleren Geruch verströmte, was es unrauchbar und zu einer der unsinnigsten Erfindungen der zwergischen Geschichte machte.

Und Trümmerboldt roch noch etwas anderes: Angst. Pure, unverfälschte zwergische Angst.

Trümmerboldt sog die Luft durch die Nase ein und schnupperte. Wenn er einen Geruch kannte, dann war es dieser. Er war die Grundlage seines ganzen Geschäfts. Die hohe Kunst der Schutzgolderpressung beruhte auf nichts anderem. Wie sehr man einem Zwerg auch drohen, ihm den Helm verbeulen und den Bart verknoten mochte, am Ende zählte, wenn man ihn erpressen wollte, einzig das Maß seiner Angst. Und das abzuschätzen hatte Trümmerboldt über die Jahre gelernt. Eine Fähigkeit, die ihm auch bei der Ausübung seiner Pflichten als provisorischer Herrscher zugute kam.

Wenn eines also sicher war, dann, dass Funkenbruch Angst hatte. Die Furcht strömte ihm aus allen Poren, und er roch beinahe wie ein ganzes Dutzend verängstigter Zwerge.

Eine solch konzentrierte, vollkommene Furcht hatte Trümmerboldt noch nie wahrgenommen. Und dabei roch sie nicht einmal frisch. Der Angstschweiß Funkenbruchs freilich war frisch, sein Ursprung aber, die Wurzeln seiner Furcht, schienen weit in der Vergangenheit zu liegen, wie Trümmerboldts feine, angstgeschulte Nase ihm verriet.

Was aber mochte der Ursprung dieser Angst sein? Wovor fürchtete sich Bims Funkenbruch?

Trümmerboldt blickte sich um.

Doch die Fieberhöhle war nahezu leer. Abgesehen von dem panischen Patienten sah er im spärlichen Licht der Öllampe lediglich ein Dutzend unbenutzter Lager und karges Mobiliar. Am anderen Ende der Höhle stand neben einer niedrigen Tür ein steinerner Schrank, daneben ein alter Starkbiertropf und ein rostiger Räderstuhl. Doch da war nichts, womit man einen Zwerg aufschneiden oder ihm den Bart hätte amputieren können. Funkenbruchs Angst war also vollkommen unbegründet.

Nicht einmal die Schatten, die im Licht der Öllampe an den Wänden tanzten, hatten auch nur etwas entfernt Furchteinflößendes.

Stirnrunzelnd blickte Trümmerboldt den Bettlägerigen an.

Da erklang plötzlich aus dem hinteren Teil der Höhle eine Stimme: „Er war schon so, als er einst hierhergekommen ist."

Aus der niedrigen Tür trat ein untersetzter alter Zwerg, der bedächtig auf Trümmerboldt zugeschlurft kam. Er trug ein weiß getünchtes Lederwams, und an seinem Gurt baumelten verschiedene Instrumente*. Seinen Bart hatte er, wie es bei den Heilkundigen üblich war, über die Schulter geworfen und an zwei auf dem Rücken befindlichen Eisenringen verknotet, damit er ihn nicht bei der Arbeit störte. Seinen ebenfalls weißen Helm, an dem eine komplizierte, hinunterklappbare Vorrichtung mit geschliffenen Augengläsern und Kerzenhaltern angebracht war, zierte ein roter Hammer. Dieser wies den Träger als Mitglied der Zunft der Heilkundigen aus, wodurch er vor allem das Privileg errang, Bier mit sonst verbotenen Kräutern anzureichern und zu Heilzwecken auszuschenken.

Misstrauisch musterte Trümmerboldt den näher kommenden Knochenflicker.

„Inzwischen sind es beinahe zweihundert Jahre", sagte dieser, als er das Krankenlager erreicht hatte. Er zog einen Schwamm aus seiner Gürteltasche und tupfte Funkenbruch den Schweiß von der Stirn. Dann wandte er sich wieder Trümmerboldt zu: „Seit er hier ist, hat er Angst. Vor Leuchtkäfern, Maschinen und Gerätschaften, vor der Dunkelheit – eigentlich vor allem. Es ist die einzige Gemütsregung, die er noch zu kennen scheint. Die

* Hierbei handelte es sich um die klassischen Instrumente der Heilkundigen, wie Knochenklopfer, Bartspreizer, Käferzangen und Stöpselmadentrichter, die seit Generationen ungenutzt an ihren Gürteln hingen und dabei vor allem die Aufgabe hatten, den Heilkundigen vom Nichtheilkundigen zu unterscheiden.

Öllampe neben seinem Lager muss immer brennen. Sobald sie erlischt, beginnt er zu schreien. Davon abgesehen hat er in all der Zeit kein einziges Wort gesprochen. Er zittert und schwitzt. Das ist alles." Der Heilkundige fuhr ein weiteres Mal mit dem Schwamm über die Stirn des Kranken.

Trümmerboldt wandte sich wieder Funkenbruch zu und strich sich nachdenklich über den Bart. Die Luft um diesen Zwerg schmeckte bitter. Aber weshalb? Was mochte geschehen sein, dass die Quellen seiner Furcht selbst nach Hunderten von Schichten noch nicht versiegt waren?

Der Knochenflicker schob den schweißgetränkten Schwamm zurück in seine Gürteltasche, klappte eines seiner geschliffenen Gläser herunter, schob mit dem Daumen vorsichtig das rechte Augenlid seines Patienten hoch und beugte sich mit besorgtem Blick über ihn.

„Mit dem ist nicht mehr viel anzufangen. Sein Atem reicht nicht einmal mehr aus, um eine Kerze zu löschen. Er taugt allenfalls noch zum Türstopper. Doch weil der Verwalter ihn seinerzeit zum Erzveteran erhoben hat, bekommt er hier unten den Gnadenkrug."

Trümmerboldt fuhr zu ihm herum und fragte mit empörter Stimme: „Willst du damit sagen, dass seit zweihundert Jahren Bier durch dieses jämmerliche Stück Zwerg fließt?"

Ohne den Blick vom trüben Auge seines Patienten abzuwenden, entgegnete der Knochenflicker lapidar: „Oben hinein und unten hinaus."

Ungläubig schüttelte der nur bedingt rechtmäßige Herrscher der Zwerge den Kopf.

„Ich habe selten so eine Verschwendung gesehen. Da könnten wir es ja gleich in irgendeine Felsspalte gießen!"

Der Knochenflicker zuckte mit den Schultern, hob Funkenbruchs Hand und tastete nach seinem Puls.

„Nun, er ist ein Erzveteran und genießt darum gewisse Privilegien.“ Der Heilkundige schien weitgehend zufrieden, legte die Hand des Patienten vorsichtig wieder ab, klappte das Augenglas wieder hoch und wandte sich Trümmerboldt nun ganz zu.

„Seit er hier ist, hat sich niemand für dieses bedauernswerte Häuflein Angst interessiert. Und darum drängt es mich zu wissen, wer Ihr seid und was Ihr wohl von ihm wollen könntet?“

Trümmerboldt richtete sich zu seiner vollen Größe auf, spannte seine Muskeln an und trat so nahe an den Knochenflicker heran, dass ihre Bärte sich beinahe berührten.

„Ich, Zwerg, bin der Hammer, der das Eherne Imperium ausbeulen und in neuem Glanz erstrahlen lassen wird! Denn das Schicksal hat mich zum Herrscher über dich und dein Volk gemacht!“

Trümmerboldt legte eine bedeutungsvolle Pause ein.

Es dauerte allerdings ein paar Schläge, bis sein Gegenüber begriff, dass dies für ihn der richtige Zeitpunkt zum Niederknien war. Kaum hatte er sich entschlossen, das Knie zu beugen, fuhr Trümmerboldt auch schon fort: „Und am Lager dieses privilegierten Türstoppers suche ich Antworten auf meine Fragen nach seinem einstigen Herrn, Harrm Blutklump, dem ehemaligen Hammer Wutrich Pilzgrimms, dem unsterblichen Wächter der Hohen Höhle.“

Der kniende Knochenflicker zögerte einen Moment, bevor er antwortete.

„Nun, Herr, dieser Zwerg wird Euch nicht mehr Antwort geben können als eine Kiste Kieselsteine. Wobei ich, mit Verlaub, vermute, dass Euch Kieselsteine vermutlich noch eher Antwort geben würden. Doch auch wenn dieser Zwerg Euch wohl nichts mehr erzählen kann, so vermag doch womöglich ich Euch ein wenig weiterzuhelfen …“

Der kniende Knochenflicker senkte den Kopf noch etwas

tiefer und streckte seinem Gegenüber dabei die rechte, offene Hand hin, womit er ihm unmissverständlich klarmachte, dass er die Gesetze des freien Informationshandels kannte.

Trümmerboldt atmete hörbar ein. Einen Moment lang war er versucht, dem Knochenflicker ein wenig seinen weißen Helm zu verbeulen, dann aber löste er doch seine Lederbörse vom Gürtel, öffnete sie und legte einen Kiesel Gold in die Hand seines Gegenübers.

„Erzähl, Weißschurz!"

Lächelnd steckte der Knochenflicker den Brocken in eine seiner Taschen und nickte.

„Nun, Ihr wollt also mehr über den Wächter erfahren. Dieses bedauerliche Häuflein Furcht hier war einst tatsächlich der rechte Hammer von Harrm Blutklump, der wiederum vor Urzeiten der rechte Hammer des legendären Wutrich Pilzgrimm war. Und Blutklumps Geschichte ist eng mit der seines Mentors verwoben. Schon Pilzgrimm war brillant! Er vermochte tiefe Gänge in den Fels zu denken. Von ihm lernte Blutklump die Mysterien des Schöpfergeistes und der Neuerung. Bis Pilzgrimm schließlich vor siebenhundert Jahren auf dem Höhepunkt seines Wissens und Könnens den Tod der Zwergenfrauen verschuldete."

Trümmerboldt verschränkte die Arme vor der Brust.

„Was willst du mir erzählen? Naschst du von deinem eigenen Betäubungsbier? Der Tod der Weibzwerge war ein Unfall! Das weiß jeder, der auch nur ein wenig Bart am Kinn hat!"

Der Knochenflicker nickte lächelnd.

„Das ist es, was man Euch erzählt hat. Aber glaubt mir, ich habe die Knochen von Verwaltern und ihren Vertrauten geschient und genietet und mein Bier gegen ihre Geheimnisse getauscht. Ich habe die Wahrheit aus berufenem Bart vernommen. Es war kein Unfall, es war der bedeutendste zwergische

Gelehrte, der dem Ehernen Volk seine Zukunft genommen hat. Er hat alle Weibzwerge mitsamt ihrer weiblichen Nachkommenschaft im Bruchteil eines Schlages vernichtet. Und dies bedeutete zugleich auch das Ende der zwergischen Gelehrten. Der Verwalter legte dem großen Pilzgrimm nahe, so bald wie möglich in die Hohe Höhle einzuziehen, um sich dort vor den Gottzwergen zu rechtfertigen."

Abrupt verstummte der Knochenflicker. Der sichtbare Teil seines grauen Bartes verzog sich zu einem Lächeln, als er Trümmerboldt ein weiteres Mal die geöffnete Hand entgegenstreckte. Dabei begannen seine Finger leicht zu zucken. Trümmerboldt wusste sofort, woran er war: Das Krankheitsbild der goldgierigen Lippenlähmung* war vollkommen eindeutig. Am einfachsten war sie vorübergehend durch einen weiteren Kiesel Gold zu heilen. Trümmerboldt wusste zwar, dass das Brechen einiger Finger in der Regel eine nachhaltigere alternative Heilmethode darstellte, beschloss jedoch, davon zunächst Abstand zu nehmen. Stattdessen zog er einen weiteren Kiesel aus seiner Börse hervor und ließ ihn in die Hand des Knochenflickers fallen, der die Hand sogleich wieder sinken ließ und seine Stimme wiederfand.

„Auf Geheiß des Verwalters füllte Wutrich Pilzgrimm seinen Krug mit schwarzem Splitterschierling**, nahm seinen letzten

* Die goldgierige Lippenlähmung galt als eine der weitverbreitetsten Krankheiten des Ehernen Volkes. Sie äußerte sich durch beharrliches themenbezogenes Schweigen, vor allem auf bestimmte Fragen, das allein durch einen der Schwere der Krankheit angemessenen Goldtransfer seitens des Fragenden an den Erkrankten beendet werden konnte.

** Diese Art des Todesurteils wurde im Laufe der zwergischen Geschichte von Seiten des Großen Verwalters lediglich zweimal ausgesprochen. Abgesehen von Wutrich Pilzgrimm starb auf diese Weise auch Mulch Hornghilb, der einige Zeit nach dem Tod der Weibzwerge durch Verkauf pornographischer Schiefertafeln zu enormem Reichtum gelangt war.

Schluck und begab sich unter die Gottzwerge. Seine beiden Hämmer hingegen verließen den Pfad der Gelehrsamkeit. Der linke, Krummdingk Eisenkeim, zog aus, um die Entzwergten zu bekehren, und wurde schließlich von ihnen gefressen. Harrm Blutklump aber wurde vom Großen Verwalter eingesetzt, um mit Hilfe seines Wissens und seiner Fähigkeiten den schrundigen Schacht, den Zugang zur Hohen Höhle, zu bewachen. Eisenkeim und Blutklump verschwanden für immer aus dem Imperium. Der eine, um sein Wissen mit jenen zu teilen, die nicht länger Zwerge waren, und der andere, um fortan in einer Höhle fern von allem und jedem über den Schacht zu wachen, der zu den Göttern emporführt."

Von einem Schlag auf den nächsten verstummte der Heilkundige wieder und hob erneut die offene Hand. Ein weiteres Mal bezähmte Trümmerboldt seinen Wunsch, dem Weißschurz Gewalt anzutun, und gab ihm stattdessen einen Kiesel Gold, der seinen Bart auch tatsächlich ein weiteres Mal öffnete: „Fortan lebte Harrm Blutklump in jener Höhle hoch über dem Imperium, am Fuße des Schachtes, welcher der Weg an die Tafel der Götter ist. In jener Höhle galt sein Wort allein, denn er war der Wächter der Grenze, die seit ehedem zwischen Göttern und Zwergen verläuft. Doch die eine Höhle war ihm nicht genug. Man hatte ihm zwei Hämmer gesandt, diesen hier …", er wies auf den schweißnassen, zitternden Funkenbruch, „und einen weiteren namens Kerbh Kreutzschliff. Im Auftrag Harrm Blutklumps schwangen diese beiden Hammer und Hacke und erweiterten die Wächterhöhle. Sie trieben Gänge, Nischen und Stufen in die Felsen hoch über dem Imperium. Mitunter, so heißt es, verband ihr Herr ihnen sogar die Augen, wenn er sie in die Stollen führte, in denen sie Steine brechen sollten. Nach einigen Hundert Jahren hatte sich Blutklump also ein Geflecht aus Höhlen geschaffen, das allein er selbst kannte und das auf keiner Karte und unter keinem Helm zu finden war. Die Wächterebene ist das vielleicht letzte Geheimnis unserer Welt, denn niemand außer dem Wächter und seinen beiden Hämmern hat sie je gesehen. Niemand weiß um ihre Größe oder die Dinge, die sich dort verbergen …"

Nachdenklich schaute Trümmerboldt den Knochenflicker an. Dann wandte er den Kopf und deutete auf den zitternden Funkenbruch.

„Was ist mit diesem hier? Du sagst, er hat kein Wort gesprochen, seit er aus Blutklumps Höhlen zurückgekehrt ist. Doch er kennt die Geheimnisse der Wächterebene! Er war dort und hat sie mit geschaffen. Seine Hacke folgte den Plänen seines Herrn. Und diese Pläne verbergen sich jetzt irgendwo in seinem Kopf! Wir müssen ihm nun nur noch das richtige Kraut geben, um …"

Der Weißschurz schüttelte den Kopf.

„Gegen das hier ist kein Kraut gewachsen. Dieser Zwerg hat sein Wissen mit in die Angst genommen. Und deren Gänge sind verworrener als die des Todes."

Trümmerboldt schlug so heftig mit der Faust gegen die Wand, dass sich einige kleinere Steine aus der Decke lösten und auf ihre Helme herabrieselten.

Der Knochenflicker legte ihm mit bedächtiger Geste die Hand auf die Schulter.

„Im Tod sind wir alle gleich. Gäste der Götter im Licht der Hohen Höhle. In der Angst aber gleicht keiner dem anderen. Niemand weiß, was diesem Zwerg widerfahren ist. Und womöglich ist das auch besser so. Denn als er vor gut zweihundert Jahren aus den Höhlen, die zwischen uns und den Göttern liegen und aus den Diensten seines Herrn geflohen ist, da hatte irgendjemand ihm den Schädel geöffnet."

Trümmerboldt hob eine seiner dichten braunen Brauen, und

als der Knochenflicker fortfuhr, lief es ihm kalt den breiten Rücken hinunter.

„Und in dem Loch, das in seinem Hinterkopf gähnte, steckte immer noch der Knochenbohrer. Damals ist Funkenbruch zitternd und schwitzend auf der Schwelle des Verwalters zusammengebrochen. Und von da an war er nicht mehr länger Fleisch, Bart und Knochen. Bims Funkenbruch war bloß noch Angst." Der Weißschurz nickte bedeutungsvoll. Seine Ausführungen über Tod und Angst schienen ihn beinahe selbst zu beeindrucken. Und deshalb beendete er sie auch mit einem letzten sinnschwangeren Satz: „In den Tod, Herr, werdet Ihr einem Zwerg vielleicht folgen können. In die Angst aber ... niemals."

Trümmerboldt brummte missmutig. Dann ergriff er die geschlossene Hand seines Gegenübers, öffnete sie mit Gewalt und drückte ein paar Kiesel Gold hinein.

„Und jetzt erzähl mir auch noch den Rest, Weißschurz. Alles, was du über Blutklump weißt. Bis ins kleinste Stäubchen."

Eilig verstaute der Heilkundige das Gold in seiner Gürteltasche und bemühte sich dienstbeflissen, die Ausgaben seines Gegenübers als lohnend erscheinen zu lassen.

„Kaum dass Funkenbruch hier heruntergebracht und versorgt worden war, brach der Verwalter auf, um mit Hilfe der Schwarzen Garde in der Wächterhöhle nach dem Rechten zu sehen. Er fürchtete das Schlimmste. Dass Trolle den Weg zu den Göttern erstürmt hatten, der schrundige Schacht sich geschlossen und die Göttlichkeit sich von uns abgewandt hatte oder womöglich die Splitterspinne wiedergekehrt war. Denn was konnte es bedeuten, wenn der Hammer eines der mächtigsten Zwerge schreiend und mit geöffnetem Schädel die Angst in die Gänge trug? Doch nichts von dem, was er befürchtet hatte, war geschehen. Stattdessen betrat der Große

Verwalter die Wächterhöhle und wollte seinen Augen nicht trauen. Harrm Blutklump hatte eine Nachbildung der Weltenmaschine errichtet, wie sie kein Zwerg ohne die Hilfe der Götter jemals hätte erschaffen können – ein Ungetüm aus Röhren, Schächten, Schläuchen und Schrauben, riesig und monumental. Selbst Elemente verbotener mechanischer Magie sah der Verwalter in den kristallenen Kolben rotieren. Und am Fuße dieser Maschine, die sich über drei Stockwerke und durch alle Höhlen der Wächterebene erstreckte, verkündete Harrm Blutklump dem Verwalter, dass er von den Göttern belohnt worden war! Angeblich war er in der Hohen Höhle gewesen, würde niemals sterben und vermochte fortan in mehreren Gängen gleichzeitig zu weilen. Er würde nur noch dem Willen der Götter gehorchen, und die Höhlen der Wächterebene sollten ein göttliches Bollwerk sein, in dem er an der Seite seiner Maschine herrschen würde. Uneingeschränkt und fern von Verwalter und Hohepriester. Und niemand, nicht einmal der Verwalter selbst, sollte diese Höhlen von nun an noch betreten dürfen. Der Große Verwalter staunte. Und Harrm Blutklump schickte ihn fort. Mitsamt seiner Garde. Den Herrn aller Zwerge, den Herrscher des Imperiums. Er schickte ihn einfach fort. Mit dem Auftrag, dem Ehernen Volk zu verkünden, dass nie wieder einer von ihnen es wagen sollte, die Wächterebene zu betreten …“

Ungläubig starrte Trümmerboldt auf den Bart des Knochenflickers. Was für eine merkwürdige Geschichte! Über die Wächterhöhlen war kaum mehr bekannt, als dass über sie nur wenig bekannt war. Aber wenn dieser Knochenflicker tatsächlich an den Geheimnissen der Mächtigen teilgehabt hatte, dann steckte im kruden Fels seiner Erzählung womöglich ein kleiner Kiesel Wahrheit. Dieser aber musste erst noch gefunden werden.

„Aber was ist mit Funkenbruch?", fragte Trümmerboldt. „Hat der Verwalter den Wächter in seiner Höhle nicht gefragt, was mit seinem Hammer geschehen ist?"

Der Weißschurz senkte demütig den Kopf und schüttelte bedauernd den Helm.

„Das weiß niemand, Herr. Der Verwalter hat sich lange mit dem Wächter unterhalten und einiges über die Hintergründe erfahren. Und auch in seinen Augen habe ich Angst gesehen, als ich seinen Bartspliss heilte. Doch er hat nie davon gesprochen. Er hat den Zwergen einzig die Worte des Wächters ausgerichtet und von da an über alle Belange der Wächterhöhle geschwiegen. Im Traum aber soll er von unheiligen Maschinen gesprochen haben, von glühenden Rohren und mechanischer Magie, von Seelensteinen und schauerlichen Versuchen …"

Trümmerboldt kniff die Augen zusammen und versuchte den Wahrheitsgehalt dieser Worte abzuschätzen. Dann drehte er den Kopf und spie aus.

„Pah! Das ist doch nichts als Aberglaube! Wirrbärtiges Geschwätz!"

Der Heilkundige verbeugte sich noch ein wenig tiefer.

„Nun, mag sein, Herr. Aber Harrm Blutklump hat die Wache am Fuß des Schachtes im Alter von achthundertzweiunddreißig Jahren übernommen. Und das ist inzwischen mehr als sechshundert Jahre her. Heute muss er älter sein, als jeder Zwerg, der je gelebt hat. Mehr als tausendvierhundert Jahre. Und er hat tatsächlich nie um Ablösung ersucht. Er hat nie mit der Ausbildung eines Nachfolgers begonnen. Und auch Kerbh Kreutzschliff, jener Hammer, der ihm noch geblieben war, müsste nunmehr gute neunhundert Jahre alt sein und dürfte kaum noch schwere Arbeiten erledigen können. Doch auch um einen neuen Hammer hat er nie ersucht. Nicht einmal um Ersatz für Funkenbruch hat er gebeten."

„Was willst du damit sagen?", fragte Trümmerboldt.

Der Alte hob den Kopf und blickte Trümmerboldt blinzelnd an.

„Womöglich ist der Wächter tatsächlich unsterblich. Vielleicht äußert sich darin das Wirken der Götter. Oder verbotene mechanische Magie. Doch was immer es ist, es ist nichts, wovon ein anständiger Zwerg etwas verstehen sollte."

Trümmerboldt biss sich auf die Unterlippe und kaute einen Moment lang angestrengt auf seinem Bart herum.

„Ist das alles, was du weißt?"

Der Knochenflicker verbeugte sich noch einmal so tief, dass sein Bart den Boden berührte.

„Alles, was ich weiß und zu sagen vermag, Herr."

Trümmerboldt nickte mit finsterem Blick.

„Gut, ich danke dir, Knochenflicker."

Der Weißhelm wollte sich gerade zum Gehen wenden, als der provisorische Herrscher der Zwerge ihm plötzlich heftig auf den Bart trat und ihn an der Gurgel packte. Mit der anderen Hand griff er nach der Gürteltasche seines Gegenübers und riss sie mit einem Ruck vom Gurt. Die Tasche öffnete sich, und das Gold fiel polternd zu Boden. Trümmerboldt packte noch etwas fester zu, näherte sich dem Gesicht des Weißschurzes und flüsterte böse: „Sag, wenn ich es recht verstehe, dann besteht deine ganze Aufgabe darin, auf diesen zitternden Zwerg aufzupassen, von Zeit zu Zeit etwas Bier in ihn hineinzuschütten und dafür zu sorgen, dass seine Lampe nicht erlischt?"

Der greise Knochenflicker wand sich in seinem Griff, wagte aber nicht, sich zu wehren. Stattdessen antwortete er hustend: „Ja, Herr, das ist meine Aufgabe, und ich erfülle sie gewissenhaft."

Krugk Trümmerboldt hatte genug gehört. Er stieß den Weißhelm von sich, der stolperte und zu Boden stürzte. Derweil wandte sich Trümmerboldt an seine beiden Begleiter: „Gebt ihm einen Hammer und bringt ihn irgendwohin, wo er sich sein Gold auf ehrliche Weise verdienen kann."

Sofort waren die beiden Menhire herbei, packten den wimmernden Knochenflicker unter den Armen und schleiften ihn aus der Fieberhöhle. Krugk Trümmerboldt blieb allein zurück, sammelte leise summend die Kiesel Gold vom Boden auf und ließ sie in seine Börse zurückgleiten, bevor er sich neben das Lager des zitternden Bims Funkenbruch setzte. In der Ferne hörte er die verhallenden Schritte seiner beiden Wachen. Doch er fürchtete sich nicht. Auch wenn er hier allein in den Tiefen der Gänge war. Die Zwerge waren in den Stollen und schufteten unter den Augen der Menhire, emsig und in steter Furcht vor ihren Schlagstöcken. Außerdem wusste er sich zu wehren. Er kannte Möglichkeiten, mit einem einzigen Schlag jeden Knochen im Leib eines Zwergs zu brechen. Sogar zweimal, wenn es sein musste. Nein, Krugk Trümmerboldt hatte keine Angst. Die Angst war vielmehr sein Verbündeter …

Interessiert starrte er in die schreckgeweiteten Augen des fiebernden bleichen Zwergs und dachte nach. Jemandem, der komplett von Angst erfüllt war, noch mehr Angst zu machen, war keine leichte Aufgabe.

„Du fürchtest dich also vor irgendetwas, das damals auf der Wächterebene geschehen ist." Nachdenklich strich er sich über den Bart und suchte nach einer Regung in den starren Pupillen seines Gegenübers. „Ob es wohl mit deinem Herrn zu tun hatte? Mit den Göttern? Oder diesen Experimenten?" Doch Funkenbruch reagierte nicht. Er lag dort wie ein feuchter Sack voll Bibberpilz, zitterte, schwieg und schwitzte. Trümmerboldt schüttelte den Kopf. „Oh, wenn ich doch nur deinen Gedanken durch die Stollen deines Kopfes folgen könnte. Was soll ich nur tun?"

Und dann fiel ihm ein, was er tun konnte. Der alte Weißschurz hatte es ihm verraten: Seit er hierhergekommen war, hatte Funkenbruch geschwiegen. Aber nicht nur das. Er hatte auch geschrien. Wann immer das Licht erlosch. Krugk Trümmerboldt wollte, dass Funkenbruch sprach. Und das Schreien war dem Sprechen näher als das Schweigen. Darum würde er ihn also zum Schreien bringen …

Lächelnd zerrte Trümmerboldt seine schweren ledernen Handschuhe aus einer Gürteltasche hervor und zog sie über. Er leckte sich über die Lippen und beugte sich über die rußende Lampe, um seine Finger derart um die Flamme zu schließen, dass die Höhle mit einem Mal in vollkommener Finsternis lag.

Er spürte, wie der Zwerg auf seinem Krankenlager emporfuhr. Und dann begann dieser tatsächlich zu schreien. Von einem Schlag auf den anderen war die Angst nicht mehr bloß zu riechen, sie war auch zu hören!

Langsam öffnete Trümmerboldt die Hände, richtete sich auf und ließ das Licht zurück in die Höhle.

Im nächsten Augenblick verstummte Bims Funkenbruch und sackte wieder in sich zusammen.

Stirnrunzelnd beobachtete Trümmerboldt ihn so lange, bis er wieder ruhiger zu atmen begann.

„Schreien tust du also schon mal. Aber sprechen willst du wohl immer noch nicht …“

Damit beugte er sich erneut über die Lampe und schloss die Hände um die Flamme.

Wieder schreckte Funkenbruch, kaum dass es dunkel wurde, schreiend empor.

Und wieder ließ Trümmerboldt ihn ein wenig schreien, bevor er die Hände öffnete und erneut Licht in die Höhle ließ. Funkenbruch sank auf sein Sumpfgraslager zurück.

Der bedingt rechtmäßige Herrscher der Zwerge blickte in das schweißnasse, angstverzerrte Gesicht des Kranken. Er sah die verklebten Haare, den knotigen Bart. Es war ein elender Anblick.

„Wie, Zwerg, soll ich nur an all die Geheimnisse kommen, die du in deinem Kopf aufbewahrst?“

Trümmerboldt schüttelte den Kopf und wusste nichts Besseres zu tun, als die Höhle ein weiteres Mal zu verdunkeln.

Wie zuvor fuhr der Kranke empor und schrie.

Doch dieses Mal sank er, als es wieder hell wurde, nicht in sich zusammen.

Er verstummte zwar, blieb aber aufrecht und mit weit aufgerissenen Augen sitzen.

Trümmerboldt meinte, darin eine Art Fortschritt zu erkennen.

Doch der Kranke schaute nicht ihn an. Er schien direkt an ihm vorbei ins Leere zu starren. Und dann hob er plötzlich langsam und offenbar unter großer Anstrengung den Arm und wies in Richtung Höhleneingang. Seine fahlen Lippen begannen sich zitternd zu bewegen.

Er flüsterte einen Namen.

Trümmerboldt konnte ihn kaum verstehen. Doch es war noch nicht lange her, dass er eben diesen Namen aus einem anderen Bart vernommen hatte. Und darum verstand er ihn doch.

Kreutzschliff.

Kaum hatte er diesen Namen ausgesprochen, sank Bims Funkenbruch zum letzten Mal in seinem Leben auf sein schweißgetränktes Krankenlager zurück.

Und plötzlich roch es nicht mehr bloß nach Angst.

Langsam drehte Trümmerboldt sich um.

Vor ihm stand ein Zwerg in einem mehrfach geflickten ledernen Umhang, der in eine lederne Maske überging, die sein Gesicht bis auf Augen, Mund und Bart komplett verbarg.

Der Bart dieses Zwergs hatte eine eigentümlich blasse Färbung. Er endete über einer Werkzeugweste, wie Trümmerboldt sie noch von seinem Oheim kannte. In ihren Schlaufen steckte eine Ansammlung rostiger Werkzeuge. Drei Hämmer verschiedener Größe. Schraubendreher, Ösenlöser, Bohrmeißel und Keilzwingen. Auch an Armen und Beinen des Zwergs befanden sich Werkzeugschlaufen, in denen Messer, Schaber, Zangen und Malzer staken. Dazu trug er Handschuhe und schwere Arbeitsstiefel. All das war voller dunkler, schillernder Flecken. Der Zwerg roch so penetrant nach Öl und Kolbenfett, als wäre er gerade aus irgendeiner Maschine gekrochen. Und er roch noch nach etwas anderem. Nach Tod. Nicht dem frischen blutroten Tod am Ende eines Kampfes, sondern nach altem, fauligem Tod. Nach Verwesung.

Außerdem ging eine eigentümliche Hitze von ihm aus …

Trümmerboldt begriff, dass er niemand Geringeren als Kerbh Kreutzschliff, den verbliebenen Hammer Harrm Blutklumps, vor sich hatte. Und er begriff auch, dass Kerbh Kreutzschliff längst tot war. Es schauderte ihn.

Und dann hob der Tote mit einer heiseren, beinahe unwirklich scheinenden Stimme zu sprechen an: „Folge mir, Krugk Trümmerboldt. Der Wächter wünscht, dich zu sehen …"

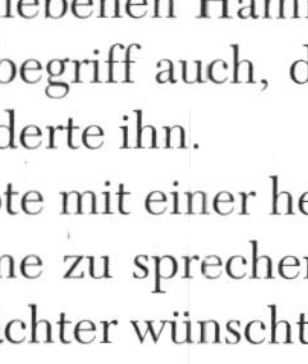

INTERMEZZO

Der provisorische Herr der Zwerge folgte seinem untoten Führer durch die Gänge. Aus den Tiefen der Fieberhöhlen stiegen sie Ebene um Ebene weiter hinauf. Vorbei an den Arbeitsstollen, an schwitzenden, schuftenden Zwergen und den misstrauisch dreinblickenden schwarzen Menhiren, die in martialischen Rüstungen auf ihren Posten standen und nur darauf warteten, ihre silbernen Schlagstöcke auf den Rücken aufmüpfiger Schürfbrüder tanzen zu lassen.

Die gebeugten Rücken von Trümmerboldts Untertanen hatten so manchen Schlag hinnehmen müssen. In ihren Augen glommen Unzufriedenheit und Wut, die einzig durch ein Fässchen am Schichtende so weit gemildert wurden, dass sie im Zwielicht der Gänge keine weitere Revolution anzettelten.

Trümmerboldt hatte den Ausschank des Feierabendschlucks zum wichtigsten Teil der Schicht gemacht, da betrunkene Zwerge kaum in der Lage waren, einen Aufstand zu organisieren oder sich den schwarzen Menhiren zu widersetzen.

Trümmerboldt wusste, dass Unmut sich bis zu einem gewissen Maß mit Alkohol niederhalten ließ – zum einen aus persönlicher und zum anderen aus langjähriger Berufserfahrung. Wenn man einem gerade erst erpressten Zwerg einen guten Humpen ausgab, wurde der größte Teil seiner Wut in der Regel hinfortgespült. Unmut war ein leicht lösliches Gefühl. Und am besten löste es sich in einem Humpen Bier.

Und die Zwerge tranken zu gern, als dass sich allzu viel Unmut in ihnen angestaut hätte. Stellte man sie vor die Wahl zwischen Aufruhr und Trunkenheit, würde ihre Entscheidung immer gleich ausfallen …

Doch der Unmut seiner Untertanen scherte Trümmerboldt in diesem Moment nicht. Er hatte nur Augen für seinen Führer. Kerbh Kreutzschliff würde ihn ans Ziel seiner Wünsche bringen. Zu dem einzigen Zwerg, der die Legitimation seiner provisorischen Herrschaft so tief in den Stein des Schicksals schlagen konnte, dass niemand je wieder an ihr zweifeln konnte.

Die ganze Zeit schon, viele Gänge lang, hatte er über seinen Führer nachgedacht. Die Färbung seines Bartes und seiner Haut, all das war ein sicheres Zeichen dafür, dass er bereits eine ganze Weile tot war. Außerdem stank er zum Steinerweichen. Trümmerboldt kannte nicht viele tote Zwerge. Er wusste nicht, wie man sich ihnen gegenüber verhielt. Obwohl er sich eigentlich allen Zwergen gegenüber gleich verhielt. Seit er denken konnte, bedrohte und verprügelte er sie. Und damit hatte es sich auch schon mit seinen zwischenzwergischen Kontakten. Ein Zwerg wie Kerbh Kreutzschliff aber, der augenscheinlich schon länger nicht mehr unter den Schürfenden weilte, war eine kompliziertere Angelegenheit.

Ihn zu bedrohen erschien Trümmerboldt sinnlos.

Tot war er jedenfalls bereits. Und auch das Verprügeln schien wenig nutzbringend, solange er nicht wusste, ob sein Gegenüber überhaupt Schmerz empfand.

Natürlich hatte Trümmerboldt mit dem Gedanken gespielt, Kreutzschliff einfach einmal kurz zusammenzuschlagen. Nur um ihm zu zeigen, wer von ihnen der Stärkere war. Doch während er mit diesem Gedanken gespielt hatte, war ihm bald klar geworden, dass er sich nicht einmal wirklich sicher war, wer von ihnen tatsächlich der Stärkere war.

Er beschloss, die Entscheidung zu verschieben, bis er sich sicher sein konnte. Bis dahin würde er Kreutzschliff folgen.

KAPITEL V

IN DEM EIN STEIN EIN GEHEIMNIS OFFENBART, GLIMMSPAN IM ARMDRÜCKEN GEGEN EINEN TROLL ANTRITT UND KRUGK TRÜMMERBOLDT BEINAHE DEN HAMMER WEGWIRFT

Nachdem er in seine Kajüte zurückgekehrt war, ging Kapitän Schwartzbarth sogleich zu dem stählernen Ornamenttisch hinüber, auf dem die geschlossene Enzyklopädie der Erzwärtigen ruhte.

Gedankenverloren betrachtete Schwartzbarth die beiden Blutflecken am Boden, wo vor Kurzem noch der Altar gestanden hatte. Sie waren das Einzige, was von den beiden Gefangenen geblieben war, die Opfer von Pilzgrimms Fallen geworden waren. Auf dem Trollmarkt hätten die zwei mindestens vier Brocken Blitzbasalt eingebracht. Aber Schwartzbarth ging davon aus, dass diese Investition sich bezahlt machen würde. Spätestens, wenn ihm das uneingeschränkte Wissen der Zwergenheit zur Verfügung stand. Dieses Wissen würde ihm den Gang zurück ins Herz des Imperiums ebnen. Mit schimmerndem Dreispitz würde er heimkehren, dem Ehernen Volk neues Heil bringen und mit Hilfe seines Wissens seine Probleme lösen. Selbst die, von denen es noch gar nichts wusste …

Er griff nach dem Buch, öffnete die lederne Vorderklappe und betrachtete die oberste dünne Steinstoffschicht. Er kratzte sich am Kinn und blätterte weiter. Zur zweiten Schicht und zur dritten. Und zog eine Grimasse. Er hatte nicht damit gerechnet, dass es so viele Zeichen waren.

All diese Zeichen zu lernen und sie im Kopf zu behalten würde lange dauern. Er blätterte weiter und musste feststellen, dass die Seiten nicht weniger zu werden schienen. Vermutlich würde es sogar verdammt lange dauern.

Er seufzte laut. Das letzte Mal, dass in seinem Leben etwas lange gedauert hatte, war gewesen, als er Rorrrk, den Anführer der Lehmkuhlentrolle, unter den Tisch gesoffen hatte. Und natürlich das Aussitzen der dazugehörigen Kopfschmerzen hinterher. Vier ganze Schichten lang hatte sein Kopf bis in die Bartspitzen geschmerzt. Seitdem jedoch behandelten die meisten Trolle ihn beinahe mit dem gleichen Respekt wie Glimmspan.

Kopfschmerzen jedenfalls würde das Lernen ihm gewiss auch bescheren. Womöglich sogar bis ans Ende seines Lebens, wenn er die Anzahl der vor ihm liegenden Seiten betrachtete. Darum fragte er sich in diesem Moment, ob es nicht unter Umständen ausreichen könnte, vor die Zwerge hinzutreten, das Buch hochzuhalten und einfach zu behaupten, dass er das uneingeschränkte Wissen ihres Volkes besaß. Das war schließlich auch schon recht eindrucksvoll. Und wenn einer daran zweifelte, konnte er ihm einfach eins über den Helm ziehen. Diese Variante würde jedenfalls einiges an Zeit sparen.

Beim Anblick der Zeichen hatte er das Gefühl, als müsste er nach einem Höhlenbeben Kiesel sortieren. Es erschien ihm beinahe einfacher, jeden Zwerg des Imperiums einzeln zu verprügeln, als diese Unmenge an Zeichen zu lernen.

Aber wenn es ihm doch gelang, dann standen ihm alle Gänge offen.

Der Verwalter würde ihm zu Füßen liegen, das Eherne Volk, seine Gelehrten und seine Priester. Und das war allemal ein Leben voller Kopfschmerzen wert.

Seufzend zog Schwartzbarth Pilzgrimms Seelenstein aus seiner Schultertasche und stellte ihn vor sich hin. Er schraubte den Pfeifenhalter auf seinen Armstumpf, klemmte eine frisch gestopfte Pfeife hinein und zündete sie an.

Er nahm einen tiefen Zug Gottkraut, blickte erst auf das

Buch und dann auf den Stein und sagte schließlich laut: „Wohlan, Pilzgrimm, lehre mich deine Zeichen!“

Erstaunlicherweise war es jedoch nicht die Stimme Wutrich Pilzgrimms, die daraufhin aus dem Inneren des Steins drang, sondern eine ganz andere.

„Das kannst du nicht wirklich tun, Pilzgrimm! Er ist ein Pirat!“

Schwartzbarth hockte da, die Ratte auf der Schulter, und starrte verblüfft den Stein an. Und dann erklang aus dessen Inneren wieder die bekannte Stimme Wutrich Pilzgrimms. Doch er sprach nicht zu ihm, sondern schien der anderen Stimme zu antworten.

„Hör zu, dass wir zu zweit hier drin sind, ist lediglich ein Unfall. Ich habe dir gesagt, du sollst dich in deine Ecke setzen und dich ruhig verhalten.“

Die andere Stimme aber schien nicht klein beigeben zu wollen.

„Zum einen ist es verdammt eng hier drin, sodass ‚meine Ecke, deine Ecke‘ schon gar nicht funktioniert, zum anderen bist du nicht mein Herr. Und außerdem ist dieser Kerl immer noch ein Pirat! Du kannst ihm nicht den Schlüssel zum gesamten Wissen unseres Volkes offenbaren.“

Schwartzbarth legte die Stirn in Falten und beugte sich etwas näher zu dem Stein hinab, in dessen Inneren Pilzgrimm offenbar nicht nachgeben wollte.

„Und wenn er ein Troll wäre! Ich werde es ihm beibringen. Weißt du, wie lange ich gebraucht habe, um das hier einzufädeln? Du hast selbst gesehen, was ich alles tun musste, um auch nur an die Enzyklopädie heranzukommen!“

Schwartzbarth kratzte sich am Bart und überlegte, was er tun sollte. Die beiden Stimmen klangen, als würden sie sich gerade erst in Fahrt reden. Vielleicht wäre es klug, den Stein für den Augenblick beiseitezulegen und ein Nickerchen zu halten.

Da hörte er schon wieder die andere Stimme: „Oh ja, das habe ich. Du hast den Schicksalszwerg belogen. Und meinen Herrn. Durch deine Lügen hast du sie dazu gebracht, das Undenkbare zu wagen!* Das weiß ich genau. Ich bin nämlich dabei gewesen. Und ich bin dabei gestorben, wenn ich dich daran erinnern darf!"

Pilzgrimm seufzte. Es war der schlimmste Moment in seinem Nachleben gewesen. In den Verliesen von Vorrngarth war das zweibeinige Gedächtnis des Hohepriesters durch die Kugel einer Stahlschleuder tödlich verwundet worden. Kurz darauf war der Zwerg gestorben, und der Schicksalszwerg hatte ihn der Tradition gemäß ins ewige Feuer hinabgesenkt. Ohne zu wissen, dass die Seele des Toten in den Stein fahren würde, den die Gefährten bei sich trugen. Seitdem musste Pilzgrimm, der Hunderte Jahre allein in diesem Stein gewohnt hatte, sich den Platz mit jemand anderem teilen.

Doch davon wusste niemand. Um die Sprache des Steines zu verstehen, brauchte man Gottkraut. Und das hatten die Gefährten des Schicksalszwergs aufgebraucht und hatten seither auch kein neues mehr bekommen. Daher ahnte keiner von ihnen, dass das Gedächtnis des Höchsten doch nicht verloren war.

„Ich wünschte, sie hätten dich liegen gelassen", sagte Pilzgrimm. „Dann müsste ich mich nicht mit dir rumschlagen."

„Denkst du, ich habe mir das hier ausgesucht?", empörte sich das ehemalige zweibeinige Gedächtnis.

„Pah! Ich noch weniger", schrie Pilzgrimm.

* Das Undenkbare umfasste neben dem Durchqueren des gemeinen Ganges auch das Öffnen der kryptischen Kammer und zuletzt noch den Raub des abartigen Artefaktes. Dementsprechend wurde es als dreifach unmöglich beziehungsweise undenkbar erachtet.

„Ich hatte keine Wahl“, gab das Gedächtnis zurück. „Du aber hast sie, wenn es um das Wissen des Ehernen Volkes geht!“

„Womöglich ist alles verloren, wenn ich zögere!“, erwiderte Pilzgrimm. „Endlich ist alles beisammen: die Enzyklopädie, ich und ein Zwerg, den ich die Zeichen lehren kann. Dies ist vielleicht meine einzige Chance!“

„Ich werde es verhindern!“, schrie das Gedächtnis.

„Ach ja? Wie denn?“, fragte Pilzgrimm spöttisch.

„Ich werde Legenden rezitieren! Und zwar alle, die ich kenne! Du magst vielleicht der größte Gelehrte aller Zeitalter sein, ich aber bin das Gedächtnis des Höchsten der Hohen, des Wachenden unter den Schlafenden, des Wissenden unter den Ahnenden, des Strahlenden unter den Glimmenden, des …“

„Ich weiß, wer du bist!“, stöhnte Pilzgrimm.

Schwartzbarth tätschelte derweil Trolltöter den Rücken und schlurfte kopfschüttelnd zu seiner Koje hinüber, während der Stein hinter ihm sich weiter stritt. Er hängte seinen eisernen Dreispitz an einen verbogenen Nagel, zog seine Stiefel aus und machte es sich in seiner Koje bequem. Kurz darauf begann er leise zu schnarchen.

„Du solltest ein wenig mehr Respekt vor mir haben!“, schimpfte das Gedächtnis.

„Wenn du dir einen anderen Stein gesucht hättest, vielleicht. Das hier ist mein Stein, zum Kiesdrummel noch eins, und darum bekommst du nicht einen Kiesel Respekt von mir!“, fauchte die Stimme des Gelehrten.

„Pilzgrimm!“, rief das Gedächtnis. „Wir haben Wichtigeres zu tun! Wir müssen dem Schicksalszwerg den dritten Teil der Prophezeiung verkünden!“

„Wenn du es mit dem Sterben nicht so eilig gehabt hättest, hättest du es ihm auch so erzählen können“, entgegnete der Gelehrte.

Daraufhin begann das Gedächtnis den dritten Teil der Prophezeiung zu rezitieren, die das Große Erzferkel vor Urzeiten über das Ende des Imperiums verkündet hatte: „Wenn jener, der nie Zwerg war, jenen führt, der keiner mehr ist, und der Zwerg, der in Wahrheit vier ist, das Imperium in Ketten schlägt, dann vermag einzig zweierlei das Eherne Volk noch zu retten."

Pilzgrimm schwieg einen Moment. Dann fragte er: „Und was genau soll das bedeuten?"

Nun war es das Gedächtnis, das einen Augenblick lang schwieg. Und dann entgegnete es so leise, dass selbst Pilzgrimm es beinahe nicht verstanden hätte: „Ich weiß es nicht …"

Der untote Kerbh Kreutzschliff führte den provisorischen Herrscher der Zwerge weiter durch die Gänge hinauf, auf die Ebene des Verwalters und immer noch höher. Bald wurden die Gänge enger und die Zwerge, denen sie begegneten, weniger. Die Höhlen, durch die sie gingen, waren weitgehend unerschlossen. Sie stellten die einzige Verbindung des Imperiums mit der Wächterebene dar. Hier oben gab es weder Leuchtkäfer noch Fackeln, diese Gänge waren beinahe vollkommen unbelebt.

Bei seiner Befragung der gelehrten Gefangenen hatte Trümmerboldt allerdings auch über diesen Teil der Höhlen einiges erfahren: Er stammte noch aus der Zeit jener längst vergangenen Schichten, als das Imperium auch in die oberen Sphären hatte wachsen sollen. Doch eine der letzten Amtshandlungen des Wächters war es gewesen, dem Verwalter nahezulegen, das Wachstum des Imperiums nur noch in die Tiefe voranzutreiben. Blutklump hatte es den Willen der Götter genannt. In den Augen Trümmerboldts wirkte das Ganze jedoch eher wie das Bestreben eines Erzfürsten, seine Höhlenfestung zu sichern. Für gewöhnlich räumten die Erzfürsten die Gänge in der Umgebung ihrer Festungen, um diese mit zwergischen Sicherheitsvorkehrungen zu bestücken.

Den Umständen entsprechend rechnete Trümmerboldt in dieser Gegend jedoch weniger mit patrouillierenden Zwergen als mit Fallen. Davon aber würde es mit Sicherheit einige geben. Denn zum einen schien Blutklump großen Wert auf seine Ungestörtheit zu legen, zum anderen hatte er seit der überstürzten Flucht Bims Funkenbruchs zweihundert Jahre lang Zeit gehabt, seine Fallen zu installieren und zu erproben. Trümmerboldt fragte sich allerdings, wie sein untoter Führer ihn in der zunehmenden Finsternis sicher an den Fallen vorbeiführen wollte.

Als hätte er seine Gedanken gelesen, schlug Kreutzschliff seinen ledernen Flickenumhang zurück und zog etwas aus seinem Gürtel hervor.

Trümmerboldt runzelte die Stirn. Ein Ding wie dieses hatte er noch nie zuvor gesehen. Es war eine kleine metallene Hülse, die entfernt an eine Laterne erinnerte, dabei jedoch nur halb so groß war und somit keinen Platz für einen Leuchtkäfer bot. Vermutlich hätte nicht einmal eine Glühlindwurmschuppe hineingepasst. Dennoch erwies sich das Gerät einen Augenblick später, als Kreutzschliff einen kleinen Hebel an der Seite betätigte, tatsächlich als eine Art Lampe. Von einem Schlag auf den anderen flammte in der Hand des Untoten ein Lichtkegel auf, der den gesamten Gang mit einem eigentümlich grellen Leuchten erfüllte.

Trümmerboldt sah Spinnen und Käfer davonhuschen.

Dann erst begann er sich zu wundern. Diese seltsame Lampe war annähernd lautlos und ihr Licht beinahe *weiß*. Ihm war kein Tier in den Grenzen seines Imperiums bekannt, das ein derartiges Licht hätte hervorbringen können. Die gesamte zwergische Technologie beruhte auf Tieren und ihren speziellen Eigenschaften. Seit Urzeiten stopfte das Eherne Volk Käfer in seine Kanonen und Laternen, Drachen in Schmieden und Feuerschleudern und allerlei Insekten in verschiedene Vorrichtungen, um sein Leben angenehmer und die Arbeit leichter zu machen. Marmormaden schmolzen Fels, Zigvielfüßler massierten Zwergenrücken, und Stahlspinner spannen Seile. Seit ehedem sorgte die findige Gilde der Neuerer, dem Willen des Großen Verwalters gemäß, dafür, dass das Volk der Zwerge die Eigenschaften der vielfältigen Kreaturen im Inneren der Gänge optimal zu nutzen vermochte. Sie ritten auf ihnen, ließen sie Metalle aufspüren und nutzten ihren Speichel, die Zähne, das Fell, die Haut und die Knochen. Die Macht des Ehernen Imperiums fußte auf der Einzigartigkeit seiner Kreaturen. Und zwar derjenigen ohne Bart.

Die Lampe in den Händen jenes toten Zwergs aber …

Kreutzschliff bemerkte das Staunen in Trümmerboldts Blick, sagte jedoch nichts. Stattdessen hob er die Lampe und nickte in Richtung des Ganges.

„Von hier an, Zwerg, folge mir in meinen Stiefelspuren. Und wenn dir dein Bart lieb ist, dann weiche nicht ein Haar von ihnen ab!"

Ohne seine Antwort abzuwarten, drehte Kreutzschliff sich um und trottete, die käferlose Lampe fest in der Hand haltend, voran. Trümmerboldt nickte und tat, wie ihm geheißen.

Kerbh Kreutzschliff mochte tot sein, er mochte stinken wie ein Kübel Trollauswurf und dabei womöglich Lampen benutzen, die mit den gemarterten Seelen toter Zwerge betrieben wurden, doch er war der Einzige, der ihn zu Harrm Blutklump, dem Wächter der Hohen Höhle geleiten konnte. Und aus diesem Grund würde Krugk Trümmerboldt tun, was er sagte. Seine Gedanken aber kreisten immer noch um jenes

Gerät, jene tierlose Lampe in den Händen seines Begleiters. Die Frage, wie sie wohl funktionierte, und die unbestimmte Ahnung, dass auf der Wächterebene noch weitere Wunder auf ihn warteten, die er sich noch nicht einmal im Traum ausmalen konnte, ließen ihn erschauern …

Die leeren Gänge wurden bald noch enger und verwinkelter.

Das unnatürliche Licht der Lampe scheuchte die wenigen Tiere auf, die sich hinter Steinen und in Felsnischen verbargen. Leise huschten sie aus dem Lichtkegel davon, gefolgt von ihren vielbeinigen Schatten, und verschwanden in der Finsternis.

Diese Kreaturen aber waren nicht das Einzige, das sich im grellen, lautlosen Schein der tierlosen Lampe offenbarte. Nach und nach schälten sich an Wänden, Decke und Boden Fallen aus der Finsternis. Trümmerboldt war lange genug Teil des Zwergischen Zwielichts gewesen und hatte mehr als einen Fallenmacher bedroht, um die meisten dieser Fallen benennen zu können. Auf den ersten Blick erkannte er einen Bartschnapper, zwei Helmspalter und einen Zerzwergler, der der Größe nach für mehr als einen Zwerg gereicht hätte. Verwundert betrachtete er die martialische Falle, während sie daran vorbeigingen. Wenn er sich recht entsann, war der Zerzwergler wegen der unnötigen Grausamkeit seines Mechanismus lange vor dem achatenen Zeitalter im Rahmen der Kiesfurther Konvention geächtet worden. Doch um derlei scherte sich ein Zwerg, der außerhalb des Imperiums über ein unabhängiges Reich herrschte, wenig. Harrm Blutklump folgte seinen eigenen Gesetzen. Und es verwunderte Trümmerboldt nicht im Geringsten, dass sich diese erheblich von denen des Imperiums unterschieden.

Dieser Zwerg hatte den Göttern und dem Verwalter ein ganzes Reich abgetrotzt. Und ohne Zweifel würde er jeden unrechtmäßigen Eindringling zum Schutz desselben in so viele

Stücke schneiden, wie es ihm beliebte. Ganz gleich, was die Gesetze besagten.

Und in den Augen eines Zwergs wie Trümmerboldt, der den Großteil seines Lebens in den Stollen jenseits von Recht und Ordnung gegraben hatte, war das eine bewundernswerte Haltung. Ein eigenes Reich, geschützt und bewahrt durch jede Maßnahme, die seinem Herrscher angemessen erschien.

Das war das Vorbild, dem er nacheifern würde. Er würde ein Zeichen setzen. Ein Zeichen seiner Allmacht und seines ehernen Willens, den er im Laufe zahlloser Schichten im Feuer des Zwielichts gestärkt hatte. Sobald er zurückkehrte, würde er am Rande des Imperiums einen Zerzwergler errichten lassen. Noch größer als den, den er gerade gesehen hatte.

Mehr und mehr tödliche Fallen tauchten aus der Dunkelheit auf. Trümmerboldt konnte einen Stiefelspleißer und einen Schädelplätter ausmachen. Er glaubte sogar einen mechanischen Ohrenknoter zu erkennen. Eine Falle, von der er lediglich gehört hatte – wenn auch nicht viel. Aber doch genug, dass er seinen schwarzen Helm ein wenig tiefer zog.

Mit Ehrfurcht betrachtete der bedingt rechtmäßige Herrscher der Zwerge die Fallen. Er hatte recht gehabt. Harrm Blutklump hatte die Angehörigen des Ehernen Volkes von seiner Festung fernhalten wollen. Und mit Hilfe von Göttern, Fallen und Verwalter war ihm dies auch gelungen. Die Frage aber, die Trümmerboldt in diesem Moment am meisten beschäftigte, war, *weshalb* Blutklump die Zwerge fernhalten wollte …

Bald schon führte Kreutzschliff ihn an Mechanismen vorbei, deren genaue Funktionsweise sich ihm nicht mehr erschloss.

In den Wänden erkannte er verborgene Schalter und Hebel, am Boden Stolperdrähte und Fußangeln. Darüber hinaus säuberlich aufgereihte Sprengfässer, schwebende Platten mit polierten Eisenbolzen und Falltüren, die im Licht einer

Leuchtkäferlaterne kaum auszumachen gewesen wären. Das geheimnisvolle weiße Licht seines untoten Führers aber enthüllte dem aufmerksamen Auge die meisten der Fallen.

Und die wenigen, die nicht zu sehen waren, schien Kreutzschliff dafür um so genauer zu kennen. Alle paar Schritte bedeutete er Trümmerboldt, zu springen oder einen Schlenker zu machen, um nicht versehentlich einen Auslösemechanismus zu betätigen. Und der provisorische Herrscher der Zwerge war sich sicher, dass ihm an der Seite Kerbh Kreutzschliffs und im Schein seiner Lampe in diesen Gängen nichts passieren konnte.

Bis ihm plötzlich – als sie an etwas vorbeigingen, das beinahe so aussah, als ob es die Gliedmaßen eines Zwerges mit einer einzigen Bewegung allesamt abtrennen, durchmischen und wieder festnähen konnte – eines klar wurde: Allein würde er niemals wieder den Weg zurück in sein Imperium finden …

Wegen dieses Gedankens und der tief und ehrlich empfundenen Bewunderung für Harrm Blutklump fiel es Trümmerboldt zunehmend schwerer, den Anweisungen seines Führers aufs Barthaar genau Folge zu leisten.

Einige Biegungen und Stufen später, während Kreutzschliff sich geschickt zwischen den immer enger werdenden Wänden hindurchwand, geschah es: Der nicht ganz rechtmäßige Herrscher der Zwerge lief geradewegs in ein paar niedrig hängende Spinnweben hinein, die ihm in Bart und Augenbrauen hängen blieben und ihm Mund und Augen verklebten. Er spürte eine fette Spinne über seine Schulter fliehen und schlug mit der rechten Hand nach ihr, während er sich mit der linken von den Fäden zu befreien versuchte. Dabei taumelte er und hätte beinahe das Gleichgewicht verloren, fing sich jedoch sogleich wieder und spie fluchend die Spinnweben aus, die ihm in den Mund geraten waren. Aber kaum, dass er Kreutzschliff weiterfolgen wollte, war ein leises Klicken unter seinem Stiefel zu vernehmen. Er spürte es mehr, als dass er es hörte. Doch als er hinabblickte, erkannte er, dass er auf einer beweglichen Steinplatte stand.

Sein Führer fuhr herum und hob die Hände, um ihm zu bedeuten, dass er sich auf keinen Fall bewegen sollte.

„Bleib stehen, Zwerg! Bei allem, was dir heilig ist!"

Mit zwei Schritten war Kreutzschliff herbei und kniete sich neben Trümmerboldt auf den Boden.

„Kannst du die Falle entschärfen?", fragte der provisorische Herrscher der Zwerge und versuchte dabei, das Zittern in seiner Stimme zu unterdrücken.

Kreutzschliff blickte ihn nicht an. Doch er wirkte alles andere als zufrieden, als er leise in seinen verwesenden Bart murmelte: „Wenn ich mich doch bloß daran erinnern könnte, was für eine Falle das war …"

Trümmerboldt spürte, wie ein Schweißtropfen unter seinem Helm hinabrann. Er schluckte.

„Du … du weißt es nicht?"

Kreutzschliff tastete vorsichtig die Bodenplatte ab und verzog das Gesicht.

„Einen kleinen Moment! Es wird mir mit Sicherheit wieder einfallen …"

Kaum hatte er das gesagt, begann es unter der Bodenplatte leise zu klicken. Das Geräusch wurde langsam lauter, und dann schien es sich im nächsten Moment in Richtung Wand fortzusetzen. Kreutzschliff legte eine Hand ans Kinn und grübelte, während er leise den Takt des Klickens wiederholte.

„Klick … Klick … Klick …"

Trümmerboldt spürte, wie ihm ein zweiter und ein dritter Schweißtropfen über die Braue rann.

Dann schien sich der Untote mit einem Mal zu erinnern. Er

zog seinen Hammer hervor, eilte zur Wand hinüber und zertrümmerte eine dort befindliche Schieferplatte. Das Klicken wurde lauter. Kreutzschliff drehte den Hammer in der Hand und rammte ihn dann mit dem Stiel voran in das Gewirr aus Zahnrädern, das hinter der Abdeckung lag.

Von einem Schlag auf den anderen verstummte das Klicken.

Stattdessen war nun ein leises, hässliches Knirschen zu vernehmen.

Hastig richtete sich der Untote auf und stieß Trümmerboldt von der Auslöseplatte. Keinen Moment zu früh, denn einen Schlag darauf barst sein Hammerstiel, und zwei Klicks später sauste aus der Decke eine riesige Eisenramme zu Boden.

Der Aufprall ließ den Gang erbeben, und seine Wucht sprengte dünne Risse in den Boden.

Erschrocken rappelte sich Trümmerboldt auf.

Er schluckte. Doch gleich darauf erschien ein wissendes Lächeln unter seinem Bart. Soeben waren seine Vermutungen spürbar Wirklichkeit geworden. Jetzt war es so sicher wie der Schaum auf dem Bier: Harrm Blutklump, der Wächter der Hohen Höhle, meinte es ernst. Er wollte mögliche Eindringlinge nicht bloß erschrecken.

Langsam begann sich die Eisenramme wieder zu heben und verschwand Stück für Stück in der Decke des Gangs. Kreutzschliff blickte ihr grübelnd nach.

„Für gewöhnlich kratze ich bloß alle paar Schichten mal ein paar Tiere aus den Fallen. Eigentlich bräuchte ich sie gar nicht mehr …"

Trümmerboldt horchte auf.

„Du meinst Blutklump. Blutklump bräuchte sie eigentlich nicht mehr."

Kreutzschliff drehte den Kopf und schaute ihn einen Moment lang mit ausdruckslosen toten Augen an. Dann verzog sich sein dünner Bart zu einem schiefen Lächeln, und er nickte bedächtig.

„Natürlich, du hast recht. Blutklump braucht diese Fallen nicht mehr. Heutzutage ist schließlich kein Zwerg so blödbärtig, aus freien Stücken hier heraufzukommen."

Dabei wurde sein Lächeln noch ein wenig breiter. Irgendetwas an diesem Lächeln kam Trümmerboldt merkwürdig vor. Aber er wusste, dass er zu wenig von untoten Zwergen verstand, um zu wissen, wie sie normalerweise zu lächeln pflegten …

Hängenden Kopfes trotteten die Gefangenen voran.

Den Steg hatten sie längst verlassen und bewegten sich nun mit klirrenden Ketten durch breite, grob behauene Gänge. Das Echo ihrer Schritte folgte ihnen auf dem Fuß, und die Gänge waren von einem Klagelied erfüllt, das dumpf von den Wänden widerhallte. In improvisierten Wandhalterungen brannten teergetränkte Fackeln, deren unruhiges Licht flackernde Schatten auf die Felsverwerfungen zauberte. Der von den Fackeln aufsteigende Ruß setzte sich in den Nasenlöchern der Gefangenen fest, legte sich wie ein dünner schwarzer Schleier über ihre Gesichter und ihre schweißverklebten Körper. Rußpartikel tanzten durch die Luft und verwandelten die Gefangenen nach und nach in einen Haufen elender, dreckiger Kettenknechte. Und während die Gefangenen sich hustend voranschleppten, hatten die meisten der Piraten ihren Bartschutz über das Gesicht gezogen. Um die Gefangenen bei Laune zu halten, ließen die Piraten alle paar Schritt mit finsterem Lachen ihre Peitschen knallen, und das Echo ihrer Schläge mischte sich mit dem der rasselnden Ketten.

Vereinzelt kamen ihnen Trolle entgegen und musterten sie gierig. Von Zeit zu Zeit begegnete ihnen sogar mal ein Zwerg. Doch es waren abgerissene, traurig dreinblickende Wichte, die sich ängstlich an die Wände drückten und die Piraten passieren ließen. Sie waren in Lumpen gehüllt und ernährten sich vermutlich von dem, was die Trolle übrig ließen. Sie mochten einen Bart haben, aber Zwerge waren sie kaum noch. Diese erbarmungswürdigen Gestalten hatten hier unten genug damit zu tun, dem unbändigen Hunger der Trolle zu entgehen. Von denen hatten die Gefangenen keine Hilfe zu erwarten.

Dementsprechend scherte sich die Mannschaft der *Sturmgluth* auch nicht weiter um sie. Sie trieben ihre Gefangenen voran, ohne die Elenden auch nur eines Blickes zu würdigen. Noch immer war es der einohrige Glimmspan, der den Tross anführte. Ihm folgten zwei Piraten mit einer großen Kiste, danach die, welche die Kette der Gefangenen hielten, und am Ende einige, die den goldenen Altar schleppten.

Immer wieder schaute Glimmspan sich um, um sich zu vergewissern, dass alles seine Ordnung hatte und sie alle beieinander blieben. Im Fackelschein schimmerten die beiden Äxte in seinem Gürtel bedrohlich. Leise fluchend hielt er sich die aufgerissene Wange. Die Wunde, die Schwartzbarth ihm mit seinem Haken beigebracht hatte, blutete immer noch. Wie schon so oft, hatte Thorf Glimmspan sich fest vorgenommen, Tihf Schwartzbarth bei nächster Gelegenheit doch noch seinen Hammer schmecken zu lassen und sich sein Ohr zurückzuholen. Er hatte die Launen seines Kapitäns allmählich satt. Der Stollen war endgültig voll. Wann immer etwas schiefging, war er es, der den Bart hinhalten musste. Es war schlichtweg ungerecht. Natürlich war Glimmspan klar, dass Ungerechtigkeiten im Piratengewerbe nicht unüblich waren. Aber in seinen Augen hätte Schwartzbarth sie wenigstens etwas gleichmäßiger verteilen können.

Wenn er und seine Leute die Gefangenen verkauft hatten und vom Trollmarkt zurückgekehrt waren, würde er Schwartzbarth einen ordentlichen Haufen Blitzbasalt auf seinen Ornamenttisch knallen, ihn zum Zweikampf fordern und wenig später selbst die *Sturmgluth* befehligen. Und auch die vermaledeite Ratte würde ihn nicht daran hindern können.

Glimmspan war sich sicher, dass er gute Chancen hatte. Er war wütend, und Schwartzbarth war fett geworden. Der Kapitän verbrachte zu viel Zeit in seiner Kajüte mit Tabaklutschen und Unterhaltungen mit Geröll. Mit Steinen zu sprechen war keine Aufgabe für einen Magmapiratenkapitän.

Außerdem war Glimmspan schneller als Schwartzbarth.

Solange die Ratte ihre Pfoten nicht im Spiel hatte, würde er ihn besiegen. Zumindest, wenn er von hinten kam und freie Bahn hatte. Alles was er brauchte, war ein Grund und ausreichend Wut. Und beides hatte er vor Kurzem bekommen.

Zunächst jedoch ging es auf den Trollmarkt, wo er bei den trollischen Stinkschädeln einen guten Preis für die Sklaven und den Altar rausschlagen würde.

Glimmspan zog seine käferlose Lampe hervor und schritt entschlossen weiter voran, während er in seinem Rücken die Peitschenschläge und das Lachen seiner Leute vernahm.

Im grellen Licht seiner Laterne tauchten ein paar riesige Schatten im Inneren des Ganges auf, die rasch näher kamen und sich wenig später als eine Gruppe grauhäutiger Kolosse mit dumpfen Gesichtern entpuppten. Übel riechende Trolle mit gewaltigen Hauern, die bedrohlich heranstampften, bis sie erkannten, wer diesen Zug verlorener Zwerge anführte: Thorf Glimmspan, den die Trolle Grablagk nannten. Den kleinen Troll.

Kaum dass sie ihn erkannt hatten, gaben die Ungetüme brummend den Weg frei. Die Gefangenen drängten sich zwischen den übel riechenden Gestalten hindurch und schlurften mit trübem Blick weiter, während das Echo einzelner Peitschenhiebe im Zwielicht der rauchverhangenen Gänge widerhallte.

Fazzgadt und Flammrank waren unter den vorderen Gefangenen. Ihnen folgte Blechboldt, der an den schwachsinnigen Glimmboldt gekettet war, und dann Nattergriff, der Meisterdieb, mit einem der Flammsteinfischer. Zwei Reihen hinter ihnen ging der Hohepriester, den die Piraten nach dem unrühmlichen Ende des Schraubers ebenfalls an einen der Flammsteinfischer gekettet hatten.

Mit der Zeit waren in den Gängen immer weniger von den elenden Zwergenstreunern auszumachen. Stattdessen wuchs die Zahl der Trolle. Sie lugten aus Seitengängen hervor, lagen schnarchend in moosüberwucherten Nischen oder standen in Gruppen herum. Argwöhnisch beäugten sie die Gefangenen, die mit jedem Schritt tiefer in die übel riechende Welt der Trolle vordrangen. Das trollische Raunen in den Gängen schwoll an. Die Gefangenen verstanden nichts von dem, was um sie herum gesprochen wurde.

Glimmspan hingegen spitzte die ganze Zeit über aufmerksam die Ohren. Er kannte nämlich nicht nur die trollische Sprache, sondern hatte darüber hinaus auch gelernt, wie Trolle dachten. Obwohl *denken* nicht ganz das richtige Wort war. Genauer gesagt, kannte er ihre Launen. Alle beide. Denn es gab gut gelaunte und schlecht gelaunte Trolle. Und Glimmspan konnte sie auf den ersten Blick auseinanderhalten. Er hatte genügend Gelegenheit gehabt, sie zu beobachten und die winzigen Veränderungen in ihrer spärlichen Mimik* wahrzunehmen, die kleinen Nuancen, wenn ihr Geruch umschlug und von einem

* Die meisten Trollforscher sprechen dem Troll an sich eine Mimik komplett ab und behaupten, es wäre leichter, eine emotionale Regung im Antlitz eines Steines zu erkennen als auf dem Gesicht eines Trolls. Kritiker solcher Stimmen halten diese Unterscheidung jedoch für unnötig.

Moment auf den anderen eine aggressive Note bekam. Er kannte sie und ihre Vorlieben, bei denen es sich ebenfalls um zwei handelte: Nahrung und Besitz. Trolle wollten fressen und besitzen, wobei die Frage nach dem „Was“ in beiden Fällen eine eher untergeordnete Rolle spielte. Und das war ein Umstand, den sich die Magmapiraten zunutze zu machen wussten. Mit diesem Wissen hatten sie innerhalb kürzester Zeit den Trollmarkt erobert. Denn nur in den Tiefen der Trollhöhlen verbarg sich das, was sie brauchten, um die *Sturmgluth*, ihre elektrischen Laternen und einige andere Instrumente anzutreiben: Blitzbasalt.

Davon besaßen die Trolle seit Urzeiten reichlich. Blitzbasalt aber konnten sie lediglich besitzen. Natürlich hatten sie ihn früher auch gefressen, aber es gab schließlich nichts, was die Trolle im Laufe ihrer Existenz nicht gefressen hätten.

Es war jedenfalls nicht weiter schwierig gewesen, die Trolle davon zu überzeugen, dass Zwerge weitaus schmackhafter waren als Blitzbasalt oder auch die meisten toten Tiere, die sich im Halbdunkel finden ließen.

Und sie versprachen den Trollen Zwerge im Tausch gegen Blitzbasalt. Zunächst konnten die Trolle die Zwerge in den Basaltminen schuften lassen. Und wenn sie schließlich zu alt für die schwere Arbeit wurden, konnten sie sie immer noch verspeisen.

Die Piraten machten sich die Faulheit der Trolle zunutze. Neben ihren Launen und Vorlieben war dies die wichtigste Charaktereigenschaft der klobigen Unholde. Trolle wollten nämlich am liebsten fressen und besitzen, ohne etwas dafür zu tun.

Andernfalls hätten sie die Siedlungen der Entzwergten auch selbst überfallen können, um ihre Speisekammern zu füllen. Aber das wäre ihnen zu anstrengend gewesen.

Und darum servierten ihnen Schwartzbarth und seine Männer die Zwerge in Ketten. Auch die Tatsache, dass sie ihnen die Bärte schoren, hing nicht zuletzt mit den Trollen zusammen. Sie mochten keine Haare zwischen den Zähnen. Zumindest die, die noch Zähne hatten. Was angesichts der zahllosen Raufereien und verspeisten Steine freilich die Minderheit unter den Stinkschädeln war.

Aber auch die Tatsache, dass Glimmspan die Trolle in den Gängen genau beobachtete und sie kannte, änderte nichts daran, dass den Stinkschädeln beim Anblick dieser zwergischen Delikatessenkette über kurz oder lang das Wasser im Mund zusammenlief und sie ihre übel riechenden Pranken nach den Sklaven ausstreckten.

Zwar respektierten sie den Einohrigen wie einen der Ihren, doch unter gewissen Umständen hätten sie eben auch einem der Ihren den Schädel eingeschlagen, wenn es ums Fressen und Besitzen ging. Und der Anblick dieser aufgereihten bartlosen Leckerbissen war ein solcher Umstand.

Glimmspan war das gewohnt. Den ein oder anderen Gefangenen musste man in der Regel opfern, um die Besitzverhältnisse klarzustellen. Jedes Mal aufs Neue. Denn in der nächsten Schicht hatten die Trolle es bereits wieder vergessen.

Glimmspan kannte die Probleme, die Trolle mit den Begriffen „meins" und „deins" hatten. In ihrer Welt gab es nur „meins" und „keins". Wenn ein Troll etwas nicht besitzen konnte, dann war er in der Regel der Meinung, dass auch kein anderer es besitzen sollte. Aber für gewöhnlich ging ein Troll ohnehin davon aus, dass er grundsätzlich alles besitzen konnte.

Deswegen waren den Trollen auch die Gesetze der zwergisch koordinierten Blitzbasaltwirtschaft nur schwer beizubringen gewesen. Wer einen Zwerg fressen wollte, musste dafür bezahlen. Aber es war jedes Mal nur eine Frage der Zeit, bis sich auf dem Weg zum Markt einer der Trolle berufen fühlte, einen der Gefangenen zu fressen, ohne dafür zu bezahlen. Eine Zeit lang konnte Glimmspan sie mit Blicken in Schach halten. Früher oder später aber griff doch einer zu. Die Magmapiraten waren noch nie ohne Verluste vom Schiff bis zum Markt gekommen.

Und in dieser Schicht war es nicht anders.

Der Markt war kaum noch drei Gangbiegungen entfernt. Sie hörten bereits die Schreie eifriger Trolle, die sich beim Anpreisen schimmligen Aases und bunter Steine zu übertreffen versuchten.

Und dann geschah es. In einer Nische hockte ein Troll, der sich schlafend stellte und wartete, bis Glimmspan ihn passiert hatte. Kaum aber, dass Glimmspan und seine beiden Truhenträger an ihm vorbei waren, streckte der Troll die Pranke aus und pflückte einen der Gefangenen aus der Reihe.

Ein Ruck ging durch den Kettenstrang, der nächste Zwerg wurde mit emporgerissen, und dann verschlang der Troll den ersten mit drei hastigen Bissen. Er wusste nämlich, dass er vielleicht nur einen halben Zwerg bekommen hätte, wenn er gekaut hätte. Er hatte oft genug gesehen, wie Glimmspan einem kauenden Troll ins Gesicht gesprungen war und ihm das Maul aufgehebelt hatte, um einen Rest der beschädigten Ware zu retten. Und das hatte der Troll sich gemerkt. Kettenzwerge musste man schnell fressen, wenn man sie ganz haben wollte.

Im nächsten Augenblick stand, mit einem Ohr und wütendem Blick, der kleine Troll vor ihm. In bestem Trollisch brüllte Thorf Glimmspan den Gierschlund an und beschuldigte ihn, einen seiner Zwerge gefressen zu haben.

Der Troll schüttelte energisch den Kopf. Doch die rasselnde Kette in seinem Maul und der zweite Zwerg, der daran hing, verliehen ihm nur ein geringes Maß an Glaubwürdigkeit.

Glimmspan richtete sich zu seiner vollen Größe auf, was

freilich nicht mehr bedeutete, als dass er den Dreck im Nabel seines Gegenübers sehen konnte, und forderte den Troll lauthals heraus.

Dies erregte die Aufmerksamkeit der umstehenden Trolle. Ein tiefes Murmeln ging durch die Gänge, und weitere Trolle drängten herbei, um den ungleichen Zweikampf anzuschauen. Der Troll fragte den Einohrigen mit einem dümmlichen Grinsen, ob er sich wirklich mit ihm schlagen wolle. Dabei fiel klirrend die Kette aus seinem Maul, und der Zwerg, der daran hing, stürzte mit einem dumpfen Poltern zu Boden.

Glimmspan lächelte. Er hatte nicht vor, sich mit dem Troll zu schlagen. Die Arme der Kreatur waren beinahe ebenso lang wie er selbst. Der Unhold hätte ihn ohne jeden Zweifel mit einem einzigen Schlag zermalmt. Nein, er würde etwas anderes tun. Das, was er immer tat, wenn einer der Stinkschädel Unruhe stiftete. Schwartzbarth hatte seine Ratte, Glimmspan hatte seine Kiste. Und Trolle ein schlechtes Gedächtnis. Und darum stutzte sein Gegenüber auch, als ihn der kleine Troll im nächsten Augenblick zum Armdrücken herausforderte.

Lachend willigte der Stinkschädel ein. Und auch die anderen Trolle lachten. Die meisten jedenfalls. Vor allem die, die sich nicht mehr an den Ausgang des letzten Armdrückens von Thorf Glimmspan mit einem Troll erinnerten. Nur die Trolle, die bereits einmal gegen ihn angetreten waren, mochten daran nichts Komisches finden.

Auf einen Wink des Einohrigen schafften zwei der Piraten schnaufend die Kiste herbei und schoben sie zwischen Glimmspan und den gierigen Troll, die sich beide davor knieten und für den Zweikampf bereit machten.

Und während die Gefangenen im Halbdunkel des Ganges zurückblieben, versammelte sich eine übel riechende Rotte Trolle grunzend um die beiden ungleichen Wettstreiter. Ihr dreckiges Lachen hallte durch die spärlich erleuchteten Gänge, und ihre Schatten flackerten unruhig auf den Wänden.

Fazzgadt drängelte sich an einem der Gefangenen vorbei, um besser sehen zu können.

„Was hat er vor?"

Blechboldt, der zwischen einigen anderen Gefangenen hindurchlugte, erwiderte: „Ich glaube, er hat ihn zum Armdrücken herausgefordert."

Der blinde General wurde hellhörig.

„Verstehe ich recht? Es geht um einen Zwerg, der einen Troll zum Armdrücken herausfordert?"

Blechboldt nickte eifrig, ohne den Blick von den beiden Kontrahenten abzuwenden.

„Wenn ich es dir doch sage."

Der Hohepriester schüttelt verwundert den Kopf.

„Aber er hat nicht den Staub einer Chance. Dieses Ungetüm wird ihn besiegen, ihn auffressen, und dann werden sie uns unter sich aufteilen."

Fazzgadt schluckte. Glimmboldt gluckste leise. Die Gefährten fragten sich, wie Thorf Glimmspan, dessen Arm nicht einmal halb so lang war wie der seines Gegners, diesen zu einem solchen Wettstreit herausfordern konnte.

Dann war es so weit. Im schummrigen Licht der kleinen Höhle und unter den erstaunten Blicken der geketteten Zwerge nickte der Troll seinem Herausforderer zu. Mit finsterem Blick schob Glimmspan die beiden Äxte in seinem Gürtel zurecht und krempelte seinen ledernen Ärmel hoch.

Der Troll lachte leise und stützte seinen Ellenbogen auf die Kiste. Mit einem breiten Grinsen tat Glimmspan es ihm nach. Beide streckten ihre Finger. Doch während die Gelenke des

Zwerges nur leise knackten, hallte das Knacken der trollischen Gelenke wie Hammerschläge durch den Gang.

Für einen kurzen Moment glaubte der Troll, sich an etwas zu erinnern. Etwas, das mit diesem Zwerg und dem Wettstreit zu tun hatte: Es war beileibe nicht das erste Mal, dass Grablagk einen Troll dazu herausforderte. Und der Zwerg hatte noch nie dabei verloren. Andererseits meinte sich der Troll aber auch zu erinnern, dass er noch nie gewonnen hatte. Was selbst dem Troll ein wenig merkwürdig vorkam. Die trollische Erinnerung ist jedoch ein kurzer, dunkler Stollen. Und selbst in diesem vermag ein Troll sich zu verlaufen.

Das trollische Raunen um sie herum war lauter geworden. Die Stinkschädel überlegten sich bereits, wie sie Grablagks Sklaven unter sich aufteilen würden, wenn der Troll ihm erst einmal den Arm gebrochen und ihn gefressen hatte.

Glimmspan nickte seinem Gegenüber zu.

Der Troll öffnete breitmäulig grinsend seine Hand, bereit, die seines Gegners zu ergreifen.

Und dann passierte es. In einer einzigen blitzschnellen Bewegung fuhr Glimmspan hoch, riss beide Äxte aus dem Gürtel, sprang mit einem Satz auf die Kiste und trennte den Arm des Trolls mit einem heftigen Hieb von seinem Körper.

Einen Wimpernschlag später war Glimmspan von der Kiste schon wieder heruntergehüpft und öffnete sie. Der Arm fiel hinein und landete dort inmitten eines guten Dutzends anderer Trollarme.

Der Troll schrie auf. Und in diesem Moment wurde es für kurze Zeit hell im dunklen Stollen seiner Erinnerung – wenn auch ein wenig verspätet. Während der Troll noch fassungslos auf seine armlose Schulter starrte, zog Glimmspan eine Pfeife aus seinem Gürtel, schlug einen Zunderstein an und grunzte in bestem Trollisch: „Ein Zwerg, ein Arm. Ein fairer Tausch.“

Er nahm einen Zug aus seiner Pfeife und deutete ins Innere der Kiste auf den Arm seines Gegners.

„Für drei Brocken Blitzbasalt kannst du ihn wiederhaben."

Sein Gegner schrie immer noch. Irgendwo im Hintergrund lachten einige einarmige Trolle höhnisch.

Der Einohrige schob die Pfeife in den Mundwinkel, legte seine Arme auf den Griff seiner Äxte und schaute mit festem Blick in die Gesichter der umstehenden Trolle.

„Na, was ist, ihr schäbigen Stinkschädel? Will noch einer von euch einen meiner Zwerge fressen? Ich denke ein Arm ist ein guter Preis. Ansonsten sehen wir uns auf dem Markt und regeln die Sache mit Blitzbasalt."

Glimmspan wartete einen Moment lang, ob der Besiegte nicht womöglich mit der verbliebenen Hand noch einen Beutel Blitzbasalt hervorzog. Als das nicht geschah, stieß er die Truhe zu, zwei seiner Schergen ergriffen sie und trugen sie weg. Nun konnte sich Thorf Glimmspan sicher sein, dass sich zumindest heute kein Troll mehr an seiner Ware vergreifen würde.

Der Hohepriester beugte sich zu Blechboldt hinüber.

„Hast du das gesehen?"

Der Ferkelbändiger kniff die Augen zusammen und nickte leicht.

„Er ist schnell."

„Was ist denn genau passiert? Was hat er getan?", fragte der General, dessen blinde Augen trübe funkelten. Mit knappen Worten schilderten die beiden ihm den Ausgang des Wettstreits. Flammrank nickte nachdenklich.

„Wenn er mit seinen Äxten so schnell ist, bestehen sie vermutlich aus Mischmetall. Der Eisenanteil für die Härte, der andere für das Gewicht. Ich tippe auf Schwarzstahl und Beryl-liumbruch. Der Erzclan hat vor seiner Verbannung solche

Waffen hergestellt. Ich glaube nicht, dass es noch viele davon gibt."

„Es ist mir egal, was dieser Dreckszwerg benutzt", mischte sich Fazzgadt in das Gespräch. „Und wenn er mit einem spitzen Stock kämpfen würde! Wenn mich nicht alles täuscht, haben wir ein vollkommen anderes Problem, verdammte Erzfäule noch eins!"

Die anderen schauten ihn verständnislos an.

Er stampfte wütend auf, sodass seine Ketten rasselten, und weckte dadurch die Aufmerksamkeit eines Peitschenknechts.

„Versteht ihr denn nicht, was sie mit uns vorhaben?", schrie Fazzgadt seine Gefährten an. „Sie werden uns an diese stinkenden Kreaturen verschachern!"

Im nächsten Moment ließ der Pirat wütend die Peitsche auf seinen Rücken hinabsausen. Die umstehenden Zwerge, die ebenfalls ihren Teil abbekamen, verfluchten den vorlauten Zwerg.

Zwei Hiebe später beschloss Bragk Nattergriff, dass dies der beste Zeitpunkt sei, die glücklose Gruppe zu verlassen. Er hustete leise und würgte vorsichtig ein Barthaar hervor, das er geschluckt hatte, bevor die Piraten ihn geschoren hatten.

Genau in dem Moment jedoch, als es ihm mit Hilfe des Haares gelungen war, das Schloss der Kette an seinem Fuß zu knacken, hielt der Peitschenschwinger inne. Sein Blick fiel auf den Meisterdieb, der sich gerade befreit hatte, und mit erhobener Peitsche hastete er wutschnaubend auf ihn zu.

Wenige Schläge später begab sich Thorf Glimmspan zurück in den Gang und zählte mit schnellem und versiertem Blick die Gefangenen durch. Etwa in der Mitte stutzte er jedoch. Sein Blick blieb an einem seiner Männer hängen, der fluchend versuchte, sich von der eng um sein Fußgelenk liegenden Kette zu befreien.

„Was ist passiert, Shmuddz?“, herrschte Glimmspan ihn an.

„Dieser Gefangene, er ... er hat sich irgendwie befreit“, jammerte der Pirat, während er immer noch verzweifelt versuchte, die Kette zu lösen. „Er hat mir einfach die Peitsche geklaut und ist dann verschwunden. Er ...“

Fluchend bedeutete Glimmspan dem Rest seiner Leute, die Gefangenen weiterzutreiben. Schwartzbarth hatte ihn gewarnt. Wenn er nur noch einen weiteren Gefangenen einbüßte, würde ihn das mehr als sein zweites Ohr kosten. Und jetzt hatte er bereits zwei verloren. Einen an den Troll und den zweiten an die Stumpfsinnigkeit seiner Leute.

Der Zug setzte sich wieder in Bewegung. Die Kette straffte sich, und auch der gefangene Pirat wurde mitgerissen. Dieser schrie auf und wandte sich flehend an Glimmspan: „Aber, Herr, Ihr werdet mich doch nicht ...“

„Mach den Bart zu, unseliger Zwerg, wenn dir dein jämmerliches Leben lieb ist!“, ranzte Glimmspan ihn an.

Und damit eilte er wieder an die Spitze des Trosses. Er hatte keine Zeit für solche Dinge. Er hatte Geschäfte zu erledigen und Rache zu nehmen. Und beides gedachte er so schnell wie möglich hinter sich zu bringen.

Während sich die Mitglieder des Schicksalszwergs inmitten der anderen Gefangenen voranschleppten und das Rasseln ihrer Ketten von den Wänden widerhallte, versuchte Blechboldt im Dunkel zu erkennen, ob der geflohene Meisterdieb ihnen womöglich folgte.

Er konnte ihn jedoch nirgendwo entdecken.

„Denkst du, Nattergriff wird versuchen, uns zu befreien?“, fragte er an Fazzgadt gewandt.

Fazzgadt lächelte schwach.

„Nur, wenn es sich für ihn lohnt. Vergiss nicht, er ist ein Dieb und beim Zwergischen Zwielicht aufgewachsen."

Nachdenklich blickten die beiden für einige kurze Schläge zwischen massigen Trollleibern hindurch in die Finsternis.

Dann sausten mit lautem Knall von Neuem die Peitschen der Piraten auf die Rücken der Gefangenen nieder, und mit rasselnden Ketten wankte der Zug der Verdammten weiter durch die Gänge und schleifte die Mitglieder des Schicksalszwergs mit sich.

Nach dem Vorfall mit der Eisenramme folgte Trümmerboldt seinem Führer aufs Barthaar genau. Er verschwendete keinen Gedanken mehr an den Rückweg oder den Genius Harrm Blutklumps. Wenn er dem Wächter in einem Stück entgegentreten wollte, erschien es ihm klüger, den Weisungen des Toten von nun an exakt Folge zu leisten.

Mehrmals wechselten sie über verzogene Leitern und Treppen die Ebene. Inzwischen waren sie so hoch oben, dass von der Arbeit in den Gängen nicht einmal mehr ein Echo zu ihnen heraufhallte.

Doch da Trümmerboldt nun bemüht war, auf seinen Führer zu achten und so wenig wie möglich von dessen vorgegebenem Weg abzuweichen, hatte er nur noch wenig Gelegenheit, seine Umgebung zu mustern. Doch selbst aus den Augenwinkeln konnte er wahrnehmen, dass die Wände der Gänge sich veränderten. Inzwischen verliefen über dem Stein eiserne Rohre. Es gab sie in allen Stärken, vom Durchmesser eines Bartes bis hin zu dem eines Beines. Sie schienen direkt aus dem Fels gewachsen und lagen, mit groben Muffen, Schrauben und stählernen Schellen befestigt, eng an den Wänden an. Zunächst nur in Stiefelhöhe, nahmen sie die Wände bald bis in Hüfthöhe ein.

Wie eiserne Schlangen mit rostigen Mustern auf den erstarrten Rücken ruhten sie dort. Und in ihrem Inneren pulsierte irgendeine zähe Flüssigkeit, die mit leisem Gluckern durch die Rohre floss und dabei immer stärkere Hitze abstrahlte. So viel, dass die Luft im Inneren des Ganges bald so dünn wurde, dass das Atmen schwerfiel. Zumindest für Trümmerboldt. Denn Kreutzschliff atmete schließlich nicht.

Als sein untoter Führer ihm irgendwann in einem stillen, fallenlosen Winkel die Gelegenheit gegeben hatte, sich für ein paar Schläge auszuruhen und tief durchzuatmen, hatte sich Trümmerboldt an eines dieser Rohre gelehnt und es im nächsten Augenblick bereits bereut. Er hatte sich gehörig die Finger verbrannt. Inzwischen erfüllte die von den Rohren ausgehende Hitze den ganzen Gang und trieb Trümmerboldt den Schweiß unter dem Helm hervor.

Kerbh Kreutzschliff schwitzte nicht.

Je enger der Gang wurde, desto unerträglicher wurde die Hitze. Die Zahl der Rohre wuchs immer weiter an, und zwischen verbogenen Hebeln zischten Eisenventile und spieen heißen Dampf in den Gang.

Kreutzschliff betätigte gelegentlich verschiedene Hebel und Schalter, um Dampfbarrieren und Fallen auszuschalten, damit sie passieren konnten.

Und dann veränderten sich die Rohre allmählich. Zwischen den Ventilen und Eisenflicken erkannte Trümmerboldt eigentümliche Vorrichtungen: Metallene Arme mit Eisengelenken, an deren Enden Klingen, Klauen oder Eisenkugeln funkelten. Diese Arme aber schienen keine Fallen zu sein. Sie verharrten einfach nur reglos an ihrem Platz auf den eisernen Rohren.

Bis die Ratte auftauchte. Eine fette, hässliche Höhlenratte, die es irgendwie an all den Fallen vorbei bis hierher geschafft hatte. Eilig tippelte sie über eines der heißen Rohre, wechselte auf ein tiefer gelegenes, dann auf ein weiteres und sprang schließlich knapp vier Bart vor ihnen auf den Boden des Ganges.

Dort hielt sie inne und blinzelte in das grelle Licht der käferlosen Lampe. Trümmerboldt vermutete, dass sie froh war, ihre Pfoten ein wenig abkühlen zu können.

Kreutzschliff blieb stehen, schaltete die Lampe aus und hielt Trümmerboldt zurück. Verwundert blieb der provisorische Herrscher der Zwerge in der Finsternis stehen.

Dann hörte er ein Ventil leise zischen, und im nächsten Augenblick leuchtete ein anderes Licht auf. Trümmerboldt sah, wie sich einer der Eisenarme mit einer kleinen Lampe, ähnlich der, die Kreutzschliff trug, mit leisem Quietschen ruckelnd in Bewegung setzte. Der Arm senkte sich langsam nach unten. Vom nächsten Rohr fuhr ein zweiter Arm nach oben. Dieser war mit einer metallenen Kugel versehen, die nun der Lampe folgte.

Wenig später schnappte die Kugel leise auf. In ihrem Inneren konnte Trümmerboldt einen schwarzen Kristall funkeln sehen. Kurz darauf erfasste der Lichtkegel der Lampe die Ratte am Boden. Verwundert blinzelte das Tier in das Licht. Der schwarze Kristall näherte sich ihm, und seine Eisenhülle schnappte kurz zu und öffnete sich dann wieder, beinahe, als würde er blinzeln.

Die Ratte stellte sich verwundert auf die Hinterbeine.

Im selben Moment schossen zwei eisenklauenbewehrte Arme zwischen den Rohren hervor, packten das Tier und rissen es beinahe lautlos vom Boden hoch. Sie hielten es direkt vor den schwarzen Kristall, der es im Schein der Lampe zu begutachten schien.

Die Kugel bewegte sich ein wenig auf und ab, schien das Tier genau zu studieren, blinzelte noch einmal und zog sich dann klickend wieder zurück.

Dann wurde die Ratte von den anderen Armen zerrissen.

Zischend benetzte ihr Blut die Rohre, während ihre Knochen dumpf zu Boden polterten.

Trümmerboldt schluckte. Er schaute sich um und musste dabei feststellen, dass er komplett von Rohren umgeben war, die über beide Seiten des Ganges verliefen. Und überall zwischen ihnen ruhten die Eisenarme, die jederzeit hervorschießen, ihn packen und vermutlich ebenso wie die Ratte zerreißen konnten, ohne dass er etwas dagegen hätte tun können.

Bei dem Gedanken daran schauderte es ihn.

Zum ersten Mal, seit er Kreutzschliff folgte, fragte sich Trümmerboldt, was der Wächter der Hohen Höhle wohl von ihm wollte. Bis zu diesem Zeitpunkt hatte sein eigener drängender Wunsch, Blutklump zu treffen, ihn geblendet. Aber der Wächter schien die Ruhe und Abgeschiedenheit seiner kleinen Welt zu sehr zu schätzen, als dass er irgendeinen Zwerg aus Langeweile hier hätte heraufschaffen lassen. Er musste einen guten Grund haben. Und Trümmerboldt wäre wohler gewesen, wenn er ihn gekannt hätte.

Bevor der provisorische Herrscher der Zwerge weiterdenken konnte, schaltete Kreutzschliff seine Lampe wieder ein und lächelte seinen Begleiter schief an. Dann schritt er weiter voran und erreichte wenig später, mit Krugk Trümmerboldt im Gefolge, eine massive eiserne, nietenbeschlagene Tür, die das Ende des Ganges bildete.

Der Untote bedeutete Trümmerboldt stehen zu bleiben.

Dann hängte er die Lampe an seinen Gürtel, drehte sich um und betätigte nacheinander einige in die Wand eingelassene Eisenräder und Schalter.

Kreutzschliff brummte zufrieden. Mit lautem Klacken sprangen drei massive eiserne Schließbolzen zurück, die Eisentür öffnete sich mit einem dumpfen metallischen Geräusch und gab den Blick auf die Wächterebene frei.

KAPITEL VI

IN DEM DER VIELSTINKIGSTE ORT ÜBERHAUPT ERREICHT WIRD, DIE HOHE HÖHLE SICH ALS LAUNISCH ERWEIST UND EIN STEIN DAMIT FORTFÄHRT, SICH ZU STREITEN

Einige wenige Peitschenhiebe später kam endlich der Trollmarkt in Sicht: Eine gigantische Höhle, die sich über zwei Ebenen erstreckte und vor Schmutz nur so starrte. Die groben, in den Fels gehauenen Treppenstufen waren von Moos und Unkraut überwuchert.

Schlinggewächse und Wurzeln ragten aus der Decke, und schimmlige Flechten bedeckten die Wände. Der Boden war feucht und roch modrig, Knochen und Essensreste steckten im Schlamm, und an allen Ecken und Enden stank es erbärmlich.

Überall in der Höhle waren verzogene Wurzelverschläge errichtet worden, in denen Trolle hockten und ihre obskuren Waren feilboten. Das wenigste davon vermochten die Zwerge überhaupt zu erkennen, und das meiste stank erbärmlich.

Aber an einem Ort wie diesem hätte etwas, das nicht übel roch, mit Sicherheit Misstrauen erweckt. Die Trolle, die nicht minder widerwärtige Gerüche ausdünsteten, priesen derweil brüllend ihre Waren an.

Unerträglicher Gestank mischte sich also mit unerträglichem Lärm. Selbst für das Volk der Zwerge, das nicht dafür bekannt war, empfindliche Nasen und Ohren* zu besitzen, war

* Die Sinne der Zwerge gelten als ein nahezu unerforschtes Gebiet, da ihre Funktion im Allgemeinen von dem abhängig ist, was der jeweilige Zwerg getrunken oder geraucht hat. Darüber hinaus ist der Zwerg grundsätzlich fähig, sich gewissen Sinneseindrücken komplett zu verschließen und eine selektive Ignoranz an den Tag zu legen, die ihn in gewissen Situationen, wenn Lebensgefahr nicht als solche erkannt wird, sogar zu retten vermag.

von beidem zu viel in dieser Höhle. Zumindest, wenn man es nüchtern ertragen musste. Das ein oder andere Fässchen Bier hätte ihre Sinne vermutlich angenehm zu dämpfen vermocht. Doch Schwartzbarths Mannschaft hatte gar nicht daran gedacht, in das trunkene Wohlbefinden ihrer Gefangenen zu investieren. Und es stand zu befürchten, dass sie in ihrem nüchternen Zustand noch einiges mehr als Lärm und Gestank würden ertragen müssen. Dabei hatte keiner von ihnen bis zu diesem Zeitpunkt große Erfahrungen mit dem Versklavtsein oder Gefressenwerden.

Von den Piraten angetrieben, schlurften die Gefangenen über den stinkenden Markt, vorbei an den schrundigen Wurzelverschlägen. Die Höhle wurde nur spärlich erhellt. Gnädig verdeckte die Dunkelheit einen großen Teil der Hässlichkeit dieses Ortes. An den Höhlenwänden und Trollverschlägen waren lediglich vereinzelt Talglampen befestigt, deren flackernde Flammen trübes Licht spendeten. Der übel riechende Rauch, der von ihnen aufstieg, verpestete dafür die Luft, die eine einzige Mischung aus Widerwärtigkeiten zu sein schien. Über allem hingen riesige Schwärme schillernder Staubfliegen, die von einem üblen Geruch zum nächsten schwirrten.

Raue, tiefe Trollstimmen dröhnten durch das Zwielicht. Und während die Zwerge in klirrenden Ketten an ihren Verschlägen vorbeigingen, gelang es ihnen hin und wieder, einen Blick auf ihre Waren zu erhaschen. Tote Tiere – Olme, Molche, vereinzelt sogar Schieferspringer – hingen kopfüber und in Bündeln außen an den Ständen, zum Teil offenbar schon seit mehreren Schichten. Darüber hinaus sahen die Gefangenen auch getrocknete Unken, Felsläufer an Spießen und gezuckerte Spinnenbeine. Und schließlich erblickten sie das Schlimmste: Zwerge. Sie hingen in Käfigen aus Wurzelgeflecht unter der Decke oder waren an riesige Holzklötze neben den Verschlägen gekettet. Ebenso wie die Gefangenen waren sie lediglich mit schmutzstarrenden ledernen Lendenschurzen bekleidet. Ihre Körper waren von Narben und Wunden übersät. Der Blick der Zwerge war gebrochen, trübe und aller Hoffnung beraubt. Sie schienen die anderen Angehörigen ihres Volkes, die an ihnen vorübergingen, nicht einmal wahrzunehmen.

Und überall in den Gängen und Verschlägen waren Trolle. Sie wankten zwischen den Ständen hin und her und tauschten stinkende Dinge gegen andere stinkende Dinge ein.

Der Zug der Gefangenen erregte großes Aufsehen, während er über den Markt in Richtung Schacherplatz zog. Bereits auf dem Weg dorthin begannen sich um die Zwerge gierige Trolle zu versammeln, denen bei ihrem Anblick förmlich der Geifer aus dem Maul lief. Doch wann immer einer von ihnen seine Pranke nach einem der Zwerge ausstreckte, erinnerte ihn ein anderer Troll daran, was dem widerfahren war, der es kurz zuvor schon einmal versucht hatte. Das Schicksal des Entarmten sprach sich rasch herum. Bald schon begannen die Trolle ihre Pranken bei sich zu behalten und öffneten stattdessen ihre Blitzbasaltbörsen, um nachzuschauen, ob sie sich womöglich ein Zwergenhäppchen leisten konnten.

Mit einer Mischung aus Staunen und Schrecken betrachteten die Gefangenen ihre Umgebung. Abgesehen von Glimmboldt, für den Schrecken nach wie vor ein Fremdwort war und der vergnügt glucksend seine Kette schleppte.

Fassungslos schüttelte der Höchste der Hohen den Kopf.

„Beim Heiligen Hammer! Zwerge, die nicht mehr als Ware sind. Unseresgleichen, feilgeboten zwischen Fleisch und Tabak. Was ist das für ein grausamer Ort?“

Es war einer der Flammsteinfischer, der ihm Antwort gab.

„Dies, Fremder, ist der Trollmarkt.“ Mit einem kraftlosen Lächeln fügte er hinzu: „Glaub mir, ich kenne ihn gut, denn dies ist schon das dritte Mal, dass Schwartzbarths Lumpenbande mich hier verkauft …"

Der Hohepriester schaute ihn kurz an und richtete den Blick dann wieder ungläubig auf die Käfige. Elend stierten die gefangenen Zwerge ihnen aus trüben Augen entgegen. Dann aber geschah etwas Seltsames. Einer der Gefangenen, an dessen Käfig sie vorbeigingen, sah Glimmboldts Gesicht und das Mal an seinem Kinn. Sofort richtete er sich auf und flüsterte den anderen Gefangenen etwas zu. Nun blickten alle mit leuchtenden Augen zu Glimmboldt hinüber und warfen sich voller Ehrfurcht zu Boden.

Der Hohepriester schüttelte verwundert den Kopf und schleppte sich weiter. Schließlich sah er an einem der Wurzelholzstände etwas, das ihn noch tiefer erschauern ließ: ein Stapel toter Zwerge. Ein Troll begutachtete gerade den Haufen und brüllte dem Verkäufer etwas zu. Das Trollisch schmerzte dem Hohepriester in den Ohren. Der Verkäufer brüllte etwas zurück, nur um noch einmal von seinem Gegenüber angebrüllt zu werden, und dann hatten sich die beiden offenbar geeinigt.

Blechboldt, der mit seinen Erzferkeln einst auf vielen Zwergenmärkten gewesen war, wandte sich an den Flammsteinfischer: „Sie fressen Zwerge und stinken. Das alles ist nichts Neues. Aber seit wann treiben Trolle Handel?"

Der Flammsteinfischer wollte gerade zu einer Antwort ansetzen, als ein heftiger Peitschenhieb ihn zum Schweigen brachte. Blechboldt fuhr herum. Hinter ihnen stand Thorf Glimmspan, eine Splitterpeitsche in der Hand und die funkelnden Äxte im Gürtel, und grinste sie an. Und dann raunte er Blechboldt nicht ohne Stolz in der Stimme zu: „Man glaubt es kaum, nicht wahr? Aber wir haben es ihnen beigebracht."

Blechboldt schüttelte angesichts der gefangenen Zwerge inmitten von Unrat und Gestank den Kopf.

„Aber das ist widerlich! Sie fressen uns und verkaufen uns. Das ist geradezu barbarisch …"

Glimmspan lachte dreckig auf.

„Nein, barbarisch waren sie früher. Damals haben sie sich, wenn sie etwas wollten, lediglich gegenseitig verprügelt. Aber das hier …", er machte eine ausladende Geste, die den ganzen Markt umfasste, „… ist echter Handel."

Blechboldt zog die Stirn in Falten.

„Du meinst, es ist weniger schlimm, wenn sie bezahlen?"

Der Einohrige lächelte.

„Ich weiß nicht, ob es schlimmer oder besser ist. Aber es ist Handel."

In diesem Moment kamen die Gefangenen an einem Troll vorbei, der gerade im Begriff stand, einen anderen Troll zu verprügeln, um ihm einen Krug mit mehrfach geknoteten Schneckenfühlern in Unkentunke wegzunehmen.

Blechboldt sah zu den beiden hinüber und wandte sich dann mit fragendem Blick an Glimmspan. „Ich dachte, das hätten sie früher gemacht? Sich gegenseitig verprügeln?"

Der Einohrige zuckte beiläufig mit den Schultern.

„Als Verkaufsargument benutzen sie die Gewalt freilich immer noch. Das steckt ihnen einfach in ihrem zähen, stinkenden Blut."

„Aber warum habt ihr ihnen das beigebracht?", fragte Blechboldt, während sie weitergingen.

Lächelnd bemühte sich der einohrige Pirat, es ihm zu erklären: „Sie haben, was wir brauchen. Blitzbasalt. Nun ja, wir hätten natürlich auch Krieg darum führen können. Aber Handel ist einfacher …"

„Hast du am falschen Stein gelutscht, Zwerg?", mischte sich in diesem Moment Fazzgadt ein, der das Gespräch belauscht hatte. „Ihr verkauft eure Brüder an diese hässlichen Ungetüme! Sie fressen eure Oheime und Schlüpflinge! Ihr verkauft euresgleichen!“

Einzig der Kette war es geschuldet, dass er nicht auf den Einohrigen losging. Zornig funkelte er ihn an, während er den kettenschweren Schritten der anderen folgte. Glimmspan aber lächelte nur milde und entgegnete in eigentümlich sanftem Ton: „Du bist nicht meinesgleichen, Zwerg.“ Bedächtig hob er die Peitsche und fuhr, während sein Lächeln sich in ein bösartiges Grinsen verwandelte, fort: „Denn ich habe einen Bart!“ Mit diesen Worten ließ er finster lachend die Splitterschnüre auf Fazzgadts Rücken niedersausen. Dann griff Glimmspan in seinen Gürtel und zog ein kleines metallenes Fläschchen hervor. Er öffnete es und leerte es in einem Zug.

„Kein Wunder, dass dieser Gestank ihm nichts ausmacht, und er so blöde vor sich hin grinst. Der ist voll bis unter die Helmkrempe“, flüsterte einer der Flammsteinfischer dem Hohepriester zu.

„Von diesem jämmerlichen Schluck?“, entgegnete der Hohepriester verwundert. „Vergiss nicht, dass er ein Zwerg ist. Es braucht einiges mehr, um …“

Der andere Gefangene fiel ihm ins Wort.

„Ihr seid noch nicht lange hier, oder? Was er da trinkt, ist Vielbier! In diesem Fläschchen befindet sich die Essenz von ganzen sieben Fässern. Schwartzbarth und seine Leute benutzen es vor allem, um Trolle unter den Tisch zu saufen …“

Der Höchste nickte staunend. Vielbier. Was für ein köstlicher Gedanke. Mit so einem Trunk würde sich sogar die Sklaverei besser ertragen lassen.

Unter den sehnsüchtigen Blicken des Höchsten ließ Glimmspan die Flasche wieder zurück in seinen Gürtel gleiten und zwinkerte Fazzgadt zu. Dann rülpste er laut.

Einen Moment später stimmten einige Trolle begeistert in

das Rülpsen mit ein und rissen ihre hauerbewehrten Mäuler auf, und gleich darauf war der gesamte Markt von einem dumpfen Röhren erfüllt, das die widerwärtige Luft erzittern ließ.

Der Einohrige nickte in Richtung der anderen Piraten, die daraufhin ihre Peitschen erhoben, um den Sklavenzug noch schneller in Richtung Schacherplatz zu treiben.

Trübsinnig starrten die Zwerge in den Käfigen ihnen nach. Den Gefangenen wurde es immer banger zumute. Mit Tränen in den Augen senkte der Hohepriester den Blick und sah im Dreck zu seinen Füßen zwei Ratten, die sich um einen Zwergenknochen balgten.

Wenig später wurde der Gestank, den die Gefangenen bis eben noch für unerträglich gehalten hatten, noch unerträglicher.

Unter den Peitschenhieben der Magmapiraten schleiften die Zwerge ihre Ketten an einem Verschlag vorbei, in dem ein sabbernder Troll mit einem großen Knochenlöffel in einem Kessel rührte. Darin brodelte eine zähe Flüssigkeit, die erbärmlich stank. Der Unhold warf etwas Grinswurz hinein, dann einige Knorpelknollen und holte schließlich einen Becher hervor und schüttete ein gutes Dutzend Unkenaugen in die Brühe. Dann rührte er wieder um. Klebrig und stinkend legte sich die schleimige, breiige Substanz um den Löffel. Der Troll hob den Löffel an seine breiten, spröden Lippen und sog die Flüssigkeit ein.

Seine Augen begannen zu leuchten.

Angewidert schüttelte Blechboldt sich.

Zwischen zwei Peitschenschlägen flüsterte einer der Flammsteinfischer Blechboldt zu: „Das ist Trollschmiere. Damit kitten Schwartzbarths Leute den Rumpf der *Sturmgluth*. Mit dem Zeug lassen sich sogar zerbrochene Steine wieder zusammenkleben. Die Trolle kauen es, weil es ihre Augen zum Leuchten bringt und das bisschen Geist, was sie haben, zwischen ihren Ohren umherspringen lässt."

Dann folgte der nächste Peitschenhieb, und noch bevor sein Echo inmitten des Trollgebrülls verhallt war, kam das Ziel ihres Weges in Sicht: der Schacherplatz, das Herz des Trollmarkts.

Kreutzschliff und Trümmerboldt waren durch die eiserne Tür getreten und standen nun inmitten einer riesigen Höhle, deren Wände von einem wirren rostüberwucherten Rohrgeflecht bedeckt waren. Die Rohre erstreckten sich über drei Ebenen und verliefen über die gesamte Länge der Höhle. Hinter den Rohren waren käferlose Lampen in den Wänden eingelassen, welche die Höhle in ein indirektes weißes Licht tauchten und die Schatten der Rohre an die gegenüberliegenden Wände warfen.

Vereinzelt waren in einiger Entfernung abbiegende Gänge auszumachen.

Immer wieder hallten die Geräusche riesiger Maschinen, die zwischen den Rohren standen, von den Wänden wider. Ventile öffneten sich und entließen heiße Luft in die Höhle. Zahnräder klickten, Kolben wummerten, und um sie herum war eine nicht enden wollende mechanische Geschäftigkeit.

„Warte hier." Der untote Führer nickte Trümmerboldt zu, drehte sich dann um und ging mit seiner Laterne davon. Nachdenklich blickte Trümmerboldt ihm nach, bis der Scherge des Wächters hinter einer Biegung verschwand. Der Geruch nach Tod und Verwesung verflüchtigte sich.

Erst jetzt hob Krugk Trümmerboldt langsam den Bart und wagte es, sich genauer in der Wächterhöhle umzuschauen. Als Erstes erblickte er in der Decke, hoch über den Rohren, eine stählerne viereckige Luke mit einer Seitenlänge von etwa zwei

Zwerg. Sie wirkte massiv, war komplett mit Rost überzogen und mit einem guten Dutzend Schlösser gesichert.

Das musste der Zugang zum schrundigen Schacht sein. Jenem Schacht, der direkt zu den Göttern emporführte und durch den seit Urzeiten das Licht der Hohen Höhle herabgeschienen hatte. Aber warum hatte Blutklump den Schacht verschlossen und das Licht der Hohen Höhle ausgesperrt?

Staunend sah sich Trümmerboldt in der riesigen Höhle um.

Es war, als ob sich vor seinen Augen eine andere Welt eröffnete: Die Wände der Wächterebene bestanden aus einem einzigen, aus Nieten, Streben und Zahnrädern geflochtenen Eisenteppich. Dazwischen standen riesige Maschinen, die mit rotierenden Rädern, pumpenden Kolben und lautem Stampfen den Inhalt der Rohre voranpressten. In ihrem Inneren blubberte und gluckste es, und selbst in einigen Zwerg Entfernung konnte Trümmerboldt noch die schwärende Hitze spüren, die von den Rohren ausging. Die ganze monströse Mechanik schien nicht enden zu wollen und sich über die gesamte Länge der Höhle zu erstrecken.

Und dabei konnte Trümmerboldt das Ende der Höhle nicht einmal ausmachen. Die weißen Lichter, die Bewegungen der Maschine und ihrer Schatten schienen sich bis in die Unendlichkeit fortzupflanzen.

Zwischen den Rohren ruhten klickende Zahnräder in der Wand. Darüber schwangen riesige Pendel, und auf den Rohren ruhten überall die ausfahrbaren Eisenarme, wie Trümmerboldt sie bereits draußen in den Gängen gesehen hatte. Und als Trümmerboldt nun im trüben Licht der Höhle und inmitten der zuckenden mechanischen Schatten das endlose Gewirr aus Rohren betrachtete, da wurde ihm langsam sonderbar zumute. Denn er begriff: Diese Arme waren Waffen. Und sie waren überall um ihn herum …

Er fühlte sich bedroht. Und wenn jemand wusste, wann es Zeit war, sich bedroht zu fühlen, dann war er es. Auch wenn normalerweise er selbst die Bedrohung war. Aber es war nur zu deutlich ersichtlich, dass hier irgendetwas nicht stimmte.

Er war Kerbh Kreutzschliff gefolgt, um den Wächter der Hohen Höhle zu treffen, damit dieser seine provisorische Herrschaft nachträglich legitimierte und ihn zum uneingeschränkten Machthaber über das Eherne Imperium machte.

Doch von Harrm Blutklump, dem eigentlichen Ziel seiner Reise, war nichts zu sehen. Und jetzt war auch noch sein untoter Führer verschwunden. Stattdessen stand Trümmerboldt allein und verlassen inmitten von tödlichen Präzisionsmaschinen.

Misstrauisch kniff er die Augen zusammen und tastete nach seiner Axt. Leise klickten einige metallene Gelenke. Ein eiserner Gliederarm löste sich langsam von einem der oberen Rohre und streckte sich in seine Richtung. Dann flammte an seinem Ende ein grelles Licht auf, und Trümmerboldt hob den Arm vor das Gesicht. Da schoss ein weiterer Arm zwischen den Rohren hervor, um knapp einen Bart vor dem Gesicht des verdutzten Trümmerboldt innezuhalten. Die metallene Kugel am Ende des Armes schnappte auf und gab den Blick auf den schwarzen Kristall in ihrem Inneren frei. Er schien Trümmerboldt zu mustern. Gerade so, wie der andere es draußen im Gang mit der Ratte getan hatte.

Trümmerboldt lief ein eisiger Schauer den Rücken hinab.

Sofort zuckte seine Hand wieder zum Griff seiner Axt. Jeder Muskel im Inneren seines Körpers war angespannt. Sein Blick folgte der Metallkugel, die sich bedrohlich nahe um ihn herumbewegte, dabei einige Male auf- und zuschnappte, als würde sie blinzeln, und schließlich direkt vor seinem Gesicht stehen blieb.

Von hinten schoss ein weiterer Arm aus dem Röhrengeflecht

hervor. Der Zwerg fuhr herum und legte verwundert den Kopf schief. Der kleine metallene Trichter am Ende dieses Arms wirkte unscheinbar. Er war mit einem dünnen Stück Haut, vermutlich Froschfell, bespannt, und Trümmerboldt konnte sich zunächst keinen Reim darauf machen.

Bis aus dem Inneren des Trichters Geräusche zu hören waren. Zunächst klang es so, als würden alte Eisenteile mit einem unangenehmen Quietschen gegeneinander schaben. Das Ergebnis war eine Art Stimme, die etwas Altes und Unwirkliches hatte. Sie schien weder zwergischen noch trollischen Ursprungs zu sein. Womöglich stammte sie nicht einmal aus dieser Wirklichkeit, schoss es Trümmerboldt durch den Kopf. Und auch wenn er es für möglich hielt, weigerte sich doch irgendein Teil tief in seinem Inneren, diese Stimme für göttlich zu halten.

Es brauchte einige Schläge, bis die Worte der Stimme Sinn zu ergeben begannen. Beinahe, als müsste sie das Sprechen erst wieder erlernen. Dann aber vermochte der provisorische Herrscher der Zwerge sie zu verstehen: „Du bist kleiner, als ich dachte."

Trümmerboldt runzelte die Stirn. Doch im nächsten Moment fuhr der Trichter auch schon fort: „Es hat sich wirklich einiges geändert in den Gängen des Imperiums …"

„Wie meinst du das?", erwiderte Trümmerboldt.

Irgendwie widerstrebte es ihm, mit einem Eisentrichter zu sprechen. Diesen aber scherte das wenig, und die schabende Stimme antwortete: „Weißt du, der letzte Verwalter, mit dem ich gesprochen habe, war anders als du. Ganz anders. Aber ich will nicht ungerecht sein. Auch ich habe mich verändert."

Fragend hob Trümmerboldt eine Braue.

„Willst du damit sagen, du warst damals … noch kein Trichter?"

Er hatte seinen Satz noch nicht vollendet, als plötzlich ein klauenbewehrter Arm zwischen den Rohren hervorgeschossen kam, ihn bei Bart und Hals packte und mit aller Wucht an die gegenüberliegende Wand schmetterte.

Trümmerboldt verlor seinen Helm und schrie auf, als die eiserne Klaue ihn gegen die glühend heißen Rohre presste.

Er wollte seine Axt emporreißen, doch da kam hinter ihm blitzschnell ein weiterer Greifarm hervor und umklammerte schmerzhaft sein Handgelenk.

Der provisorische Herrscher der Zwerge biss sich auf die Lippe, um nicht ein weiteres Mal aufzuschreien.

Trichter, Auge und Lampe kamen langsam näher, und erneut ertönte die scheppernde Stimme: „Schweig, Zwerg, der du nicht mehr bist als Staub in den Gängen der Götter!"

Eine weitere Eisenklaue erschien, packte Trümmerboldts anderen Arm und bog ihn brutal auf den Rücken. Er jaulte auf, und eine andere Klaue presste sich auf seinen Mund.

„Weißt du, ich schätze die Stille, Zwerg", sagte die Stimme.

Die stählernen Hände schienen zahllos. Noch während die Stimme sprach, war eine weitere zwischen den Rohren aufgetaucht und zog langsam die Axt aus Trümmerboldts Gürtel. Der Eisenarm fuhr hoch und hielt die Waffe vor den schwarzen Kristall, der sich langsam über ihre ganze Länge bewegte.

Nachdem der Kristall die Axt eingehend betrachtet hatte, näherte sich der Trichter wieder Trümmerboldts Ohr.

„Ihr scheint euch nicht wirklich weiterzuentwickeln dort unten in euren Drecklöchern."

Und plötzlich witterte Trümmerboldt seine Chance.

Er hing einen halben Bart über dem Boden, von eine Klaue gehalten. Seine Arme waren gefangen. Nicht aber seine Beine!

Er riss die schweren Stiefel empor, zertrümmerte mit einem gezielten Tritt den Trichter und erwischte in der gleichen

Bewegung, noch bevor die Metallkugel sich schließen konnte, auch das Kristallauge. Schwarze Splitter fielen klirrend zu Boden.

Triumphierend betrachtete Trümmerboldt den zerrissenen Trichter und den zerstörten Kristall. Das schwarze Auge war aus seiner Fassung gebrochen, und die metallene Kugel blinzelte blind am Ende ihres metallenen Arms. Hinter dem zerrissenen Froschfell sah er klickende Metallwalzen, die nun, statt zu sprechen, bloß noch quietschten. Trümmerboldt riss den anderen Fuß hoch, um auch noch die Lampe zu zerstören, verfehlte diese jedoch knapp.

Der Arm fuhr zurück, das Licht huschte hektisch über die Stollenwand, und im gleichen Augenblick lockerte sich der Griff der Klauen. Trümmerboldt zappelte heftig. Schließlich gelang es ihm, sich loszureißen und die Klauen mit lautem Scheppern zurück zwischen die Rohre zu stoßen.

Eine weitere Klaue schoss hervor, doch nun hatte er bereits beide Arme frei und packte sie. Er wirbelte in einer schwungvollen Bewegung herum, bis das Eisengelenk brach. Dann ergriff er den unteren Teil des Armes, um damit auf eine weitere Klaue einzuschlagen, die gerade wieder nach seinen Beinen schnappen wollte. Den abgerissenen Eisenarm wie eine Waffe über dem Kopf erhoben, blickte sich Trümmerboldt um. Doch die eisernen Klauen an den Rohren bewegten sich nicht mehr. Nur die verkrüppelten Eisenarme, die er gerade zerstört hatte, hingen sinnlos zuckend in der Luft.

Schwer atmend betastete er mit der freien Hand vorsichtig seine Knochen und stellte beruhigt fest, dass nichts gebrochen war. Schweiß trat ihm auf die Stirn, und seine Augen waren vor Angst geweitet. Obwohl er es freilich, wenn man ihn gefragt hätte, eher Besorgnis genannt hätte. Er verstand nicht, was hier vor sich ging. Blutklump war der Herr dieser Höhlen, und er hatte ihn zu sich gerufen. Kaum dass er angekommen war, hatten ihn aber diese Arme angegriffen. Es musste ein Irrtum sein. Er musste Blutklump finden. So schnell wie möglich. Er war der Einzige, der dieser Höllenmaschine Einhalt gebieten konnte. Krugk Trümmerboldt holte tief Luft. Dann hastete er weiter in die trübe erleuchtete Höhle hinein, um irgendwo in ihrem Inneren ihren Herrn zu finden.

Schwartzbarth hockte, die Pfeife im Halter, eingehüllt in eine Wolke Gottkrautrauch, über dem aufgeschlagenen Buch. Neben ihm lag der Seelenstein. Der Kapitän blätterte, und seine Augen funkelten gierig. Pilzgrimm hatte ihn Zeichen gelehrt. Noch nicht viele, aber doch einige. Genügend, dass sich die Möglichkeiten vor ihm abzuzeichnen begannen, die das Wissen der Zwerge ihm eröffnen würde.

In dem Buch wurde von mechanischen Werkzeugen ohne Tiere in ihrem Inneren berichtet, die alles vermochten, was man sich nur vorstellen konnte. Maschinen, die sich selbst antrieben, Waffen, Fortbewegungsmittel, mechanische Räderwagen. In diesem Kompendium ruhten wahre Schätze! Und sie waren für ihn zum Greifen nahe, hatten bereits begonnen, sich zu materialisieren …

Seit Beginn der Lektionen hatte Schwartzbarth seine Kajüte nicht mehr verlassen. Er rauchte und las und vergaß darüber sogar das Saufen.

Trolltöter tippelte von einer Schulter auf die andere, polierte mit den Pfoten die silbernen Ohrringe seines Herrn und wunderte sich über sein Verhalten. Das Tier hatte ihn noch nie zuvor so erlebt.

Staunend blätterte Schwartzbarth eine weitere Seite um und drehte den Kopf ein wenig in Richtung des Steins: „Es ist unglaublich, Pilzgrimm. Diese Zeichen formen Worte, und diese Worte ergeben Sinn! Was für ein köstliches Gefäß dieses komplette Kompendium doch ist."

Pilzgrimms Stimme klang beinahe feierlich, als er entgegnete: „Was sich dir hier eröffnet, ist die Kraft des Wissens."

Mit glänzenden Augen fuhr Schwartzbarth mit dem Finger über die Ansammlungen von Zeichen.

„Es ist wahrhaftig unglaublich."

„Ja, fürwahr, Schwartzbarth", erwiderte Pilzgrimm. „Und ist das nicht besser als Rauben und Plündern?"

Schwartzbarth stutzte und blickte auf. Verwundert sah er den Stein an und räusperte sich.

„Naja, so weit würde ich nicht gehen."

Und dann erklang aus dem Inneren des Steins wieder die zweite Stimme: „Ich habe es dir doch gesagt! Es kann nicht funktionieren. Dieser Kerl ist ein schäbiger Schurke, ein Fiesling sondergleichen! Was denkst du denn, was dein Wissen aus ihm machen wird?"

Schwartzbarth stöhnte auf. Nun ging das schon wieder los. Der Stein begann wieder mit sich selbst zu streiten.

„Dieses Wissen wird einen anderen Zwerg aus ihm machen!", ertönte da auch schon die Stimme Pilzgrimms.

Die zweite Stimme lachte auf.

„Oh ja, und zwar einen schlauen schäbigen Schurken!"

„Wir sollten das nicht vor ihm besprechen", sagte der Geist des Gelehrten beschwichtigend. „Lass uns warten, bis er schläft oder wir allein sind. Ich denke …"

„Ach, damit er es nicht mitbekommt? Er soll ruhig wissen, was ich von ihm halte! Hast du das gehört, Schwartzbarth? Ich gebe keinen Klumpen Trollrotz auf dich!"

Schwartzbarth hob verwundert eine Augenbraue und den darin verflochtenen Teil des Bartes. Es war das erste Mal, dass er von einem Stein beleidigt wurde. Einen Zwerg hätte er in einem solchen Moment umgehend zum Zweikampf gefordert. Einen Stein aber?

Er nahm einen weiteren Zug aus seiner Pfeife und fuhr den roten Kiesel ärgerlich an: „Wer, zum Erz noch eins, spricht da?"

Er hatte während des vorangegangenen Streites zwar mitbekommen, dass Pilzgrimm im Inneren des Steins nicht allein war, doch wem die andere Stimme gehörte, hatte er nicht begriffen.

Das einstmalige zweibeinige Gedächtnis zögerte nicht mit der Antwort: „Einer, der sich nicht scheut, dir zu sagen, dass du ein räudiges Stück Wanzenfett bist!"

Schwartzbarth packte den Stein und funkelte ihn böse an.

„Was glaubst du, wer du bist?"

Und dann hörte er wieder Pilzgrimms beschwichtigende Stimme.

„Ein Irrtum, Käpt'n, lediglich ein Irrtum. Ich werde mich darum kümmern, während Ihr die Zeichen lernt, die ich Euch als Letztes gezeigt habe. Verzeihung."

Doch nun empörte sich die andere Stimme erst richtig: „Verzeihung? Du bittest diesen Wanzenbart ernsthaft um Verzeihung? Ich kann es nicht glauben. Dieser Sohn einer Aschassel will den Schicksalszwerg an die Trolle verschachern! Meinen Herrn! Den Ferkelbändiger! Sogar den kleinen Blödbart! Ich werde das nicht zulassen!"

Und dann war der Stein plötzlich still.

Stirnrunzelnd legte Schwartzbarth ihn beiseite. Wer mochte sich wohl noch in seinem Inneren verbergen? Er wusste nicht allzu viel über Seelensteine. Allerdings hatte er gehört, dass ein solcher Stein bis zu drei Zwergenseelen enthalten konnte. In diesem schienen es mindestens zwei zu sein. Wer aber mochte dort drin bei Wutrich Pilzgrimm gefangen sein? Was für ein

Zwerg war das, der sich angesichts seines rostigen Hakens weigerte, Furcht oder Respekt zu empfinden?

Doch die Beantwortung dieser Frage würde warten müssen. Zunächst würde sich Tihf Schwartzbarth mit Hilfe der Zeichen und dem Wissen Wutrich Pilzgrimms zu neuer Macht emporschwingen und in die Grenzen des Imperiums zurückkehren, um dort über mehr als nur Magmapiraten, Trolle und Flammsteinfischer zu herrschen.

Der Kapitän der *Sturmgluth* nahm einen weiteren tiefen Zug aus seiner Pfeife und wandte sich wieder dem Buch zu. Im Schein der käferlosen Lampen blätterte er darin und überflog die Zeichen. Mochte der Stein auch vorübergehend wieder schweigen, einiges vermochte er schon zu entziffern. Und bereits durch dieses Wenige eröffnete sich ihm eine völlig neue Welt, wie sie mit stumpfer Gewalt allein vermutlich nie zu erobern gewesen wäre.

Bald würde er alle Zeichen lesen können. Er würde die Enzyklopädie von Anfang bis Ende durchblättern und der wahrhaft schlaueste schäbige Schurke sein, den die Höhlen je gesehen hatten.

Er würde die Gänge der zwergischen Geschichte durchschreiten, und wenn er erst hindurch war, würden sie neu gegraben werden müssen! Er würde das magmane Zeitalter begründen, und im Wind des Wissens den Geist der *Sturmgluth* bis ins Imperium hinauftragen! Und wenn es so weit war, würden die Zwerge doppelt vor ihm zittern. Vor seinem Haken und seiner Weisheit!

Er würde … Doch er kam nicht dazu, diesen Gedanken zu Ende zu führen. Denn in diesem Moment war erneut die zweite Stimme des Steins zu hören: „Weißt du, wofür er dein Wissen benutzen wird? Er wird sie alle an die Trolle verkaufen. Das gesamte Eherne Volk!“

„Du magst das so sehen!“, widersprach Pilzgrimm. „Ich aber glaube an das Gute im Zwerg!“

Schwartzbarth überlegte einen Moment, bezweifelte aber, dass es in seinem Inneren irgendetwas Gutes gab.

Und Pilzgrimms streitsüchtiger Widerpart schien das ganz ähnlich zu sehen: „Pah! Das sind doch bloß Worte! Du bist der klägliche Überrest eines stollenfremden Gelehrten …“

Einen solchen Vorwurf aber wollte Pilzgrimm nicht auf sich sitzen lassen.

„Das sind nicht bloß Worte! Ich bin für diesen Glauben gestorben!“

„Ach was!“, widersprach ihm die Stimme ein weiteres Mal. „Erzähl mir doch nichts. Du hast damals in den Kies gebissen, weil du die Zwergenfrauen auf dem Gewissen hattest! Du hast sie allesamt auf einen Schlag zu den Göttern geschickt!“

Schwartzbarth begann sich allmählich wieder für das Gespräch der beiden zu interessieren. Er wandte sich von dem Buch ab und beugte sich tiefer über den Stein. Dabei schob er das Mundstück seiner Pfeife in seinem Mund zurecht und paffte den Rauch in die Luft. Trolltöter schnupperte unruhig. Pilzgrimm indessen schluckte hörbar und entgegnete: „Du weißt also um diese Geschichte …“

„Natürlich. Ich kenne alle Geschichten unseres Volkes.“

Pilzgrimm seufzte und erwiderte beinahe schwermütig: „So bin ich dem Ehernen Volk also im Gedächtnis geblieben. Als Mörder seiner Frauen.“ Er lachte leise auf. „Nun, das ist meine Geschichte. Aber ich habe sie selbst gewählt. Und ich würde sie wieder wählen, weil ich wahrhaftig an das Gute im Zwerg glaube.“

Trotzig fiel ihm das Gedächtnis ins Wort: „Du redest wirr, Pilzgrimm.“

„Meinst du? Aber diese Geschichte ist vielleicht in Wirklichkeit ganz anders verlaufen, als du sie gehört hast! Du bist auch nicht unfehlbar, Gedächtnis!"

Mit einem leicht gekränkten Unterton erwiderte der andere: „Ich lerne die Geschichten, wie unsereins sie sich erzählt. Und wenn du wirklich an das Gute im Zwerg glaubst, dann nur, weil du nicht so viele Geschichten kennst wie ich!"

„Das ist es ja gerade, du kennst Geschichten!", erwiderte Pilzgrimm. „Mir hingegen geht es um Zwerge, echte Zwerge, nicht jene Geschöpfe, die irgendein fanatischer Geschichtenerzähler sturzbetrunken aus dem Fels der Mythen geschlagen hat!"

„Sie waren nicht alle betrunken!" wiegelte das Gedächtnis ab.

„Ach nein?"

„Manche mehr und manche weniger. Aber die Überlieferungen sind da, um uns Zwerge zu mahnen …"

Interessiert verfolgte Schwartzbarth das Gespräch der beiden Steinwärtigen. Inzwischen hatte sogar Trolltöter auf seiner Schulter genügend Gottkraut abbekommen, dass er den Worten der beiden mit aufgestellten Ohren folgte.

„Verstehst du denn nicht?", rief Pilzgrimm in diesem Moment. „Es geht nicht um Überlieferungen, es geht um die Zukunft! Das Wissen, das du bewahrt hast, ist dazu da, die Zwerge zu mahnen. Aus dem Wissen in jenem Buch können sie lernen!"

Das Gedächtnis aber wollte davon nichts wissen: „Pah, Wissen ist die Krücke derer, die sich nicht auf die Legenden zu stützen wagen! Lernen? Wofür soll das gut sein?"

„Für eine bessere Zukunft!"

„Zukunft? Wenn ich dich an den letzten Teil der großen Erzferkelprophezeiung erinnern darf, dann wissen wir nicht einmal, ob wir überhaupt eine haben!"

„Hättest du uns diesen letzten Teil früher offenbart, hätte der Schicksalszwerg dem Schicksal womöglich noch trotzen können!", entgegnete Pilzgrimm.

Das Gedächtnis druckste ein wenig herum.

„Ihr ... ihr wart noch nicht so weit."

„Natürlich", rief der Gelehrte empört. „Da mussten wir erst einmal warten, bis du tot bist, oder was?"

Und dann eskalierte der Streit im Inneren des Steins.

„Ach, lass mich doch in Ruhe", murrte das Gedächtnis.

„Such dir einen eigenen Stein!", giftete der Gelehrte zurück.

„Du ahnst nicht, wie gern ich das tun würde! Und ich würde ihn mit Freuden mit jeder anderen Seele teilen, solange es nicht die deine ist."

„Legendenlutscher!"

„Wissenswicht!"

Der Stein auf Schwartzbarths Tisch erzitterte kurz, beinahe, als würden irgendwelche Kräfte in seinem Inneren toben. Dann herrschte wieder Schweigen.

Der Kapitän der *Sturmgluth* schüttelte den Kopf und wandte sich, die Pfeife im Mundwinkel, wieder dem Buch zu. Zumindest war jetzt Ruhe, und er konnte sich wieder den Zeichen in dem Buch widmen. Jedenfalls so lange, bis der Stein wieder zu streiten begann.

Schweigend und staunend blätterte Schwartzbarth weiter. Er schritt mit glänzenden Augen voran, ein Neuling in den wunderlichen Stollen des Wissens. In seinem Kopf wurden aus Möglichkeiten Gewissheiten. Er würde einen Antrieb konstruieren, mit dessen Hilfe die *Sturmgluth* höhere Geschwindigkeiten erreichen und mit einer Ladung Blitzbasalt weiter fahren würde, als sie es bisher getan hatte. Der gegenwärtige Antrieb der *Sturmgluth* beruhte vor allem auf den Erkenntnissen Krummdingk Eisenkeims, des linken Hammers Wutrich

Pilzgrimms, der vor einigen Hundert Jahren zu den Entzwergten gegangen war, um ihnen die Geheimnisse des Fortschritts zu bringen. Schwartzbarth und seine Mannschaft hatten ihn entführt und ihn gezwungen, die *Sturmgluth*, die damals kaum mehr als ein dreimastiger Magmasegler gewesen war, zu verbessern. Und danach hatte Schwartzbarth für ihn ein Lösegeld von den Entzwergten gefordert, das sich gehämmert hatte.

Und sie hatten es bezahlt. Brocken für Brocken, um den Schöpfer und Bewahrer ihrer Technologie wieder in ihrer Mitte zu wissen. Aber das Wissen Krummdingk Eisenkeims hatte allenfalls aus einem Bruchteil dessen bestanden, was auf diesen Seiten zu finden war. Dieses Kompendium war von seinem Lehrer geschaffen worden. Und mit Hilfe dieses Wissens würde Schwartzbarth sein Schiff in eine uneinnehmbare schwimmende Festung verwandeln können. Einen Palast am Grunde des Vergessens!

Noch aber war es nicht so weit. Vor ihm lagen noch mehr Zeichen, mehr Wissen und mehr Zukunft.

Es kribbelte ihn förmlich in den Fingern, als er seine Hand unter die nächste Seite schob und sie umblätterte, während er den Pfeifenhalter zum Mund führte und eine große Rauchwolke in die stille Luft seiner Kajüte paffte.

Die Ratte streckte den Kopf vor und versuchte mit zitternden Barthaaren, ein wenig von dem Rauch abzubekommen.

Schwartzbarth spürte die Bewegung des Tiers auf seiner Schulter. Versonnen holte er die silberne Dose mit dem Flammenanker hervor, ließ sie aufschnappen und hielt Trolltöter zwischen zwei Fingern ein wenig Zwergenhaar hin. Die Barthaare der Ratte zitterten leicht, und dann begann sie, die Leckerbissen gierig zu verschlingen.

Zufrieden tätschelte Schwartzbarth den Rücken des Tiers mit seiner Pfeife.

Dann blickte er wieder zu dem Stein hinüber, der reglos und schweigend auf seinem kleinen metallenen Ständer neben dem offenen Buch lag.

Schwartzbarth sog vorsorglich noch einmal tief den bitteren Rauch des glimmenden Gottkrautes ein. Dann wandte er sich an den Stein: „Also, Pilzgrimm, wenn ihr euch wieder beruhigt habt, dann lehre mich ein weiteres Zeichen! Die Schicht ist noch nicht vorüber. Bring mir noch eines bei!"

Der Stein zögerte kurz, bevor die Stimme des Gelehrten erneut aus seinem Inneren drang: „Ich würde ja gern, Schwartzbarth, aber ich habe hier drinnen zunächst noch einige Dinge zu klären!"

Seiner Stimme folgte die des Gedächtnisses, die schimpfend lospolterte: „Einige Dinge? Du wirst diesem Hakenmolch kein einziges Zeichen mehr beibringen! Das Gute im Zwerg, pah! Bei dem wirst du lange graben müssen!"

„Wir klären das, Schwartzbarth", sagte Pilzgrimm an den Kapitän gewandt. „Untereinander."

Davon aber schien die zweite Stimme alles andere als überzeugt.

„Hier wird nichts geklärt. Der Stein ist gehämmert. Bring ihm auch nur einziges weiteres Zeichen bei, und ich werde dir hier drin das Leben zur Hölle machen!"

Dann schwieg der Stein wieder.

Allmählich wurde es Schwartzbarth doch zu bunt. Was ging in diesem Stein nur vor sich, dass er es wagte, sich dem Herrn des Magmasees zu widersetzen? Er hoffte bloß, dass die zweite Stimme nicht die Überhand gewann.

Schwartzbarth überlegte, ob es nicht vielleicht doch sinnvoll wäre, den Stein ein wenig zu bedrohen. Schließlich könnte er ihn jederzeit aus einer der Luken in den Magmasee werfen. Womöglich beeindruckte ihn das.

Im nächsten Moment schien es ihm jedoch abwegig, einen Stein bedrohen zu wollen. Und so beschloss er, sich noch einmal aufs Ohr zu legen, bis Glimmspan und seine Leute vom Trollmarkt zurückgekehrt waren und neuen Blitzbasalt brachten, um die Maschine der *Sturmgluth* zu füttern, die bald schon viel besser sein würde.

Kaum dass der Geruch des Gottkrauts verflogen war und der Kapitän der *Sturmgluth* in seiner Koje schnarchte, begann im Inneren des Steins die Stimme des Gedächtnisses leise zu flüstern: „Hör zu Pilzgrimm! Wir haben Wichtigeres zu tun, als einem räudigen Zwergenschacherer zu dienen! Wir müssen irgendwie hier rauskommen und dem Schicksalszwerg den dritten Teil der Prophezeiung verkünden!"

Eigentlich war es nicht mehr nötig zu flüstern. Der Rauch des Gottkrauts war im Inneren der Kajüte inzwischen komplett verflogen. Und ohne Gottkraut vermochte kein Zwerg, die Sprache der Steine zu verstehen. Eine andere Kreatur vermochte es allerdings durchaus.

Trolltöter kam näher getrippelt und legte den Kopf schief.

„Kann die kleine Wanzenschleuder uns etwa hören?", fragte die Stimme des Gedächtnisses missmutig.

„Es scheint beinahe so …", murmelte Pilzgrimm.

Die spitzen Ohren der Ratte zuckten, als ob sie ihnen tatsächlich lauschte.

„Aber wie ist das möglich? Sie raucht doch überhaupt nicht …", wunderte sich das Gedächtnis.

„Ratten funktionieren anders. Vermutlich hat der Rauch irgendetwas in ihr ausgelöst. Das halte ich zumindest für möglich. Ich habe früher einige Versuche mit ihnen gemacht …"

Kaum hatte er dies gesagt, bleckte Trolltöter die Zähne.

„Ha!", rief das Gedächtnis aus. „Die Ratte kann uns nicht

bloß hören, sie versteht uns sogar! Womöglich ist das unsere Chance, hier herauszukommen!" Einen kurzen Moment herrschte Schweigen im Stein. Dann ertönte wieder die Stimme des Gedächtnisses: „Hör gut zu, Ratte …"

Krugk Trümmerboldt eilte weiter durch die Wächterhöhle. Immer wieder schaute er sich um, ob irgendjemand oder irgendetwas ihm folgte. Kreutzschliff womöglich, oder irgendeine irrsinnige Maschine. Er lief so lange, bis er außer Atem geriet. Dann blieb er stehen und lauschte in die Finsternis hinein.

In diesem Moment schob sich hinter ihm zwischen den Rohren ein Arm mit einem Eisentrichter hervor, bis ganz nahe an sein Ohr. Dann vernahm Trümmerboldt erneut die grausige, unwirkliche Stimme aus Rost, Eisen und sich drehenden Walzen: „Wohin willst du fliehen, Zwerg? Ich *bin* diese Höhle …"

Trümmerboldt fuhr herum, den abgerissenen Eisenarm von zuvor noch immer fest in der Faust, und zertrümmerte den quäkenden Trichter mit einem einzigen Schlag.

Im selben Moment flammten neben ihm einige Lichter auf. Lampenbestückte Arme schossen aus dem Dunkel hervor, und Trümmerboldt lief wieder los.

Er war noch immer völlig außer Atem. Doch das spielte keine Rolle. Er musste fliehen, fort von diesen Armen, diesen grausamen Armen. Er musste Blutklump finden, den Einzigen, der ihnen Einhalt gebieten konnte.

Um ihn herum lösten sich von den Rohren eiserne Klauen, die nach ihm schnappten. Er drehte und wand sich, entkam einer, zweien, einem ganzen Dutzend, doch es tauchten immer wieder neue auf. Mit seiner improvisierten Keule drosch er auf sie ein, doch für jeden Arm, den er zerschmetterte, tauchten drei weitere zwischen den Rohren auf. Der provisorische Herrscher der Zwerge hatte keine Chance gegen die unerbittliche und unfehlbare Maschinerie der Wächterhöhle. Schließlich bekam eine der zahllosen Eisenklauen ihn an seinem Bart zu fassen. Trümmerboldt jaulte auf, und der Eisenarm riss ihn mit einem Ruck empor. Wieder hörte Trümmerboldt hinter sich die rostige Stimme. Ein weiterer Trichterarm schob sich von hinten an ihm vorbei, und von der Seite her sah er einen schwarzen Kristall näher kommen.

Die Eisenwalzen im Trichter knirschten in bedrohlichem Ton: „Du hast Glück, dass ich dich brauche, Trümmerboldt. Denn sonst würde ich dir alle deine Knochen brechen. Und zwar zweimal!"

Mit schmerzverzerrtem Gesicht baumelte Trümmerboldt in der Gewalt der Eisenklaue an seinem Bart gut zwei Zwerg über dem Boden. Er versuchte, um sich zu schlagen, doch die Arme bewegten sich in sicherem Abstand zu ihm.

Keuchend drehte er sich in Richtung des Kristalls und blickte wütend hinein.

„Aber wofür? Wozu brauchst du mich?"

„Um meine Arme tiefer in den Fels zu treiben", schnarrte die Walze.

Trümmerboldt verstand nicht. Eine Maschine, die sich selbstständig auszubreiten und zu wachsen gedachte? So etwas erschien ihm vollkommen undenkbar.

Aber was scherte ihn diese Maschine? Sein Bart war ihm näher als ihre Schrauben. Und sein Bart war in diesem Moment, da er mit seinem ganzen Gewicht daran hing, der Ursprung schier unerträglicher Schmerzen. Trümmerboldt blickte sich um, so gut es ging. Unter sich sah er ein gutes Dutzend zerschmetterter Gelenke – Arme, die er gerade erst zerstört hatte. In diesem Moment kamen zwischen den Rohren neue Arme hervor. Sie waren mit rostigem Werkzeug und kleinen Feuerschleudern bestückt. Einige trugen schwarze Kristalle, andere kleine Lampen. Hier blitzte ein Schraubgewinde auf, dort ein Nietenbolzen, und dann machten sie sich an die Arbeit. Sie schienen genau zu wissen, was sie taten. Jeder Handgriff saß. Sie schmiedeten, hämmerten und schraubten, und der gepeinigte Trümmerboldt traute seinen Augen nicht: Diese unheilige Maschine reparierte sich selbst!

Dann wurde Trümmerboldt allmählich schwarz vor Augen. Der Schmerz war kaum noch erträglich. Ihm war, als ob ihm jeden Moment der Bart mitsamt Unterkiefer abreißen würde. Doch die Klaue, die ihn hielt, war unerbittlich. Er stöhnte leise auf.

Das Kristallauge kam blinzelnd näher.

Schließlich ließ ihn der Eisenarm langsam zu Boden sinken. Bevor Trümmerboldt diesen jedoch erreichte, legten sich weitere Klauen eng um seine Hände und Füße und machten eine weitere Flucht unmöglich. Eine der Klauen schloss sich so fest um sein Handgelenk, dass er mit einem Aufschrei den abgerissenen Arm fallen ließ. Die Klaue, die seinen Bart gepackt hatte, ließ jedoch los und zog sich zwischen die Rohre zurück.

Der Eisentrichter kam mit einem Surren näher heran: „Ich vergesse immer wieder, dass ihr Schmerzen empfindet. Und wie leicht ihr kaputtgeht. Ich fürchte, ich habe in den letzten zweihundert Jahren wahrscheinlich zu wenig Umgang mit Lebenden gehabt …“

Trümmerboldt atmete tief durch, während die eisernen Hände ihn fest in ihrer Gewalt hatten und er noch immer einen Bart über dem Boden schwebte. Zum ersten Mal in seinem Leben spürte er tatsächlich und unmissverständlich Furcht.

Es konnte keinen anderen Namen dafür geben. Und er hätte nicht einmal mehr die Kraft gehabt, es zu leugnen. Er wusste, dass das, was er in diesem Moment spürte, eben das war, was er selbst über Hunderte Jahre in den Tiefen des Imperiums verbreitet hatte. Reine und unverfälschte Furcht angesichts eines Gegners, der die Macht hatte, mit einem zu tun, was ihm beliebte. Trümmerboldt war wehrlos. Gefangen. Von einem stählernen Geschöpf mit tausend Armen. Der Schweiß auf seiner nackten Stirn war jetzt nicht mehr zu übersehen. Mit weit aufgerissenen Augen blickte er in den schwarzen Kristall und dann hinüber zu dem Trichter, nicht sicher, an welchen Teil des mechanischen Monstrums er sich wenden sollte.

„Was … was bist du, beim ewigen Schmied noch eins?"

Ein schauerlich rostiges Lachen drang aus dem Inneren des Trichters, und dann begannen die Eisenwalzen sich wieder gegeneinander zu drehen: „Nicht was, Trümmerboldt, sondern wer!"

Während der Angstschweiß von seiner Stirn perlte und die ersten Tropfen in seinen Bart flossen, schaute Trümmerboldt fragend in die Schwärze des Kristalls. Die Walze schnarrte indessen unbeirrt weiter und offenbarte dem Gefangenen der Maschine etwas, womit dieser wohl am wenigsten gerechnet hätte: „Ich, Zwerg, bin Harrm Blutklump. Ich bin der, den du suchst, jener, der zwischen Zwergen und Göttern steht, der Wächter der Hohen Höhle, der Herrscher eines eisernen Reiches, der Geist der Wächterhöhle und der vermutlich bedeutendste Erfinder, den die Gänge jemals gesehen haben, Stahl geworden und der Sterblichkeit entwachsen!"

Diese Antwort schien den gebeutelten Trümmerboldt allerdings nicht zufriedenzustellen. Sein Blick war noch fragender als zuvor. Und so fuhr die unwirkliche Stimme aus dem Trichter fort: „Ich, Zwerg, bin die Wächterhöhle! Mein Wille pulst durch diese Rohre und mir gehören auch die Arme, die daran befestigt sind! Ich kann sehen, greifen und töten, in unzähligen Stollen gleichzeitig! Mein Geist durchzieht die gesamte Wächterebene, jeden einzelnen Gang, und bald schon …", die

Walzen hielten inne und machten eine bedeutungsvolle Pause, „… wird es das gesamte Imperium sein!“

Ein dunkles, schepperndes Lachen drang aus dem Inneren des Trichters.

Trümmerboldt schluckte. Seiner Lage zum Trotz wollte er seinen Gegner verstehen, womöglich eine Schwäche herausfinden und die Axt noch einmal herumreißen. Unsicher fragte er: „Du sagst also, du bist Harrm Blutklump. Zugleich aber behauptest du, du wärst die Wächterhöhle. Wie kann das sein?“

Der schwarze Kristall fuhr näher an ihn heran.

„Was mich dazu befähigt, Zwerg, ist Wissen!“, schnarrte der Trichter. „Denn Wissen ist Macht. Und das Wissen hat mich zu dem gemacht, was ich bin: Allgegenwärtig und unsterblich.“

Trümmerboldt nickte beeindruckt. „Aber was genau tust du in dieser Gestalt?“

Der Trichter zog sich kurz zurück, um gleich darauf wieder näher zu kommen. Die Eisenkugel des Kristalls blinzelte, und die Walzen schnarrten erneut: „Ich bewache den Schacht, wie man es mir aufgetragen hat. Wie es meine Aufgabe ist. Und ich bewahre das Eherne Volk vor seinem endgültigen Untergang.“ Die Walzen blieben kurz stehen und setzten sich dann noch einmal in Bewegung: „Und was noch wichtiger ist: Ich bewahre es vor seinen Göttern!“

Mit jedem Wort wuchs Trümmerboldts Verwunderung.

Unter ihm beendeten die Reparaturarme ihre Arbeit. Alles wirkte wieder wie neu. Als ob nie ein kräftiger Zwerg mit einem Stück Eisen darauf eingeschlagen hätte.

Wovon sprach diese Maschine? Was sollte es bedeuten, dass sie die Zwerge vor ihren Göttern bewahrte? War Harrm Blutklump womöglich verrückt geworden? Wenn er schon eine Maschine geworden war, dann war es mit Sicherheit auch kein großer Schritt bis in den Wahnsinn.

Das Kristallauge schien seine Gedanken erraten zu haben.

„Hör zu, Krugk Trümmerboldt. Ich war der rechte Hammer Wutrich Pilzgrimms, des größten Gelehrten, der jemals unter den Bärtigen gewandelt ist. Ich habe den Schacht erklommen und die Götter gesehen! Ich bin stahlgewordenes Wissen. Durch jedes meiner Rohre pulst Erkenntnis. Längst habe ich meine sterbliche Hülle abgestreift und meinen Bart hinter mir gelassen. Ich habe meinen zwergischen Körper dem Feuer überantwortet und meine Seele in einen Seelenstein gebannt!"

Seelensteine also. Trümmerboldt hatte von ihnen gehört. Spezielles Gestein, das in der Lage war, die Seele eines Zwergs aufzunehmen, wenn dieser unweit von ihm verbrannt wurde. Mit Hilfe dieser Steine ließen sich Geist und Wissen eines Zwergs konservieren. Bei den Ahnzwergen war das noch gang und gäbe gewesen. Doch nach den Magierkriegen waren die Seelensteine zusammen mit der Magie der älteren Zeitalter geächtet worden.

Aber was scherte das einen Zwerg wie Blutklump? Er konnte tun, was immer er wollte. Der Verwalter hatte ihm freien Hammer gelassen. Dies war nicht das Imperium. Dies war das eiserne Reich eines stahlgewordenen Genies. Oder eben eines nicht minder stahlgewordenen Wahnsinnigen. Dies zu beurteilen, traute sich Trümmerboldt in diesem Moment nicht zu. Zumal er befürchtete, dass irgendeiner dieser Arme womöglich seine Gedanken lesen konnte.

Doch davon war die Maschine weit entfernt. Sie war viel zu sehr mit sich selbst beschäftigt. Und als die Walzen sich wieder in Bewegung setzten, meinte Trümmerboldt in der rostigen Stimme sogar eine gewisse Art von Stolz wahrzunehmen.

„Mein Seelenstein ist der Herzstein dieser Maschine! Und bald schon werden ihre Gliedmaßen zahllos und ihre Macht grenzenlos sein!"

Krugk Trümmerboldt schauderte schon allein bei dem Gedanken daran, dass dieses tausendarmige Ungetüm mitsamt seiner unzähligen Rohre bis in die Tiefen seines Imperiums hinabwuchern könnte.

Dennoch verstand er immer noch nicht, wie genau das vonstattengehen sollte. Und darum wagte er eine weitere Frage: „Aber wie willst du das tun? Wie willst du wachsen? Du bist … nur ein Maschine."

„Du blindbärtiger Narr", rief die Maschine, und ein schnarrendes Lachen drang aus dem Trichter. „Ich bin noch so viel mehr als diese Maschine! An der Seite Pilzgrimms habe ich die Geheimnisse der Seelensteine kennengelernt. Meinen eigenen habe ich in vier Splitter geteilt, die ich meinen Dienern eingepflanzt habe. Meine Arme reichen weiter als die zahllosen Gelenke dieser Maschine!"

Trümmerboldt blickte den funkelnden schwarzen Kristall fragend an, und der Trichter an seinem Ohr enthüllte ihm das wahre Ausmaß des Blutklumpschen Genies: „Jenen Teil von mir, der einst Kerbh Kreutzschliff hieß, hast du bereits kennengelernt. Er gehört genauso zu mir wie diese Maschine hier. Er ist ein Teil von mir. Was er sieht, sehe ich, was er tut, tue ich. Und er ist bloß einer meiner Körper. Denn mit Hilfe meines Wissens habe ich meinen alten schwachen Leib gegen vier andere eingetauscht. Und es war ein weiser Tausch. Weißt du, wie alt ich heute wäre? Mehr als tausendvierhundert Jahre, Zwerg! Ein Greis wäre ich, kaum fähig, einen Stiefel vor den anderen zu setzen, geschweige denn, ihn mir selbst anzuziehen! Stattdessen bin ich ein Troll, ein Glutschwirrling, ein Zwerg und dies hier!"

Und kaum, dass diese Worte aus dem Trichter gedrungen waren, geriet die Höhle in Bewegung. Mehr und mehr Arme wurden zwischen den Rohren ausgefahren. An einigen flammten Lichter auf, und von einem Moment auf den anderen war die gesamte Höhle in ihren riesigen Ausmaßen von einem gleißenden Licht erfüllt. Dann ballten sich die Klauen zu eisernen Fäusten und begannen alle im Gleichtakt auf die Rohre zu schlagen. *Wumm. Wumm. Wumm.*

Der dritte Schlag mischte sich mit dem Echo des ersten, der sechste mit dem des zweiten, und dann begannen auch die Echos der Echos sich mit den Schlägen zu mischen, bis die gesamte Höhle von einem dumpfen, finsteren Wummern erfüllt war, das die Kriegstrommeln der Trolle wie liebliches Glockenspiel erscheinen ließ.

Und zwischen den Schlägen erklang aus dem Inneren des eisernen Trichters das rostige Lachen dessen, was einst Harrm Blutklump gewesen war.

Unter Trümmerboldts Schädeldecke rumorte es schmerzhaft.

Wumm. Wumm. Wumm.

„Staune und schaudere, Zwerg!", tönte wieder die Stimme aus dem Trichter. „Denn ich bin Harrm Blutklump, der Wächter der Hohen Höhle, von den Göttern bestimmt und von den Zwergen bestätigt und mit mehr Armen gesegnet, als du Haare im Bart hast!"

Und Krugk Trümmerboldt staunte und schauderte.

„Die Maschine, in die ich mich verwandelt habe, ist vollendete Perfektion", schnarrte der Trichter weiter. „Sie übertrifft selbst noch die Weltenmaschine, die die Gottzwerge einst aus der Vollkommenheit geschmiedet haben!"

Der bedingt rechtmäßige Herrscher der Zwerge staunte und schauderte noch ein wenig, dann nahm er seinen ganzen Mut zusammen und wandte sich direkt an das schwarze Auge: „Aber wenn du der Wächter der Hohen Höhle bist und all das geschaffen hast, warum hast du dann den Schacht verschlossen, der empor zu den Göttern führt?“ Er deutete mit dem Kopf in Richtung der zigfach verriegelten Luke.

Der Trichter kam näher und flüsterte quietschend: „Ich habe den Schacht erklommen! Ich habe die Schrecken der Hohen Höhle und der Götter gesehen und beschlossen, das Eherne Volk für immer davor zu bewahren. Es ist schon lange nicht mehr meine Aufgabe, den Schacht zu schützen. Stattdessen schütze ich unser Volk vor dem Schacht!“

Trümmerboldt verstand nicht. Aber Verstehen war ohnehin nicht seine Stärke. Stattdessen erinnerte er sich wieder an den Grund, weshalb er hier heraufgekommen war: „Wenn du Harrm Blutklump bist, dann bist du genau der, nach dem ich gesucht habe! Denn ich bin der Herrscher der Zwerge und …“

Eine nach der anderen erloschen die Lampen, und die metallenen Arme zogen sich mit klickenden Gliedern zurück, abgesehen von den Klauen, die Trümmerboldt hielten.

Der schwarze Kristall blinzelte, und die Eisenwalzen begannen wieder zu schnarren: „Ich weiß, wer du bist, Zwerg. Und glaube mir, ich wüsste einen anderen Namen dafür …“

Trümmerboldt schluckte. Er wusste nur zu gut, dass er alles andere als der wahrhaftige Herrscher der Zwerge war. Er war eine Laune des Schicksals, durch kaum mehr als einen Irrtum auf den Thron des Ehernen Volkes gelangt.

„Aber eben darum wollte ich ja zu dir!“, rief er. „Um durch dich ein rechtmäßiger Verwalter zu werden und mit deiner Hilfe über das Eherne Volk zu herrschen!“

Das schwarze Auge kam näher und blieb dicht vor seinem Gesicht stehen. Die Walzen knirschten leise.

„Das also ist dein Wunsch, Krugk Trümmerboldt.“

Plötzlich tauchte wie aus dem Nichts Kerbh Kreutzschliff auf, ging zu Trümmerboldt hinüber und blickte ihn mit leeren

Augen an. Und dann sagte der Untote im Chor mit den schnarrenden Walzen: „Wenn dies wahrhaftig dein Wunsch ist, dann werde ich ihn dir erfüllen."

Der unheimliche Klang der beiden Stimmen, eine Mischung aus Zwerg und Maschine, klang schauerlich in den Ohren des nicht ganz rechtmäßigen Herrschers der Zwerge.

Kerbh Kreutzschliff nahm seinen Helm ab und machte einen Schritt auf Trümmerboldt zu. Hinter dem Gefangenen schob sich ein klauenbewehrter Arm zwischen den Rohren hervor. Leise quietschend bewegte sich die Klaue auf den toten Kreutzschliff zu. Ein anderer Arm schnellte hervor und träufelte Öl aus einem kleinen Blechkännchen auf die Gelenke des ersten. Im nächsten Moment quietschten sie nicht mehr. Vollkommen geräuschlos näherte sich der Arm nun Kreutzschliffs Schädel. Dieser beugte das Haupt, und Trümmerboldt konnte an seinem Hinterkopf inmitten seines blassen, dünnen Haars eine kleine silberne Einfassung sehen. Und darin steckte ein roter Steinsplitter.

Ein Viertel von Blutklumps Seelenstein.

Ausdruckslos lächelte der tote Kreutzschliff den Gefangenen an. Dann senkte sich die Eisenhand herab, griff nach dem Steinsplitter und zog ihn mit einem Ruck heraus. Im selben Augenblick sackte der untote Körper des Zwergs in sich zusammen.

Trümmerboldt erschauerte und sah mit schreckensgeweiteten Augen, wie die Klaue mit dem roten Splitter beinahe lautlos auf ihn zusurrte und sich im nächsten Moment hoch über seinen Kopf hob.

Dann kam der Trichter ganz dicht an sein Ohr heran. Die Walzen knarrten leise, und die mechanische Stimme schien ihm beinahe vertraulich zuzuflüstern: „Mit meiner Hilfe wirst du über das Eherne Volk herrschen. Du wirst der bedeutendste

Herrscher aller Zeitalter sein und die Zwerge vor ihren eigenen Göttern bewahren!"

Trümmerboldt sah auf den leblosen Körper zu seinen Füßen hinab. Wenn er zuvor ein ungutes Gefühl gehabt hatte, dann steigerte es sich in diesem Moment zum vermutlich ungutesten Gefühl, das je ein Zwerg gehabt hatte.

Neben ihm tauchte ein Arm mit einer eigentümlichen Vorrichtung auf. Ein metallener Zylinder mit einer spitzen Nadel an der Vorderseite, die sich direkt auf seinen Arm zubewegte.

„Ich werde dir nun eine Ladung Flammsteinsplitter ins Blut injizieren", drang die Stimme Blutklumps aus dem Trichter. „Sie sind es, die meinen Willen aus deinem Schädel durch den Rest deines prächtigen Körpers leiten werden. Ich gebe zu, Kreutzschliff war nach all den Jahren doch ein wenig verbraucht. Aber du wirst ein trefflicher Ersatz sein …"

Trümmerboldt spürte die Hitze, die von dem Metallzylinder ausging. Flammsteinsplitter … Von ihnen musste auch die Hitze in den Rohren herrühren. In ihnen rauschten sie durch die hintersten Winkel der Wächterhöhle und waren dabei der Träger von Blutklumps Willen.

Glühend heiß stach die Nadel des Zylinders in seinen Arm. Ein Kolben wurde niedergedrückt, und Trümmerboldt spürte, wie flüssiges Feuer in seine Adern schoss. Im gleichen Augenblick bohrte sich die Spitze des Seelensteinsplitters langsam von hinten in seine Kopfhaut.

Entsetzt schrie er auf. Sollte dies tatsächlich das Ende sein? Er hatte seinen Opfern immer die Wahl gelassen. Bezahlen oder leiden. Hier aber schien Leid die einzige Währung zu sein, in der bezahlt werden konnte. Und das schränkte die Wahl erheblich ein. Die Flammsteinsplitter wirbelten durch sein Blut, und es fühlte sich an, als würden sie sein Inneres in Brand setzen. Mit schmerzverzerrtem Gesicht spannte er die

Muskeln, versuchte ein letztes Mal, sich aus der Umklammerung zu befreien.

Der Trichter surrte dicht an seinem Ohr: „Wehre dich nicht, dann ist es schnell vorüber."

Doch der Gefangene wollte nicht auf ihn hören. Er zerrte an den Klauen, versuchte mit aller Macht sich loszureißen, während sein Inneres von einem verheerenden Feuer zerfressen wurde. Doch all sein Bemühen war vergebens. Harrm Blutklump war eine unfehlbare Maschine, er war die Wächterhöhle, und auf dieser Ebene gab es nichts, das sich seinem Willen hätte widersetzen können.

„Ich brauche dich, Krugk Trümmerboldt", schnarrte der Trichter. „Denn dies sind schwere Zeiten. Meine käfernen Augen haben in den Tiefen des Vergessens Wutrich Pilzgrimm und sein Vermächtnis ausgemacht. Und ich muss sie in meine Gewalt bringen, damit das Wissen des Ehernen Volkes verborgen bleibt! Mein Wille muss tiefer in die Höhlen wachsen, um das Eherne Volk vor seinen Göttern zu bewahren! Und dafür brauche ich deine Macht und die besten Körper, die ich bekommen kann!"

Trümmerboldt spürte seine Kräfte schwinden, und aus dem Inneren des Trichters vernahm er die letzten schnarrenden Worte, die er jemals hören würde: „Gräme dich nicht, Krugk Trümmerboldt. Für den Fortschritt vergehen heißt fortbestehen."

Ein letztes Mal schrie der provisorische Herrscher der Zwerge noch auf und versuchte vergebens, seine letzten Kraftreserven zu mobilisieren, während der eiserne Arm den Splitter mit unerbittlicher Gewalt tiefer in seinen Hinterkopf trieb.

Der Schacherplatz war eine große freie Fläche am Ende des Trollmarktes, auf der sich nun, da die Piraten mit ihren Sklaven angekommen waren, langsam die Trolle versammelten.

Die Piraten trieben ihre Gefangenen zusammen, lösten die lange Kette und banden sie dann in Zweiergruppen an zwerghohen moosbewachsenen Steinsäulen fest, die aus dem schlammigen Boden ragten.

Nachdem sie alle dort angebunden hatten, trat der Einohrige vor die Stinkschädel und begann in schlimmstem Trollisch zu brüllen. Und obwohl er nicht einmal halb so groß war wie die grauhäutigen, dumpfgesichtigen Unholde, klang er beinahe wie ein echter trollischer Marktschreier.

Die Mitglieder des Schicksalszwergs freilich verstanden nichts von dem, was er sagte.

„Was geschieht jetzt?", wollte der blinde General von seinen Gefährten wissen. Und nachdem Blechboldt ihm alles beschrieben hatte, meldete sich wieder der Flammsteinfischer zu Wort, der den Trollen bereits mehrfach entkommen war: „Sie werden uns versteigern. Glimmspan wird die Versteigerung leiten, und ihr solltet hoffen, dass der Troll, der euch kauft, eine Blitzbasaltmine hat."

Fazzgadt blickte ihn mürrisch an.

„Und was, wenn nicht?"

Der Flammsteinfischer lächelte schwach.

„Dann hat er wahrscheinlich nur eine Speisekammer."

Fazzgadt zerrte an seiner Kette, tat einen Schritt zur Seite und versetzte dem neben ihm angeketteten Hohepriester einen wütenden rechten Schwinger.

„Ich hätte nie auf dich hören dürfen! Nie!"

Vor seinem inneren Auge sah er sich und seinen Zögling bereits von stinkenden Hauern zermalmt in trollischen Bäuchen.

Der Hohepriester schrie empört auf.

Bevor aber einer der Stinkschädel einen von ihnen fressen konnte, musste die Versteigerung erst eröffnet werden. Und genau das hatte Glimmspan gerade getan.

Die ersten beiden Zwerge, die versteigert werden sollten, waren zwei Flammsteinfischer. Sie waren am vordersten Pfosten angekettet und blinzelten ängstlich in Richtung der Trolle.

Die brüllten noch lauter durcheinander als zuvor, und ein paar Schläge später begannen sie aufeinander einzudreschen, was nur bedeuten konnte, dass die Trolle interessiert waren.

Dazu muss man sagen, dass eine Trollauktion nichts mit einer zwergischen Moostabak- oder Wurzelbierversteigerung gemeinsam hat. Den Zuschlag bekommt in der Regel auch nicht der Troll, der am meisten bietet, sondern vielmehr der stärkste.

Der Stärkste von denen, die an den ersten beiden Gefangenen interessiert waren, trat schließlich, nachdem die anderen mit blutenden Nasen am Boden lagen, vor und warf Glimmspan einen Sack mit einigen Brocken Blitzbasalt vor die Füße. Dann riss er den Pfosten, an den die Zwerge angebunden waren, mitsamt der Kette aus dem Boden, stopfte ihn und die beiden Gefangenen in eine riesige Sumpfgraskiepe auf seinem Rücken und stampfte vor sich hin brummend davon.

Dann kam die Reihe an die nächsten beiden Gefangenen.

Die Trolle, die gerade leer ausgegangen waren, rappelten sich wieder auf, und einen Moment später brüllten sie erneut wild durcheinander. Einer sprang vor und riss den Mund eines Zwerges auf, um seine Zähne zu begutachten. Schließlich stimmte er wieder in das Gebrüll der anderen mit ein. Offenbar feilschten die Trolle miteinander. Einer bot fünf Brocken. Ein anderer sechs. Dieser wurde schließlich von einem weiteren niedergeschlagen, der nun an seiner statt sechs Brocken bot. Der Troll, der gerade noch fünf geboten hatte, überlegte sich, ob er gegen den, der gegenwärtig sechs bot, eine Chance hatte, und bot schließlich sieben. Sein Widersacher funkelte ihn böse an, bis ein weiterer Troll beide niederschlug, ihnen ihren gesamten Basalt abnahm und zusätzlich zu den sechs Brocken des einen noch drei von den fünf des anderen bot.

Entsetzt schaute der Hohepriester den Unholden zu.

„Verstanden haben sie das Prinzip des Handels aber noch nicht, oder?“, fragte er an den Flammsteinfischer gewandt.

Sein Gegenüber zuckte mit den Schultern.

„Im Rahmen ihrer Möglichkeiten eben.“

In diesem Moment erhielt der Troll für neun Brocken Blitzbasalt den Zuschlag, fraß einen der zwei Zwerge, die er gerade erworben hatte, gleich und klemmte sich den anderen unter den Arm, um ihn zwei Stände weiter gegen einen Kübel Trollschmiere zu tauschen.

Nun kam die Reihe an Blechboldt und Glimmboldt. Glimmspan pries sie in gröbstem Trollisch an.

Der Troll, der sie erwarb, bot lediglich zwei Brocken. Allerdings wirkte er dabei so furchteinflößend, dass keiner der anderen Stinkschädel überhaupt gegen ihn zu bieten gewagt hätte. Zumal er offenbar einige Trolle mit Nagelkeulen in seinem Gefolge hatte, deren Aufgabe es war, andere Interessenten einzuschüchtern.

Auf den Ferkelbändiger und den Stumpfsinnigen folgten Fazzgadt und der blinde General, die ebenfalls für zwei Brocken ihren Besitzer wechselten und an den gleichen Troll gingen wie die beiden anderen.

Übrig blieb nun lediglich der Hohepriester, der über eine rostige Kette mit dem Flammsteinfischer verbunden war, der den Trollen bereits mehrfach entkommen war. Als dieser sah, dass der Rest des Schicksalszwergs von dem Troll, der sie gerade gekauft hatte, neue Ketten angelegt bekam, flüsterte er erleichtert: „Wir haben Glück. Dieser Troll dort, das ist Horrk. Er hat viel Einfluss unter den Stinkschädeln. Besitzt zwei Minen.

Glaube mir, Zwerg, von ihm gekauft zu werden ist das Beste, was uns passieren kann!“

Während Glimmspan die beiden lauthals anpries, flüsterte der Höchste zurück: „Was willst du damit sagen?“

Der Flammsteinfischer schmunzelte.

„Du wirst schon sehen, Alter …“

Wieder bot Horrk zwei Brocken Blitzbasalt für die Gefangenen. In diesem Moment erhob sich jedoch unter den versammelten Trollen ein lautes Geschrei. Und dann teilte sich die Menge, und eine von acht abgerissenen Zwergen getragene, riesige hölzerne Sänfte kam in Sicht. Darauf hockte ein Troll, der noch größer war als Horrk, gefolgt von fünf weiteren Trollen mit Nagelkeulen, deren Aufgabe ebenfalls vor allem in der Einschüchterung und Demonstration von Gewaltbereitschaft zu bestehen schien.

Der Flammsteinfischer fluchte.

„Verdammt. Das ist Krangk. Und der hat keine Mine. Er und Horrk können sich nicht leiden. Und du kannst davon ausgehen, dass Krangk uns nur haben will, damit Horrk uns nicht bekommt.“

Der Hohepriester sah, wie die Trolle mit den Keulen einander knurrend zu umschleichen begannen. „Das klingt nicht gut.“

„Ist es auch nicht …“

Eine Zeit lang überboten sich die Trolle gegenseitig, während ihre Schergen einander durch die Wurzelverschläge der Trollhändler prügelten. Irgendwann stieg Krangk sogar von seiner Sänfte herab.

Trollfäuste schwirrten durch die Luft, gefolgt von Zähnen, während Krangk und Horrk einander an der Trollgurgel hatten und jeder versuchte, den anderen bewusstlos zu schlagen, um ein letztgültiges Gebot abgeben zu können.

Dann endlich geschah es. Krangk, jener Troll, der keine Mine besaß und lediglich aus Böswillen auf die beiden Zwerge bot, erwischte seinen Gegner so heftig, dass dieser das Bewusstsein verlor. Dadurch wurde Krangk für zwölf Brocken Blitzbasalt zum neuen Besitzer des Höchsten der Hohen und seines flammsteinfischenden Begleiters.

Sofort löste einer von Krangks Schlägern die Ketten der beiden von dem Steinpfosten und schleifte sie zur Sänfte seines Herrn hinüber, die dieser gerade schnaufend wieder bestieg.

Unterdessen weckte Horrks Gefolge seinen Herrn, der reglos im Schlamm auf dem Schacherplatz lag. Er rappelte sich auf, gab seinen Begleitern ein Zeichen, und dann machten sie sich mit einem bösen Blick in Richtung des siegreichen Krangk auf, den Markt mitsamt ihrer gerade erworbenen Zwergensklaven zu verlassen.

Krangk hingegen lehnte sich auf seiner Sänfte zurück und blieb auf dem Schacherplatz, kaufte allerdings keine weiteren Zwerge mehr. Als Glimmspans Piraten jedoch gegen Ende der Auktion schließlich den goldenen Altar aus der kryptischen Kammer auf den Platz schafften, erstand er ihn, da niemand sich dafür zu interessieren schien, für drei Brocken Blitzbasalt.

Diese warf er von seiner Sänfte herab mit verächtlicher Miene vor dem Einohrigen in den Schlamm. Zwei seiner Keulenknechte packten den Altar, und dann verließ Krangk, mit einem blauen Auge, zwei Zwergen und einem goldenen Altar den Trollmarkt in der entgegengesetzten Richtung als der, in der Horrk verschwunden war.

Wenig später begann sich die Menge der Trolle auf dem Schacherplatz zu zerstreuen. Nach und nach verschwanden die Stinkschädel zwischen den Verschlägen und tauchten im üblen Dunst des Trollmarktes ab.

Nur einer von ihnen blieb zurück. Der Troll trug einen Beutel aus Finsterfrickelflechte auf dem Rücken, in dem sich ein halbes Dutzend Flammsteine befanden. Nachdenklich starrte er in die Richtung, in die kurz zuvor Horrk und sein Gefolge mit dem größten Teil des Schicksalszwergs davongestapft waren.

Dann drehte er langsam den Kopf und blickte Krangk nach, der in eben diesem Moment mitsamt Sänfte, Sklaven und Altar aus seinem Blickfeld verschwand. Das rechte Augenlid des Trolls zitterte leicht. Das linke war nicht mehr vorhanden. Hätte ein anderer Angehöriger seines Volkes genau hingesehen, hätte er vermutlich festgestellt, dass der Körper dieses Trolls mehrere unverheilte Wunden aufwies, von denen unter gewöhnlichen Umständen vermutlich bereits eine tödlich gewesen wäre. Und tatsächlich war eine davon es auch gewesen. Doch das lag viele Schichten zurück. Damals, als Kerbh Kreutzschliff ihm im Schatten aufgelauert und von hinten die Kehle durchgeschnitten hatte, um kurz darauf einen roten Steinsplitter in seinem Schädel zu versenken.

Der grobschlächtige, grauhäutige Körper des Stinkschädels beherbergte nämlich einen weiteren Splitter des Blutklumpschen Seelensteins. In seinem zähflüssigen Blut trieben Flammsteinsplitter umher, und was immer er sah und wusste, sah und wusste auch sein Herr.

Der leichte Verwesungsgeruch, der von dem Unhold ausging, fiel auf dem Markt des manigfaltigen Gestanks hingegen nicht weiter auf.

Plötzlich schreckte der Troll empor. Von einem Moment auf den anderen spürte er eine Veränderung. Und im gleichen Augenblick schreckte irgendwo über dem Magmasee auch ein untoter Glutschwirrling zusammen. Beide spürten, dass die Zeit des längst verstorbenen Kerbh Kreutzschliff ein weiteres Mal abgelaufen war. Sie spürten, wie das untote Leben aus dem Zwerg wich und Harrm Blutklump seinen verbliebenen Hammer gegen einen anderen Verbündeten tauschte. Kurz darauf floss die frische Lebenskraft Krugk Trümmerboldts in den Splitter, und die Macht des Seelensteins wuchs weiter an.

Und Harrm Blutklump war ganz von Zufriedenheit erfüllt. Einer Zufriedenheit, die sich von der Wächterebene bis hinab zum Trollmarkt erstreckte, aus den Tiefen der Maschine durch den Leib eines Zwergs über die Fühler eines Glutschwirrlings bis in die verwesenden Eingeweide dieses Stinkschädels.

Brummend schulterte der untote Troll seinen Flammsteinbeutel und trottete über den Markt in Richtung seiner Höhle, wo er eine Aufgabe zu erfüllen hatte, die alles andere als trollisch war: Er hatte einen magischen Transporter zu bedienen, mit dem er Flammsteine in die Wächterhöhle emporzuschicken pflegte, um dort mit ihrer Hilfe eine Maschine anzutreiben, die den Willen Harrm Blutklumps in sich trug und größer und bedeutender war als jede andere.

Womöglich sogar noch bedeutender als die Weltenmaschine …

INTERMEZZO

Als Krugk Trümmerboldt in sein Imperium zurückkehrte, hatte er sich verändert. Doch auch sein neues Selbst würde dem Ehernen Volk wenig Freude bereiten. Trümmerboldt hatte seine Herrschaft mit Hilfe der Macht des Wächters gestärkt.

Und das hatte ihn schlussendlich das Leben gekostet.

Aber man konnte schließlich nicht alles haben.

Selbst nach seinem Tod war Trümmerboldt, inzwischen kaum mehr als ein willenloses Werkzeug des Wächters, noch der unangefochtene Herrscher der Zwerge. Und Harrm Blutklump wusste, was er mit dieser Macht tun würde …

Der Herr der Zwerge wirkte noch härter und unnachgiebiger als zuvor. Jede Unsicherheit bezüglich seiner Herrschaft schien von ihm abgefallen zu sein. Er war der uneingeschränkte Herrscher des Imperiums. Sein Wille war Gesetz, und er hatte es nicht länger nötig, sein Volk bei Laune zu halten.

Statt neue Fässer anzustechen, ließ er nach seiner Rückkehr mit Hilfe der Wächtermaschine und dem Wissen Harrm Blutklumps neue Waffen schmieden, mit denen er seine Menhire ausrüstete. Ihr silberner Schlagstock wurde die Verlängerung seines Hammerzepters, das wiederum nicht mehr war als einer von Harrm Blutklumps abertausend Eisenarmen. Darüber hinaus erhielten die Menhire vollmechanische silberne Handkanonen – mehrschüssig, käferlos und zielsicher auf einen halben Gang Entfernung.

Angesichts dieser Waffen wagte kein Zwerg mehr, seinen Bart ob des versiegenden Bierflusses oder eines zweifelhaften Herrschaftsanspruchs aufzureißen. Allein durch die Demonstration seiner Überlegenheit und der Bereitschaft, so hart durchzugreifen, dass selbst Steine brachen, gelang es Harrm Blutklump in Gestalt Krugk Trümmerboldts jeden Zweifel an der Rechtmäßigkeit seiner Herrschaft auszuräumen.

Die Augen des Zwergenherrschers waren kalt geworden, sein Blick leblos und leer, und die wenigen Zwerge, die ihm noch gegenübertraten, schauderte es bei seinem Anblick. Sie spürten, dass er sich verändert hatte, während er allein draußen in den Höhlen herumgestreunt war. Irgendetwas war mit ihm geschehen. Doch keiner seiner Untertanen wagte auch nur laut zu fragen, wo ihr Herr allein und ohne Schutz vier Schichten lang gewesen sein mochte.

Die Freude des Ehernen Volkes über Trümmerboldts Rückkehr jedenfalls hielt sich in Grenzen, zumal seine erste Amtshandlung darin bestand, die Arbeitszeit ein weiteres Mal verlängern zu lassen. Davon abgesehen deutete er an, dass sich in den Stollen einiges ändern würde und die Zwerge fortan weit weniger Eisen brechen würden. Stattdessen ließ er Hochöfen bauen, und allerorts begannen die Menhire, Waffen und Rüstungen zu konfiszieren.

All das geschah Trümmerboldts Worten zufolge einzig zum Wohl, Schutz und ewigen Ruhm des Ehernen Volkes. Zum Antritt seiner Herrschaft waren Trümmerboldts Untertanen froh gewesen, wenn sie ein Fass Bier bekommen hatten. In Zukunft würden sie froh sein müssen, wenn sie sich unter den Schlagstöcken der Menhire wegducken konnten.

Und durch die kalten Augen Krugk Trümmerboldts sah der Wächter Harrm Blutklump mit Freuden, wie sich die Dinge in den Gängen des Imperiums entwickelten. Er hatte einen neuen Körper gewonnen, und mit Hilfe dieses Körpers Tausende zwergische Untertanen. Er würde sie Rohre flechten und an den Wänden jedes Stollens und jeder Höhle anbringen lassen. Und jene Rohre würde er mit seinem tosenden Willen füllen, bis dieser durch das gesamte Eherne Imperium floss! Und dann würde er seinem Willen Arme verleihen! Zahllose stählerne Arme!

In dem steinigen Stollen, der vor ihm lag, würden ihm treue Diener in schwarzen Rüstungen mit Schlagstock und Handkanone zur Seite stehen.

Bis die zahllosen Arme seines tausendrohrigen Willens die Gänge des Imperiums erfasst hatten, würden die schwarzen Menhire seine Arme sein. Unter ihrer strengen Aufsicht würde das Eherne Volk nicht länger Gänge graben und Erze brechen. Stattdessen würden einfache Schürfbrüder unter den Schlagstöcken der Menhire und im Auftrag des Wächters das Handwerk des Rohrschmieds erlernen.

All das zu ihrem eigenen Wohl und Nutzen.

Denn mit Hilfe Krugk Trümmerboldts gedachte der Wächter das Eherne Volk zu retten. Und er war der Einzige, der das zu tun vermochte. Er hatte in das schaurige Antlitz der Götter geblickt und eine Ahnung des Untergangs gesehen. Doch so weit würde er es nicht kommen lassen!

Harrm Blutklump würde seinen Willen an die Wände des Imperiums schmieden, in jeden Gang und jede Höhle, und zwar aus einem einzigen Grund: um die Zwerge vor ihren Göttern zu bewahren.

KAPITEL VII

IN DEM EINIGE ZWERGE FÜRCHTEN, GEFRESSEN ZU WERDEN, TIHF SCHWARTZBARTH UNERWARTETEN BESUCH BEKOMMT UND FAZZGADT SICH AM ENDE WIE ZU HAUSE FÜHLT

Umringt von finster dreinblickenden Schlägertrollen schleppten sich Blechboldt und der schwachsinnige Glimmboldt neben Fazzgadt und dem blinden General unter Führung des kolossalen Horrk halb nackt im matten Schein vereinzelter Talglampen durch die Gänge.

Seit sie den Trollmarkt hinter sich gelassen hatten, war die Luft weit besser geworden.

Die blinden Augen des Generals funkelten furchterregend im Widerschein der Lampen. Und während Glimmboldt fröhlich glucksend mit rasselnden Ketten voranhüpfte, flüsterte Fazzgadt dem Ferkelbändiger leise zu: „Warum ausgerechnet wir? Es ist mir ein Rätsel. Dieser Stinkschädel hat offenbar nur uns gewollt. Es ging ihm nicht um irgendwelche Sklaven. Er wollte den Schicksalszwerg. Sogar den abergläubischen alten Schwätzer hätte er fast gekauft. Was hat das zu bedeuten?“

Der Ferkelbändiger dachte kurz nach und antwortete dann ebenso leise: „Du wirst es vielleicht nicht gern hören, Fazzgadt, aber es könnte womöglich tatsächlich Besti…“

Bevor er den Satz zu Ende führen und Fazzgadt einmal mehr die Augen verdrehen konnte, wurde neben ihnen eine Trollfaust in den Boden gerammt. Kleine Steine flogen durch den Gang, und die Zwerge blickten in das wütend verzerrte Gesicht eines ihrer übel riechenden Bewacher. Er brüllte sie an, und sein Atem umwehte sie wie eine vage Erinnerung an den Trollmarkt.

Erst hatten die Magmapiraten sie durch die Gänge geschleift, nun waren es die Trolle. Sie waren vom Amboss in die Esse geraten. Und darüber hinaus waren sie getrennt worden. Womöglich war der Hohepriester – der Zuversichtlichste von ihnen, der Einzige, der nie gezweifelt hatte – längst verdaut. Umringt von den riesigen grauhäutigen Manifestationen der Hässlichkeit, mussten sie sich eingestehen, dass die Hoffnung, dieses Abenteuer lebend oder gar mit mehr Gold als vorher in der Tasche zu überstehen, mit jedem Schlag weniger wurde. Die Hoffnung, mit unversehrtem Bart daraus hervorzugehen, hatte sich ohnehin längst erledigt.

Fazzgadt und Blechboldt starrten den wütenden Troll einen Moment lang trotzig an. Fazzgadt liebäugelte zwar kurz mit der Möglichkeit eines ehrenvollen Todes, doch dann senkte er den Kopf und wandte sich ab. Blechboldt tat es ihm nach. Sie besaßen nicht mehr die Kraft, sich gegen ihre Bewacher zur Wehr zu setzen, deshalb schwiegen sie und trotteten dem schwerfällig dahinwankenden Horrk hinterher. Insgeheim aber suchte Blechboldt immer noch nach einem Ausweg, während Fazzgadt leise vor sich hin fluchte. Der blinde General hingegen freute sich, zumindest während eines großen Abenteuers ums Leben zu kommen.

Immer wieder brüllten sich die Trolle um sie herum an – vermutlich einem trollischen Brauchtum entsprechend. Und jedes Mal klang es, als ob sie sich gegenseitig mit dem Tode bedrohten.* Dann wieder blickten sich ihre grauhäutigen Bewacher in den kurzen Brüllpausen mit wüsten Blicken nach

* Die Sprache der Trolle stellte für die meisten Zwerge ein Mysterium dar. Ein hässliches, lautes und unangenehmes Mysterium, das zu lösen einer längerfristigen räumlichen Nähe zu einem Troll bedurfte, die zu etablieren unter Zwergen gemeinhin als ähnlich sinnvoll galt, wie Sprengstoff aus nächster Nähe beim Explodieren zuzusehen.

ihren Gefangenen um, sodass es ihnen kalt den Rücken hinunterlief. Schließlich hatten die meisten von ihnen inzwischen begriffen, wie schnell ein hungriger Troll einen Zwerg von der Kette pflücken konnte.

Manchmal kamen ihnen im dumpfen Licht der Talglampen andere Trolle entgegen. Die aber hielten stets einen gewissen Abstand zu Horrk und seinem Schlägertrupp, der in dieser Gegend ganz offensichtlich nicht für seine Freundlichkeit bekannt war.

Die Gruppe war bereits einige Zeit unterwegs und hatte im zitternden Licht der Talglampen die ein oder andere Gangbiegung hinter sich gelassen, als die Trolle schließlich Rast machten. Auf ein Zeichen ihres Anführers hin schleuderten sie die Ketten mitsamt der Zwerge in eine Ecke und begannen sich grunzend zu strecken und einander erneut anzubrüllen.

In diesem Moment fürchteten die Gefangenen wirklich um ihr bartloses Leben. Denn im Allgemeinen gab es – bei den Zwergen wie bei den Trollen und vermutlich auch bei allen anderen Völkern, die irgendwo im Dunkel der Höhlen lebten – nur zwei Arten von Pausen: Schlafpausen und Essenspausen. Und zu ihrer aller Entsetzen wirkte keiner ihrer trollischen Begleiter wirklich müde …

Während die Trolle sich in einer Nische in der Stollenwand niederließen, blickten Fazzgadt und Blechboldt einander mit schreckgeweiteten Augen an. Beiden stand eine Frage klar in die elenden bartlosen Gesichter geschrieben: Wen von ihnen würden die Stinkschädel als Erstes fressen?

Statt sich aber, wie erwartet, einen der Zwerge zu teilen, zerrten die übel riechenden Ungetüme plötzlich etwas aus ihren Gürteltaschen hervor, das auf den ersten Blick wie eine Art Trockenfleisch aussah. Blechboldt hoffte inständig, dass es sich dabei um Schieferspringerfleisch oder Pökelmolch handelte.

Der Gedanke, dass es womöglich Erzferkelfleisch war, erschien ihm unerträglich. Derweil berichtete Fazzgadt Flammrank im Flüsterton, was vor sich ging. Der blinde General schüttelte sich angewidert.

Die Trolle schoben sich die faserigen Brocken zwischen die Hauer und begannen, missmutig darauf herumzukauen.

Schaudernd fragte sich der größte Teil des Schicksalszwergs bei diesem Anblick, ob es sich womöglich gar nicht um das Fleisch eines Tieres, sondern um getrocknetes Zwergenfleisch handelte. Mit einem mulmigen Gefühl betrachteten sie die kauenden Unholde, die ihren Proviant in Fetzen rissen und mit ihren Hauern zermalmten, als einer der übel riechenden Unholde plötzlich näher an Fazzgadt heranrückte. Dieser riss mit klirrenden Ketten die Hände hoch, bereit, sich bis zum Letzten zu verteidigen. Statt ihn aber anzugreifen, bot der Stinkschädel ihm emsig kauend etwas von seiner kargen Mahlzeit an.

Verwundert griff Fazzgadt danach.

Er war verdammt hungrig. Zwergenfleisch hin oder her, er hatte seit der Fahrt auf der *Sturmgluth* nichts Anständiges mehr zwischen die Zähne bekommen. Unter den entsetzten Blicken Blechboldts schob er sich den Brocken in den Mund und begann, langsam zu kauen. Und zu seiner Überraschung schmeckte es prächtig!

Ein zufriedenes Lächeln breitete sich auf seinem bartlosen Gesicht aus. Was die Stinkschädel dort fraßen, war kein Trockenfleisch. Es waren vielmehr Blätter! Dem Geschmack nach Schwarzfarrn. Und er war sogar gewürzt. Vermutlich mit einem Hauch Knochenbeere und einer Prise Ginsterspliss, wenn Fazzgadt seinem Gaumen trauen konnte. Das hätte auch die rötliche Färbung erklärt.

Blätter, Wurzeln und Pilze waren die zentralen Bestandteile der zwergischen Nahrung, wobei sich letztlich selbst jedes potenzielle Gift mit dem richtigen Maß Bier bis zur Erträglichkeit verdünnen ließ. Das Eherne Volk hatte vor den meisten Tieren zu viel Respekt, um sie zu essen. Dem zwergischen Glauben nach waren sie schließlich alle von den gleichen Göttern in den Fels gesetzt worden.

Für Trolle galt das freilich nicht. Die Stinkschädel pflegten Fleisch zu fressen. Und wenn sie etwas dazu fraßen, dann war es gewöhnlich anderes Fleisch. Kaum ein Zwerg hatte sie jemals etwas anderes zu sich nehmen sehen.

Fazzgadt schluckte den Rest des Schwarzfarrns hinunter, leckte sich die Lippen und wandte sich schließlich an Blechboldt, der ihm mit sichtlich angewidertem Blick gegenübersaß: „Du wirst es nicht glauben, Ferkelbändiger, aber diese Stinkschädel sind tatsächlich Blätterfresser."

Blechboldt blickte ihn verwundert an. Ein Troll, der kein Fleisch fraß, war vollkommen absurd. Fast wie ein Zwerg, der nicht rauchte. Oder trank. Was, wenn Blechboldt es sich recht überlegte, doch wieder gar nicht so abwegig war.

„Und du bist sicher, dass sie nicht nur ausprobieren wollen, welches Gemüse am besten zu uns passt?", fragte der blinde General zweifelnd.

Fazzgadt schaute in die Runde und betrachtete die grauhäutigen Ungetüme, die gedankenverloren auf dem Schwarzfarrn herumkauten. Ob sie wirklich so niederträchtig sein konnten, ihren Hauptgang seine eigene Beilage kosten zu lassen?

In diesem Moment bot der Stinkschädel, in dessen Gesicht sich beinahe der Hauch eines Lächelns erkennen ließ, auch den anderen Zwergen etwas Schwarzfarrn an.

Misstrauisch nahmen sie es entgegen und begannen ebenfalls, darauf herumzukauen.

Glimmboldt schmatzte dabei so laut, dass ein anderer Troll aufblickte und die Gefangenen zornig anknurrte.

Sofort senkten Fazzgadt und Blechboldt die Köpfe.

Selbst wenn die Trolle sie nicht fraßen, hatten die Kameraden doch noch immer ein Problem: Der Schicksalszwerg war zerrissen, und keiner von ihnen wusste, wo der Höchste der Hohen, Wisser des Wissens und Verschleppteste unter den Verschleppten sich gegenwärtig befand.

Wenn das, was mit ihnen geschah, tatsächlich Bestimmung war – was freilich niemand für abwegiger hielt als Fazzgadt Eisenbart –, so wurde diese immer verworrener. Inzwischen waren dieser Bestimmung bereits das Gedächtnis des Hohepriesters und die Bärte ausnahmslos aller Beteiligten zum Opfer gefallen. Und es bestand immer noch die Möglichkeit, dass der Rest von ihnen sein Leben im Inneren eines Trollbauches beschließen würde. Abgesehen von Glimmboldt wussten sie alle, dass sie nur noch eine Chance hatten: Bragk Nattergriff.

Der Meisterdieb war der Einzige von ihnen, der den groben Pranken der Unholde entkommen war. Er war noch immer hier unten und verbarg sich vermutlich irgendwo in den Schatten. Und da er es in dieser Stinkschädelhölle allein nicht weit bringen würde, war es sehr wahrscheinlich, dass er versuchen würde, sie zu befreien …

Selbst wenn Moral ihm annähernd unbekannt und er selbst ein verschlagener Asselbart war – was hätte er sonst tun sollen? Hier unten, jenseits des Vergessens und inmitten von Stinkschädeln, hatte er niemanden außer ihnen. Wenn Nattergriff das allerdings anders sah, würde das Ende ihres Bestimmungsstollens wohl tatsächlich in den unergründlichen Tiefen eines Trollbauches oder einer Blitzbasaltmine liegen.

Bedrückt blickten Fazzgadt und Blechboldt einander an, und Flammrank fühlte sich seinem ehrbaren Ableben ein ganzes Stück näher.

In diesem Moment kamen einige andere Trolle durch den Gang gestapft, die die kleine Gruppe argwöhnisch musterten. Horrks Gefolgsleute brüllten sie augenblicklich an. Die Trolle brüllten zurück. Dann brüllte irgendjemand etwas in Richtung der Gefangenen, und zu guter Letzt stieß auch Horrk noch ein lautes Brüllen aus.* Schließlich rissen seine stinkschädeligen Schergen die Zwerge grob an ihren Ketten empor, sodass sie sich beinahe an den letzten Bissen Schwarzfarrn verschluckt hätten. Und gleich darauf wurden sie auch schon weiter durch den Gang geschleift.

Als Tihf Schwartzbarth erwachte, lag es nicht etwa, wie erwartet, am Klopfen des zurückgekehrten Thorf Glimmspan.

Zunächst wusste er nicht einmal, was ihn geweckt hatte.

Bis er die Ratte hörte, die irgendwo im mattroten Zwielicht, das vom Magmasee durch die Bullaugen hereinfiel, in einem fort aufgeregt quiekte. Der Kapitän der *Sturmgluth* kannte diese Laute. Es war eine Warnung. Irgendetwas musste sich im Inneren seiner Kajüte befinden. Irgendetwas, das nicht hierher gehörte.

Vorsichtig drehte sich Schwartzbarth in seiner Koje auf die Seite, griff nach seinem Gürtel und tauschte beinahe lautlos seinen stumpfen Schlafhaken gegen die geschliffene Variante ein. Dann streckte er den Arm aus und schaltete eine der käferlosen Lampen neben seiner Koje an.

Und nun erkannte er, was Trolltöter in eine derartige Aufregung versetzt hatte: An seinem Tabakschrank stand, in eine

* Hierbei handelt es sich um eine Konversation im klassisch trollischen Sinne, wie sie in der Regel unabhängig vom Inhalt und lediglich mit der Absicht geführt wurde, auf die eigene Existenz hinzuweisen, die grundsätzliche Bereitschaft für handgreifliche Auseinandersetzungen zu signalisieren und schlechte Laune zu verbreiten.

schmutzstarrende Decke gehüllt, ein Fremder, der sich gerade eine Pfeife mit seinem besten Tabak stopfte.

Dieses unverschämte Stück Zwerg hatte es gewagt, in seine Kajüte einzudringen, sich eine seiner Pfeifen zu schnappen, und wollte nun auch noch seinen Tabak rauchen! Und das mit einer Selbstverständlichkeit, dass Schwartzbarth – hätte er es nicht besser gewusst – beinahe annehmen musste, dass es sich bei diesem Zwerg um ihn selbst handelte.

Der Kapitän schaute sich um. Er hatte nichts bemerkt, nichts gehört. Wie war dieser Zwerg hier hereingelangt? Da erblickte er eine offene Luke, durch die es heiß hereinwehte und durch die ein trainierter Zwerg mit etwas Anstrengung womöglich hindurchgepasst hätte.

Vorsichtig nahm Schwartzbarth seinen rostigen Dreispitz vom Haken und schwang sich aus der Koje. Dann zog er sich hastig seinen Stiefel an, rückte seine Augenklappe zurecht und erhob sich so gebieterisch, wie es die Situation zuließ. Der Vollständigkeit halber wartete er noch einen Moment, bis Trolltöter auf seine Schulter gesprungen war.

Schließlich räusperte er sich, hob seinen Haken und fuhr den fremden Zwerg zornig an: „Wer zum Haken bist du? Und wie kannst du es wagen, in meine Kajüte einzudringen?!"

Gemächlich schlenderte der fremde Zwerg, die Pfeife in der Hand, zum Ornamenttisch hinüber und setzte sich.

„Mach dir keine Sorgen, Käpt'n. Ich bin nicht hier, weil ich meinen Bart zurückhaben will", erwiderte er.

Der Zwerg war tatsächlich bartlos. Genau genommen war er sogar kleiderlos, wenn man von dem ledernen Lendenschurz und der schlammfleckigen Decke absah, die er wahrscheinlich einem Troll gestohlen hatte. An seinen Armen und Beinen konnte der Kapitän der *Sturmgluth* Abschürfungen erkennen, die vermutlich von Ketten herrührten. Es musste sich also um einen seiner Gefangenen handeln. Schwartzbarths Auge verengte sich zu einem wütenden Schlitz. Wenn ihm nach der Schlappe am Steg tatsächlich auch noch ein Gefangener entkommen war, dann hatte er ein Öhrchen mit Thorf Glimmspan zu rupfen …

Das jedoch würde noch ein wenig warten müssen. Zunächst galt es herauszufinden, was dieser verwegene, dreckfleckige Eindringling von ihm wollte. Wenn er ihn hätte töten wollen, dann hätte er bereits die Gelegenheit dazu gehabt. Stattdessen hatte er sich eine Pfeife gestopft und nahm nun Schwartzbarths Zunderbüchse zur Hand, die vor ihm auf dem Tisch lag. Seine Intuition sagte dem Kapitän jedoch, dass dieser Zwerg nicht bloß deshalb gekommen war, um mit ihm ein ruhiges Pfeifchen zu rauchen …

Die einfachste Möglichkeit, darüber Gewissheit zu erlangen, war vermutlich, ihn ohne Umschweife zu fragen: „Aber warum bist du dann hier?"

Der Zwerg drehte geistesabwesend die Zunderbüchse in den Händen und entgegnete mit einem gewinnenden Lächeln, das so gar nicht zu seiner restlichen Erscheinung passen wollte: „Nun, ich dachte mir einfach, du könntest womöglich einen guten Dieb in deiner Mannschaft brauchen." Mit diesen Worten schlug Bragk Nattergriff die Zunderbüchse an, entzündete Schwartzbarths Pfeife und begann zu paffen.

Der Kapitän der *Sturmgluth* war in der Tat beeindruckt von der Unverfrorenheit, mit der dieser Zwerg unbemerkt an Bord gelangt war, sich Zugang zu seiner Kajüte verschafft hatte und sich nun an seinem besten Tabak verging. Er schien wahrlich aus einem anderen Stein geschlagen als Thorf Glimmspan, der das Versagen gepachtet zu haben schien. Hätte Schwartzbarth dem Einohrigen für jede seiner Verfehlungen irgendein Körperteil abgeschnitten, wäre inzwischen vermutlich kaum noch etwas von ihm übrig. Davon abgesehen würde ein Dieb tatsächlich recht gut auf die *Sturmgluth* passen.

Grinsend humpelte Schwartzbarth zum Ornamenttisch hinüber und reichte Nattergriff über das aufgeschlagene Kompendium hinweg seinen Haken: „Willkommen auf der *Sturmgluth*."

Nattergriff erhob sich, nahm einen tiefen Zug von der Pfeife und schüttelte lächelnd den Haken seines Gegenübers.

Im gleichen Augenblick schlug es laut an die eiserne Tür der Kajüte.

Der Kapitän der *Sturmgluth*, der dieses Klopfen nur allzu gut kannte, rief mit einem bösen Lächeln unter dem Bart: „Tritt nur herein, Glimmspan …"

Rost blätterte von den verzogenen Scharnieren der Kajütentür, als der Einohrige sie aufstieß und in Begleitung zweier Lederkopftuchträger hereinkam. Auf Glimmspans Zeichen hin traten seine beiden Begleiter in die Mitte des Raums und ließen zwei prall gefüllte Säcke von ihren Schultern gleiten. Glimmspan baute sich vor Schwartzbarth auf, die Hände auf die Griffe seiner Äxte gelegt, und setzte ein für seine Verhältnisse gewinnendes Lächeln auf, das im Vergleich mit dem Bragk Nattergriffs jedoch außerordentlich kläglich wirkte.

„Sechsunddreißig Brocken Blitzbasalt, Käpt'n. Ein guter Erlös für die Sklaven …", begann Glimmspan.

„Und wenn du den hier auch noch verkauft hättest, wie es deine Aufgabe war, wäre es vermutlich noch ein wenig mehr gewesen …", fiel ihm Schwartzbarth mit einer Stimme ins Wort, die so kalt war, dass sie den Magmasee hätte zufrieren lassen können, und deutete mit einem Kopfnicken auf den halb nackten Meisterdieb.

Glimmspann erschauerte sichtlich. Und auch seinen beiden Begleitern war anzusehen, dass ihnen nicht wohl war. Sie beeilten sich, die Kajüte so schnell wie möglich wieder zu verlassen, während Glimmspan zu stammeln begann: „Ich … ich kann das erklären, Käpt'n. Ich …"

Finster lächelnd senkte Schwartzbarth den Kopf und begann gemächlich, seinen Haken abzuschrauben.

„Das musst du nicht, mein guter Glimmspan."

Schwartzbarth hängte den Haken in seinen Gürtel, um an seiner statt die rostige Klinge an seinem Armstumpf zu befestigen.

„Aber Käpt'n, es war nicht meine Schuld!", jammerte Glimmspan. „Ich schwöre es beim innersten Zahnrad der *Sturmgluth*! Ich …"

Mit einer entschiedenen Bewegung ließ Schwartzbarth die Klinge einrasten und trat mit klackendem Eisenbein ganz nahe an den Einohrigen heran.

Sein Auge blitzte auf, und Glimmspan begann zu zittern. Schweiß lief unter seinem Kopftuch hervor.

Schwartzbarth hob die Klinge vor Glimmspans Gesicht, und die Ratte auf seiner Schulter gab ein leises Fiepen von sich.

Glimmspan schluckte.

„Oh, du musst mir wirklich nichts erzählen", flüsterte Schwartzbarth. „Es reicht völlig, wenn du den Preis für deine Verfehlungen bezahlst …"

Glimmspan schloss die Augen und betete innerlich zu jedem Gott, der ihm in den Sinn kam, dass sein Kapitän ein Einsehen haben mochte und ihm zumindest sein Ohr ließ. Seine ausufernden Rachegedanken hatten einer kriecherischen Unterwürfigkeit Platz gemacht, die es ihm in diesem Moment sogar erlaubt hätte, sein Dasein auf der *Sturmgluth* als Trolltöters persönlicher Leibspeiwischer zu verbringen, wenn Schwartzbarth nur Gnade walten ließ.

Und tatsächlich wurden seine Gebete erhört. Allerdings von irgendeiner Zwergengottheit, deren Macht begrenzt war.

Sie sorgte schließlich dafür, dass, großzügig gerechnet, etwa die Hälfte seines Ohrs übrig blieb, da der Kapitän der *Sturmgluth*, während er den Rest in das Schächtelchen mit dem anderen Ohr an seinem Hals schob, meinte, dass er sich noch etwas für den nächsten Fehlschlag aufheben wollte.

Das Schlimmste an dem dreckigen Lachen Tihf Schwartzbarths nach vollbrachter Tat war jedoch nicht Trolltöters zeitgleich erklingendes hysterisches Quietschen, sondern die Tatsache, dass der abgerissen aussehende, halb nackte Zwerg auf der anderen Seite des Tisches darin einstimmte.

Mit hängendem Kopf und einer allmählich wieder erstarkenden Erinnerung an das, was er bei seiner Rückkehr eigentlich hatte tun wollen, verließ der nunmehr nur noch halbohrige Thorf Glimmspan, von einem hässlichen zweistimmigen Lachen verfolgt, die Kajüte seines Herrn.

Vor der offenen Fensterluke der Kajüte schwebte unterdessen ein wild mit den Flügeln schlagender untoter Glutschwirrling, der alles aufmerksam beobachtet hatte. Was der Käfer sah, sah zugleich auch ein toter Stinkschädel unweit des Trollmarktes, der gerade mit Hilfe eines magischen Transporters eine Ladung Flammsteine in die Wächterhöhlen sandte. Und zur selben Zeit sahen es auch der ehemalige Krugk Trümmerboldt und die von Harrm Blutklumps Geist beseelte Maschine. Sie alle sahen die Schmähung Thorf Glimmspans, und in Harrm Blutklumps steinernem Inneren entspann sich ein Plan, den geschmähten Magmapiraten zu seinem Werkzeug zu machen …

Noch immer schleppten sich die Zwerge unter den übellaunigen Blicken von Horrks Schlägertrollen durch die Gänge. Doch einige Biegungen und ein wenig Gebrüll später kam schließlich das Ziel ihrer Reise in Sicht: Horrks Mine. Vor ihnen erhob sich im flackernden Licht der Talglampen ein riesiges massives Tor aus kalt geschmiedetem Stahl. Es war komplett verzogen, Trollpfusch, der das Auge eines Zwergs bereits auf den ersten Blick beleidigte. Fazzgadt und der Ferkelbändiger waren erstaunt, dass sich dieses jämmerliche Zerrbild eines Tors überhaupt öffnete, als sie näher kamen.

Doch als sie in schweren Ketten, zusammen mit Glimmboldt und Flammrank und angetrieben von Horrk und seinem Schlägertrupp, das Tor passierten, wurde ihnen schmerzlich bewusst, dass sie andere Probleme hatten als schlechtes Schmiedewerk. Bragk Nattergriff nämlich, der zwergische Meisterdieb und ihre letzte Hoffnung, hatte bisher noch keine Anstalten gemacht aufzutauchen, geschweige denn, sie zu retten.

Aufgrund dieser Tatsache würde ihnen das zweifelhafte Vergnügen zuteil werden, diese trollische Parodie eines Tors auch noch von der anderen Seite zu betrachten. Im ungünstigsten Fall sogar bis zum Ende ihres Lebens, das, wenn es noch schlimmer kam, nicht mehr lange auf sich warten lassen würde.

Hinter dem Tor erhob sich eine flirrende Staubwand, die das ohnehin schon spärliche Licht der Talglampen im Inneren der Höhle dämpfte. Von Zeit zu Zeit schleppten sich schemenhafte Schatten durch den Dunst, schwere Hämmer in den Händen und Basaltkiepen auf dem Rücken. Aus dem Inneren der Höhle drang leises Kettenklirren, einzig unterbrochen von kurzen gebrüllten Befehlen und dem Echo von Hammerschlägen.

Unsanft wurden die Gefährten von den Trollen durch das Tor gestoßen. Aber zumindest war, da den Trollen der Schwarzfarrn als Wegzehrung offenbar ausgereicht hatte, bis jetzt noch keiner von ihnen gefressen worden. Stattdessen würden sie den

Rest ihres Daseins nun wohl als Horrks Grubensklaven fristen müssen. Hier unten, inmitten von Staub und Stein, würden sie für ihren Trollherrn in den Gängen Blitzbasalt brechen, damit dieser sich noch mehr Zwergensklaven kaufen konnte.

Kaum waren sie durch das Trolltor getreten, da enthüllte sich den Blicken der Gefährten eine riesige Mine, deren Größe aufgrund des Staubes, der in der Luft hing, nur schwer abzuschätzen war. In Dutzenden Wandnischen hockten im Schein stinkender Talglampen basaltbrechende Zwerge. Andere Zwerge schleppten sich hustend von einem Hammersklaven zum nächsten und sammelten die frisch geschlagenen Basaltbrocken in geflochtenen Kiepen, die sie auf dem Rücken trugen.

Die Körper der Zwerge waren von einer grauen Staubschicht überzogen, aus der lediglich ihre Augen hervorblitzten. Abgesehen von ihren Lendenschurzen trugen die meisten von ihnen lederne Gesichtstücher, um sich vor dem in der Luft liegenden Staub zu schützen. Zwischen den Zwergen gingen trollische Aufseher umher, die mächtige Peitschen in den stinkenden Pranken hielten.

Fazzgadt und Blechboldt betrachteten aufmerksam die Szenerie. Kaum angekommen, galten ihre ersten Gedanken der Flucht. Doch wie sollten sie aus diesem Albtraum entkommen?

Horrk, der sich vor ihnen aufgebaut hatte, senkte lächelnd den breiten Trollschädel und nickte seinen Schergen knapp zu. Daraufhin trieben die Trolle die Gefangenen durch den Staub, vorbei an den anderen Angehörigen ihres Volkes und den düster dreinblickenden Peitschenschergen in den hinteren Teil der Höhle, wo sie kurz darauf mit mächtigen Schlössern an den Fußgelenken zwischen zwei Gängen an die Wand gekettet wurden. Dann erhielt jeder von ihnen, selbst der blinde General, einen abgenutzten Hammer und einen fleckigen ledernen Mundschutz.

Schließlich stapften die Trolle davon. Glimmboldt winkte ihnen vergnügt glucksend nach, während die riesigen Schemen im Staub verschwanden und die Kameraden allein an der Wand zurückließen. Der Schwachsinnige hob seinen Hammer, schaute ihn einen Moment lang nachdenklich an und schlug sich dann damit auf den Fuß. Während Glimmboldt aufschrie, erkundigte sich Flammrank bei den anderen, was genau vor sich ging. Blechboldt beschrieb es ihm in knappen Worten. Fazzgadt, der sich mit einem Hammer in der Hand wieder ein wenig sicherer fühlte, schaute sich derweil vorsichtig um.

Der blinde General senkte den Kopf.

„Soll das wirklich unser Schicksal sein? In einer Trollmine bis zum Ende des letzten Ganges Basalt zu brechen?"

Fazzgadt wog den Hammer in Händen.

„Nun ja, genau genommen ist es das, was wir schon immer getan haben. Abgesehen von den Ketten und den Trollen vielleicht."

Blechboldt blickte ihn ungläubig an.

„Heißt das etwa, du willst dich damit abfinden?"

Nachdenklich betrachtete sein Gegenüber den Hammer in seiner Hand und dann Lunt Glimmboldt, der gerade erneut seinen Hammer hob.

„Vielleicht. Wenn das Bier hier gut ist. Ich bitte dich, Blechboldt! Es sind Hammer und Steine. Die einzigen Dinge, von denen ich etwas verstehe."

„Das kann doch nicht dein Ernst sein!", rief nun auch der blinde General. „Du willst aufgeben? Nach all den Abenteuern, die wir gemeinsam durchgestanden haben …"

Fazzgadt lachte auf. Der Staub begann seine Haut bereits grau zu färben.

„Du meinst den ganzen Ärger mit dieser Dreckschweinprophezeiung? Hör zu, Drachenjäger, hier …", er hob den

Hammer und ließ ihn krachend auf die Wand niedersausen, „... fühle ich mich beinahe wieder wie ein Zwerg!"

Flammrank schüttelte verständnislos den Kopf.

„Ich für meinen Teil würde lieber auf der Flucht erschlagen werden, als mich in ein stinkschädelbestimmtes Schicksal zu fügen!"

Der Ferkelbändiger blickte sich mit traurigem Blick in der Höhle um.

„Und ich würde am liebsten zu meinen Tieren zurückkehren ..."

Glimmboldt wollte sich gerade mit seinem Hammer auch noch auf den anderen Fuß schlagen, wurde allerdings von seinem Oheim zurückgehalten.

Offensichtlich hatte jeder von ihnen das Bedürfnis, seinen eigenen Stollen zu graben. Es schien beinahe, als ob diese Mine der Ort war, an dem sich das Schicksal der Gefährten entscheiden und der ohnehin schon arg ramponierte Schicksalszwerg inmitten von Staub und Stein endgültig zerbrechen würde.

In diesem Moment tauchte in der staubverhangenen Luft einer der Aufseher auf und herrschte die Gefährten wütend an. Er riss sein Maul auf, Trollrotz spritzte ihnen entgegen, und die Zwerge konnten seine fauligen Zähne sehen, während seine Stimme ihnen unverständlich entgegendröhnte.

Sie zuckten zurück, und Blechboldt raunte den anderen zu: „Ich glaube, er will irgendwas von uns."

Fazzgadt wog den Hammer in der Hand und nickte.

„Ich nehme an, hier gelten die gleichen Regeln wie bei uns daheim. Weniger reden, mehr arbeiten."

Der Troll riss noch ein weiteres Mal sein stinkendes Maul auf und wies mit seinem klobigen Finger auf einen der beiden Gänge hinter ihnen.

Fazzgadt nickte in Richtung des Ganges.

„Und dieses ‚mehr arbeiten' soll, wenn ich ihn richtig verstehe, jetzt gleich und dort drinnen vonstatten gehen."

Der Troll spie vor ihnen auf den Boden und hob knurrend die Peitsche, die den furchteinflößenden Durchmesser eines zwergischen Armes hatte. Er ließ sie keinen Zwerg entfernt von ihnen niedersausen, und unter einem fürchterlichen Knall stoben Steine und Splitter durch die Luft.

Mit rasselnden Ketten schleppten sich die vier Zwerge eingeschüchtert, den Hammer über der Schulter und jeder mit seinen eigenen Gedanken über den Fortbestand ihrer Gemeinschaft beschäftigt; in den ihnen zugewiesenen Stollen.

Dieser war dunkler als der Rest der Höhle.

Im Inneren der Gänge sparten die Trolle augenscheinlich mit Lampen. Hier mischte sich der umherwirbelnde Staub mit dem Zwielicht und schuf eine eigentümliche, stetig in Bewegung scheinende Finsternis, in der alles zu unkenntlichen Schemen verschwamm, sobald es auch nur drei Schritte vom Betrachter entfernt war.

Von den Wänden hallten Hammerschläge wider, und aus der Ferne drang das Husten von Zwergen an ihr Ohr.

Vom Eingang des Stollens her funkelte der trollische Aufseher sie missmutig an.

Demonstrativ hob Fazzgadt seinen Hammer und sagte an seine Gefährten gewandt: „Was immer auch geschehen mag, ich schlage vor, wir fangen zunächst einmal an zu arbeiten. Damit sie keinen Grund haben, ihre Peitschen an uns zu wetzen oder doch noch einen von uns zu fressen."

Fazzgadt, der zwischen Hammer und Stein wieder ganz in seinem Element war, begann Basalt aus dem bröckeligen Stein zu schlagen, während Glimmboldt versuchte, es ihm nachzutun, und der Ferkelbändiger den blinden General zu einer vielversprechenden Stelle an der Wand schob. Dann banden sich

Blechboldt und Flammrank den Mundschutz vor das bartlose Kinn und begannen schweigend zu arbeiten. Kaum dass das Echo ihrer Hammerschläge durch den Gang hallte, wandte sich der Aufseher zufrieden ab und stapfte davon.

INTERMEZZO

In Gestalt Krugk Trümmerboldts hatte Harrm Blutklump das Eherne Volk in der Halle der Helme zusammentreiben lassen. Hier, im Herzen aller zwergischen Tradition, würde er seinen Untertanen ihre Zukunft eröffnen – inmitten der riesigen Felsenkathedrale, der größten Höhle des Imperiums, mit ihren prachtvollen Reliefflisen, wo unlängst noch der rechtmäßige Verwalter Audienz gehalten und Recht gesprochen hatte.

Es hatte bereits seit vielen Schichten keine Audienz mehr gegeben, und die alte Pracht war von Staub und Spinnweben überzogen.

Das rituelle Drachenhorn auf der Empore vor der Nordwand war dunkel angelaufen, und die Priester, die einst davorgestanden hatten, waren längst in die Gänge geschickt und mit ihresgleichen zu Schürfbrüdern gemacht worden. Die massive stählerne Falltür unterhalb des Horns mit den riesigen Winden und Zahnrädern hatte begonnen, Rost anzusetzen. Die drei Säulen in der Mitte der Halle, auf denen in schwindelnder Höhe die steinerne Decke ruhte, symbolisierten die letzten ehrbaren Stämme – Fels, Erde und Stahl –, die Trümmer dreier weiterer die entzwergten – Erz, Sand und Feuer. Das Einreißen der Säule des Feuers war seinerzeit die letzte Amtshandlung des Verwalters gewesen, bevor die Zwerge ihn gestürzt hatten.

Die steinernen Becken entlang der Wände der Höhle, die einst brennendes Öl enthalten hatten, waren inzwischen ausgetrocknet. Die eisernen Ketten unter der Decke, an denen vereinzelt stählerne Fackelkörbe baumelten, waren von Spinnweben verhangen.

Trübe funkelten an der nördlichen Wand die Helme der Ahnen. Hunderte, Tausende, die Vergangenheit eines ganzen Volkes. Die Helme längst verstorbener Helden, Bartbrüder und Schürfgefährten. Es war noch nicht lange her, dass diese Halle der prächtigste Ort des Imperiums gewesen war.

Inzwischen aber waren die meisten Helme verrostet, und von anderen begannen sich Zierrat und Pelzbesatz zu lösen. Die Haken, an denen sie hingen, bröckelten und Spinnweben spannten sich zwischen Helmen und Wand.

Statt Fackeln hatte Blutklump die Menhire einige grellweiße Blitzbasaltlampen in den Boden rammen lassen. Sie staken inmitten der gesplitterten Reliefffliesen mit ihren Darstellungen aus der ruhmreichen Geschichte der Zwerge.

Es waren gerade genug, um die Dunkelheit zu vertreiben.

Blutklump war ein sparsamer Herrscher, und der heiligste Ort der Zwergenheit bot einen jämmerlichen Anblick. Es war klug, dieses Elend nicht mehr als nötig zu beleuchten*.

In den Schichten vor der Verschwörung des Neuen Stahls, als noch die ehrbaren Stände der Helmer und der Fackler über dieses Gewölbe gewacht hatten, hatte es hier anders ausgesehen. Sie hatten die Helme poliert, sich um die Fackeln gekümmert und die Halle der Helme vor Staub und Spinnen bewahrt. Inzwischen aber waren sie, wie die meisten anderen Zwerge auch, in die Stollen geschickt worden, um die Gold-

* Das Eherne Volk verfügte über strenge Regeln bezüglich der Beleuchtung unschöner Dinge. Je hässlicher etwas war, desto weniger wurde es beleuchtet. Aus diesem Grund gab es ursprünglich in jeder Wohnhöhle auch eine unbeleuchtete Ecke für Schutt und Unrat, in der in früheren Zeiten mitunter angeblich auch weniger attraktive Zwergenfrauen hatten sitzen müssen. Manchmal sogar die Männer.

bilanz zu verbessern. Krugk Trümmerboldt schätzte zwar die Traditionen, wie er seit seiner Machtübernahme stets betont hatte, bestand jedoch darauf, dass seine Untertanen diese nur in ihrer freien Zeit pflegten und dafür kein Steuergold verschwendeten.

Da sich diese freie Zeit jedoch aufgrund seiner jüngsten Reformen im Vergleich zu früher nahezu halbiert hatte und die Zwerge überdies gehalten waren, sie nicht zuletzt für Schlaf, Nahrungsaufnahme und Zechgelage zu nutzen, kamen die Traditionen in der jüngsten Vergangenheit ein wenig zu kurz.

Um seinem Bedauern über diese Entwicklung Ausdruck zu verleihen, hatte Harrm Blutklump in der Gestalt Krugk Trümmerboldts in jeder Schicht zwanzig Schweigeschläge angeordnet, während der die Hämmer ruhen und der alten Traditionen gedacht werden sollte. Dem Effizienzgedanken entsprechend, fielen diese Schweigeschläge freilich in die einzige Pause, welche die Zwerge im Verlauf einer Schicht erhielten.

Dass sich die Unzufriedenheit der Zwerge über die gegenwärtigen Entwicklungen nicht Luft machte, lag einzig daran, dass das Eherne Volk gerade erst einen Umsturz hinter sich hatte, und ein Volk, das sich viele Tausend Jahre an gewisse Dinge gewöhnt hatte, eine bestimmte Zeit brauchte, um sich von umstürzlerischen Veränderungen zu erholen.

Außerdem war da noch die Tatsache, dass die Mitglieder des Schwarzen Menhirs in ihren furchteinflößenden Rüstungen in den Gängen patrouillierten und inzwischen allesamt mit käferlosen Handkanonen ausgerüstet waren.

Dem Ehernen Volk stand der Sinn nicht nach einer weiteren Revolution. Zumal ja auch die vage Möglichkeit bestand, dass es danach noch schlimmer wurde. Aus diesem Grund klammerten sich die Zwerge lieber an die Trümmer ihrer Tradition, genossen mit verklärten Blicken ihre Schweigeschläge und seufzten, wenn ihr Herrscher beteuerte, die alten Werte hoch zu schätzen.

Und nun hatten sie sich alle leise murrend unter den Schlagstöcken der Menhire in der Halle der Helme versammelt. Die alte Herzlichkeit, die einst unter ihnen geherrscht hatte, war verschwunden. Zorn und Furcht lagen in der Luft. Und wenn ein Zwerg den nächsten anstieß, so fand er im nächsten Moment schon dessen Faust in seinem Bart.

Einst hatten sie an diesem Ort ihren Herrscher noch mit Ehrfurcht erwartet. Doch niemand wusste, was genau mit der Ehre geschehen war. Inzwischen war bloß noch Furcht geblieben.

Laut ratternd setzten sich die Zahnräder am Fuß des Drachenhorns in Bewegung. Langsam öffnete sich die stählerne Falltür, und inmitten der Menhire kam die Gestalt Krugk Trümmerboldts emporgefahren. Schweigen breitete sich in der Halle aus. Zunächst traten die Menhire vor und bildeten im spärlichen Licht der wenigen Fackeln mit gezückten Handkanonen eine Reihe. Dann erhob sich Krugk Trümmerboldt von seinem Thron und ließ seinen kalten, leblosen Blick über die versammelten Zwerge schweifen. Schließlich sprach durch seinen Mund Harrm Blutklump: „Geliebtes Volk! Schürfer, Hämmerer, Mitzwerge."

Er machte eine kurze, bedeutungsschwangere Pause und sah mit leerem Blick in die mürrischen Gesichter seiner Untertanen. „Dies sind finstere Zeiten!"

Aus den hinteren Reihen der Versammelten erschallte ein leiser Ruf: „Dann stell mehr Lampen auf, du vermaledeiter Geizbart!"

Die Menhire hoben ihre Waffen und blickten in die Runde, konnten den Aufwiegler jedoch nicht ausmachen.

Blutklump fuhr fort, als ob er den Einwurf gar nicht gehört

hätte: „Ihr kennt die Prophezeiungen, wisst, dass der Hammer des Schicksals über uns schwebt. In Zeiten wie diesen müssen wir alle Opfer bringen. Ihr dürft mir glauben, nichts liegt mir so sehr am Herzstein, wie das Wohl und das Fortbestehen des Ehernen Volkes."

Blutklump machte eine weitere Pause. Diesmal sorgten jedoch die erhobenen Waffen der Menhire dafür, dass keiner der Zwerge mehr unverschämt seinen Bart aufriss.

„Und darum habe ich einen Entschluss getroffen. Um gegen die Wirren des Schicksals und die Kräfte des Verderbens bestehen zu können, muss das Volk der Zwerge zusammenhalten! Zusammenhalt aber ist eine schwierige Sache. Aus diesem Grund habe ich beschlossen, euch alle aneinanderzuketten."

Es herrschte Stille. Einen Moment lang schien kein Zwerg mehr zu atmen.

„Dies geschieht zu eurer eigenen Sicherheit", fuhr Blutklump fort. „Das Eherne Volk wird eine Einheit bilden. Eine starke Einheit. In starken Ketten. Alle Zwerge werden gemeinsam an einem Strang ziehen. Und bedenkt: Keiner von euch wird je mehr spurlos in den Schatten verschwinden!"

Den Handkanonen zum Trotz fingen die Zwerge an, leise zu murren. Sie wussten nämlich, dass diejenigen, die während der vergangenen Schichten verschwunden waren, von Trümmerboldts Schergen in die Kerker verschleppt worden waren.

Als die Unruhe um sich zu greifen begann, feuerten die Menhire in die Luft.

Ein Aufschrei ging durch die Menge.

Einige der Wachen sprangen vom Podest und rissen mit ihren martialischen Rüstungen eine Bresche in die Menge der versammelten Zwerge. Im Licht der wenigen käferlosen Lampen blitzten Schlagstöcke auf, und das oberste Gesetz der

Zwergenheit, dass kein Zwerg einem anderen Schaden zufügen durfte, wurde mit schweren Stiefeln getreten.

Einige verbeulte Helme und leicht verletzte Zwerge später öffneten sich an den Seiten der Halle die Tore, und Dutzende von muskelbepackte Menhire schleppten schwere Ketten, tragbare Essen und Ambosse herein, bauten sie im weißen Widerschein der Lampen auf und begannen, das Eherne Volk zu seinem eigenen Wohl in Ketten zu legen.

KAPITEL VIII

IN DEM SKLAVEN NICHT GLEICH SKLAVEN SIND, GLIMMSPAN EINEN TROLLISCHEN PAKT SCHLIESST UND DIE SCHARTIGE SCHAUFEL ZUM ERSTEN MAL IN ERSCHEINUNG TRITT

Sie kamen gut voran. Das Echo ihrer Hammerschläge mischte sich mit dem der anderen Trollsklaven, Basaltstaub legte sich auf ihre schwitzenden Leiber und ihr stoppeliges Kinn. Von Staub und Narben entstellt, waren die Tätowierungen des blinden Generals kaum noch zu erkennen. Aus Fazzgadts dichtem Brusthaar tropfte der Schweiß. Blechboldt, der etwas langsamer arbeitete als die anderen, ließ den Blick zwischen den schweren Hammerschlägen immer wieder durch den staubverhangenen Stollen huschen, während Glimmboldts Hammer inzwischen so ziemlich alles getroffen hatte, was sich in seiner Reichweite befand.

Der Basalt ließ sich vergleichsweise leicht aus dem Stein lösen, sodass sogar Glimmboldt den einen oder anderen Brocken aus der Wand bekam. Die Zwerge mit den Kiepen hatten ihre erste Ladung bereits aufgeladen, und die vier Gefährten hoben gerade wieder ihre Hämmer, als sie plötzlich aus dem flirrenden Dunkel heraus eine Stimme vernahmen.

„Es ist also wahr. Ihr seid endlich angekommen."

Verwundert hielten die Gefährten inne und blickten in die Richtung, aus der die Worte gekommen waren. Im nächsten Augenblick schälte sich ein grauer Schatten aus der Finsternis. Es war ein Zwerg wie sie selbst, sein Bart reichte ihm jedoch bis zur Brust, und unter dem dunklen Steinstaub glänzte der Schweiß auf seinen kräftigen Oberarmen. Wenn er wie sie vom Trollmarkt hierher gelangt war, dann musste er, der Länge seines Bartes nach zu urteilen, schon einige Schichten hier unten sein. Er trug einen Hammer über der Schulter und war mit einer Kette gefesselt, die mit einem riesigen eisernen Schloss an seinem Fußgelenk befestigt war. Erstaunt blickten die Gefährten einander an und ließen langsam ihre Hämmer sinken, während sich der General leise erkundigte, was vor sich ging.

Noch während Blechboldt es ihm berichtete, kam der Fremde näher und betrachtete die Gefährten genauer. Seine Augen funkelten, als er den fleckigen Mundschutz beiseitezerrte.

„Ihr seid also der Schicksalszwerg …"

Angesichts der fragenden Blicke der Gefährten lächelte er.

„Oh, die Grenzen des Imperiums und dieser Sklavengrube sind durchlässiger, als ihr denkt. Dass wir nicht mehr Teil der freien Gänge sind, bedeutet nicht, dass wir nicht wissen, was dort draußen vor sich geht. Und ihr habt reichlich von euch reden gemacht!"

Die Gefährten blickten ihn immer noch verständnislos an. Dieser Zwerg war ein Trollsklave. Er trug eine Kette an seinem Fuß und schlug irgendwo am Ende der Welt in schummrigen Hustenhöhlen Blitzbasalt aus den Wänden. Woher konnte er von ihnen wissen?

Direkt vor Glimmboldt, der ihn mit stumpfsinnigem Blick anstarrte, blieb der Fremde stehen. Dann eilte er zur Stollenwand, riss eine Talglampe aus ihrer Halterung und kam zurück, um Glimmboldts Kinn genauer zu betrachten. Dabei flüsterte er wie zu sich selbst: „Und ihr scheint mir noch weit mehr zu sein als bloß der Schicksalszwerg." Ehrfürchtig fuhr er mit dem Daumen über das kleine Grübchen in Glimmboldts Kinn. „Das Zeichen der Schaufel …"

Fazzgadt beugte sich zu seinem Zögling hinüber und betrachtete ihn kopfschüttelnd. Weit mehr als bloß der Schicksalszwerg? Das Zeichen der Schaufel? Dieser Zwerg redete ebenso wirr wie die Flammsteinfischer an Bord der *Sturmgluth*. Was hatte das alles zu bedeuten?

In diesem Moment schnappte Glimmboldt nach dem Finger des Fremden. Laut knallten seine künstlichen Stahlzähne aufeinander, und von einem Schlag auf den anderen verwandelte sich die Ehrfurcht auf dem Gesicht des Fremden in Schmerz.

Hastig zog er die Hand zurück und rang sich mühsam ein Lächeln ab.

„Wir sollten keine weitere Zeit verlieren."

Er lehnte seinen Hammer an die Stollenwand und griff in seinen Bart, aus dem er einen kurzen Augenblick später einen kleinen eisernen Schlüssel hervorzog.

Die Verwunderung der Gefährten wuchs immer weiter an. Sprachlos sahen sie dem Fremden dabei zu, wie dieser sich bückte und einen Moment später seine Ketten öffnete.

„Du … du hast einen Schlüssel?", stammelte Blechboldt. „Aber wie ist das möglich? Dieser Horrk …"

Hastig befreite der Zwerg nun einen nach dem anderen, während er antwortete: „Er ist ein Zwergensympathisant. Oder denkt ihr, Stinkschädel würden von sich aus Blätter fressen?"

Zuletzt löste er die Ketten Glimmboldts und des Generals. Dann waren sie alle frei, und der Fremde knotete sich den Schlüssel wieder in seinen Bart.

„Von Horrk haben wir auch die Schlüssel bekommen. Das Problem sind jedoch die restlichen Trolle. Man kann ihnen nicht trauen. Außerdem vergessen sie manchmal, dass sie eigentlich unsere Verbündeten sind. Und nach außen hin muss hier alles wie ordentliche Sklaverei aussehen, damit niemand misstrauisch wird."

Ordentliche Sklaverei. Obwohl diese Formulierung auf die Gefährten etwas befremdlich wirkte, beschlossen sie, zunächst nicht weiter darauf einzugehen.

Flammrank wandte sich an den Unbekannten: „Aber was jetzt? Werden wir fliehen?“ Er witterte die vage Chance, während der Flucht vielleicht doch noch einen heldenhaften Tod erleiden zu dürfen.

„Können wir nicht einfach weiterarbeiten? Nur ein bisschen?“, fragte Fazzgadt leise.

„Horrk ist also auf unserer Seite“, sagte Blechboldt an den Fremden gewandt. „Aber was ist mit diesem Krangk? Der Hohepriester befindet sich in seiner Gewalt und ...“

Der Zwerg winkte ab.

„Macht euch keine Sorgen. Alles ist vorherbestimmt.“

Fazzgadt bekam ein weiteres Mal die Gelegenheit, die Fäuste zu ballen und die Augen zu verdrehen, während ihr Gegenüber ihnen bedeutete, sich eng an die Wand zu pressen. Dann lugte er vorsichtig aus dem Gang hinaus. Als er in unmittelbarer Nähe keinen Aufseher entdecken konnte, nickte er den anderen zu.

„Gut. Folgt mir und verhaltet euch ruhig!“

Wortlos setzten sie sich in Bewegung und ließen ihre Ketten an der Wand des Ganges zurück. Wie zuvor ließ sich Flammrank vom Ferkelbändiger führen, während Fazzgadt Glimmboldt bei der Hand nahm und noch einmal wehmütig auf die gerade behauene Wand zurückblickte. Dann folgte er seufzend den anderen Zwergen.

Der halbohrige Thorf Glimmspan trieb sich unterdessen bereits seit einiger Zeit unweit des Trollmarktes herum. Die Überreste seines Ohrs waren inzwischen beinahe verheilt. Um seinen Unmut zu bändigen, hatte er sich mit ein paar Trollen betrunken und zwei oder drei von ihnen nach seiner Art im Armdrücken besiegt. Er hatte sich die Kleider vom Leib gerissen, mit ihnen um die Wette gebrüllt, sich im Dreck gesuhlt und war neben ihnen im Schlamm eingeschlafen. Inzwischen stank er tatsächlich wie einer von ihnen.

Er hatte mit ihnen gerauft, getrunken und gestunken. Und er hatte es genossen.

Denn es war die einzige Möglichkeit, die Demütigung zu verdrängen, die er durch Schwartzbarths Klinge erfahren hatte. Im Augenblick erschienen die Trolle ihm sogar weit zivilisierter als die meisten Zwerge – was allerdings auch maßgeblich an seinem eigenen gegenwärtigen Zustand lag.

Glimmspan wusste nicht einmal, ob er überhaupt je auf die *Sturmgluth* zurückkehren würde. Für ihn gab es dort nichts mehr. Alles, was ihn dort erwartete, war ein Kapitän, der seine Treue nicht zu schätzen wusste, und die reelle Chance darauf, auch noch den Rest seines verbliebenen Ohrs zu verlieren. Außerdem hatte der entkommene Sklave womöglich längst seinen Platz eingenommen, so vertraut, wie er mit Schwartzbarth umgegangen war. Nein, da war es Glimmspan weitaus lieber, den Rest seines Lebens unter aufrichtigen Stinkschädeln zu verbringen und von Zeit zu Zeit die Zähne in ein Stück Zwergenfleisch zu schlagen.

Hier durfte er wenigstens sein, wer er war. Der kleine Troll. Und da das Wort Gehorsam in der Sprache der Trolle nicht existierte, würde ihn hier niemand wegen eines Mangels daran maßregeln …

Schnarchend lag der Halbohrige nackt und von Fliegen umschwirrt inmitten eines Haufens Trolle im flackernden Licht einiger Talglampen in einer dreckstrotzenden Höhle. Um sie herum schimmerten die Splitter zerschmetterter Humpen, am Boden lagen hier und dort ein paar abgenagte Knochen, und in der Luft hing der widerwärtige Gestank des Marktes.

Plötzlich erwachte Glimmspan. Er knurrte und schüttelte

benommen seinen schmerzenden Schädel. Irgendjemand hatte ihn geweckt. Träge blinzelte er in das Zwielicht und erkannte eine grobe, grauhäutige und mit Narben übersäte Hand mit aufgerissenen Fingernägeln, starrend vor Dreck, die ihn bei der Schulter hielt und ihn unsanft schüttelte.

Glimmspan starrte in das matte Licht einer flackernden Talgfunzel und sah, dass die Pranke zu einem großen, übel riechenden Stinkschädel gehörte, der über ihn gebeugt dastand und ihn aus eigenartig toten Augen dumpf anblickte.

Sofort fuhren Glimmspans Hände zu seinen Äxten, die neben ihm im Schlamm lagen. Im nächsten Moment hatte er sie emporgerissen, war auf die Beine gekommen und funkelte den Troll kampfeslustig an. „Was willst du, Ranzzahn?", herrschte er ihn in rüdem Trollisch an.

Amüsiert betrachte der Troll die Äxte des Zwergs und hob abwehrend die Hände. Dann antwortete er Glimmspan, der seinem halben Ohr zunächst nicht trauen wollte, in klarem Zwergisch: „Ich grüße dich, Thorf Glimmspan, Grablagk, Halbohriger, oder wie immer man dich hier unten noch nennen mag. Ich bin hier, weil ich dir ein Geschäft anzubieten habe."

Glimmspan meinte zu träumen. Einen Troll, der ganze Sätze in der Sprache des Ehernen Volkes zu sprechen vermochte, hätte er zuvor nicht einmal für möglich gehalten.* Dieser Troll aber hatte tatsächlich gesprochen wie ein Zwerg!

Misstrauisch betrachtete er den hünenhaften Unhold von Kopf bis Fuß. Der Troll war übersät von Wunden, die teilweise schlecht, einige sogar überhaupt nicht verheilt waren. Und seine Haut wirkte beinahe noch farbloser als die anderer Trolle.

* Die trollische Sprache besaß exakt drei Silben, die lediglich von der Lautstärke her variiert wurden. Was zwergische Worte anging, vermochten die Trolle nach Ansicht der Zwerge allenfalls vier oder fünf zu lernen, die sie in der Regel auch noch durcheinanderbrachten.

Und dann waren da auch noch seine Augen, die eigentümlich kalt, fast leblos aussahen.

Glimmspan dachte kurz nach, richtete sich dann auf und entgegnete dem Troll ebenfalls auf Zwergisch: „Was kannst du mir schon anzubieten haben, Stinkschädel? Ich habe alles, was ich will. Oder willst du mich womöglich herausfordern? Steht dir der Sinn nach ein wenig Armdrücken?"

Der Troll lachte: „Es würde dir nicht gut bekommen."

Glimmspan hob eine Braue und beugte sich etwas vor, um dem Unhold ins Gesicht sehen zu können.

„Hör zu, Talgbacke, du scheinst mir kein gewöhnlicher Troll zu sein. Also sprich, was bist du? Und weshalb sprichst du mich in der Sprache des Ehernen Volkes an?"

Der Troll hob die Mundwinkel und entblößte seine Hauer. Zu Glimmspans Verwunderung hatte sein Lächeln jedoch nichts mit dem dümmlichen Grinsen der Trolle gemein.

„In deiner Zunge spreche ich, da mein Anliegen komplexer ist, als dass drei Silben es ausdrücken könnten. Und was ich bin, ist vieles, Thorf Glimmspan. Mehr womöglich, als du dir vorstellen kannst. Vor allem aber bin ich dein Schlüssel zur *Sturmgluth*. Ich kann dich zu ihrem Kapitän machen."

Verwundert ließ der schlammbeschmierte, nackte Glimmspan seine Äxte sinken und starrte sein Gegenüber ungläubig an.

„Du kannst *was*?"

„Ich kann dir Waffen beschaffen, von denen du nicht einmal zu träumen wagen würdest. Neuartige Technik, die die *Sturmgluth* zum fünften Höhlenwunder* machen würde. Mit ihrer Hilfe könntest du dich zum uneingeschränkten Herrscher

* Die vier mythischen Höhlenwunder umfassten den Bierquell von Bims, den Drachen Immerflamm, den selbstgrabenden Gang und die wissende Wurzel der Wirrnis. Manchmal wird in diesem Zusammenhang allerdings anstelle der Wurzel auch der unleerbare Humpen Fizzgrimm Vielbarts genannt.

des Magmasees aufschwingen und ein mächtigerer Kapitän werden, als Schwartzbarth es jemals war …“

Glimmspan war hellhörig geworden.

„Aber wie willst du das tun?“

Bedächtig nickte der untote Troll, dessen verwesender Körper vom Willen Harrm Blutklumps durchdrungen war. Er hatte nicht erwartet, dass der Zwerg einem Stinkschädel ohne Weiteres glauben würde.

„Mit Hilfe eines magischen Transporters, der ins Herz meines wahren Selbst führt. Denn dort, Grablagk, hoch über allem, verbergen sich Dinge, die kein Zwergenauge jemals gesehen hat.“

Erstaunt musterte der Halbohrige die Grauhaut. Die Sprache der Ehernen zu beherrschen war eine Sache, aber ein magischer Transporter …

„Wie solltest du an einen Transporter gekommen sein?“, fragte er zweifelnd.

Der Troll senkte die Stimme.

„Ich sagte es dir schon, Zwerg, ich bin weit mehr als dieses verrottende stinkende Stück Fleisch. Ich bin weder Zwerg noch Troll. Ich existiere jenseits deines Denkens und bin die Vergangenheit und die Zukunft deines Volkes …“

Der Halbohrige fuhr sich nachdenklich durch den Bart. Obwohl die Kreatur Zwergisch sprach, verstand er nichts von dem, was sie sagte. Aber wenn dieser Troll ihn tatsächlich zum Kapitän der *Sturmgluth* machen konnte, spielte es keine Rolle, was er war oder wie er es anstellen würde. Und letzten Endes hielt sich Glimmspan für zu gerissen, als dass ihn ein Stinkschädel über den Rest seines Ohres hätte hauen können.

„Und was muss ich dafür tun?“, fragte er argwöhnisch.

Der Troll beugte sich noch etwas weiter zu ihm hinab und sagte leise: „Ich will, dass du deinem Käpt’n zwei Dinge stiehlst: den Stein und das Artefakt.“

Glimmspans Augen leuchteten auf. Die Aussicht darauf, Schwartzbarth zu hintergehen, ihm zu schaden, erschien ihm mehr als verlockend.

„Aber wie kann ich wissen, ob ich dir vertrauen kann?", fragte er den Troll scharf.

„Nun, ich weiß Dinge, die kein gewöhnlicher Zwerg oder Troll zu wissen vermag. Warte, ich beweise es dir."

Er lehnte sich an die Höhlenwand und schloss die Augen, während Glimmspan ihn verwundert betrachtete.

Und dann erzählte der Troll Glimmspan von Schwartzbarths Kajüte, von dem Stein und dem Buch, von Nattergriff, der dem Kapitän beim Lesen über die Schulter sah und dabei beiläufig Trolltöter mit dem geschorenen Barthaar der Sklaven fütterte. Er beschrieb die silberne Dose mit dem flammenden Anker und das Innere der Kajüte.

Staunend wischte sich der Halbohrige den Schlamm aus dem Gesicht.

„Aber wie kannst du all das wissen?"

Der Troll zeigte grinsend seine Hauer.

„Weil ich es sehe."

Thorf Glimmspan nickte beeindruckt. Wahrhaftig, dieser Troll schien tatsächlich Außerordentliches zu vermögen. Dann begann er seine Kleidung zusammenzusuchen und notdürftig zu säubern.

Er würde auf die *Sturmgluth* zurückkehren.

Nun hatte die Wut, die er Schwartzbarth gegenüber empfand, endlich einen tieferen Sinn bekommen. Er würde es ihm heimzahlen und seinem einstigen Herrn nehmen, was ihm das Wichtigste war: das geschwätzige Geröll und das abartige Artefakt. Und dafür würde ein Troll, der sich selbst die Zukunft nannte, ihn zum Kapitän der *Sturmgluth* machen.

Als er alles beisammen und seine Blöße notdürftig bedeckt

hatte, wandte er sich wieder dem Troll zu: „In Ordnung, Stinkschädel. Den Stein und dieses mehrschichtige Ding willst du. Und sobald du sie bekommen hast, gibst du mir, was du mir versprochen hast."

Der Troll nickte und reichte ihm seine vernarbte Pranke.

„Ich werde dich zum uneingeschränkten Herrscher des Magmasees und der niederen Höhlen machen. Und noch mehr werde ich tun. Mit meiner Hilfe wirst du unsterblich werden!"

Freudig schlug Thorf Glimmspan, Grablagk der Halbohrige, in den seltsamsten Handel ein, den je ein Troll und ein Zwerg miteinander geschlossen hatten.

So leise und so schnell wie möglich eilten die vier Gefährten dem fremden Zwerg hinterher durch die schummrigen Stollen der Trollmine. Vorbei an Zwergen in Ketten, die ihren Hammer immer wieder in die steinerne Wand des Stollens schlugen und dem fremden Zwerg verschwörerische Blicke zuwarfen.

Ein wenig außer Atem raunte Blechboldt dem Zwerg im Laufen zu: „Aber was, wenn sie die Sklaven durchzählen? Werden sie uns nicht vermissen?"

„Das ist kein Problem", antwortete dieser, ohne seine Schritte zu verlangsamen. „Hast du Trolle schon mal zählen sehen?"

Der Ferkelbändiger verneinte, und sein Gegenüber kicherte hustend.

„Abgesehen davon, dass sie sich keine Zahlen merken können, kommen sie schnell durcheinander. Darum hauen Schwartzbarth und seine Männer sie auch regelmäßig übers Ohr. Man kann ihnen ohne Weiteres fünf Brocken abnehmen und behaupten, es wären bloß drei."

Blechboldt schauderte bei dem Gedanken daran, wie perfekt die Magmapiraten die Unholde abgerichtet hatten, ihnen in diesem perfiden System aus Handel, Zwergenraub und Sklaverei zu Diensten zu sein.

Der Zwerg zwinkerte ihm aus seinem schmutzigen Gesicht zu.

„Glaub mir. Die vermissen keinen. Sie brüllen einfach jeden an, der da ist, und damit hat es sich."

Mit einem Wink bedeutete der Zwerg den Gefährten, ihm in einen kleinen Seitengang zu folgen.

„Aber wenn ihr doch einen Schlüssel habt, warum flieht ihr dann nicht einfach?", fragte Blechboldt.

Der Zwerg blieb in einer Sackgasse stehen, in der zwei andere Zwerge mit Hämmern gerade eine Verschnaufpause eingelegt hatten.

„Es ist die einzige Möglichkeit, den Untergang hinauszuzögern", erwiderte der fremde Zwerg. „Durch den Blitzbasalt, den wir hier abbauen, können wir mit Horrks Hilfe auf dem Trollmarkt noch mehr Zwerge freikaufen. Wenn wir das nicht täten, wäre es wahrscheinlich längst vorbei mit den Entzwergten."

Auf einen Wink von ihm zerrten die beiden Zwerge schnaufend eine Steinplatte beiseite und öffneten so einen niedrigen verborgenen Stollen.

Lächelnd deutete ihr staubbedeckter Führer in den Stollen. „Außerdem ist es die gleiche Arbeit, die unsereins seit den Schichten der Altvorderen macht."

Fazzgadt nickte begeistert und wandte sich an seine Begleiter: „Na, seht ihr? Ich sag doch, dass es gar nicht so schlimm ist!"

Blechboldt warf ihm einen bösen Blick zu, während der General immer noch auf eine herannahende Übermacht gewalttätiger Verfolger hoffte, um ihrer Flucht und seinem Tod die nötige Tragik zu verleihen.

Der staubbedeckte Zwerg nahm eine der Talglampen aus ihrer Wandhalterung und reichte sie Blechboldt.

Mit gesenkter Stimme sagte er: „Geht bis zum Ende dieses Stollens. Aber passt auf, er ist sehr niedrig."

Der Ferkelbändiger blickte in den dunkel gähnenden Gang hinein.

„Aber was ist mit dir? Kommst du nicht mit uns?"

Der Zwerg schüttelte den Kopf.

„Nein. Ich werde hier gebraucht. Aber macht euch keine Sorgen. Auf der anderen Seite werdet ihr bereits erwartet!"

Blechboldt, der die Lampe in der Hand hielt, zögerte immer noch.

Der Zwerg packte ihn und schob ihn in Richtung des Stollens. „Los doch! Beeilt euch. Ihr habt eine Aufgabe zu erfüllen. Die wahrscheinlich wichtigste, vor der unser Volk je gestanden hat …"

Schließlich setzten sich die vier Gefährten in Bewegung und verschwanden mit ihrem flackernden Licht im Dunkel des geheimen Tunnels, während die Zwerge am Eingang die Steinplatte wieder davorschoben.

Die *Sturmgluth* lag immer noch in der Blutbucht vor Anker.

Schwartzbarth, der inzwischen mit Hilfe des Steins beinahe alle Zeichen gelernt hatte, vermochte sich kaum noch von dem aufgeschlagenen Buch zu lösen und hatte seine Kajüte seit geraumer Zeit nicht mehr verlassen.

Er blätterte und entzifferte, entzifferte und blätterte und war längst weit über die Mitte des Kompendiums hinaus.

Unter seinem rostigen Dreispitz überschlugen sich die Gedanken. Ahnung verband sich mit Wissen und Wunsch mit Wahrheit. Vor Schwartzbarths innerem Auge entstanden tierlose Waffen und gigantische Maschinen. Flugmaschinen, welche die Zwerge befähigen würden, selbst die tiefsten Abgründe zu überqueren. Die Möglichkeit eines Flammstein-Blitzbasalt-Mischantriebs, mit dessen Hilfe sich die *Sturmgluth* doppelt so schnell fortbewegen könnte. In Gedanken ließ Schwartzbarth das Eherne Volk bereits automatische Erntehämmer zusammenschrauben und hielt es inzwischen keineswegs für unmöglich, dass sich ihm mit den letzten Zeichen sogar das Geheimnis des selbstgrabenden Ganges, des größten Mysteriums der Zwergenheit, offenbaren würde …

Die Kajüte war von dichtem Rauch erfüllt. Der bittere Geruch von Gottkraut hing in der Luft. Sogar Trolltöter hockte wie hypnotisiert vor dem Stein und lauschte dessen Ausführungen, die immer wieder von Streitereien zwischen Pilzgrimm und dem Gedächtnis des Hohepriesters unterbrochen wurden. Währenddessen blätterte der Kapitän der *Sturmgluth* weiter und fügte den Inhalt der Seiten in Gedanken in seinen großen Plan ein. Dieser Plan hatte drei Phasen und sah zunächst seine Rückkehr in die Gänge des Imperiums vor. Daran schloss sich seine Verwalterwerdung und zuletzt das Erreichen der Gottgleichheit an. Mit Hilfe von Pilzgrimms Seelenstein, der geheimnisvollen Zeichen und der Enzyklopädie der Erzwärtigen wurde dieser Plan, der unter anderen Umständen kaum mehr als ein Anzeichen fortgeschrittenen Weißschieferwahnsinns gewesen wäre, plötzlich zu einer wahrhaftigen Möglichkeit.

Es kribbelte Schwartzbarth in den Augenbrauen.

Inzwischen dachte er nicht einmal mehr an Schlaf. Er blätterte, lernte und rauchte. Dann wartete er die nächste friedfertige Phase seines innerlich zerrissenen steinernen Lehrers ab, um weiterzublättern, zu lernen und zu rauchen.

Der Einzige, von dem er sich gelegentlich stören ließ, war der Neue an Bord: Bragk Nattergriff. Nachdem sich nämlich Thorf Glimmspan nach Verlust seines letzten halben Ohrs jaulend zu den Trollen zurückgezogen hatte und noch immer nicht wieder aufgetaucht war, hatte Nattergriff seinen Posten übernommen. Inzwischen war der Dieb zu Schwartzbarths Vertrautem und Leibwächter geworden. Er war es, der Schwartzbarth sein Bier brachte und ihm seine nächste Pfeife stopfte und anreichte, wenn die vorangegangene erloschen war.

Aus unerfindlichen Gründen vertraute der Kapitän dem Dieb. Das mochte an der Nähe ihrer Professionen liegen. Denn wem, wenn nicht einem Dieb sollte ein Pirat vertrauen können? Jedenfalls vertraute er ihm so weit, dass er ihn sogar in seiner Gegenwart duldete, wenn der Stein zu ihm sprach.

Und das, was dem Halbohrigen so übel aufgestoßen war, nämlich, dass sich sein Kapitän in seiner Kabine einschloss und mit einem Stein redete, anstatt Flammsteinfischer zu fangen, irgendjemanden auszupeitschen oder gar endlich die Siedlungen der Entzwergten zu überfallen, erschien Nattergriff alles andere als sinnlos.

Für einen Dieb nämlich kam das Wissen in der Wertigkeit gleich nach der Beute. Wissen, wo, wissen, wie, wissen, was. Und wenn das Wissen dieses Steins der Schlüssel zu noch größerem Wissen war, dann war es klug, auf ihn zu hören.

Heimlich lauschte darum auch Nattergriff den Worten des Steins …

Im spärlichen Schein der Talglampe waren Blechboldt und die anderen eine Zeit lang gebeugt im Dunkel des niedrigen Ganges vorangeschritten. Allmählich wurde der Basaltstaub um sie herum weniger, nach und nach verhallten hinter ihnen sogar die Hammerschläge aus den Tiefen der Trollmine.

Und dann sahen sie plötzlich ein rötliches Licht am Ende des Ganges. Mit einem mulmigen Gefühl gingen sie darauf zu, darauf vertrauend, dass der Zwerg im Trollstollen die Wahrheit gesagt hatte. Wer einmal von Magmapiraten verschleppt und an Trolle verkauft worden war, der tat sich allerdings etwas schwer mit dem Vertrauen. Es sei denn, er war bloß noch auf einen heldenhaften Tod aus oder blöde bis in die Bartwurzeln.

Deshalb war ihnen allen, abgesehen vielleicht von Glimmboldt, etwas seltsam zumute, als das Ende des Ganges immer näher kam und das Licht mit jedem Schritt heller wurde.

Kurz bevor sie den Ausgang des Stollens erreicht hatten, erschien darin plötzlich ein Helm mit zwei neugierig blinzelnden Augen darunter und ein bauschiger Bart, der gewiss gute dreihundert Jahre zum Wachsen gebraucht hatte.

Blechboldt atmete erleichtert auf, klopfte Fazzgadt auf die Schulter und flüsterte Flammrank zu, was er sah: kein ledernes Kopftuch und kein nacktes Kinn. Ein Zwerg, ganz im Sinne der Götter! Mitsamt Bart und Helm!

Besagter Zwerg blinzelte verwundert in den Gang hinein, in Richtung des flackernden Lichtes. Schließlich traf sein Blick den des Ferkelbändigers, ein Ausdruck ungläubigen Staunens trat auf sein Gesicht, und dann erschien ein breites, zufriedenes Lächeln unter seinem Bart. Der Zwerg wandte sich ab, und die Gefährten vernahmen seine jubelnde Stimme: „Sie sind es, sie sind es wahrhaftig! Er hat recht gehabt! Es beginnt, es beginnt!“

Sie wurden also tatsächlich erwartet. Irgendjemand hatte gewusst, dass sie kommen würden.

Fazzgadt war froh, dass in diesem Moment zumindest nicht der Hohepriester bei ihnen war, um diese Tatsache wie üblich zu kommentieren. Seufzend gedachte er der Tage, in denen er noch irgendwo hatte hingehen können, ohne dass irgendjemand es vorausgesehen hatte. Als er noch mit dem Hammer im Gang gestanden und getan hatte, was nötig war. Damals, als sein Leben noch nicht mit dem des Schicksalszwergs verwoben oder Teil der Prophezeiung einer tollwütigen Rüsselratte gewesen war.

Es war seltsam. Alle außer ihm selbst schienen bereits vorher zu wissen, was er tun würde und wohin es ihn über kurz oder lang verschlagen würde.

Inzwischen schien jeder ihn zu kennen. Selbst die, die ihn noch nie gesehen hatten. Und während die einen ihn töten wollten, glaubten die anderen, dass er sie retten würde. Beides war für seinen Geschmack zu viel Aufmerksamkeit. Aber sein Leben schien auf ewig mit dem des Schicksalszwergs verbunden zu sein. Nachdem er einmal Teil der Prophezeiung geworden war, schien es keinen Ausweg mehr zu geben …

Sie näherten sich dem Ende des Ganges, und Fazzgadt fragte sich, wie man ihre Ankunft wohl vorausgesehen hatte. Wahrscheinlich hatte ein wirrbärtiger Schamane, trunken von Aberglauben, die Innereien einer Jademade oder die Knoten im Bart eines Tausendjährigen beschaut, etwas Schattenknorpel geraucht und sich dazu noch ein Fässchen Vielbier hinter den Helm gekippt.

Allerdings blieb ihm keine Zeit mehr, sich weiter darüber Gedanken zu machen. Denn gleich darauf traten sie in eine hell erleuchtete Höhle hinaus, wo sie sich von einigen bewaffneten Zwergen mit schweren Äxten umgeben fanden, die den Ausgang des niedrigen Tunnels flankierten. Zur Erleichterung der Flüchtlinge waren auch sie bebartet und behelmt.

An was für einen Ort es sie auch verschlagen haben mochte, es schien zumindest eine Gegend, in der Zwerge sich wie Zwerge zu benehmen wussten. Und davon hatten sie in der jüngeren Vergangenheit verdammt wenig gehabt …

Das rötliche Licht, welches das Innere der Höhle erfüllte, hatte etwas Sonderbares an sich. Fazzgadt erkannte auf den ersten Blick, woran das lag. Das Licht rührte von lautlosen, feuerlosen Fackeln her, wie keiner von ihnen sie je zuvor gesehen hatte. Misstrauisch musterte er die Bewaffneten, die ihn ihrerseits nicht minder misstrauisch beäugten. Abgesehen von den Axtträgern waren da noch einige andere Zwerge, die staunend und mit offenen Bärten zusahen, wie die vier halb nackten Gefährten aus dem Inneren des Ganges kletterten. Sie schienen es kaum glauben zu können, kamen vorsichtig näher, streckten die Hände nach den Neuankömmlingen aus und wollten sie berühren. Die größte Aufmerksamkeit wurde dabei wieder einmal Glimmboldt zuteil, dessen Kinn am meisten bestaunt wurde. Bevor die Zwerge aber zu aufdringlich werden konnten, fuhren die Bewaffneten dazwischen, drängten sie fort und nahmen um die Gefährten herum Aufstellung.

Währenddessen musterte Fazzgadt die fremden Zwerge genauer. Irgendetwas an ihnen kam ihm seltsam vor. Und dann begriff er, was es war: Die Bewaffneten trugen allesamt keine Stammeszeichen. Dafür jedoch Rüstungen und Helme, die auf den ersten Blick jenen glichen, die auch im Imperium Verwendung fanden. Auf den zweiten aber erinnerten sie nur noch entfernt an die klassischen Formen der Garderüstungen. Stattdessen wirkten die Rüstungsteile beinahe wie der verzweifelte Versuch, die Traditionen des Imperiums selbst hier unten, im Reich der Entzwergten, noch zu bewahren. Aber womöglich wirkte dieser Versuch auch nur deshalb so verzweifelt, weil Fazzgadt und die anderen vor wenigen Schichten noch die echten Rüstungen gesehen hatten. Sie kannten das Imperium. Die meisten Zwerge auf dieser Seite des Vergessens hatten es jedoch seit vielen Hundert Jahren nicht mehr gesehen. In der sentimentalen bierseligen Erinnerung eines Zwergs pflegten die Dinge aufzuweichen, sich zu verändern. Wahrscheinlich würden sogar die Gefährten des Schicksalszwergs selbst schon bald einiges vergessen haben. Wobei auf die Erinnerungen an den Trollmarkt oder den Bauch der *Sturmgluth* ohnehin keiner von ihnen gesteigerten Wert legte.

Abgesehen von den Rüstungen waren da auch noch die Bärte der Zwerge. Sie trugen alle die gleiche komplizierte Flechtfrisur, die im Imperium allenfalls vor ein paar Hundert Jahren als schick gegolten hatte. Selbst ihre Äxte schienen einer längst vergessenen Mode entsprechend geschmiedet zu sein.

Es sah aus, als versuchten diese Entzwergten mit den ihnen zur Verfügung stehenden Mitteln den Geist einer Welt zu bewahren, die sie einst ihres Zwergentums beraubt und in die Verbannung geschickt hatte. Eine seltsame Haltung, wenn man bedachte, wie nachtragend Zwerge gewöhnlich zu sein pflegten.

So aber fanden sich die Mitglieder des Schicksalszwergs nunmehr in einer Welt wieder, die ein älteres Abbild jener zu sein schien, die sie gerade verlassen hatten. Doch was immer diese Welt auch sein mochte, sie war allenfalls ein Zerrbild des Imperiums, welches sie gerade hinter sich gelassen hatten. Und dasselbe würde auch für ihre Bewohner und Gebräuche gelten, die kaum mehr als schlechte und verzweifelte Kopien des wahrhaftigen Lebens der Zwerge sein konnten.

„Diese Axtträger sehen beinahe aus wie die schwarze Garde", raunte Blechboldt Fazzgadt leise zu.

Fazzgadt nickte nachdenklich, während die Axtträger die Umstehenden auseinanderscheuchten.

„Zumindest so, wie sie früher ausgesehen hat. Aber ihre Rüstungen sind schlechter verarbeitet."

„Wahrscheinlich schmieden sie in Magma statt mit Drachenfeuer", erwiderte Blechboldt.

Fazzgadt schüttelte nachdenklich den Kopf.

„Aber warum sollten sie das tun? Die Rüstungen, die Waffen – sie versuchen das alte Imperium zu kopieren. Weshalb?

Wenn mich wer verbannt, dann bekommt er eine Hammerklatsche von mir. Aber ich versuche mit Sicherheit nicht, so auszusehen wie er …"

Da fiel Fazzgadts Blick auf die rot glühenden, feuerlosen Fackeln. An ihrem oberen Ende befand sich ein Kristall, in dessen Inneren ein seltsam kühles rotes Licht brannte, das beinahe an eine gefrorene Flamme erinnerte. Diese Fackeln boten einen eigentümlichen Anblick, ähnlich wie das käferlose weiße Licht der Piraten. Technisches Licht, das von einer nicht-tierischen Quelle gespeist wurde. Alte Traditionen und neue Technologie. Diese Welt schien eine seltsame Mischung zu sein.

Am anderen Ende der Höhle, gegenüber dem Stollenausgang, gingen drei Gänge ab, die zwar grober behauen waren, jedoch in Art und Maßen ebenfalls denen des Imperiums zu entsprechen schienen.

Fazzgadt sog scharf die Luft ein und wandte sich dann wieder an den Ferkelbändiger: „Denkst du, was ich denke?"

Blechboldt nickte langsam.

„Ich fürchte, ja …"

Es war ein schauderhaftes Gefühl, bartlos in der schlechten Kopie einer Welt gelandet zu sein, die einem nach dem Leben trachtete.

In diesem Moment kamen aus den grob behauenen Gängen zahllose Entzwergte hervorgeströmt, drängten sich an den Bewaffneten vorbei und sammelten sich um die vier Flüchtlinge. Bald waren es so viele, dass die Wachen sie nicht mehr zurückhalten konnten. Sie standen um die Gefährten herum, streckten die Hände nach ihnen aus, raunten und flüsterten. Ihr Flüstern hallte von den Wänden wider und breitete sich in der gesamten Höhle aus. Bald darauf war die Höhle mit so vielen Entzwergten gefüllt, dass man sich kaum mehr bewegen konnte.

Und aus dieser wüsten Ansammlung entzwergter Zwergenkopien, die aufgeregt an den Lendenschurzen der Gefährten zerrten und sie anzufassen versuchten, waren vereinzelt ehrfurchtsvoll geraunte Worte zu vernehmen: „Es ist der Schicksalszwerg!"

„Wahrhaftig!"

„Habt ihr gesehen? Er trägt das Zeichen der Schaufel im Kinn!"

„Er ist es!"

„Fürwahr!"

„Gelobt sei die Schaufel!"

„Es geschieht barthaftig …"

„Beim heiligen Hammer!"

Im roten Schein des käferlosen Lichtes tanzten die Schatten der seltsamen Zwerge über die Wände. Immer wieder streckten sie die Hände nach den Prophezeiten aus, um die kargen Stoppeln ihrer Bärte und das Kinn Lunt Glimmboldts zu berühren.

Die Bewaffneten hatten zunehmend Mühe, sie fernzuhalten.

Die vier Entkommenen fragten sich bereits, ob die Entzwergten nicht womöglich noch schlimmer waren als die Trolle. Wobei Fazzgadt, der seinen Hammer mit Freuden weiter in die Wände der Mine getrieben hätte, keinen Moment daran zweifelte. Stattdessen musste er nun achtgeben, dass ihm nicht irgendein übereifriger Entzwergter den Lendenschurz vom Leib riss, um sich daraus eine Trophäe zu basteln.

Glimmboldt quiekte derweil vergnügt und schnappte nach den haarigen Zwergenhänden, die sich nach ihm ausstreckten. Laut knallten seine stählernen Zähne aufeinander, und das staunende Geraune in der Höhle mischte sich mit den schmerzerfüllten Aufschreien derjenigen, deren Finger ihm zwischen die Zähne gerieten. Statt von Glimmboldt Abstand zu halten, schienen die Entzwergten darüber jedoch geradezu in Verzückung zu geraten. Gebissen von einem Geweissagten! Von einem, der das Volk der Zwerge retten und zu neuer Blüte führen würde! Das bedeutete Glück. Vielleicht auch ein bisschen Wundbrand. Aber vor allem Glück! Wenig später schoben die Entzwergten Glimmboldt förmlich ihre Finger in den Mund, sodass er schließlich verdutzt dasaß und vor Verwunderung beinahe das Glucksen vergaß.

Durch die Gänge strömten immer noch mehr Entzwergte herbei.

Fazzgadt schrie auf. Im Getümmel hatte irgendjemand ihm tatsächlich seinen Lendenschurz gestohlen. Die Bewaffneten waren an den Rand der Höhle gedrängt worden. Es war hoffnungslos. Sie vermochten nicht einmal mehr bis zu den Mitgliedern des Schicksalszwergs vorzudringen, um sie vor den heranwallenden Bärten zu schützen.

Inzwischen waren nur noch die erhobenen Arme der vier Gefährten über der Menge zu sehen. Glimmboldts Gebiss schnappte im Akkord zu, während Fazzgadt laut und ausgiebig fluchte. Die Kameraden hatten sich bereits damit abgefunden, verloren zu sein und von fanatischen Kopien echter Zwerge zertrampelt und erdrückt zu werden, als über dem Raunen der Menge ein Ton erschallte, der lauter war als alles Staunen, Beißen und Fluchen zusammengenommen. Es war ein tiefer, lang gezogener Ton, ähnlich dem eines antiken zwergischen Kriegshorns aus der Zeit der Spinnenkriege. Sein Echo hallte von den Wänden wider und schien alle anderen Geräusche langsam zu verdrängen.

Von einem Moment auf den nächsten veränderte sich das Gebaren der Entzwergten: Plötzlich begannen sie, von den vier Kameraden zurückzuweichen. Manche drückten sich an die Wände, andere zogen sich mit gesenkten Bärten wieder in die Gänge zurück, und zwischen ihnen tat sich eine Gasse auf.

Als die Bewaffneten wieder etwas Bewegungsfreiheit gewonnen hatten, drängten sie sich zu den Mitgliedern des Schicksalszwergs durch und nahmen erneut um sie herum Aufstellung. Der Klang des Horns ebbte langsam ab und verstummte schließlich, um gleich darauf ein weiteres Mal zu erschallen. Dieses Mal noch lauter als zuvor. In der Höhle breitete sich ein ehrfürchtiges Schweigen aus, das einzig vom fremdartigen Ruf des Horns durchbrochen wurde, das stetig näher zu kommen schien. Und dann trat aus einem der Gänge ein Zwerg in die Höhle, der eine riesige, von Rost überzogene eiserne Muschel an seine Lippen hielt und gerade ein weiteres Mal hineinstieß.

Er trug weder Rüstung noch Helm und war stattdessen in eine weite rote Robe gehüllt, die seinen Körper umfloss. Gehalten wurde sie dabei von einem breiten, roten, gewickelten Stoffgürtel, in dem eine etwa bartlange Schaufel steckte. Merkwürdig war auch der Bart des Neuankömmlings, der von seinem Kinn in zwei streng geflochtenen Zöpfen auf seine Brust fiel, auf der ein einfaches Wappen prangte: ein stilisiertes Schaufelblatt in Schwarz. Fazzgadt und der Ferkelbändiger erkannten es auf den ersten Blick, noch bevor der letzte Ruf des Horns ganz verhallt war: Es hatte die gleiche Form wie das Grübchen am Kinn des stumpfsinnigen Glimmboldt.

Dem Muschelbläser folgten zwei weitere in Kutten gehüllte Zwerge, deren Bärte jedoch im Gegensatz zu diesem nur zu einem einzelnen Zopf geflochten waren. Kaum dass die drei rot gewandeten Zwerge die Höhle betreten hatten und ihr Anführer schließlich die Eisenmuschel von den Lippen nahm, warfen die Entzwergten sich vor ihnen auf den Boden. Die

Einzigen, die dies aufgrund ihrer Unkenntnis des Standes der Wappenträger versäumten, waren die Mitglieder des Schicksalszwergs.

Hastig griff sich Fazzgadt den Helm eines unweit von ihm knienden Zwergs, um seine Blöße damit zu bedecken, während der Ferkelbändiger den blinden General über das gegenwärtige Geschehen unterrichtete, der in der unbestimmten Gewissheit, dass keiner der anwesenden Zwerge oder Entzwergten ihn auf der Flucht erschlagen würde, leise seufzte.

In diesem Moment senkte der Zwipfelbart das Muschelhorn und schaute in die Runde. Sein Blick blieb kurz an Glimmboldts Kinn hängen, dann neigte er leicht den Kopf und hob feierlich zu sprechen an: „Schicksalszwerg! Die wahre Zwergenheit heißt dich willkommen in der wirklichen Welt."

Blechboldt legte die Stirn in Falten. Was wollte der Zwerg ihnen damit sagen? Diese mittelmäßigen Kopien in ihren schlecht gehämmerten Rüstungen sollten die wahren Zwerge sein? Diese Höhlen am Ende aller Gänge die wirkliche Welt?

Der Zwipfelbart bemerkte seine Verwunderung, fuhr jedoch unbeirrt fort: „Eure Reise war gewiss schwierig und voller Prüfungen und Entbehrungen."

Fazzgadt nickte bestätigend, und auch Blechboldt und Flammrank ließen sich zu einem Nicken hinreißen. Und ob ihre Reise das gewesen war! Darin waren sich die drei jedenfalls mal einig.

Ihr Gegenüber quittierte ihr Nicken mit einem zufriedenen Lächeln, bevor er weitersprach: „Ihr werdet Gelegenheit erhalten, euch auszuruhen und wieder zu Kräften zu kommen, bevor ihr eure Reise fortsetzt. Zunächst aber wünscht der Bart, euch zu empfangen."

In diesem Moment war es mit der Einigkeit allerdings vorbei. Während Fazzgadt sich vor allem an der Idee stieß, irgendetwas fortzusetzen, legte Blechboldt den Kopf schief und fragte mit verwundertem Gesichtsausdruck: „Der … Bart?“

Der Zwerg in der roten Kutte lächelte. Er betrachtete Fazzgadt kurz, der sich, nur mit einem fremden Helm bekleidet, sichtlich unwohl fühlte. Auf sein Zeichen hin löste einer der Einbärtigen seinen Gürtel, zog seine Kutte aus und reichte sie dem Nackten.

„Unsere Gepflogenheiten sind euch fremd“, sagte der Anführer der Rotgewandeten. „Doch noch bevor ihr wieder aufbrecht, werdet ihr verstanden haben.“

Fazzgadt, der sich dankbar die rote Kutte übergestreift hatte, fuhr erregt auf: „Was meinst du mit ‚aufbrechen‘, du Kuttenkasper? Waren wir uns nicht einig, dass langsam Schluss sein sollte mit Prüfungen und Entbehrungen?“

Der Anführer verneigte sich leicht.

„Es wird sich alles finden. Mein Name ist Zinkk Zweibart. Wenn ihr mir nun folgen wollt, so wird der Bart euch Antwort geben auf alle eure Fragen …“

Mit diesen Worten drehte er sich um und schritt mit seinen Begleitern durch die Gasse der knienden Entzwergten zurück in den mittleren der drei Gänge.

Fazzgadt und Blechboldt wechselten einen kurzen Blick. Sobald die drei Wappenträger fort waren, bestand die realistische Gefahr, dass sich die Entzwergten erneut auf sie stürzten. Deshalb erschien es den beiden klüger, der Aufforderung des Zwipfelbarts Folge zu leisten. Sie ergriffen Flammrank und Glimmboldt bei den Händen und folgten den langsam davonschreitenden Wappenträgern.

Im rot schimmernden Licht der feuerlosen Fackeln gingen die Gefährten hinter den helmlosen Zwergen durch die Gänge, begleitet vom ehrfürchtigen Flüstern der Entzwergten, die ihnen auf ihrem Weg begegneten und sie neugierig anstarrten.

Als Erstes kamen sie an einer Bucht vorbei, die an einen Ausläufer des Magmasees angrenzte. Unweit ihres Weges sahen sie das wabernde Rot umherschwappen, das sie so lange gefangen gehalten hatte. So nahe, dass es Fazzgadt und Blechboldt schauderte.

Steinerne Landzungen, an denen das Magma träge emporleckte, erstreckten sich hinaus bis in den See. Und am äußeren Ende dieser Ausläufer konnten sie fünf riesige Kanonen ausmachen.

Zweibart nickte in Richtung der Landzungen.

„Das sind die Blitzkanonen Krummdingk Eisenkeims, der einst der linke Hammer des großen Wutrich Pilzgrimm war. Es sind mächtige Waffen. Das Einzige, was Schwartzbarth daran hindert, unsere Siedlungen direkt anzugreifen."

Der Name des Piratenkapitäns erinnerte die Gefährten unweigerlich an ihre Zeit auf der *Sturmgluth*, sodass ihnen der Hitze zum Trotz ein kalter Schauer über den Rücken lief. Sie waren froh, die Kanonen dort draußen zu wissen.

Wenig später hatten sie die Bucht passiert und erreichten den schmucklosen Eingang einer Höhle, der von einem grob geschmiedeten eisernen Tor verschlossen wurde. Während der Muschelträger an das Tor schlug, nahmen seine einbärtigen Gefährten zu beiden Seiten von ihm Aufstellung. Die dumpfen Schläge hallten noch im Inneren der Höhle wider, als zwei weitere einbärtige Kuttenträger unter lautem Knarren das schwere Tor von innen öffneten.

Im Inneren der Höhle war es nahezu dunkel.

Die wenigen feuerlosen Fackeln an den Wänden waren mit dünnem Tuch verhängt und spendeten so ein unaufdringliches, wenn auch nicht sehr weit reichendes Licht, das die Größe der Höhle nicht einmal erahnen ließ.

Zweibart schritt voran und bedeutete den Gefährten, ihm zu folgen. Kaum dass sie eingetreten waren, gewahrten sie auch schon, was das Ungewöhnliche an diesem Ort war. Im spärlichen Licht der tierlosen Fackeln konnten sie eine mittelgroße Höhle erkennen, die von zwei Säulenreihen zu je sechs Säulen durchzogen wurde und deren Boden und Wände komplett zugewuchert waren. Doch es waren keine Wurzeln, die da aus den Wänden ragten, keine Schlinggewächse, sondern *Haare* …

„Willkommen im Bart!“, sagte Zweibart in bedeutsamem Ton und breitete mit einer feierlichen Geste die Arme aus, während sich die eiserne Tür hinter den Kameraden mit einem lauten metallenen Knall schloss.

Mit dem staunenden Blick von Zwergen, die ihren ersten Hammer in der Hand halten, schauten die Gefährten sich um. Die Wände der Höhle waren komplett mit Barthaar überwuchert. Es war um Haken geknotet und fiel über Vorsprünge und Nischen.

Blechboldt schaute zur Decke empor. Selbst dort wucherte das Haar, wuchs über Ketten und an Säulen, wand sich um Tropfsteine und geschmiedete Fackelkandelaber. Das Haar besaß eine beinahe weiße Farbe. Der gesamte Boden der Höhle wurde davon wie von einem Teppich bedeckt, wobei in einigem Abstand zueinander und ohne sichtbare Ordnung zahlreiche Gegenstände in das Barthaar eingeknotet waren. Auf den ersten Blick erkannte Blechboldt einige Humpen und zwei Hämmer, unweit davon einen alten Helm. Und daneben einen ledernen Stiefel. All das war fein säuberlich in das allgegenwärtige Barthaar geknotet worden.

Zweibart bemerkte ihr Staunen wohl.

„Das sind die Gaben der Entzwergten“, sagte er. „Sie opfern dem Bart, um ihm zu danken. Für seine Weisheit, die Kraft und die Zuversicht, die er uns gibt.“

Fazzgadt zwang sich, den Blick von den Opfergaben abzuwenden, und schaute Zweibart an. „Sie opfern ernsthaft einem Bart?“

Auch Blechboldt blickte den Kuttenträger fragend an, während der General in die Knie ging, um das Haar am Boden zu betasten.

Der Zwipfelbart nickte bedächtig, während er wohlwollend Lunt Glimmboldt betrachtete, der glucksend und auf allen vieren über den Boden kroch.

„Das tun sie. Sie opfern ihm und folgen ihm. Denn es ist nicht irgendein Bart …“

Fazzgadt nickte und ließ den Blick erneut über die Wände schweifen.

„Naja, zunächst einmal ist es verdammt viel Bart. Und darum ist es wahrscheinlich auch wirklich klug, hier drinnen keine normalen Fackeln zu verwenden.“

„Aber was für eine Art Bart ist dieser Bart denn genau?“, fragte Blechboldt. „Was macht ihn so besonders?“

Zweibart lächelte lediglich vielsagend. Und dann erklang vom Ende der Höhle her eine schwache alte Stimme: „Es ist meiner.“

Die Gefährten drehten die Köpfe und blinzelten in die nahezu finstere Höhle hinein. Und dann erkannten sie den Ursprung des Barts. Am Ende der Höhle lag, auf einem steinernen Lager, den Oberkörper erhöht, ein Zwerg, von dem jedoch kaum mehr als das Gesicht zu sehen war. Der Rest seines Körper war unter dem wuchernden weißen Haar begraben, das sich von seinem Lager aus seinen Weg durch die gesamte Höhle suchte.

Selbst aus der Entfernung und im spärlichen Licht der Höhle war dem Gesicht anzusehen, dass dieser Zwerg uralt sein musste. In Anbetracht der Länge seines Bartes, konnten die Gefährten davon ausgehen, dass dies wahrscheinlich der älteste Zwerg war, dem sie je begegnet waren.

Während Lunt Glimmboldt, der sich inzwischen gänzlich in den langen Haaren verfangen hatte, quietschend über den Boden kugelte, betrachteten die Zwerge ehrfürchtig den Uralten auf seinem steinernen Lager. Die Stimme des greisen Zwergs war kaum mehr als ein brüchiges Flüstern. Doch durch die besondere Beschaffenheit der Höhle wurden seine Worte so sehr verstärkt, dass die Gefährten jede einzelne Silbe genau verstehen konnten.

„Sie nennen mich Allvater, die Wurzel allen Seins, und haben mir im Laufe der Jahrhunderte beinahe ebenso viele Namen gegeben, wie euer Hohepriester Titel hat. Meinen wahren Namen haben sie vergessen. Denn er ist nur eine schmerzhafte Erinnerung an die andere Seite des Vergessens …"

Die Stimme schwieg für einen Moment. Es wirkte fast, als ob der Alte Kraft für seinen nächsten Satz sammeln musste.

Blechboldt und Fazzgadt verspürten das Verlangen, niederzuknien vor diesem Zwerg, der, Schicksalszwerg hin oder her, in seinem Leben gewiss mehr gesehen und erlebt hatte als sie alle zusammen. Kaum aber, dass die beiden Anstalten machten, auf die Knie zu gehen, erklang erneut die zittrige Stimme des Alten, die etwas von einem bröckelnden Fels hatte: „Ihr tätet gut daran, aufrecht zu stehen. Denn so wie ihr das Alter und die Herrschaft ehrt, so ehre ich den Willen der Götter. Und so wie ich für das eine stehe, so steht ihr für das andere."

Die Worte des Alten verwunderten die Zwerge ein wenig. Dieser lebende Bart sprach vom Willen der Götter, so wie der Verwalter und der Hohepriester es stets getan hatten, oben in den Gängen des Imperiums. War denn wirklich alles hier unten, selbst das Denken und das Sprechen, nicht mehr als ein bloßes Zerrbild des Imperiums?

Der Alte lächelte, seine Mundwinkel hoben sich, und einige seiner Barthaare zuckten bis ans hinterste Ende der Höhle. Rasselnd holte er tief Luft.

„Selbst im trüben Licht der Flammsteinfackeln vermag ich mit meinen schlechten Augen noch das Staunen in euren Blicken zu sehen. Ihr fragt euch, was sich ein Entzwergter, der euch eigentlich fressen und eure Bärte rauchen sollte, um die Götter schert … Die Antwort ist kompliziert, und ich …“

„Die Frauen!“, brach es in diesem Moment aus Fazzgadt heraus. „Du musst noch Frauen gekannt haben, als sie lebten! Erzähl uns von den Frauen! Haben sie das Leben lebenswerter gemacht, wie es die Legenden besagen? Waren sie wirklich das Licht im Dunkel finsterer Stollen?“

Der Alte lächelte.

„Die Frauen … Oh ja, ich habe sie gekannt. Nun …“ Er machte eine lange, bedeutsame Pause. „Wenn ihr mich fragt …“ Erneut hielt er inne, während Fazzgadt erwartungsvoll an seinen Lippen hing. „Sie werden überschätzt.“

Fazzgadt blickte den Alten verwundert an. Das war nicht im Entferntesten die Antwort, die er erwartet hatte.

Der Alte nickte lächelnd, und überall in der Höhle bewegte sich das Barthaar.

„Ihr werdet Gelegenheit haben, mehr darüber zu erfahren.“

In diesem Moment erhob sich der blinde General vom Boden und machte einen Schritt auf den Greis zu. „Ich glaube, Alter, ich ahne, wer du bist.“

Fazzgadt und Blechboldt schauten ihn überrascht an.

„Deiner Stimme nach musst du wahrlich der älteste Zwerg sein, der mir je begegnet ist“, fuhr Flammrank fort. „Gewiss bist du noch weit älter, als es der Hohepriester ist, denn sonst hätten meine Freunde bei deinem Anblick nicht dermaßen gestaunt, dass Fazzgadt sogar für den Moment das Fluchen vergessen hat."

Er hatte recht. Und das Staunen seiner Kameraden hielt noch an, während Glimmboldt, in einem Knäuel aus Barthaar und eingeflochtenen Opfergaben hoffnungslos verknotet, endlich erschöpft Ruhe gab. Der Höchste der Hohen, der zumindest ein Tausendjähriger war, war für die Gefährten bis dahin der Älteste der Alten gewesen. Aber der Zwerg, der vor ihnen am Ende des Bartes ruhte, war gewiss noch ein- oder zweihundert Jahre älter.

Und in diesem Moment erkannte Blechboldt auf der Brust des Alten, inmitten seines wirren Barthaars, auch sein Stammeszeichen. Im Gegensatz zu allen anderen, die sie bis jetzt auf dieser Seite des Vergessens gesehen hatten, trug der Bart noch sein altes Stammeszeichen, die Uraxt, die Einschneidige, das Zeichen des Erzes.

„Und da du offenbar der Herr der Entzwergten zu sein scheinst", fuhr der blinde General fort, „gehe ich wahrscheinlich auch recht in der Annahme, dass du kein Geringerer bist als der erste Entzwergte, der Häuptling des Erzes, den der damalige Verwalter mitsamt seinem Stamm hinter den Abgrund des Vergessens verbannt hat."

Das sich bewegende Barthaar verriet, dass der Alte lächelte.

„Du hast recht, Drachenjäger. Wenn auch nur bedingt, denn du kannst nur um jene Wahrheit wissen, die man dir in deinem Leben ausgeschenkt hat. Die wirkliche, die wahre Wahrheit aber ruht in einem anderen Fass. Und ich will es gerne für euch öffnen, solange mir noch die Kraft dazu bleibt."

Fazzgadt wandte sich stirnrunzelnd an Flammrank: „Wer ist er?"

„Grogk Kieselbruch“, erwiderte Flammrank mit einem versonnenen Nicken, während seine blinden Augen im Widerschein des feuerlosen Lichtes unheimlich schimmerten. „Er hat seinerzeit den Verwalter stürzen wollen, der sich für dieses Erzverbrechen die schlimmste aller Strafe einfallen ließ. Die Entzwergung. Fortan wurden die schwersten zwergischen Verbrechen damit geahndet, dass der Täter über die Brücke in das Vergessen gesandt wurde. Und wenn es Häuptlinge waren, durften sie ihren Stamm gleich mitnehmen.“

Fazzgadt strich sich über das Kinn.

„Dann ist dieser wild wuchernde Bartmolch also so etwas wie der König der Verdammten …?“

Flammrank wollte gerade etwas entgegnen, als stattdessen die zittrige Stimme Kieselbruchs erklang: „Nicht ganz, Zwerg. Die Zwerge auf der anderen Seite des Vergessens gehen zwar davon aus, dass wir hier unten die Verdammten sind. In Wahrheit aber …“, der Alte machte erneut eine bedeutungsschwangere Pause, „… sind sie es, die verdammt sind!“

INTERMEZZO

Mit Vergnügen schaute Harrm Blutklump durch die Augen Krugk Trümmerboldts dabei zu, wie der Zusammenhalt des Ehernen Volkes weiter wuchs. Inzwischen waren die Zwerge des Imperiums eine Einheit geworden. Ganze zwei Schichten hatte es gedauert, bis die schwarzen Menhire sämtliche Zwerge aneinandergeschmiedet hatten.

Es hatte freilich auch Uneinsichtige gegeben. Aufmüpfige Zwerge, die nicht an einem Strang mit ihrem Volke ziehen wollten. Ein paar von ihnen waren geflohen, andere hatten es gewagt, den Hammer gegen die Menhire zu erheben. Schlussendlich hatte aber keiner von ihnen der Einswerdung der Zwergenheit im Wege stehen können.

Da Blutklump beschlossen hatte, Ungehorsam als Krankheit zu betrachten, um die Arbeitskraft der Aufwiegler nicht gänzlich einzubüßen, hatte man die Aufständischen, derer man hatte habhaft werden können, in die Siechenstollen geschickt, wo sie fortan im Fieberdunst der Pestzwerge ihren Hammer schwingen sollten. In den Kerkern wären sie nutzlos gewesen. Gewöhnliche Gefangene hingen nur an Wänden herum. Eine Zeit lang lebendig. Und danach nicht mehr.

Freilich war es eine schlimme Strafe, einen Zwerg zu ewigem Nichtstun zu verdammen.

Dennoch sinnierte Blutklump bereits darüber nach, das Kerkerwesen in seiner bisherigen Form abzuschaffen. Da inzwischen ohnehin der größte Teil des Ehernen Volkes in Ketten lag, konnte man schließlich auch die Kriminellen arbeiten lassen. Auch wenn man dann die Kriminellen bald nicht mehr von anderen Zwergen unterscheiden könnte.

Aber das war nicht Blutklumps Problem.

Mehr Arbeiter bedeuteten schnellere Arbeit.

Und er hatte viele Rohre in viele Stollen zu pflanzen.

Einige Aufrührer waren allerdings entkommen. Die Menhire hatten sie bis zum Abgrund des Vergessens, bis zur Brücke der Verdammnis verfolgt. Die Aufständischen hatten sich von ihrem Volk abgewandt und waren freiwillig in die Verbannung gegangen, nur um nicht mit ihm eins sein zu müssen. Und Blutklump ließ keine Gelegenheit aus, die verbliebenen Zwerge in ihren Ketten eindrücklich an die Selbstsüchtigkeit und Schändlichkeit dieser Haltung zu erinnern.

Bald würde es keine Höhle mehr geben, die nicht vom Willen Harrm Blutklumps durchdrungen war, keinen Gang, in den seine Arme nicht reichten. Mit Hilfe des Halbohrigen auf der anderen Seite des Vergessens würde er bald sogar noch die Entzwergten die Wonnen des Zusammenhalts lehren können.

Und dann würde er die vollkommene Kontrolle über das Imperium und jeden einzelnen Bart darin haben, und er würde sie zum Schutz des Reiches einsetzen, auf dass kein unschuldiger Zwerg je die schreckliche Wahrheit über die Welt der Götter und ihr wahres Wesen erfahren musste!

Die Zwerge waren zu ihrem eigenen Wohl in Ketten gelegt worden.

Außerdem ließen sie sich so einfacher durchzählen, und man konnte sie dahin zerren, wo man sie brauchte. Bald würden eiserne Arme mit schwarzen Kristallen auf den Rohren erblühen und jede Regung der Ketten beobachten. Aus eisernen Trichtern würde die Stimme Harrm Blutklumps erklingen und die Zwerge immer wieder daran erinnern, dass dies keine gewöhnlichen Ketten waren, sondern Ketten des Stolzes, die einzig dazu da waren, den Zusammenhalt des Ehernen Volkes zu stärken.

Bis auf die Kerkerinsassen und die Menhire war das gesamte Zwergenvolk nunmehr über insgesamt zehn Kettenstränge miteinander verbunden, wenn es, den Hammer über der Schulter, in die Stollen auszog, um Rohre zu schmieden.

Harrm Blutklump war zufrieden, und das Eherne Volk eins geworden.

Einer jener Stränge stand gerade im Begriff, die Schlafhöhlen umzubauen, sodass die Zwerge darin ihre Ketten zum Schlafen aufrollen konnten. Ein anderer Zug kümmerte sich um die Tavernen. Die Effizienz würde so um vieles größer werden. Zu Beginn der Schicht wurden die Ketten aus den Schlafhöhlen in die Stollen gezerrt und gegen Ende der Schicht in die Schankhöhlen, um dort jeden Gedanken an Unmut, Aufruhr und Aufwiegelei in Feierabendbier zu ertränken.

Die Botschaft der Ketten war eine einfache: Ihr seid das Volk.

Blutklump hatte die Zwerge dazu gebracht zusammenzuhalten. Und solange er und seine Trichter wiederholten, dass dies allein zum Wohle des Imperiums und jedes Einzelnen geschah, und die Zwerge dabei nie vollkommen nüchtern waren, würden seine Untertanen ihm glauben. Die Vorteile lagen auf der Hand: Wenn man mit allen anderen eine Einheit bildete und an derselben Kette lag, vermochte sich niemand im Schlaf unbemerkt an einen heranzuschleichen.

Blutklump sah die Zwerge Rohre hämmern, Schrauben und Muttern in Schmiedefeuern wenden und die Wände der Gänge damit schmücken. Er ließ sie Maschinen bauen und Magma aus den Tiefen der Höhlen emporpumpen, das bald schon durch die Adern der Maschine tosen sollte.

Ein Problem hatte sich freilich bereits während der ersten

Schicht ergeben: In unachtsamen Momenten neigten die Ketten dazu, sich zu verheddern. Dem war durch nichts anderes beizukommen als durch die Aufmerksamkeit der Geketteten selbst.

Und darum hatte Blutklump angeordnet, dass sie sich selbst um ihren Teil der Ketten kümmern sollten, ihn in Ordnung halten, regelmäßig polieren und dafür Sorge tragen sollten, dass er sich nicht mit anderen Ketten verwirrte. Er hatte sogar die Menhire angewiesen, die Peitsche für ein paar Schichten nicht zu benutzen, bis die Zwerge sich an ihre Ketten gewöhnt hatten. Seither lief alles wie am Schnürchen.

Und der Herrscher der Zwerge war zufrieden.

KAPITEL IX

IN DEM EIN TROLL SEIN VERSPRECHEN HÄLT, DER BART UNZWERGISCHE WAHRHEITEN OFFENBART UND SICH IN PILZGRIMMS STEIN EINIGES TUT

Thorf Glimmspan und der tote Troll hatten sich am Rand der Blutbucht hinter einigen Fässern versteckt. Die schwankenden käferlosen Lampen beleuchteten den unweit von ihnen liegenden Steg und die Umrisse der *Sturmgluth*, die an seinem Ende im Magma ruhte.

Der Troll hatte seine Worte wahr gemacht und Glimmspan einige Dinge beschafft, wie er sie noch nie zuvor gesehen hatte. Gemeinsam waren sie in seiner Höhle gewesen und hatten mit Hilfe eines magischen Transporters neben einer eigentümlichen käferlosen Handkanone auch einige Sprengkäfer besorgt. Es waren jedoch keine gewöhnlichen Sprengkäfer, sondern solche, die mit anderen Sprengkäfern gefüttert worden waren, die man zuvor mit Sprengkäfern gefüttert hatte. Hochpotente Granaten also, wie der Verwalter sie niemals genehmigt hätte, da Zwergenartige anderen Zwergenartigen damit erheblichen Schaden zufügen konnten. Für einen Piraten war das freilich das letzte Argument, das gegen ihre Verwendung gesprochen hätte.

Während er die Handkanone dem begeisterten Glimmspan überlassen hatte, trug der untote Troll einen breiten Schultergurt, an dem ein Dutzend jener explosiven Käfer baumelte. Außerdem hatte er das Herzstück seines Transporters, ein rostfleckiges Eisenrohr von etwa einem Bart Länge und einer halben Faust Durchmesser, aus seiner Höhle ausgebaut und ebenfalls in seinen Gürtel gesteckt. Daneben hing noch ein weiterer spitz zulaufender Zylinder, in dessen Inneren sich ein heißes Gemisch aus Flammsteinsplittern befand. Auf Glimmspans

Frage hin, wofür er diese eigentümliche Vorrichtung brauche, hatte der Troll ihm allerdings keine zufriedenstellende Antwort geben können.

Die Kleidung und das lederne Kopftuch des Halbohrigen waren lehmverkrustet und starrten vor Schmutz. Er kniete hinter den Fässern und drückte gerade ein kleines metallenes Fernrohr an sein Auge und suchte das Deck ab.

„Sie sind tatsächlich immer noch hier", sagte er, während sein Blick zu den Fenstern der Kapitänskajüte schweifte. Tatsächlich fand er darin alles so vor, wie der Troll es ihm beschrieben hatte. „Und Schwartzbarth blättert immer noch in diesem Ding." Er drehte ein wenig an den Prismen des Fernrohrs, um besser sehen zu können. Sogar der ehemalige Sklave war in der Kajüte, hatte inzwischen jedoch eine graue Uniformrüstung und ein schweres ledernes Kopftuch angelegt. Sein Bart war wieder ein wenig gewachsen. Er hatte kaum noch etwas mit dem halb nackten, rußverschmierten Sklaven gemein, der auf dem Trollmarkt verkauft werden sollte. Jetzt wirkte dieser schäbige Zwerg beinahe wie ein wahrhaftiger Pirat.

„Verdreckter Bart noch eins!", rief Glimmspan. „Es ist genau, wie du gesagt hast. Dieses anmaßende Stück Zwerg glaubt tatsächlich, meinen Platz einnehmen zu können. Und Schwartzbarth schert es nicht einmal. Er blättert weiter in diesem Ding und verdirbt sich seine Augen. Was verspricht er sich nur davon?"

Zornig schob Glimmspan das Fernrohr mit einem lauten Knirschen zusammen und blickte in die toten Augen des Trolls, der ihn dumpf anstierte.

„Verfluchter Rost! So verhält sich kein ordentlicher Pirat. Wir sollten wirklich etwas unternehmen."

Der Troll nickte behäbig. Seine graue, tote Haut glänzte seltsam im weißen Licht der käferlosen Lampen.

Da hörte Glimmspan ein eigenartiges Brummen. Er schob das Fernrohr neben die Äxte in seinen Gürtel und blickte sich verwundert um. Aus der Richtung des Schiffes kam inmitten der Hitze und im Widerschein der Lampen etwas herangeflogen. Es war kaum größer als eine Zwergenfaust, und das Brummen rührte von einem Paar arg zerschlissener Flügel her, das zu einem gebeutelten Käferkörper gehörte, der bereits einige Beine verloren hatte und den Halbohrigen im Näherkommen aus Augen ansah, die ebenso tot wirkten wie die seines trollischen Begleiters.

Verwundert erkannte Glimmspan, dass es sich um einen Glutschwirrling handelte. Er hatte dabei irgendwie das Gefühl, dieses Tier schon einmal gesehen zu haben.

Der Käfer flog über seinen Kopf hinweg einen kleinen Halbkreis und landete dann auf der Schulter des Trolls.

Glimmspan schaute ihn fragend an.

Der Troll hob die Mundwinkel und entblößte lächelnd seine Hauer.

„Es ist, wie ich dir gesagt habe, Zwerg, ich bin kein gewöhnlicher Troll. Durch die Augen dieses Käfers kann ich sehen und durch die Hände anderer Wesen wirken. Ich bin vieles, Thorf Glimmspan, und habe so viele Arme, wie du Haare im Bart hast."

Glimmspan nickte, auch wenn er nichts von dem verstand, was der Troll da sprach. Dann wandte sich der ehemalige Vertraute Tihf Schwartzbarths wieder der *Sturmgluth* zu und kaute auf seiner Unterlippe, während sich seine Augen nachdenklich verengten.

„Wenn du tatsächlich durch die Augen dieses glutzerfressenen Dings blicken kannst, dann wird es uns mehr nützen als mein Fernrohr."

Ohne dass Glimmspan es bemerkte, nahm der Troll in diesem Moment den Käfer von seiner Schulter und drehte ihn in den Händen, bis er den roten Splitter fand, der zwischen Rücken und Kopfpanzer hervorragte. Mit einem leisen Grunzen legte er die klobigen Daumen auf beide Seiten des Käfers und zerbrach das Tier mit einem leisen Knacken in der Mitte. In einer trockenen Staubwolke fiel der Steinsplitter in seine Hand. Mit der anderen zog der tote Troll den spitzen Zylinder aus seinem Gürtel hervor.

Glimmspan, der den Blick immer noch auf das vor Anker liegende Piratenschiff gerichtet hatte, fuhr grüblerisch fort: „Lass deinen hässlichen Käfer noch einmal in Schwartzbarths Kajüte schwirren und …"

In diesem Moment packte der Troll den Zwerg von hinten und rammte ihm in einer einzigen fließenden Bewegung den Splitter in den Hinterkopf …

Fazzgadt, der blinde General und der Ferkelbändiger standen noch immer vor dem greisen Kieselbruch, inmitten seines allgegenwärtigen Bartes. Seine Worte verwirrten sie. Alles, was sie wussten, was sie gelernt hatten, beruhte auf der Annahme, dass die Entzwergten die Verdammten ihres Volkes waren. Und nun enthüllte ihnen der älteste aller Zwerge eine andere Wahrheit.

Während die Gefährten den Worten Kieselbruchs lauschten, versuchte Zweibart, Lunt Glimmboldt aus dem Knäuel von Barthaar zu befreien, in dem dieser sich verheddert hatte.

„Warum schneidest du ihn nicht einfach heraus?", fragte Fazzgadt beiläufig über seine Schulter hinweg.

Zweibart hielt kurz inne und starrte ihn entsetzt an.

„Den Bart des Allvaters zu beschädigen, ist, als verhöhne man die Götter! Als leugnete man die Schaufel! Wer die Wurzel des Seins stutzt, erzürnt das Schicksal."

Fazzgadt beschloss, es einfach sein zu lassen. Wenn sinnvolle Ratschläge und Aberglauben aufeinanderstießen, holte sich stets der Sinn die Beule. Daran hatte er sich während dieser Schicksalsfarce inzwischen gewöhnt. Also ließ er den Zwipfelbart weiter Knötchen lösen und wandte sich stattdessen wieder Grogk Kieselbruch zu.

„Du sagst, ehrwürdiger Kieselbruch, dass nicht die Entzwergten, sondern die Zwerge des Imperiums die Verdammten sind", sagte Blechboldt gerade. „Was aber meinst du damit? Bitte, erzähle uns mehr darüber und lass uns verstehen."

Der Alte nickte matt, und um sie herum zuckte sein Bart.

„Vor langer Zeit, als die Gänge noch kürzer und noch nicht so tief in den Fels geschlagen waren, da sprach das große Erzferkel zum Ehernen Volk, das in jenen Tagen noch vereint war …"

Der Ferkelbändiger erschauerte, als er von jenem Tier hörte, das er verehrte wie kein zweites, weil es der sichere Beweis für die Göttlichkeit der Erzferkel war.

Fazzgadt nickte.

„Ja, ja, so viel ist uns bekannt, Alter. Gut bekannt. Wir haben mit der Großen Rüsselratte schließlich schon einiges an Ärger gehabt."

In diesem Bart roch es nach Aberglauben. Er wollte so schnell wie möglich wieder hier raus. Bevor noch irgendjemand irgendetwas prophezeite und er es dann wieder ausschaufeln musste.

Blechboldt warf ihm einen bösen Blick zu.

Kieselbruch hustete leise und fuhr fort.

„Nun, der Hohepriester jener längst vergangenen Schichten, der dem vorausging, den ihr heute als Höchsten kennt, war weise genug, die Götter zu befragen, ob das Erzferkel die Wahrheit gesagt hatte."

Fazzgadt knurrte leise: „Wäre ja auch noch schöner, wenn man jedem Tier, das drauflosbrabbelt, einfach so glauben würde."

Der Alte aber ließ sich nicht beirren.

„Er verfolgte den Lauf des Olms und sah, dass die Worte des Ferkels wahr waren." Fazzgadt fluchte kaum hörbar. „Die drei Teile seiner Prophezeiung würden sich bewahrheiten, und dann wäre das Ende von allem, jedem und dem Rest gekommen. Das Eherne Volk war verdammt. Es schien keinen Ausweg zu geben. Und aus diesem Grund entwarfen der Verwalter und der Hohepriester einen verwegenen Plan, um die Zwerge vor dem Schicksal zu retten."

Blechboldt und der General lauschten gebannt, wie der Allvater aller Zwerge ihnen Wahrheiten offenbarte, die älter waren als alles, was sie kannten. Fazzgadt hingegen wollte nur so schnell wie möglich wieder einen Krug oder einen Hammer in der Hand halten. Und sich vielleicht etwas Vernünftiges anziehen. Er hoffte, dass die Geheimnisse, die der Alte ihnen zu offenbaren gedachte, klein genug waren, um in wenigen Worten Platz zu finden. Im Hintergrund kugelte sich Glimmboldt, der Zweibart entwischt war, wieder durch den Bart, und allmählich verwandelte sich die Ehrfurcht, die der Kuttenzwerg vor Glimmboldt empfand, in Ärger.

Währenddessen sprach Kieselbruch weiter: „Sie beschlossen, das Eherne Volk zu trennen, um es zu bewahren. Die einen würden weiter Zwerge heißen, die anderen aber Entzwergte sein. Und wenn das Schicksal die Zwerge vernichten wollte, dann würde es die Entzwergten verschonen. Wenn der eine Teil unterging, dann würde der andere bestehen bleiben."

Blechboldt stutzte: „Die gesamte Entzwergung, die Verbannung, all das bloß, um uns zu retten und dem Schicksal ein Schnippchen zu schlagen?"

Kieselbruch nickte müde.

„So könnte man es ausdrücken. Das Volk selbst durfte davon freilich nichts wissen. Nur der Hohepriester, der Verwalter und die Häuptlinge wussten um das wahre Wesen dieses Plans."

„Und du bist der Einzige, der noch übrig ist", dachte der blinde General laut.

„Ja, doch keine Überlieferung und keine Geschichte sollte davon künden", fuhr der Bart fort. „Nicht einmal das Gedächtnis des Hohepriesters hat von dieser Sache erfahren. Nur ich, der damalige Verwalter und der Höchste wussten um das wahre Wesen dieser Verbannung und dass sie allein unserem Volk Rettung verheißen würde. Für alle Zwerge, die nach uns kommen sollten, würde sie hingegen die denkbar größte Schmach sein. Ich erklärte mich also bereit, mich und meinen Stamm verdammen zu lassen. Und gemeinsam mit dem Verwalter ersannen wir einen Grund, um mich und die Meinen in die Verbannung zu schicken. Wir beschuldigten mich des Aufruhrs und verurteilten mich und meinen Stamm zur vermeintlich schlimmsten aller Strafen. Der Entzwergung. Und so wurde ich geächtet und dazu verdammt, den Abgrund des Vergessens zu überqueren. Mein Stamm und ich, wir verließen unsere Heimat und begannen hier ein neues Leben mit den Mitteln, die diese Welt uns bot. Und all das nur, damit das Schicksal uns nicht länger für Zwerge hielt."

Aus dem Mund dieses Zwergs inmitten seines Bartes eine solch phantastische Wahrheit zu vernehmen, empfanden die Gefährten als unglaublich. Doch wenn Grogk Kieselbruch noch nie davon erzählt hatte und diese Geschichte eines der größten Geheimnisse der Zwergenheit war, dann stellte sich unweigerlich eine Frage. Letzten Endes war es der blinde General, der sie aussprach: „Aber warum erzählst du uns das alles?"

Der ehemalige Häuptling des Erzes hustete leise.

„Weil das Ende nicht mehr aufzuhalten ist. Das Imperium ist längst im Untergang begriffen. Die Götter haben das Ende bereits vor vielen Hundert Jahren auf den Amboss des Schicksals gelegt. Damals, als während der Spinnenkriege die Frauen gestorben sind."

Fazzgadt schaute verwundert auf.

„Aber woher weißt du das alles? Du und die Deinen, ihr seid verbannt worden, lange bevor der Unfall mit den Weibzwergen geschehen ist."

„Vergiss nicht, dass dies keine wirkliche Verbannung ist, Zwerg", flüsterte der Alte. „Wir haben unsere Spione überall, und unsere Bärte mischen sich heimlich mit denen des Imperiums. Es gibt hier unten hoch entwickelte magische Transporter, die an Orte führen, die jenseits des Vergessens liegen. Und selbst in den Reihen der Entzwergten wissen nur die Zweibärte und Dreibärte der geheimen Gemeinschaft der schartigen Schaufel von ihnen. Einer dieser Transporter führt hinauf ins Herz des Imperiums, sodass sich unsere Spione emporzuschleichen vermögen. Wir haben alles gesehen und gehört, was seit unserer Entzwergung geschehen ist. Bei jeder Audienz des Verwalters hat sich einer der Unseren unter eurem Volk verborgen. Wir wissen um die Abenteuer des Schicksalszwergs und das Treiben des schwarzen Menhirs. Und selbst jetzt sind zwei der Unseren dort oben und sehen dem Ehernen Volk dabei zu, wie es untergeht. Denn Krugk Trümmerboldt, jenes jämmerliche Überbleibsel des Zwergischen Zwielichts, dem die Herrschaft über das Eherne Volk zugefallen ist, richtet es nun endgültig zugrunde. Das Eherne Volk liegt in Ketten und dient einem Zwerg, der vom Wahnsinn verblendet ist. Die wenigsten von ihnen brechen noch Gold. Stattdessen zwingt er sie, zahllose Rohre an die Wände der Gänge zu schmieden. Er lässt Magma aus den Tiefen pumpen, und niemand weiß, zu welchem Zweck. Es heißt, er sei ein Besessener, seine Augen seien kalt wie das Eis der Nordhöhlen und sein Blick starr und dumpf geworden …"

Fazzgadt, den das Thema der Frauen noch immer nicht loslassen wollte, unterbrach ihn: „Du hast vom Tod der Weibzwerge gesprochen, Alter. Davon, dass das Ende bereits damals begonnen hat. Und du hast davon gesprochen, als wüsstest du, wie sie ums Leben gekommen sind …"

Kieselbruch drehte den Kopf und antwortete: „Natürlich. Die meisten Gelehrten kennen diese Geschichte. Es war Pilzgrimm und eine seiner unheiligen Erfindungen. Damit hat das Ende begonnen."

Fazzgadts Augen blitzten triumphierend auf. „Pilzgrimm? Ha, ich wusste, dass mit ihm etwas nicht stimmt. Wir hätten diesen Stein gleich vernichten sollen."

Die Wurzel allen Bartes schüttelte nur milde den Kopf.

„Pilzgrimm hat dereinst seine gerechte Strafe erhalten. Er fand den Tod am Boden eines Humpens Bitterschierling. Doch der größte Teil seines Wissen blieb erhalten. In Gestalt seiner beiden Hämmer, Harrm Blutklump und Krummdingk Eisenkeim. Nach dem Tod seines Herrn wurde Blutklump vom Großen Verwalter entsandt, um die Hohe Höhle zu bewachen. Krummdingk Eisenkeim hingegen floh aus dem Imperium über die Brücke der Verdammnis auf diese Seite des Vergessens, um Pilzgrimms Wissen mit uns zu teilen. Er hat uns alles gelehrt, was er wusste, selbst die Dinge, die der Verwalter in den Grenzen seines Imperiums hatte verbieten lassen. Wir lernten, das käferlose Licht und Maschinen ohne Tiere zu gebrauchen und Flammsteine als Energiequelle zu nutzen."

Blechboldt horchte auf. Er glaubte, in ihrer Zeit hier unten bereits einiges über die neumodischen Energiequellen der Niederungen gelernt zu haben.

„Warum nicht Blitzbasalt?", fragte er.

Der Allvater blickte ihn aus müden, alten Augen an: „Natürlich, du warst auf der *Sturmgluth*. Ja, die Piraten benutzen den Basalt, wo immer sie können. Aber er wird irgendwann einmal aufgebraucht sein. Und wenn nichts mehr in den Wänden der Minen steckt, werden ihre Maschinen stillstehen. Flammsteine hingegen wachsen im Inneren des Magma nach …"

„In jenem Magma, das dieser Trümmerboldt aus den Höhlen pumpt?", fragte Blechboldt, der begriffen zu haben glaubte.

Der Bart unter ihren Füßen zuckte, als Kieselbruch bedächtig nickte.

„Eben das. Und niemand weiß, wofür er es braucht. Die meisten Maschinen, die wir im Laufe Hunderter Jahre erfunden oder mit Eisenkeims Hilfe gebaut haben, stehen heute still. Sie sind nicht gut für uns und unsere Welt. Wir haben in der Vergangenheit viel Energie darauf verwendet, Dinge zu erschaffen, die uns schaden."

Nun beugte sich Fazzgadt, dem seiner zwergischen Natur entsprechend ein gewisser Fortschrittsglaube nicht abzusprechen war, zu dem Alten vor. „Aber was für einen Schaden können sie schon anrichten?"

„Sie machen faul. Und sie wirken auf unsere Welt. Früher waren die Wände unserer Gänge anders beschaffen. Die meisten Gesteinsarten waren kräftiger, gehaltvoller. Doch die Zeit des Steins ist lange vorbei. In manchen Höhlen hat sogar schon das Steinsterben begonnen."

Steinsterben … bei diesem Wort schauderte es die Gefährten. Die Vorstellung, dass die Welt um sie herum aufgrund ihres Tuns zerfallen könnte, war ihnen ungeheuerlich.

„Krummdingk Eisenkeim hat uns gelehrt, die Welt mit anderen Augen zu sehen und mit anderen Werkzeugen zu bearbeiten. Er brachte uns das Wissen und die Wunder Wutrich

Pilzgrimms, bis er vor zweihundert Jahren hochbetagt in den Reihen der Entzwergten verstorben ist."

„Der Tod der Frauen, das Eherne Volk in Ketten und das große Steinsterben, was bedeutet das alles?", meldete sich nun wieder Flammrank zu Wort, der die ganze Zeit über aufmerksam zugehört hatte.

Kieselbruch seufzte.

„Es bedeutet, dass das Eherne Volk verloren ist. Diese Welt, sie bröckelt und bricht auseinander, weil zu viele Hämmer von zu vielen Seiten auf sie einschlagen. Die Zeit, der Wahnsinn, die Gier. Ihr solltet die Augen derer sehen, die während der letzten Schichten aus dem Imperium zu fliehen vermochten. Sie haben den wahren Schrecken gesehen. Und darin übertrifft Krugk Trümmerboldt die schwarze Splitterspinne noch bei Weitem."

Fazzgadt ballte die Fäuste.

„Aber können wir das Eherne Volk denn nicht befreien?"

„Die Zwerge zu retten ist unmöglich. Trümmerboldts Wachen sind inzwischen schwerer bewaffnet als je zuvor. Und das höchste Gesetz der Zwergenheit schert sie wenig. Wenn es sein muss, wird Trümmerboldt den größten Teil seines Volkes töten, um über den Rest noch herrschen zu können. Das Eherne Volk ist verloren. So lautet die Prophezeiung. Die einzige Hoffnung des Ehernen Volkes liegt darin, dass einige von uns sich retten können … Sagt, habt ihr je vom dritten Teil der großen Erzferkelprophezeiung gehört?"

Fazzgadt stöhnte innerlich auf. Kaum dass sie den Hohepriester an irgendeinen Troll losgeworden waren und die Aberglauberei sich ein wenig gelegt hatte, kam nun ein Zwerg daher, der noch älter und Ehrfurcht gebietender war, um seinen Hammer in die gleiche Kerbe zu schlagen. Er, dem jeder Aberglauben aus den tiefsten Wurzeln seines Bartes heraus verhasst war, fragte sich, womit er diese Strafe verdient hatte, und wünschte sich in diesem Moment von ganzem Herzstein, dass er aus einem anderen Ei geschlüpft wäre.

Und dann rezitierte Grogk Kieselbruch mit zitternder Stimme den dritten Teil der großen Erzferkelprophezeiung, deren erste beide Teile die Gefährten einst aus dem Mund des zweibeinigen Gedächtnisses vernommen hatten, bevor dieses eines gewaltsamen Todes gestorben war: „Wenn jener, der nie Zwerg war, jenen führt, der keiner mehr ist, und der Zwerg, der in Wahrheit vier ist, das Imperium in Ketten schlägt, dann vermag einzig zweierlei das Eherne Volk noch zu retten."

Bevor sich inmitten des Bartes so etwas wie ehrfürchtiges Schweigen ausbreiten konnte, ergriff Fazzgadt das Wort: „Gut, wenn wir einmal davon ausgehen, dass dies die Welt der Entzwergten ist, dann haben wir hier jede Menge Zwerge, die keine mehr sind. Und das muss ja nicht einmal etwas mit uns zu tun haben. Aber wer, zum Rost noch eins, ist der, der nie ein Zwerg war?"

Der Alte holte tief Luft, bevor er fragte: „Sagt, ist einem von euch die Legende vom Nimmerzwerg bekannt?"

Fazzgadt machten solche Fragen inzwischen misstrauisch. Er hatte gelernt, dass sie in der Regel einen Rattenschwanz von Ärger nach sich zogen.

„Lass mich raten", sagte er. „Diese Legende ist auch verboten, vergessen, nicht überliefert und alles andere als vergnüglich."

Kieselbruch schlug die Augen nieder.

„Das ist sie wohl. Doch ich denke, ihr solltet sie trotzdem hören …"

„Da bin ich mir nicht so sicher", murrte Fazzgadt.

Der Bart ließ sich davon allerdings nicht beeindrucken.

„Es begab sich einst, noch vor den Tagen des Großen Erzferkels, zahllose Schichten bevor der Stamm des Erzes und ich den Weg über die Brücke wählten, da stieg aus der Hohen Höhle von der Tafel der Götter ein Geschöpf zu uns herab, das anders war."

„Anders, anders", knurrte Fazzgadt, während seine Gefährten wie gebannt an den Lippen des Alten hingen. „Was soll denn das heißen? Anders als was?"

Der Alte funkelte ihn kraftlos an.

„Anders als alles, was wir je gekannt haben. Es war nicht Zwerg noch Troll noch Echse. Und obwohl es das Blut keines dieser drei Völker in sich trug, ging dieses Geschöpf dennoch aufrecht! Außerdem verwendete es eine Sprache, die, wie man sagt, in Zwergenohren fremd und sonderbar geklungen hat."

„Und dieses Ding kam von den Göttern?", erkundigte sich Blechboldt eifrig.

„Es kam direkt aus dem Schacht herabgestiegen. Es dauerte viele Schichten, bis es unsere Sprache erlernt hatte. Die Zeit aber floss dahin, und jenes Geschöpf alterte schneller als wir. Es erzählte uns von der Hohen Höhle und dass diese anders beschaffen sei, als wir ursprünglich gedacht hatten, und sich eine ganze Welt in ihr verbarg. Eine Welt, die angefüllt war mit seinesgleichen, einem Volk von Nimmerzwergischen, das …"

„Ach, das ist doch eine dieser Geschichten, wie man sie jungen Schlüpflingen erzählt, damit sie schneller einschlafen!", fuhr Fazzgadt dazwischen und winkte verächtlich ab.

Die Augen des Alten funkelten wütend, und seine Stimme wurde lauter.

„Nein, das ist es nicht, Zwerg! Ihr werdet es bald schon selber sehen. Die schartige Schaufel wird euch lehren und zeigen, was ihr wissen müsst, um euren letzten Stollen zu beschreiten."

Fazzgadt verdrehte die Augen. „Die schartige Schaufel … na, fantastisch", murrte er.

„Ich werde euch nun in die Obhut der Schaufel geben", sagte der Alte, ohne auf Fazzgadts Einwurf zu achten. „Es war mir eine Ehre, euch noch kennengelernt zu haben."

Der Alte nickte dem Zwipfelbart zu, dem es inzwischen gelungen war, den stumpfsinnigen Glimmboldt aus seinem Barthaar herauszuzupfen. Auf das Zeichen des Allvaters hin erhob sich der Zweibärtige mit dem Schaufelwappen auf der Brust und trat an das Lager des Alten heran.

Dieser senkte den Kopf, sodass sich seine Haare unter den nackten Füßen der Gefährten bewegten, hob die ausgemergelten Arme und ergriff das Stammeszeichen auf seiner Brust. Mit einiger Mühe drehte er es herum und zog mit zitternden Fingern einen kleinen goldenen Schlüssel aus einer Vertiefung auf der Rückseite hervor. Er reichte ihn Zweibart, der sich verneigte und mit dem Schlüssel in der Hand wieder zu den Gefährten zurückging.

Sie konnten sehen, wie Kieselbruch auf dem Lager die Augen schloss und seufzend in sich zusammensank.

„Was ist mit ihm?", fragte Blechboldt besorgt.

Zweibart schaute ihm betrübt in die Augen.

„Er wird sterben. Seine Aufgabe ist vollbracht." Dann breitete er die Arme aus und wandte sich mit feierlicher Geste an sie alle. „Doch nun folge mir, ehrwürdiger Schicksalszwerg. Es ist an der Zeit, dem Schicksal gegenüberzutreten …"

Und während sie den Bart verließen, glaubten die Gefährten beinahe, den Herzsteindieb zu sehen, der an Kieselbruchs Lager stand, und es schien ihnen, als würde das Haar unter ihren Füßen mit jedem Schritt brüchiger und blasser werden …

Tihf Schwartzbarth schloss das Buch, legte seine Pfeife beiseite und lehnte sich zufrieden auf seinem Stein zurück. Neben ihm hockte Trolltöter, der wie hypnotisiert auf den Stein starrte. Während Schwartzbarth in das Studium des Buches versunken gewesen war, hatte die Ratte die Schnauze immer wieder heimlich im Tabak ihres Herrn versenkt und so viel Gottkraut gefressen, dass es nun durch ihre Adern toste und sie den Stein selbst dann verstehen konnte, wenn Schwartzbarth nicht rauchte.

Der Kapitän der *Sturmgluth* betrachtete den Stein, der neben ihm auf dem Ornamenttisch lag.

„Du hast dem Ehernen Volk einen großen Dienst erwiesen, Wutrich Pilzgrimm. Du hast ihm den gelehrtesten Tyrannen beschert, den es je gehabt hat."

Ein Grinsen breitete sich unter seinem Bart aus.

„Na bitte", meldete sich erneut die Stimme des Gedächtnisses zu Wort. „Da hast du es gehört. Er hat *Tyrann* gesagt. Ich habe dir gleich gesagt, dass er losgehen und nur das Schlimmste tun wird. Und? Behauptest du immer noch, dass dein Wissen ihn läutern wird? Dass er ein besserer Zwerg wird, nur weil er deine albernen Zeichen beherrscht?"

„Ich bin mir sicher", versuchte Pilzgrimm sich zu verteidigen. „Ich habe ein Gespür für so etwas. Glaube mir, er wird das Eherne Volk nicht unterjochen!"

„Begreifst du denn nicht?", ereiferte sich das Gedächtnis. „Du hast ein Monster geschaffen, Pilzgrimm!"

Neben der Tür der Kajüte lehnte Nattergriff, das Kinn auf die Brust gestützt, und döste vor sich hin. Als er die Stimme des Steins hörte, fuhr er empor, rückte den Enterhammer in seinem Gürtel zurecht und rieb sich verschlafen die Augen.

Langsam erhob sich Schwartzbarth und wandte sich ihm zu.

„Es ist vollbracht. Ich habe alles Wissen des Ehernen Volkes in mich aufgenommen! Vor meinen Augen ersteht eine neue

Zeit glorreichen Glanzes! Ich werde das Eherne Volk zu neuem Ruhm führen und …"

Er hatte noch nicht zu Ende gesprochen, als mit einem lauten Knall die Tür der Kajüte aufflog.

Im Türrahmen stand Thorf Glimmspan und hinter ihm ein riesiger Troll, der noch hässlicher zu sein schien, als Trolle es ohnehin schon waren. Er trug einen Gurt mit Sprengkäfern über der Schulter und ein merkwürdiges Eisenrohr im Gürtel. Hinter den beiden ungleichen Gestalten hatte die Mannschaft der *Sturmgluth* Aufstellung genommen und starrte dem Kapitän missmutig entgegen.

„Du wirst niemanden mehr irgendwohin führen, Schwartzbarth!", sagte Glimmspan.

Der Kapitän funkelte ihn zornig an. „Was maßt du dir an, Halbohr?", schrie er und sagte dann an seine Mannschaft gewandt: „Los, nehmt ihn fest!"

Doch niemand regte sich. Stattdessen fuhr Glimmspan fort: „Das werden sie nicht tun. Denn sie sind vollauf einer Meinung mit mir, dass dein Verhalten nicht das eines Kapitäns ist."

Schwartzbarth schüttelte ungläubig den Kopf.

„Aber das … das ist Meuterei."

Glimmspan lächelte.

„Es ist jedenfalls das Ende deiner Dienstzeit. Denn von heute an bin ich der Kapitän der *Sturmgluth*!"

Schwartzbarth kratzte sich am Kinn und blickte zu Nattergriff hinüber, der keinerlei Anstalten machte, ihn vor seiner Mannschaft und dem Troll zu beschützen. Stattdessen lehnte er immer noch an der Wand und nickte eifrig, um keinen Zweifel daran zu lassen, dass er die Meinung der Mehrheit teilte.

Schwartzbarth schraubte unterdessen seinen Pfeifenhalter ab und überlegte, wodurch er ihn in dieser Situation ersetzen sollte. Er verfügte zwar über eine große Auswahl an Werkzeugen, ein Meutereibeender war jedoch leider nicht darunter. Letzten Endes entschied er sich für seinen Haken. Vor allem, weil er mit dem am besten aussah.

Durch die offene Tür war der Gottkrautrauch inzwischen beinahe ganz aus der Kajüte entwichen, sodass niemand außer der Ratte die Gespräche des Steins weiter verfolgen konnte.

„Es sieht ganz so aus, als ob du recht gehabt hättest, Pilzgrimm", sagte das Gedächtnis.

„Schweig, du impertinenter Rest eines Zwerges!", fuhr der Gelehrte das Gedächtnis zornig an. „Weißt du überhaupt, was das bedeutet?"

„Na, es bedeutet, dass dieser Schwartzbarth wahrscheinlich doch niemanden mit Hilfe deines Wissens unterjochen wird", entgegnete das Gedächtnis kichernd.

„Es bedeutet, dass alles umsonst war!", sagte Pilzgrimm mit ernster Stimme. „Alles, was ich ihn gelehrt habe! All die Jahre, die ich versucht habe, das Buch und einen verständigen Zwerg zusammenzubringen! Begreifst du denn nicht? Tihf Schwartzbarth war vielleicht der Letzte, mit dem es möglich gewesen wäre …"

„Ach, Unsinn", fuhr das Gedächtnis dazwischen. „Warum nimmst du nicht einfach dieses Halbohr?"

„Weil ich das unbestimmte Gefühl habe, dass er nicht er selbst ist."

„Wie kommst du denn darauf?"

„Hör zu, ich bin lange genug Stein, um mich mit so etwas auszukennen. Irgendetwas stimmt nicht mit ihm."

„Weißt du was, Pilzgrimm?", erwiderte das Gedächtnis. „Ich gebe nicht mehr viel auf deine Vorahnungen. Und jetzt lass mich in Ruhe."

Mit diesen Worten zog sich das, was einst das zweibeinige

Gedächtnis des Hohepriesters aller Zwerge gewesen war, auf seine Seite des Steins zurück.

Pilzgrimm überlegte unterdessen, was genau es war, das ihm an dem Halbohrigen und seinem trollischen Begleiter so merkwürdig vorkam.

Schwartzbarth drehte seinen Haken fest. Als er eingerastet war, hob er den Bart und funkelte Glimmspan trotzig an.

„Weißt du überhaupt, wen du vor dir hast? Ich habe die Geheimnisse der Zwergenheit entschlüsselt! Ich weiß um die Fähigkeiten des Blechborkenkäfers, vermag Staubstahlstrahlgebläse und Lichtschusskanonen zu bauen, Felsschmelzvorrichtungen, Denkmaschinen und Eisenzwerge ..."

Doch sein Gegenüber winkte ab.

„Ich weiß."

Schwartzbarths Kiefer klappte herunter.

„Wie, *du weißt*?"

„Das Wissen Wutrich Pilzgrimms ist mir nicht ganz fremd", erklangen Blutklumps Worte aus Thorf Glimmspans Mund. „Und ich werde es dorthin zurückbringen, wo es hingehört. Außer Reichweite der Erzwärtigen!"

Schwartzbarth stellte sich zwischen das Buch und Glimmspan.

„Nur über meinen Bart, Halbohr!"

Blutklump ließ Glimmspan finster lächeln.

„Nun, ich habe gehofft, dass du das sagen würdest."

Er gab dem Troll einen Wink, und der Stinkschädel stürmte an ihm vorbei in die Kajüte, packte den Kapitän und schleuderte ihn an die gegenüberliegende Wand. Durch die Wucht des Aufpralls verlor Schwartzbarth seinen Dreispitz, der mit einem lauten Scheppern zu Boden fiel und Glimmspan direkt vor die Füße kullerte. Dann hob der Troll den Kapitän ohne sichtliche Kraftanstrengung vom Boden hoch und warf ihn unter dem entsetzten Blick Trolltöters einfach aus der offenen Fensterluke.

Ein überraschter Aufschrei war zu hören, bevor der Kapitän der *Sturmgluth* mit einem Zischen in dem Magmasee verging, über den er vor wenigen Schlägen noch uneingeschränkt geherrscht hatte.

Im Inneren des Steins lachte das ehemalige Gedächtnis laut auf.

„Hast du das gesehen, Pilzgrimm? Unglaublich. Diese Trolle reden nicht viel. Er hat ihn einfach aus dem Fenster geschmissen, ohne unnötige Worte. Zack, platsch, zisch und weg!"

„Das amüsiert dich also, ja?", giftete Pilzgrimm ihn an. „Wie zighundert Jahre meines verzweifelten Bemühens, die Weisheit unseres Volkes zu bewahren, zunichtegemacht werden, weil ..."

Und dann erklang in dem Stein plötzlich noch eine dritte Stimme ... die Stimme Tihf Schwartzbarths: „Täusche ich mich, oder hat dieser Stinkschädel mich wirklich gerade einfach aus dem Fenster gestoßen?"

Einen kurzen Moment lang herrschte Schweigen im Stein, bevor wieder die leise Stimme Wutrich Pilzgrimms erklang.

„Das darf doch jetzt nicht wahr sein."

Und auch das Gedächtnis war alles andere als begeistert darüber, sich den Stein fortan auch noch mit der Seele eines Piraten teilen zu müssen: „Was hat der denn hier drin zu suchen?"

Zum ersten Mal, seit die beiden in dem Stein festsaßen, schienen sie sich einig zu sein.

„Hör mal, es war auch ohne dich schon eng genug hier drin", fuhr das Gedächtnis an den Kapitän gewandt fort.

Schwartzbarth, der nichts von seiner einstigen Liebenswürdigkeit eingebüßt hatte, fuhr ihn zornig an: „Halt den Mund, oder ich werde dich …“

„Welchen Mund, du Blödbart?“, fiel ihm das Gedächtnis ins Wort. „Außerdem, womit willst du mir drohen? Haken, Klinge, Hammer? Falls du es noch nicht gemerkt hast, du hast nicht einmal mehr Arme!“

„Ganz ruhig“, sagte Pilzgrimm. „Ich denke, wir werden uns wohl mit dieser Situation abfinden müssen …“

„Dann findet euch mal besser damit ab, dass ich ab jetzt der Kapitän dieses Steins bin!“, fiel ihm Schwartzbarth rüde ins Wort.

Das Gedächtnis lachte laut auf.

„Der Kapitän dieses Steins? Aus welchem Ei bist du denn geschlüpft? Was willst du überhaupt hier?“

Abgesehen von Trolltöter, der bis in die Bartspitzen voll mit Gottkraut war, bemerkte niemand in der Kajüte den Streit, der sich im Inneren des Steins entspann. Die Ratte hingegen sprang aufgeregt näher, als sie die Stimme ihres Herrn vernahm.

Pilzgrimm, der bemerkt hatte, wie die Ratte auf die Stimme ihres Herrn reagierte, sagte zu den anderen: „Schweigt, wenn ihr den kläglichen steinernen Rest eures Lebens retten wollt! Schwartzbarth, wir werden die Hilfe deiner Ratte brauchen …“

Thorf Glimmspan bückte sich derweil nach dem rostigen Dreispitz des Kapitäns und setzte ihn sich auf. Die Mannschaft vor der offenen Kajütentür jubelte. Glimmspan hatte ihnen versprochen, dass sie den Blitzkanonen der Entzwergten trotzen und ihre Siedlungen stürmen würden. Unter seinem Befehl würden sie endlich nach Herzenslust plündern und sich jeden Zwerg auf dieser Seite des Vergessens untertan machen können!

Grölend reckten sie ihre Enterhämmer und Krummäxte in die heiße Luft. Sie würden wieder Piraten sein, nicht länger die Untergebenen eines Kapitäns, der sich in seiner Kajüte verschanzte, um dort mit Kieseln zu sprechen und dünne Steinscheiben zu wälzen. Unter Thorf Glimmspan würden sie aufs Neue die Glut des Schreckens verbreiten, und die Niederungen der Entzwergten würden den Namen der *Sturmgluth* wieder fürchten!

Unter den Jubelrufen seiner Mannschaft trat Glimmspan an Bragk Nattergriff heran, der noch immer neben der Tür lehnte.

„Und du?", sagte Blutklump durch Glimmspans Mund. „Was machen wir mit dir? Als Leibwächter scheinst du mir jedenfalls nicht recht zu gebrauchen zu sein …"

Der Troll trat mit ausdruckslosem Blick an Glimmspans Seite und starrte den Dieb an.

„Ich denke, man muss alles mal ausprobiert haben", stammelte Nattergriff. Er schluckte hörbar. „Aber vielleicht gäbe ich stattdessen einen ganz passablen Plünderer ab. Weißt du, ich habe durchaus einiges auf dem Kerbstein und denke, dass ich, wenn man mich ließe, ein gewisses Maß an Skrupellosigkeit entwickeln könnte, das unter Umständen …"

Glimmspan und der Troll nickten beide gleichzeitig und sagten dann wie aus einem Mund: „Du hast Glück. Wir werden bei der Versklavung der Entzwergten jeden brauchen, den wir kriegen können. Danach werden wir uns aber vermutlich noch einmal über deine Rolle auf der *Sturmgluth* unterhalten müssen."

Der Meisterdieb atmete auf.

Der Kapitän der *Sturmgluth* bedeutete seinem neuen Mannschaftsmitglied, ihn allein zu lassen, während sich sein lebloser Blick auf den Seelenstein Wutrich Pilzgrimms richtete.

Nattergriff ging an dem eisernen Ornamenttisch vorbei in Richtung Ausgang. Und während die Blicke Glimmspans und des Trolls auf den Seelenstein gerichtet waren, bemerkte weder der eine noch der andere, wie Nattergriff die kleine silberne Schatulle mit dem geprägten Flammenanker in seiner Hand verschwinden ließ.

Kaum dass sie allein waren, trat Glimmspan an den Tisch und beugte sich zu dem Stein hinab.

„Hast du es also tatsächlich geschafft, Alterchen", sagte Blutklump durch Glimmspans Mund. „Deinen Schierling getrunken und dich dennoch gerettet. Und mit dir das ganze Wissen der Zwergenheit."

Er griff nach dem Buch und blätterte darin.

„Es ist lange her, dass ich deine Zeichen gesehen habe. In diesem Buch hast du alles bewahrt, nicht wahr? Du wolltest den Zwergen ihr Wissen zurückbringen. Alles, was der Verwalter im Laufe der Jahrhunderte so sorgsam verboten und verborgen hat. Und nun bin ich gekommen, um deinen Plan zunichtezumachen … Glaub mir, die Zwerge sind nicht dazu geschaffen, zu wissen und zu verstehen. Und es ist ihnen nicht gegeben, die Grenzen ihrer Welt zu bestimmen. Das Wissen, das dieses Buch enthält, werden sie niemals erfahren."

Der Gottkrautrauch im Inneren der Kajüte war längst verflogen. Weder der tote Glimmspan noch sein trollischer Begleiter vermochten deshalb die Stimme des Steins zu hören. Der frischgeschmiedete Kapitän der *Sturmgluth* wusste aber dennoch, was der Stein sich fragte.

„Du willst wissen, wer ich bin, nicht wahr? Denn in meiner gegenwärtigen Form wirst du mich kaum erkannt haben … Ich, Gelehrtester der Gelehrten, bin dein ehemaliger rechter Hammer, Harrm Blutklump! Ja, der Schüler übertrifft seinen Meister. Und um das Eherne Volk zu erhalten, wird der Schüler es vor seinem eigenen Wissen und vor seinen Göttern schützen!"

Blutklump streckte die Hand nach dem Stein aus.

„Und ebenso vor dir …"

Gerade wollte er die toten Finger Glimmspans um den Stein schließen, als es geschah: Wie aus dem Nichts kam Trolltöter hervorgeschossen, sprang mit einem riesigen Satz auf den Tisch und zu dem Stein hinüber. In einer blitzschnellen Bewegung klemmte sich die Ratte den Stein zwischen rechten Vorderlauf und Schnauze, sprang auf das Buch und verschwand im nächsten Augenblick mit einem gewaltigen Satz im Abzugsrohr des Schmelzeiskamins.

Entgeistert starrten Glimmspan und der Troll dem Tier nach. Dann schrien beide wütend auf, während ihr Zorn zugleich auch Krugk Trümmerboldt und eine zigtausendarmige Maschine in Hunderten Höhlen Entfernung erfasste.

Zornbebend stapfte der Halbohrige zur Kajütentür, riss sie auf und schrie, dass man es noch auf dem Trollmarkt hören musste: „Findet diese langschwänzige Höhlenplage! Zwei Fass Vielbier für den, der mir Trolltöter bringt! Ganz oder in Scheiben!"

Fazzgadt, der Ferkelbändiger, der blinde General und der glucksende Glimmboldt folgten Zweibart durch ein Gewirr aus Gängen, in dem sich allerorten Entzwergte tummelten, die in Kleidung und Gebaren Zwerg zu sein versuchten. Nirgends war eine Spur von Bewaffneten zu sehen. Keine schwarzen Garden, keine Wachzwerge. Beinahe, als ginge man in diesen Gängen davon aus, dass niemand irgendjemandem etwas zuleide tun könnte.

Auch das mürrische Wesen der Diener des Imperiums schien

es hier nicht zu geben. Überall waren nur offene, heitere Blicke zu sehen, strahlende Augen, die voller Hoffnung waren.

Fazzgadt, der bis jetzt noch keinen einzigen trunkenen Zwerg gesehen hatte, fragte ihren Führer besorgt: „Aber ihr habt doch Bier hier unten, oder?"

Der Zwipfelbart nickte.

„Natürlich. Das beste."

Dann bedeutete er den Gefährten, ihm in eine nahe Höhle zu folgen, die sich als Schankhöhle entpuppte. „Wir haben Braumeister, die aus drei gewöhnlichen Bieren ein meisterliches zu mischen vermögen …"

„Mischen?", rief Fazzgadt entsetzt, während die anderen an den Tischen Platz nahmen. „Seid ihr zu oft vom Fels gefallen? Ihr könnt Bier doch nicht mischen! Das ist Frevel, Blasphemie, das ist …"

„Wir haben auch Greisbier, das in Höhlenfässern über viele Jahre reift", fuhr Zweibart fort und gab dem Schankzwerg einen kurzen Wink.

Fazzgadt glaubte, seinen Ohren nicht trauen zu können.

„Sagtest du gerade ‚reifen'?"

„Ja, genau. Es lagert zwanzig Jahre lang in einer Höhle, um seine volle Reife zu entfalten", entgegnete Zweibart mit einem Nicken.

Fazzgadt empörte sich lautstark: „Aber das ist Unsinn! Gutes Bier lässt sich nicht lagern. Wenn es zwanzig Jahre irgendwo herumsteht, ohne getrunken zu werden, dann wird es schlecht. So einfach ist das."

Der Schankzwerg stellte einige Humpen vor ihnen ab, und alle außer Fazzgadt griffen danach. „Nun, wir haben die Braukunst ein wenig verfeinert", fuhr ihr Begleiter fort.

„Verfeinert?", fiel ihm Fazzgadt ins Wort. „Mit Mischen und Lagern? Ihr habt der Braukunst eine Axt in den Rücken getrieben und sie zum Sterben liegen gelassen! Das ist es, was ihr getan habt!“

Zweibart lächelte nur und machte eine einladende Handbewegung in Richtung des Humpens. Widerwillig griff Fazzgadt danach und roch daran. Dann setzte er ihn missmutig an die Lippen. Manche Traditionen waren nicht dazu da, gebrochen zu werden. Und bei Zwergenbier war es stets mehr um die Tradition als um den Geschmack gegangen. Genau das war auch der Grund, weshalb Zwerge sich nicht zum Vergnügen betranken, sondern aus Respekt vor den althergebrachten Bräuchen ihrer Kultur.

„Also, ich habe den Eindruck, es ist wirklich besser“, sagte der Ferkelbändiger vorsichtig.

„Du hast ja auch keine Ahnung“, schnauzte Fazzgadt ihn an.

„Ich würde ihm allerdings beipflichten“, sagte der blinde General zufrieden und wischte sich den Schaum vom Kinn.

„Womöglich reicht deine Blindheit bis zum Gaumen“, brummte Fazzgadt, während er missmutig einen Schluck aus dem Humpen nahm.

Glimmboldt setzte ebenfalls seinen Humpen ab und klatschte, das Kinn voll Schaum, quietschend in die Hände.

Angesichts dieser gemeinschaftlichen Begeisterung lenkte Fazzgadt nun doch ein. „Na gut. Ich habe schon schlechteres Bier getrunken.“

Zweibart setzte seinen Krug ab und lächelte erneut.

„Aber das ist schon sehr lange her!“, blaffte Fazzgadt ihn an.

Der Zwipfelbart aber schien zufrieden. Er warf einen Blick in die Runde, dann nickte er den Zwergen aufmunternd zu.

„Ich denke, wir sollten jetzt weitergehen, denn ich habe euch noch einiges zu zeigen.“

Zwei Dutzend gut gelaunte Zwerge später gingen sie am Rande einer Grube vorbei, die bis oben hin mit Gold gefüllt war. Staunend blieb Fazzgadt stehen und blickte mit glänzenden Augen auf das schimmernde Metall.

„Ist das das Gold, was ihr hier abbaut?“, fragte er.

„Wir bauen kein Gold ab“, erwiderte Zweibart kopfschüttelnd.

Fazzgadt lachte auf.

„Ach, es wächst hier von selbst?“

„Nein, das tut es nicht“, sagte Zweibart. „Es ist das Gold der Verbannten, die es aus dem Imperium hier herunterschleppen, weil sie denken, es sei hier etwas wert.“

Blechboldt drängte sich an den Rand der Grube und schaute hinunter.

„Aber ist es das denn nicht?“

Ihr Führer zuckte mit den Schultern.

„Warum sollte es?“

Fazzgadt packte ihn bei den Schultern und schüttelte ihn.

„Warum? Weil es Gold ist, zum Rost noch eins!“

„Ganz genau. Und darum ist es auch nichts wert“, sagte Zweibart, als wäre es die natürlichste Sache der Welt.

Fazzgadt ließ von ihm ab und schüttelte ungläubig den Kopf.

„Ich dachte, ihr versucht, die Traditionen zu bewahren! Unser Volk, wir … wir brechen seit Ewigkeiten Gold! Es ist das edelste und wertvollste Metall überhaupt. Danach zu streben ist das Höchste und …“

„Wir bewahren nicht alle Traditionen“, gab ihr Führer zur Antwort. „Nur die, die sich im Laufe der Zeiten als sinnreich erwiesen haben.“

„Was zum großen Kieselschwund könnte sinnreicher sein als Gold?“, ereiferte sich Fazzgadt.

„Gut, dann sag mir, was es ändert, ob sich dieser Brocken dort drüben in der Wand befindet, in deiner Tasche oder in meiner?", erwiderte ihr Führer unbeirrt.

Fazzgadt dachte angestrengt nach. Schließlich glaubte er, eine Art Argument gefunden zu haben: „Aber … es ist selten."

Der Zwipfelbart lächelte vielsagend. Er hob eine Braue: „Nun, das ist Kupferkeuchhusten ebenfalls. Und trotzdem würde niemand auf die Idee kommen, damit zu bezahlen."

„Aber womit bezahlt ihr dann?", fragte Blechboldt, ohne den Blick von der Goldgrube abzuwenden.

Zweibart zögerte nicht mit der Antwort.

„Mit unseren Fähigkeiten, unserer Aufmerksamkeit, unseren Erfahrungen und unserem Wissen."

Der Ferkelbändiger nickte verstehend.

„Ach? Und für einen Brocken Wissen bekomme ich zehn Stein Fähigkeit, oder was?", sagte Fazzgadt hingegen spöttisch. „Da sträubt sich mir ja der Bart!" Er spuckte wütend aus. „Es ist Gold! Und das kann man zählen und anfassen!"

Der Zwipfelbart wies hinunter in die Grube.

„Dann nimm dir so viel du willst. Hier wird keiner es haben wollen. Aber wir müssen weiter. Es ist nicht mehr weit."

Die Gruppe setzte sich wieder in Bewegung. Nach einem bedauernden Blick auf die funkelnden Goldbrocken folgte Fazzgadt den anderen.

Zwei Gänge weiter passierten sie eine große Höhle, an deren hinterem Ende ein niedriger Eingang zu erkennen war, der von zwei Schaufelträgern bewacht wurde.

„Was ist dort drin?", fragte Blechboldt im Vorübergehen.

„Der Schatz, der in dieser Höhle aufbewahrt wird, ist einzigartig", erwiderte ihr Führer. „Manche halten ihn für das

Wertvollste, das es überhaupt in unseren Niederungen gibt. Es ist der Seelenstein einer Zwergenfrau. Vermutlich der einzige seiner Art …"

Fazzgadts Aufmerksamkeit war geweckt. „Und was tut ihr mit diesem Stein?", fragte er neugierig.

„Wenn wir einen der Unseren belohnen wollen", erwiderte Zweibart, „dann bekommt er eine Pfeife mit Gottkraut auf den Weg und darf einige Zeit in der Höhle mit dem Stein verbringen."

Fazzgadts Augen strahlten. Die Vorstellung, mit einer wahrhaftigen Zwergenfrau zu reden, erschien ihm unglaublich. Selbst wenn Kieselbruch Frauen für überschätzt hielt. Aber was wusste der denn schon …

„Was für eine Belohnung …", murmelte er leise.

„Und was tut ihr hier unten, um jemanden zu bestrafen?", fragte Blechboldt.

Zweibart wies lächelnd in Richtung der Höhle.

„Nun, wenn wir einen der Unseren bestrafen wollen, dann bekommt er eine Pfeife mit Gottkraut auf den Weg und muss einige Zeit in der Höhle mit dem Stein verbringen …"

Fazzgadt und Blechboldt sahen ihn ungläubig an, während der General wissend grinste.

„Aber kommt", sagte Zweibart, „wir müssen weiter."

Die Gefährten folgten ihrem Begleiter durch gewundene Gänge und über ausgetretene Stufen mit geschnitzten Wurzelholzgeländern, und schon bald schwirrte ihnen der Kopf von der Andersartigkeit dieser Welt. In ihren Gedanken mischte sich fremdartiges Bier mit dem Unwert des Goldes und geheimnisvollen Weibsteinen.

Und dann kamen sie an einem Stollen vorüber, in dem gearbeitet wurde.

Fazzgadt atmete auf und wies triumphierend ins Innere des Stollens.

„Ha! Ihr brecht also doch Erz!"

Zweibart schaute ihn verwundert an.

„Natürlich brechen wir Erz. Aber es geht weniger um das Ergebnis als um die Arbeit selbst. Man ist gesellig in den Gängen. So etwas stärkt das Gemeinschaftsgefühl."

Verwundert betrachtete Fazzgadt die Zwerge im Inneren des Stollens, die vergnügt ihre Hämmer schwangen und dabei scherzten und lachten.

„Aber was ist mit den Quoten? Der Goldbilanz? Belohnungen für besonders eifrige Schürfbrüder?" Arbeit zum Vergnügen? Das schlug dem Fass den Boden aus! Das konnte doch alles gar nicht funktionieren. Wahrscheinlich machte altes oder gemischtes Bier verrückt. Eine Welt, in der Gold nichts wert und Arbeit zum Vergnügen da war, war widernatürlich. Fazzgadt sträubte sich schon bei dem Gedanken daran der Bart.

„Aber warum sollte ein Zwerg dafür belohnt werden, wenn er mehr Zeit seines Lebens als nötig mit Arbeit verschwendet?", fragte Zweibart verwundert.

Fazzgadt verdrehte die Augen. Sie hätten das Imperium nie verlassen dürfen. Diese Welt der Entzwergten war zerfressen von Wahnsinn. Und er wollte gar nicht wissen, was für Gefahren in den Gängen abgesehen von Mischbier und Goldwertverfall noch drohten.

Sie waren noch nicht weit gegangen, als Blechboldt sich erneut an ihren Führer wandte: „Kannst du uns mehr von der schartigen Schaufel erzählen?"

„Aber natürlich", erwiderte Zweibart im Gehen. „Es ist eine Gemeinschaft von Kriegermönchen. Wir alle haben geschworen, zeitlebens weder Hammer noch Axt, sondern nur die

Schaufel, die Mutter allen Werkzeugs, zu führen. Um unseren Lebensunterhalt zu verdienen, um uns zu verteidigen, für alles. Die Schaufel ist unser steter Begleiter und ist uns näher als unser Bart.“

„Und was genau ist die Aufgabe eurer Gemeinschaft?“, fragte Blechboldt interessiert.

„Die Gemeinschaft der schartigen Schaufel wurde gegründet, um für das Ende aller Zeiten drei Dinge zu bewahren: Die letzten Worte des Erzferkels, die Erfahrung Krummdingk Eisenkeims und die Geschichte des Ehernen Volkes.“

„So wie das zweibeinige Gedächtnis des Hohepriesters?“, fragte Blechboldt, der unweigerlich an ihren verstorbenen Gefährten zurückdenken musste.

Zweibart schüttelte den Kopf.

„Nein, anders. Aber dazu später mehr. Ihr seid noch nicht so weit.“

Diese Aussage gab Fazzgadt wieder einmal Grund, empört aufzufahren: „Wir sind noch nicht so weit? Wie alt bist du überhaupt, du Grünbart?“

Ihr Führer aber ließ sich nicht aus der Ruhe bringen.

„Mein Alter ist nicht von Belang, denn jeder von uns ist so alt wie die Gemeinschaft, deren Mitglied er ist. Ihr Wissen und Können ist das unsere.“

„Klar. Natürlich“, sagte Fazzgadt mit einem Nicken. „Verstehe schon. Ihr teilt euch das Alter. Ich würde wirklich gerne mal wissen, was der große Bartfilz euch rauchen lässt.“

„Und was hat es mit euren Bärten auf sich?“, fragte Blechboldt.

„Sie folgen den Regeln unserer Gemeinschaft. Nur ein initiierter Bruder darf sich einen zweiten Zopf in den Bart flechten“, erwiderte Zweibart.

Fazzgadt rückte seine rote Kutte zurecht und schimpfte:

„Pah, sobald ich erst wieder einen Bart habe, flechte ich mir so viele Zöpfe hinein, wie ich will. Das sage ich dir, du Schaufelkasper!"

Zweibart achtete jedoch nicht auf ihn. „Gemeinsam mit den übrigen Zweibärten lehre ich die einbärtigen Schüler unserer Gemeinschaft, die Schaufel im Kampf zu führen …", sagte er.

„Ha, Schaufel!", rief Fazzgadt mürrisch. „Du hättest nicht den Staub einer Chance gegen meine Axt, Zwipfelbart!"

„Ich erhalte meine Weisungen direkt von Meister Dreibart", fuhr Zweibart unbeirrt fort. „Dieser steht den Klosterhöhlen vor und ist dem Willen der Schaufel am nächsten."

Fazzgadt, der immer noch keine Ruhe geben wollte, pöbelte lautstark weiter: „Dem Willen der Schaufel? Das klingt wie die Launen meines Hammers … Was ist diese Schaufel überhaupt?"

Daraufhin griff Zweibart in den Kragen seiner Kutte und zog eine grob gliedrige Kette hervor, an deren Ende ein schaufelförmiges kupfernes Amulett baumelte.

„Die Schaufel, Fazzgadt, ist ein Symbol", sagte er. „Sie vermag dich von allem Schmutz und Unrat zu befreien, der sich in deinem Inneren türmt. Weißt du die Schaufel zu führen, dann weißt du deinen Geist rein zu halten."

Bevor Fazzgadt jedoch Gelegenheit bekam, sich über die Reinheit seines Geistes Gedanken zu machen, erreichte die kleine Gruppe den Eingang einer Höhle, an deren Stirnseite sich eine grob behauene Treppe aus schimmerndem rotem Stein befand, die von brennenden Flammsteinfackeln an den Wänden flankiert wurde.

Zweibart ließ das Amulett zurück in seine Kutte gleiten und blickte die Gefährten ernst an.

„Früher oder später muss sich jeder Zwerg, der eine Rolle

im Schicksal unseres Volkes spielen will, entscheiden, was er sein will … Schaufel oder Stiel. Mehr gibt es nicht auf dieser Welt."

Fazzgadt blickte ihn verwundert an. Eine solche Frage hatte er sich noch nie gestellt. Und wenn er es recht bedachte, dann wollte er weder das eine noch das andere sein und mit der Schaufel rein gar nichts zu tun haben.

Glimmboldt hätte nach wie vor einen Hammer nicht von einer Axt und beides nicht von einer Schaufel zu unterscheiden vermocht. Und der Ferkelbändiger sah zwar den Sinn in Zweibarts Worten, hätte aber jede Schaufel samt Stiel jederzeit gegen ein Erzferkel eingetauscht. Flammrank schließlich hielt nicht viel von derart einseitigem Glauben. Die Schaufel löste seines Erachtens nicht mehr Probleme als jedes andere Werkzeug. Und jedes Werkzeug war allenfalls so gut wie der Zwerg, der es führte. Außerdem relativierten sich Gedanken wie diese erheblich, wenn besagter Zwerg blind war.

Solcherart in Gedanken über die Mysterien der Schaufel versunken, stiegen die Gefährten gemeinsam die Stufen aus rot schimmerndem Magmagestein empor, in denen sich das Licht der Flammsteinfackeln spiegelte.

Zweibart, der ihnen voranschritt, drehte sich kurz zu ihnen um.

„Jede dieser Stufen steht für eine der siebenunddreißig Kammern, welche die Ganzheit der Schaufel ausmachen. Nur wer sie alle durchschritten hat, darf seinen Bart zu zwei Zöpfen flechten und die Weihen der Schaufel empfangen."

Am Ende der Treppe erhob sich ein massives stählernes Tor, das die Form eines riesigen Schaufelblattes hatte und von zwei Wachen mit langstieligen Schaufeln flankiert wurde.

Zweibart senkte den Kopf und raunte den Gefährten zu: „Dieses Tor, oh Prophezeite, führt in das Heiligtum der Gemeinschaft. Macht euch bereit, den innersten Geheimnissen der Schaufel zu begegnen."

Und obwohl sie nicht einmal ahnten, was für Geheimnisse die Schaufel bergen mochte, stiegen die Kameraden die Stufen mit wachsender Ehrfurcht hinauf – abgesehen freilich von Glimmboldt, dem auch dieses Gefühl fremd war. Als die Zwerge schließlich die letzte Stufe erreicht hatten, stellten sich ihnen die Wachen mit entschlossenem Gesichtsausdruck in den Weg. Sie musterten die Gruppe, bis ihre Blicke an Glimmboldts Kinn hängen blieben. Ehrfürchtiges Staunen machte sich auf ihren Gesichtern breit. Sie fingen sich aber sogleich wieder und wandten sich an ihren Vorgesetzten: „Die Schaufel sei mit dir, Zinkk Zweibart."

„Und mit euch", entgegnete dieser und bedeutete den Wachen, das Tor zu öffnen. „Dieses Tor, oh Prophezeite", sagte Zweibart an den Schicksalszwerg gewandt, „ist der Gang in die Zukunft des Ehernen Volkes."

Auf seinen Wink hin zogen die Wächter an den schaufelförmigen Torgriffen, und dann teilte sich unter lautem Knarren gravitätisch das Schaufelblatt des Tors.

Vor ihnen tat sich der Blick auf eine riesige Halle auf. Im Schein zuckender Flammen, die auf schmalen Petroleumrinnen an den Wänden tanzten, konnten die Zwerge geritzte Schaufelmuster erkennen, ein wirres Geflecht aus Schaufeln und Stielen, das sich bis unter die Decke der Halle über die Wände erstreckte.

Vor den Wänden befanden sich Reihen von Waffenständern mit funkelnden Schaufeln darin.

Und während die Zwerge einige Stufen ins Innere der Halle hinabstiegen, erkannten sie auf der gegenüberliegenden Seite vier massive Stahltüren, zwischen denen sich das steinerne Abbild einer Schaufel erhob. Ein knappes Dutzend Einbärte hockte unter den strengen Blicken einiger Zweibärte davor, offenbar ins Gebet vertieft. Ihr Murmeln hallte von der Skulptur und den Schaufelbildnissen an den Wänden wider, und die ganze Halle schien erfüllt vom Geist der Schaufel.

All das vermochten die Neuankömmlinge auf den ersten Blick zu erkennen. All das und noch etwas anderes: Etwas, das ihre Aufmerksamkeit noch weit mehr fesselte als alle Schaufeln zusammengenommen: Im Zentrum der Höhle nämlich stand der goldene Altar aus der kryptischen Kammer!

Und daneben, in ein angeregtes Gespräch mit Krangk dem Troll und einem Zwerg mit dreifach geflochtenem Bart versunken, befand sich der Höchste der Hohen, der Totgeglaubteste unter den Totgeglaubten, der, wie die anderen beiden auch, eine Kutte aus flammendem Rot trug.

Als die Gefährten näher kamen, hob er den Blick, und seine Augen funkelten ihnen durch die zerkratzten Augengläser hell entgegen. „Freunde!", rief er. „Es ist also wahr, auch ihr seid den Töpfen der Trolle entkommen!"

Die Gefährten blieben verwundert stehen.

Der Dreibart machte lächelnd einen Schritt auf sie zu. Er unterschied sich insofern von seinen Mitbrüdern, dass er abgesehen von der Kutte auch noch einen eigentümlichen Helm trug.

„Willkommen, Schicksalszwerg, in der Schaufelhalle. Mein Name ist Meister Dreibart, und ich kann mich eurem Kameraden nur anschließen", sagte er. „Alles wendet sich zum Guten, und in dieser Schicht noch werden sich die Stollen, welche die schartige Schaufel im Geheimen gegraben hat, als sinnreich erweisen."

Der Troll, der ebenfalls eine rote Kutte trug, trat an seine Seite.

„Auch mich findet ihr erfreut, euch unversehrt zu sehen."

Die Gefährten tauschten erstaunte Blicke. Ein Troll, der Zwergisch sprach? War so etwas überhaupt möglich? Oder hatte bereits ein Humpen des merkwürdigen Biers der Entzwergten ihre fünf Sinne verwirrt? Ungläubig deutete Fazzgadt auf den sonderbaren Stinkschädel. „Aber er hat sich doch mit diesem Horrk sogar geschlagen, um den Hohepriester zu bekommen …"

Lächelnd nickte der Troll.

„Fürwahr, dieses unwürdige Schauspiel gereicht stets zur Freude meines Volkes. Wir betreiben es, damit sich das Misstrauen der Trolle in Grenzen hält und keiner von ihnen auf die Idee kommt, dass wir mit den Zwergen unter einem Helm stecken."

„Aber wie vermag dieser Unhold unsere Sprache zu sprechen?", fragte Blechboldt immer noch ungläubig.

Bevor der Troll ihm antworten konnte, sagte der Höchste der Hohen in gebieterischem Tonfall: „Krangk ist ein trollischer Gelehrter! Vermutlich der einzige überhaupt."

Meister Dreibart nickte und trat an die Seite des Trolls. Einem Zwerg hätte er vermutlich tröstend auf die Schulter geklopft, Krangk jedoch tätschelte er versöhnlich den Oberschenkel.

„Und er leidet darunter, es unter seinem Volk nicht sein zu dürfen."

„Nun ja, einem regen Geist ist das Brüllen und Stampfen auf längere Sicht zu eintönig", sagte der Troll mit einem betrübten Nicken.

„Also gut, Troll", sagte Blechboldt. „Ich verstehe, weshalb du den Hohepriester gerettet hast …"

„Du magst es vielleicht verstehen, aber ich für meinen Teil …", murmelte Fazzgadt missmutig und so leise, dass niemand außer ihm es hörte, während Blechboldt bereits fortfuhr: „Aber weshalb den Altar? Er müsste doch jetzt, da Schwartzbarth das Artefakt daraus entfernt hat, vollkommen wertlos sein, oder?“

Fazzgadt nickte energisch.

„Genau das müsste er! Es sei denn, ihr habt versucht, uns eine Axt für einen Hammer vorzumachen, und Gold ist bei euch doch etwas wert!“

Meister Dreibart trat einen Schritt vor, sodass Fazzgadt und der Ferkelbändiger Gelegenheit erhielten, seinen eigentümlichen Helm genauer zu betrachten: Er schien aus einem Stück geschmiedet und war rechts und links mit zwei matt schimmernden, seitlich abstehenden Schaufelblättern versehen, die über feingliedrige Ketten miteinander verbunden waren. Und an den Ketten baumelte ein daumendickes, in Silber gefasstes Kristallgefäß, das bläulich schimmerte. Es wirkte beinahe hypnotisch, wie es dort über seinem Kopf hin und her schaukelte, und die Gefährten vermochten kaum den Blick davon abzuwenden.

„Wie zum Rost, Ferkelbändiger“, sagte Meister Dreibart, „kommst du darauf, dass das abartige Artefakt fort sei?“

Blechboldt wies auf den Altar.

„Na, der Aufbau, die kristallene Vitrine, Schwartzbarth hat sie doch entfernen lassen, um in den Besitz des Artefaktes zu gelangen, und …“

Meister Dreibart lachte laut auf, sodass seine drei Bartspitzen lustig zuckten.

„Sorgt euch nicht. Das abartige Artefakt ist nicht fort.“

Blechboldt eilte an Dreibart vorbei zum Altar hinüber und betastete demonstrativ die Stelle, wo zuvor der Aufbau gewesen war.

„Aber wir haben es doch gesehen! Die Piraten haben es abmontiert!“

Dreibart hob beschwichtigend die Hand.

„Ihr habt das Vermächtnis Wutrich Pilzgrimms gesehen, das einst bei dem Artefakt verborgen wurde. Doch in wenigen Augenblicken schon wird sich euch das Artefakt selbst offenbaren …"

Er gab Zinkk Zweibart, der die Gefährten hierher geführt hatte, einen stummen Wink. Eilig ging dieser zum Altar hinüber und zog aus dem Ärmel seiner Kutte den Schlüssel, den er aus der zittrigen Hand Grogk Kieselbruchs erhalten hatte. Dreibart nahm ihn entgegen, stieg mit Hilfe des Trolls auf den goldenen Altar und hielt den Schlüssel in das Licht der Flammsteinfackeln empor.

„Dieser Altar ist mitnichten, was er zu sein scheint!"

Die Blicke des Schicksalszwergs folgten ihm wie gebannt. Nur Glimmboldt hatte wieder einmal anderes im Sinn und schlug stattdessen seine stählernen Zähne in ein Schaufelblatt und begann begeistert darauf herumzukauen, während die betende Bruderschaft ihn des heiligen Males an seinem Kinn wegen nicht zurechtzuweisen wagte.

Der Schlüssel in Meister Dreibarts Hand funkelte golden, und mit feierlicher Stimme hob er an: „Dies ist der Schlüssel zu den sterblichen Überresten desjenigen, der nie ein Zwerg war und der jenem, der keiner mehr ist, ein Führer sein wird!"

Alle, die ihm lauschten, wurden von der Feierlichkeit des Augenblicks ergriffen. Beinahe wäre sogar Fazzgadt entgangen, dass es sich hier wieder einmal um Aberglauben in seiner vergorensten Form handelte. Er bemerkte es jedoch noch rechtzeitig und wollte gerade verächtlich ausspeien, als Dreibart sich bereits vorbeugte und den Schlüssel in eine kaum sichtbare Vertiefung in der Oberfläche des Altars einführte. Und als er ihn mit einer entschlossenen Bewegung herumdrehte, blieben Fazzgadt die Worte im Halse stecken. Im selben Moment nämlich verschwand der Schlüssel im Inneren des Altars, und mit einem lauten Klicken, das die Gebete der Gemeinschaft übertönte, sprangen nacheinander verschiedene Riegel zurück. Die Schaufelbrüder verstummten, und die Blicke aller Anwesenden richteten sich auf den Altar, während Dreibart eilig von ihm heruntersprang. Gerade noch rechtzeitig, denn im nächsten Moment schnappte das Oberteil des Altars auf. An den Seiten des Altars wurden goldene Scharniere sichtbar, mit deren Hilfe sich ein zweigeteilter Deckel öffnete. Die Gemeinschaft kam näher und umringte in einem Meer aus roten Kutten, das Ähnlichkeit mit dem Magmasee hatte, den Altar.

Meister Dreibart griff nach einer Schaufel, rammte sie an der Stirnseite des Altars in den Boden und stieg auf das Schaufelblatt, um ins Innere blicken zu können.

„Dies ist der Sarkophag, in dem derjenige, der nie Zwerg war, den Gebräuchen seiner Heimat entsprechend, seine letzte Ruhestätte gefunden hat. Dies ist der Körper des letzten Propheten, der unserem Volk die Rettung verhieß. Schaut und staunet, denn dies ist der Nimmerzwerg!"

Die Gefährten drängten sich dichter an den Sarkophag heran, und die Kuttenträger reichten ihnen Schaufeln, damit auch sie sie in den Boden rammen und durch Ersteigen der Schaufelblätter eine bessere Sicht gewinnen konnten. Und schließlich konnten sie alle erkennen, was sich im Inneren des falschen Altars befand.

Dort lag, abgezehrt und mit dünnen Gliedmaßen, die kaum mehr waren als Haut und Knochen, eine Gestalt, die ihnen auf den ersten Blick wie das Zerrbild eines Zwergs erschien. Sie war mehr als zwei Zwerg groß, und ihre Gliedmaßen waren eigentümlich lang und für Zwergenverhältnisse vollkommen unproportional. Das eingefallene Gesicht des Geschöpfs war bartlos, und selbst die Reste seiner Kleidung schienen nichts Zwergisches an sich zu haben.

Und während Blechboldt dem blinden General berichtete, was für Seltsamkeiten sich ihren Augen enthüllten, flüsterte Fazzgadt missmutig: „Ich finde es unanständig, sich nicht ordentlich verbrennen zu lassen. Besonders, wenn man so aussieht."

„Wie meinst du das?", fragte Blechboldt.

„Na, das ist doch wohl klar wie Kieselquarz! Dieser Zwerg war ganz augenscheinlich krank. Schau dir nur mal seine Arme und Beine an. Außerdem ist das viel zu viel Körper für einen Zwerg. Kein Wunder, dass der arme Kerl nicht alt wurde. Bei so einer Krankheit … Wenn das jetzt allerdings ansteckend ist …"

Fazzgadt erschauerte bei dem Gedanken daran, mehr Zwerg als nötig zu sein.

Doch Dreibart ließ ihn nicht weitersprechen.

„Dieses Geschöpf ist nie Zwerg gewesen. Weder krank noch gesund. Denn es ist der Nimmerzwerg, der durch den schrundigen Schacht herabgestiegen ist, um uns den einzigen Weg zu zeigen, der unserem Volk nun, am Ende aller Zeiten, noch Rettung verheißt!"

Fazzgadt hörte ihm nur mit halbem Ohr zu und betrachtete stattdessen die Kreatur im Inneren des Sarkophags. Um ihren Hals trug sie ein Amulett, auf dem sich einstmals ein Symbol befunden haben musste. Dieses war jedoch entfernt worden. Allerdings befand sich noch ein anderer Gegenstand in dem Sarkophag, der mit ziemlicher Sicherheit Ursprung des Kultes dieser rot gewandeten Sonderlinge war: Die fleischlosen Hände des Nimmerzwergs nämlich umklammerten nichts anderes als eine Schaufel, deren Blatt von Scharten und Rissen übersät war.

Dreibart beugte sich über den Sarkophag und griff nach dem Amulett. Ebenso, wie es zuvor Grogk Kieselbruch getan hatte, drehte er es vorsichtig herum und nahm aus einer Vertiefung an seiner Rückseite einen langstieligen Schlüssel.

„Dies ist die Hoffnung", sagte er feierlich. „Dies ist die Zukunft."

„Verdammt mickrig, wenn ihr mich fragt", ließ sich Fazzgadt vernehmen, der den Schlüssel prüfend musterte. „Vor allem, wenn es Hoffnung *und* Zukunft sein soll!"

„Halt den Mund!", raunte der Ferkelbändiger ihm zu.

„Dies ist der Schlüssel zu der Tür, die der Schicksalszwerg durchschreiten muss, um seine Bestimmung zu erfüllen ...", fuhr Dreibart fort, ohne auf den Einwurf Fazzgadts zu achten.

„Hallo?", rief Fazzgadt und wedelte mit den Armen. „Du abergläubische Quasselquappe, weißt du überhaupt, was du da redest?"

Er schaute zu Glimmboldt hinüber, der sich inzwischen bis zu seiner dritten Schaufel durchgebissen hatte. Er hatte nicht vor, auch noch den Rest ihres Lebens mit diesem Bestimmungshürdenlauf zu verbringen. „Dieser greise Olmtreiber dort", sagte er und deutete auf den Hohepriester, „hat sich die Prophezeiung des Schicksalszwergs doch nur deshalb ausgedacht, weil der Verwalter ihn dazu gezwungen hat!"

Meister Dreibart lächelte milde. „Verstehst du denn nicht, du einfältiger Schippenschwinger? Den Schicksalszwerg hat es nie wirklich gegeben! Er ist eine Laune des Höchsten und des Verwalters! Eine improvisierte Prophezeiung!"

Der Hohepriester nickte.

„Ja, und es war Bestimmung, dass die Prophezeiung auf diesem Wege wahr werden würde."

Fazzgadt verdrehte die Augen, bis es ihm wehtat. Selbst

vor der Wahrheit schien man sich hinter der Schaufel trefflich verbergen zu können.

Dreibart hob den Kopf und wandte sich wieder an alle Umstehenden: „Doch bevor ihr dem Schicksal gegenübertretet, werden euch nun in der Grabkammer des Großen Erzferkels nach Aberhundert Jahren seine letzten Worte offenbart werden!“

Blechboldt horchte auf, und bei dem Gedanken an das heiligste aller Geschöpfe klopfte sein Herzstein schneller. Auch die Augen des Hohepriesters strahlten begeistert, während Fazzgadt nur noch mürrischer dreinblickte.

Dreibart stieg von seiner Schaufel herab und bedeutete den Gefährten, es ihm gleichzutun und ihm zu den vier Türen an der Stirnseite der Halle zu folgen.

INTERMEZZO

Obwohl der untote Trümmerboldt inzwischen auch die Verbrecher und Kranken des Ehernen Imperiums in Ketten hatte legen lassen, ging es mit dem Ausbau des Rohrsystems nur schleppend voran. Das lag vor allem daran, dass es die Zwerge verwunderte, ihre gewohnte Arbeit ruhen lassen zu müssen und Erz, statt es aus den Wänden der Gänge abzubauen, in Form von Metall daran festzuschmieden. Die meisten von ihnen empfanden diese Tätigkeit als zutiefst wider ihre Natur. Aus diesem Grund wuchs der vielrohrige Wille Harrm Blutklumps deutlich langsamer als geplant in die Höhlen hinein. Seine Zwergenschergen schluderten, machten Fehler und waren nur halb bei der Sache.

Die Zwerge rätselten, was in ihrem Herrscher vorgehen mochte. Durch die Arbeit, die er ihnen befohlen hatte, schmetterte er alles, was ihnen heilig war, in den Staub der Gänge. Ganz gleich, wie sehr er sich auch zu Tradition und Brauchtum bekennen mochte. Krugk Trümmerboldt verriet die Werte des Imperiums, knechtete seine Untertanen und zwang sie, bartfremde Tätigkeiten auszuüben. Kein Bier der Gänge vermochte dauerhaft darüber hinwegzutäuschen. Selbst wenn man es mit Dumpfbeere und Zwirbelwirrwurz versetzte, die Zwerge dreimal pro Schicht in Ketten durch die Brauhöhlen trieb und dabei darauf achtete, dass jeder seinen Humpen bis auf den Grund leerte.

Blutklump spürte den wachsenden Unmut seines Volkes. Darum hatte er, kaum dass die Zwerge allesamt in Ketten lagen, nach und nach durch seine Menhire ihre Waffen einsammeln lassen. Zum einen verringerten sich dadurch die Gefahren für seine Leibwache, und zum anderen ließ sich durch das Einschmelzen der Waffen Rohmaterial für den Bau der Rohre gewinnen. Vor allem ging es ihm aber um die Sicherheit. Und der zuliebe mussten die Zwerge am Ende einer Schicht, wenn sie mit klirrenden Ketten die Gänge in Richtung der Schlafhöhlen verließen, sogar ihre Werkzeuge abgeben.

Wann immer der Unmut des Ehernen Volkes zu laut wurde, versuchte Blutklump die Zwerge damit zu beruhigen, dass all das nur zu ihrem eigenen Wohl geschah. Und obwohl dies die Worte waren, die seine Untertanen hören wollten, gelang es ihrem Herrn doch nicht ganz, sie damit zu beschwichtigen.

Noch immer blieben Zwerge, die an dem festhielten, was das Erbe des Imperiums ausmachte. Die meisten von ihnen ertrugen die Schmach des Rohreschmiedens schweigend. Andere, die sich mit Schlössern auskannten, knackten ihre Fußfesseln, warfen ihre Hämmer fort und verschwanden klammheimlich in Richtung der Brücke der Verdammnis.

Unter diesen Zwergen aber war einer, der das Wohl des Imperiums über sein eigenes stellte. Ghrob Zweischlag war gold- und gottesfürchtig wie kaum ein zweiter Zwerg. Er streifte seine Ketten ab und tauschte seinen Hammer gegen eine Axt, die er vor der Zeit der Großen Kette in einem Seitenstollen verborgen hatte. Er wollte seinem Namen Ehre machen und die Sklaverei mit zwei gezielten Schlägen beenden. Nämlich zusammen mit dem Leben Krugk Trümmerboldts, den nie ein Gott dazu bestimmt hatte, Herrscher des Ehernen Volkes zu sein.

Letzten Endes aber sollte er damit dem Willen Harrm Blutklumps erst den Gang ebnen und die Herrschaft des doppelt falschen Verwalters endgültig besiegeln.

Dass es Zweischlag gelang, sich unter dem Echo klirrender Ketten und wummernder Schmiedehämmer bis an den Herrscher der Zwerge heranzuschleichen, lag daran, dass die Menhire vor allem darauf achteten, dass die Kettenzwerge ihre Arbeit verrichteten. Er schlich sich an einem nach dem anderen vorbei, bis er zu Trümmerboldt vorgedrungen war. Dieser versicherte das Eherne Volk gerade einmal wieder der Huld der Gottzwerge und sprach von der Kraft des Zusammenhalts, als Ghrob Zweischlag hinter ihm die Axt erhob und Trümmerboldt damit zwei heftige Schläge versetzte, die jedem Zwerg die Grubenlampe ausgeblasen hätten.

Krugk Trümmerboldts Herzstein war jedoch bereits gebrochen, und seine Seele hatte längst den Weg alles Zwergischen beschritten, sodass ihm Zweischlags Axt nichts mehr anhaben konnte.

Die Wucht der Schläge hätte ihn dennoch beinahe von den Füßen gerissen. Er verlor seinen Helm, der zu Boden fiel und ins Dunkel eines nahe gelegenen Ganges polterte. Im Schein der Käferlampen glaubte Zweischlag für einen kurzen Moment, etwas in seinem Hinterkopf schimmern zu sehen.

Das Klappern des Helms ließ die Menhire erschreckt hochfahren und zu Trümmerboldt aufblicken, in dessen Rücken Zweischlags mächtige Axt steckte. Seltsam schillerndes Blut schoss aus der Wunde. Es schien weit heißer zu sein als gewöhnliches Blut und dampfte in der kühlen Luft der Gänge. Das Blut spritzte auf die Hand des Attentäters und brannte sich in seine Haut.

Mit einem Aufschrei zuckte Zweischlag zurück und sah entsetzt zu, wie sein Opfer sich mit der Klinge im Rücken aufrichtete und langsam zu ihm umdrehte. Die Blicke aller Anwesenden ruhten auf Trümmerboldt, und alle vermochten seine Stimme zu hören, die durch die spärlich beleuchteten Gänge hallte: „Ich vergebe dir!“

Dann griff er hinter sich, um mit einem Ruck die Axt aus seinem Rücken zu ziehen. Er riss sie mit beiden Händen empor, wandte sich den Zwergen zu und schleuderte die blutige Waffe zu Boden.

Er schloss die Augen und breitete die Arme aus.

Ein Raunen ging durch die Menge der Zwerge. Ketten rasselten, als die Zwerge einer nach dem anderen, Sklaven ebenso wie Menhire niederknieten, im Angesicht ihres Herrn, dem die Gottzwerge Unsterblichkeit verliehen hatten!

Auch Ghrob Zweischlag war auf die Knie gesunken, gold- und gottesfürchtig wie kaum ein anderer. Er hatte das Wunder aus nächster Nähe gesehen und würde fortan der treueste Knecht des doppelt falschen Verwalters sein.

KAPITEL X

IN DEM EIN SCHLÜSSELMEISTER SEINER ARBEIT NACHGEHT, BLITZKANONEN SPRECHEN UND DIE LETZTEN WORTE DES GROSSEN ERZFERKELS ERKLINGEN

Das Meer der roten Kutten teilte sich, die Schaufelbrüder traten auseinander und bildeten eine Gasse, durch die Meister Dreibart, gefolgt vom Schicksalszwerg, zur Stirnseite des Raumes schritt, wo sich das steinerne Schaufelstandbild erhob. Rechts und links davon befanden sich in der Wand jeweils zwei schaufelblattförmige Türen aus schwarzem Stahl mit eingeprägten Symbolen darauf.

Dreibart murmelte den Umstehenden zu: „Holt den Schlüsselmeister."

Unter den Mönchen in der Halle begann sich ein Flüstern auszubreiten: *Den Schlüsselmeister, holt den Schlüsselmeister.*

Dreibart und seine prophezeiten Begleiter erreichten die beiden Tore zur Linken des Standbildes. Auf einem von ihnen prangte die grob vereinfachte Darstellung eines Erzferkels, das vor allem durch seinen Rüssel erkennbar war, und auf dem anderen eine von Strahlen umgebene Kugel. Trotz der Tatsache, dass dies die Welt der Entzwergten war, waren um beide Zeichen die Symbole der zwergischen Stämme angeordnet: Flamme, Hügel, Menhir, Amboss, das Dreikorn und die einschneidige Axt. Feuer, Erde, Fels, Stahl, Sand und Erz. Als wäre das Eherne Volk nie getrennt worden, prangten auf dem Tor alle sechs Stammeszeichen.

Das Raunen der Menge schwoll weiter an, während Dreibart sich feierlich den Gefährten zuwandte.

„Hinter diesen Türen liegen die Kammern der Hoffnung, des Werdens, der Trauer und des Erwachens … die Heiligtümer der Schaufel. Macht euch bereit, euer Knie vor dem Grab des größten aller Ferkel zu beugen und sein Vermächtnis zu empfangen!"

Hinter dieser Tür also lag sie, die letzte Ruhestätte des Großen Erzferkels.

Glimmboldt kicherte, während der Ferkelbändiger vor Ehrfurcht erschauerte.

Hinter ihnen war der Ruf nach dem Schlüsselmeister lauter geworden, und inmitten der Kuttenträger begann sich eine zweite Schneise zu bilden.

Und dann war plötzlich ein rhythmisches Rasseln und Klirren zu hören, begleitet von schweren Schritten und einer übellaunigen Stimme.

„Ja, ja, ich komm ja schon. Dass ihr es auch immer so eilig haben müsst. Wenn, dann sofort. Am besten noch etwas eher. Dass ihr eine Schaufel nicht in Frieden rosten lassen könnt …"

Das Geräusch kam näher. Es klang beinahe wie eine Kiste mit Nägeln, die im Takt geschüttelt wurde. Die Umstehenden murmelten ehrfürchtig den Titel des Schlüsselmeisters, der sich seinen Weg durch ihre Reihen bahnte.

„Hetzt mich doch nicht, verdammt noch eins!", brummte der Schlüsselmeister. „Ein alter Zwerg ist schließlich kein Schieferspringer."

Fazzgadt frohlockte innerlich, als er diese Worte vernahm. Dieses Schimpfen war wie flüssiges Gold in seinen Ohren! Es klang nach einem Zwerg, der schlechte Laune und den Herzstein am rechten Fleck hatte!

Gleich darauf war über die Kapuzen der Schaufelbrüder hinweg ein über und über mit Schlüsseln behängter Troll zu sehen, und wenig später kam auch der Zwerg in Sicht, der ihm folgte.

Er war etwas kleiner und gedrungener als die meisten anderen Zwerge und das Rot seiner Kutte mit dunklen Flecken überzogen. Über der Kutte trug er eine zerschlissene Lederweste mit zahlreichen Taschen, aus denen Schlüsselrohlinge und Werkzeug hervorlugten. Er trug Ledermanschetten, in denen Feilen und Zangen steckten, Oberarmtaschen mit Schlüsseln darin und eine Halskette, an der ebenfalls ein gutes Dutzend Schlüssel baumelte. Auch an seinen schimmernden Ohrringen und an dem Helm, den er im Gegensatz zu den meisten anderen Mönchen aufhatte, hingen Schlüssel. Einige waren auch in seinem wirren schmutzig grauen Bart festgeknotet, und sogar das Blatt der Schaufel, die in seinem Gürtel steckte, besaß die Form eines Schlüssels. Selbst die Einfassung seiner Augengläser, die doppelt so dick waren wie die des Allerüberhöchsten, war mit Schlüsseln verziert. Diese Gestalt war mehr Schlüssel als Zwerg, und es war kaum vorstellbar, dass es irgendeine Tür diesseits oder jenseits des Vergessens gab, die ihm verschlossen bleiben könnte.

„Dieser Zwerg fertigt eure Schlüssel und Schlösser?“, fragte Fazzgadt Meister Dreibart nicht ohne Bewunderung.

„Nur die Schlüssel. Die Schlösser schmiedet der Schlossmeister“, erklärte Dreibart mit gesenkter Stimme.

Fazzgadt nickte.

„Aber ist das denn sinnvoll?“, fragte Blechboldt zweifelnd.

Dreibart zuckte mit den Schultern.

„Es ist Tradition. Zwischen den beiden herrscht ein ernster Wettstreit. Sie versuchen stets ein Stück zu schmieden, zu dem der andere das Gegenstück nicht zu erschaffen vermag.“

„Und ist es schon einem von ihnen gelungen?“, wollte Fazzgadt wissen.

Lächelnd schüttelte Dreibart den Kopf, sodass die Ketten an seinem Helm lustig hin und her schaukelten.

„Nein. Aber das kümmert die beiden nicht. Sie schmieden unablässig weiter, obwohl wir hier unten gar nicht ausreichend Türen haben, um all die Schlösser einzubauen …“

„Dann vermag dieser Zwerg also mehr Türen zu öffnen, als es überhaupt gibt“, flüsterte Fazzgadt voller Bewunderung.

Der Troll, der hinter dem Schlüsselmeister herwankte, trug noch einmal das Fünffache an Schlüsseln mit sich. Er hatte Ringe im Gesicht, an Ohren und Nase, und diese waren ebenso wie sein Körper, der mit hakenbewehrten Ledergurten und Ketten behängt war, voller Schlüssel. Vor diesen beiden musste einfach jede Tür, die es jemals gegeben hatte oder die jemals sein würde, ihr Schloss beugen.

Als der Schlüsselmeister näher kam und den Schicksalszwerg erblickte, leuchteten seine Augen hinter den Gläsern auf.

„Naja, zumindest holt ihr mich dieses Mal nicht wieder wegen irgendeinem klemmenden Schloss aus der Werkstatt.“ Er wandte sich zu den Kameraden und nickte ihnen unter lautem Klimpern zu. „Ich nehme an, ihr seid der Schicksalszwerg. Wunderbar. Ich bin begeistert. Und irgendeiner von euch trägt das Zeichen der Schaufel, womit wir dann alle beieinander hätten. Dann lasst uns das Ganze mal hinter uns bringen, damit ich wieder meiner Arbeit nachgehen kann.“

Meister Dreibart blickte den Schlüsselmeister konsterniert an.

„Schlüsselmeister! Du solltest diesem schicksalhaften Augenblick etwas mehr Ehrfurcht und Tiefe zugestehen!“

Der Schlüsselmeister zuckte nur mit den Schultern und verdrehte die Augen. Dann richtete er sich zu seiner vollen Größe auf, hob beide Arme und sagte sichtlich gelangweilt: „Wohlan, Meister Dreibart! Ich, der Hüter des achten Schlüssels, bin nunmehr bereit, auf Ansinnen der ersten Schaufel die Tür zur Kammer der Trauer zu öffnen!“

Mit diesen Worten beugte er sich zu dem Schlüsselloch hinab, das sich zwischen den Zeichen für Stahl und Feuer befand. Aus einer seiner zahlreichen Taschen zog er eine kleine Flammsteinleuchte hervor und hielt sie direkt in das Loch.

Derweil beugte sich Dreibart zu Blechboldt hinüber und flüsterte: „Hüter des achten Schlüssels klingt gut, nicht wahr?“

„Ein bedeutsamer Titel!“, bestätigte der Ferkelbändiger mit einem eifrigen Nicken.

„Er trägt ihn allerdings nur, weil er die ersten sieben Schlüssel verloren hat …“, offenbarte ihm Dreibart flüsternd.

In diesem Moment richtete sich der Schlüsselmeister wieder auf und griff sich nachdenklich in den Bart.

„Ach ja, ich erinnere mich … die Kammer der Trauer. Wenn ich mich recht entsinne, war das ein dreibärtiger Linksgreifschlüssel mit griffgelagerter Rechtsdrehsperre aus Schwarzstahl …“

Er winkte seinen trollischen Schlüsselgehilfen herbei, ließ ihn sich einmal im Kreis drehen und betrachtete aufmerksam die klimpernden Schlüssel, mit denen er behängt war.

„Hm, er scheint jedoch weder bei den schwarzen noch bei den dreibärtigen Schlüsseln zu hängen … Und offenbar auch nicht bei den linksgreifenden. Hach, ist das ärgerlich.“

Mit fragendem Blick wandte sich Blechboldt Dreibart zu und sagte leise: „Aber wenn er die Schlüssel immer verliert, warum ist er dann euer Schlüsselmeister?“

„Das werdet ihr gleich sehen“, erwiderte Dreibart mit einem Lächeln.

Seufzend gab der Hüter des achten Schlüssels seinem Troll einen Schubs, begab sich dann wieder zur Tür zurück und beugte sich hinab. Er nahm die Lampe zur Hand und spähte mit einem Auge in das Schlüsselloch.

Als er sich wieder aufrichtete, hielt er plötzlich einen schwarzen Schlüsselrohling, eine Feile und einen kleinen Hammer in den Händen und begann schimpfend, das Metall zu bearbeiten.

„Ach, du dickes Eisen … Ich dachte, ich hätte ihn zu den griffgelagerten Schlüsseln gehängt. Aber er kann doch nicht fort sein. Nein, das ist vollkommen unmöglich. Vielleicht sollte ich mir ein neues System überlegen und die Schlüssel der Länge nach ordnen."

Die Kameraden wechselten einen verblüfften Blick, während der Schlüsselmeister vollkommen in seine Arbeit versunken zu sein schien. Und so gelang es auch Glimmboldt, die Hand nach einigen Schlüsseln des Trolls auszustrecken, sie genüsslich mit seinem Gebiss zu zermalmen und glucksend wieder auszuspucken.

„Er muss nur das Schloss sehen", flüsterte Meister Dreibart den Gefährten zu, „und schon vermag er den dazugehörigen Schlüssel zu feilen. Er könnte ihn wahrscheinlich sogar aus einem Pilz schnitzen!"

Staunend beobachteten die Kameraden den Verlierer des achten Schlüssels bei seiner Arbeit, bis er wenige Schläge später plötzlich einen fertigen Schlüssel emporreckte und feierlich verkündete: „Ich, Schlüsselmeister der Gemeinschaft der schartigen Schaufel und nunmehr Hüter des neunten Schlüssels werde jetzt also Meister Dreibart und jenen, die durch die Bestimmung zum Schicksalszwerg geworden sind, das Tor zur Kammer der Trauer öffnen."

Er schob den Schlüssel ins Schlüsselloch, lauschte kurz zufrieden und drehte ihn dann zweimal links herum.

Im nächsten Moment schwang die schwere eiserne Tür mit dem Erzferkel darauf nach innen auf.

Dreibart schritt feierlich voran, und schweigend folgten ihm die Gefährten zur letzten Ruhestätte des Großen Erzferkels.

Die *Sturmgluth* hielt direkt auf die Siedlungen der Entzwergten zu.

Am Steuer stand Harrm Blutklump in der Gestalt Thorf Glimmspans.

Die blechernen Segel knarrten in der warmen Luft, die wabernd vom Magma emporstieg.

Hinter Glimmspann stand der untote Troll, der ebenso wie dieser eine Marionette Harrm Blutklumps, des Wächters der Hohen Höhle, war.

Der leere Blick der beiden Gestalten war starr nach vorn gerichtet, wo sich aus dem roten Schimmern des Magmasees langsam die Lichter der Siedlungen und die monströsen Silhouetten der Blitzkanonen herauszuschälen begannen.

Der Halbohrige wusste, wie man die tödlichen Waffen überwinden konnte, da ihm das Wissen des rechten Hammers des größten Gelehrten der Zwergenheit zur Verfügung stand! Die Energiequelle der Kanonen bestand aus komprimiertem Blitzbasalt, der sich in den Kammern der einzelnen Läufe entlud. Das Resultat war ein tödlicher Blitzstrahl, der von einem Zwerg allenfalls ein rauchendes Paar Stiefel übrig ließ. Und wenn er ein stählernes Schiff traf, dann führte das Metall dazu, dass viele leere Stiefel zurückblieben.

Jedenfalls, wenn sie nicht isoliert waren.

Und das war für einen Zwerg wie Harrm Blutklump kein Problem.

Er hatte die Mannschaft der *Sturmgluth* ihre Stiefel mit Totmoos* polstern lassen und ihnen eingeschärft, unter Deck zu bleiben und sich von den Wänden des Schiffes fernzuhalten.

* Das grau-grünliche Totmoos wurde in der Regel dazu benutzt, Zwergenlager zu polstern, Tabak zu strecken oder bei der Jagd nach Blitzkäfern die Handschuhe des Jägers zu isolieren.

Und nun hielten sie direkt auf die Gestade der Entzwergten zu.

Blutklump würde sie alle versklaven.

Und dann würden sie seinen Willen an die Wände ihrer Stollen schlagen …

Als die Umrisse des Schiffes vom Ufer aus in Sicht kamen, floh der größte Teil der Entzwergten ins Innere der Höhlen. Andere eilten zu den großen Alarmhörnern am Ufer, um die Zwerge in den Höhlen zu warnen. Wieder andere liefen an den Stegen und den dort vor Anker liegenden Flammsteinfischerbooten vorbei über die breiten steinernen Landzungen, um sich an ihrem Ende auf die riesigen zweiläufigen Blitzkanonen zu schwingen, die einst Krummdingk Eisenkeim entwickelt hatte, um die Siedlungen zu schützen.

Die Kanonen waren eine derart gefährliche Waffe, dass in der Regel bereits ihr Ruf zum Schutz der Siedlungen ausreichte. Seit eine von ihnen dem Funken sprühenden Flossenschlag eines Magmahrs* zum Opfer gefallen war, waren es noch fünf Stück, die nun jeweils von drei Zwergen in Betrieb genommen wurden. Allerdings ließ ihre Zielgenauigkeit etwas zu wünschen übrig, weshalb jede von ihnen über zwei Läufe verfügte, die sich weit über das brodelnde Magma hinausreckten.

Bei den Geschützen angelangt, legte jeweils einer der drei Zwerge jeder Mannschaft den Hebel um, welcher die Basaltkammern zu den Läufen öffnete. Währenddessen erklommen die beiden anderen geschwärzte Eisensprossen, schwangen

* Der Magmahr, ein flammsteinfressender Feuerfisch, der bis zu einem Gang Länge heranwachsen konnte, galt bei den Zwergen als eines der schauerlichsten Geschöpfe unter den Glutblütern des Magmastroms. Legenden zufolge hatte einst der legendäre Grimm Glutgroll mit Hilfe eines gefangenen Magmahrs seine Höhle beleuchtet.

sich in die Sitze auf der Oberseite der Kanonen und richteten mit Hilfe schwergängiger Zahnräder und Hebel unter lautem Knattern und Rattern das Geschütz aus, in dessen Inneren sich bereits knisternde Blitze zu entladen begannen. Sie legten die Hände fest um die Abzüge, bereit zu feuern, sobald das Ziel ins Visier kam.

Tief und dunkel hallten die Alarmsignale der Hörner über den Magmasee.

Es dauerte ein wenig, bis alle Kanonen bereit waren. Tatsächlich war der Einsatz aller fünf gleichzeitig bisher noch nie vonnöten gewesen. Bis zu dieser Schicht hatte allein die Kenntnis ihrer Existenz die Piraten auf Abstand gehalten.

Die Entzwergten aber hatten keine Zeit, sich darüber Gedanken zu machen, was die Meinung der Schurken wohl geändert haben mochte. Denn im wabernden roten Zwielicht des Magmasees kam die *Sturmgluth* mit jedem Moment näher.

Dann wurde das erste Geschütz abgefeuert.

Ein heller blauer Blitz schoss aus dem Lauf und zuckte grell flackernd über den Magmasee und die *Sturmgluth* hinweg. Die Entladung des zweiten Laufes riss ein glühendes Loch in eines der blechernen Segel und jagte kleine, zuckende Blitze durch die Takelage. Einige davon schienen auch auf das Deck überzuspringen.

Dies war der Warnschuss, den der Kodex der Entzwergten forderte, die sich noch immer an die Gesetze des Imperiums klammerten. Solange man sich nicht in einem Bierzwist oder einer ehrlichen Schlägerei befand, war es schließlich nicht recht, wenn Zwergenartige ihresgleichen Schaden zufügten.

Der Warnschuss aber schien die Piraten nicht weiter zu beeindrucken. Offenbar waren sie lebensmüde und ihres Bartes überdrüssig, denn der Steuermann hielt unerbittlich weiter auf die Siedlungen zu.

Die Zwerge klappten sich Zielprismen vor die Helme, um die Läufe der Kanonen neu zu justieren. Da sahen sie, dass das Deck der *Sturmgluth* leer war. An Bord war nur ein einziger Zwerg zu sehen, der mit entschlossenem Gesichtsausdruck und starrem Blick das Ruder fest in der Hand hielt. Hinter ihm jedoch, und das trieb den Entzwergten selbst am Rand des Magmasees noch einen kalten Schauer über den Rücken, stand ein Troll. Riesig und plump, der Körper mit offenen Wunden übersät. Sein Blick war ebenso starr und ausdruckslos wie der des Zwergs. Und die Blicke der beiden waren auf sie gerichtet, auf das Ufer und die Siedlungen der Entzwergten.

Das zweite Geschütz sandte zunächst einen Blitz direkt vor den Bug der *Sturmgluth* und dann einen in den Bug selbst, über den sich im nächsten Moment ein flimmerndes Netz aus tödlicher Elektrizität ausbreitete. Die Blitze zuckten über das Metall, pflanzten sich über die Reling und die Masten fort und erfassten den Steuermann und den Troll hinter ihm.

Die Schützen jubelten laut. Einen Moment später mussten sie jedoch erkennen, dass ihr Jubel voreilig gewesen war.

Der Zwerg hielt das Ruder immer noch fest in den Händen, und auch der Troll stand in all seiner überbordenden Hässlichkeit aufrecht da. Zitternde Blitze huschten über ihre Körper, wovon sie sich jedoch nicht beirren ließen. Mit finsterem, leerem Blick hielten sie weiter Kurs.

Das dritte und das vierte Geschütz verwandelten die *Sturmgluth* in ein einziges grelles Blitzgewitter. Als die Blitze verblasst waren, mussten die Kanoniere jedoch mit Schaudern erkennen, dass sich nichts geändert hatte. Zwerg und Troll standen, trotz Brandlöchern im Wams und glimmendem Haupthaar, ebenso entschlossen da wie zuvor, und die *Sturmgluth* war nun keinen halben Gang mehr vom Ufer entfernt.

Der erste Schuss des letzten Geschützes schlug flimmernd

direkt neben dem Steuerrad der *Sturmgluth* ein. Der Zwerg am Ruder, dessen Bart inzwischen in hellen Flammen stand, zuckte nicht einmal mit der Wimper. Der zweite Schuss traf den Troll und riss ihn von den Füßen, sodass ein weiteres Mal verhaltener Jubel unter den Kanonieren ausbrach, der jedoch sogleich wieder abebbte, als der Troll sich unter ihren Augen erneut aufrichtete. In seiner Brust klaffte eine schwelende schwarz geränderte Wunde, in der zwei gebrochene Rippen zu erkennen waren. Der Blick des Trolls aber war genauso starr wie zuvor, als sei nichts geschehen.

Die Kanonenmannschaften tauschten furchtsame Blicke, während sich die Blitzkammern der Kanonen mit lautem Summen wieder auffüllten.

Die *Sturmgluth* glitt immer näher. Ihr rot glühender Bug teilte das zähe Magma, das Knarren der Segel, über die vereinzelt noch immer kleine blaue Blitze huschten, war nun selbst von den Kanonenstellungen aus deutlich zu hören.

Als die Waffen schließlich bereit für die nächste Ladung waren, vermochten die Entzwergten bereits das Weiße in den Augen des Steuerzwergs und des Trolls in seinem Rücken zu sehen. Und dieses Weiß hatte etwas sonderbar Lebloses an sich.

Drei weitere Blitze ließen den Rumpf der *Sturmgluth* blau erzittern, der vierte zersplitterte das Steuerrad. Der nächste jedoch hatte eine ungleich furchtbarere Wirkung. Inzwischen nämlich war das Schiff der Piraten so nahe am Ufer, dass der Blitz, der Schwartzbarths Kajütenaufbau mit voller Wucht traf, einen Schlag später auf die nächstgelegene steinerne Landzunge und die darauf befindliche Blitzkanone übersprang. In Windeseile fand das grelle Blau die Läufe, zuckte über das Metall und traf schließlich die Zwerge. Die Schreie der sterbenden Kanonenbesatzung gingen im nächsten Moment schon im Lärm der Explosion unter, welche die Basaltkammer der Kanone zerriss.

Eisensplitter und Zahnräder flogen durch die Luft, während sich die *Sturmgluth* an der breiten Landzunge vorbei weiter auf das nahe Ufer zuschob.

Keine der anderen Kanonenmannschaften schien noch einen weiteren Schuss abgeben zu wollen. Stattdessen verließen die Entzwergten hastig die Kanonen, während die Blitze im dunklen Schlund der Läufe knisterten, und eilten zurück in Richtung Festland. Unterdessen lief die *Sturmgluth* neben einem der ausladenden Stege auf Grund, wobei sie einige Flammsteinfischerboote zermalmte.

Kaum dass die letzten Blitze auf der Außenhaut des Schiffes verglommen waren, öffneten sich die Luken, und die Piraten strömten brüllend über das Deck. Rostige Planken knallten auf den Steg, die Piraten sprangen über die Reling und stürmten hammerschwenkend in Richtung Festland.

Die ersten Entzwergten, die sie erwischten, waren die fliehenden Kanoniere. Von hinten fielen sie über sie her und schlugen sie nieder. Und während einige Piraten zurückblieben, um ihren Opfern Fesseln anzulegen, strömte der Rest ins Innere der Höhlen hinein.

Die Wände der Kammer der Trauer bestanden aus schmucklosem Schiefer. Die Höhle war mittelgroß und leer – bis auf eine steinerne Platte von der Größe zweier Zwerge, die in der Mitte am Boden ruhte. Erhellt wurde die Höhle einzig vom Licht der Flammsteinfackeln, das durch das Tor hereinfiel.

Die kleine Gruppe trat näher an die steinerne Platte heran und erkannte darauf die grob gemeißelte, stilisierte Figur eines Erzferkels.

Dreibart kniete nieder.

„Dies ist das Grab des Geschöpfes, das unsere Zukunft, unser Ende und unsere einzige Hoffnung gesehen hat, lange bevor ihre Zeit gekommen war."

Abgesehen von Fazzgadt knieten nun auch alle anderen nieder, wobei Glimmboldt freilich nur das Verhalten der anderen nachahmte. Ohne sich weiter um Fazzgadt zu scheren, der mit mürrischem Gesichtsausdruck dastand, rezitierte Dreibart die gesamte Erzferkelprophezeiung, während das Meer der roten Kutten vor der Tür der Kammer in seine Worte mit einfiel: „Wenn der Zwerg, der kein Bier trinkt, seine Hand dem Zwerg reicht, der das Licht der Gänge mit goldenen Zähnen erblickt hat, und die Immerschwarze wiederkehrt, dann ist das Ende gekommen von allem, was da ist und geheißen wird das Eherne Imperium.

Erst wenn der falsche Zwerg im Dunkel der Kerker lacht, die Hoffnung verflogen und Flucht unmöglich ist, erst dann wird das Undenkbare denkbar werden. Im Undenkbaren aber ist das, was ist, nicht, was es ist, und Kupfermann wird Urblut trotzen. Wenn aber jener, der nie Zwerg war, jenen führt, der keiner mehr ist, und der Zwerg, der in Wahrheit vier ist, das Imperium in Ketten schlägt, dann vermag einzig zweierlei das Eherne Volk noch zu retten."

Dem Schicksalszwerg lief es bei diesen Worten kalt den haarigen Rücken hinunter. Selbst Fazzgadt hörte für einen kurzen Moment auf zu schmollen. Es war das erste Mal, dass sie die Prophezeiung in ihrer Gesamtheit vernahmen. Und sie alle hatten auf ihrem Weg hinunter zu den Entzwergten gesehen, wie die kryptischen Worte des Erzferkels Wirklichkeit geworden waren. Sie kannten den Untrunkenen und den Zwerg mit den goldenen Zähnen, einige sogar noch besser als der Rest. Sie hatten die Immerschwarze gesehen und den falschen Zwerg in den Vorrngarthverliesen. Sie hatten gesehen, wie Pilzgrimms

Kupfermänner dem Magma getrotzt hatten, und hatten gehört, dass das Eherne Volk in Ketten gelegt worden war …

Die prophetischen Worte aus dem Rüssel dieser Kreatur hatten vor vielen Schichten den Großen Verwalter dazu gezwungen, den Hohepriester einen Ausweg prophezeien zu lassen. Den Schicksalszwerg. Jene mythische Figur, die ihre Bärte unabänderlich miteinander verknotet und sie alle in den rot glühenden Strudel des Schicksals hinabgerissen hatte.

Die Worte des Hohepriesters und die große Erzferkelprophezeiung hatten sie mit einer Kette verbunden, die schwerer abzustreifen war als die der Sklaverei. Gleich unter welchem Herrscher. Sie waren Knechte des Schicksals, wie sehr sich Fazzgadt auch empören mochte.

Ihre Gemeinschaft ruhte auf dem Amboss des Schicksals, und der Hammer der Verheißung sauste unablässig auf sie nieder, dem uralten Diktat des Erzferkels folgend …

Und da all die Worte dieses Geschöpfes, gesprochen in einer längst vergessenen Zeit, sich bewahrheitet hatten, hinterließ das offene Ende seiner Prophezeiung ein Gefühl der Leere in den Gefährten.

Es fehlte einfach etwas. Es war, als hätte man getrunken und wartete nun auf den Rausch. Oder als hätte man den Rausch gehabt und wartete nun auf die Kopfschmerzen. Oder als hätte man die Kopfschmerzen bereits hinter sich und fand nun nichts mehr, mit dem man sich aufs Neue betrinken konnte. Alles hatte seine Regeln und unterlag dem Gesetz der Vollständigkeit. Wenn gewisse Dinge fehlten, geriet die Welt aus dem Gleichgewicht. Und darum stellte sich den Gefährten eine zwingende Frage: Welche zwei Dinge mochten es sein, die das Volk, dessen Ende gekommen war, noch retten konnten?

Meister Dreibart richtete sich wieder auf und blickte feierlich in die Runde.

„Dies sind die Worte, die nur den Eingeweihten bekannt sind. Weitergereicht von Bart zu Bart in den Reihen der Gelehrten, festgeschmiedet unter den Helmen weniger Wissender. Hier ruht ihr Ursprung, das Große Erzferkel. Und mit ihm sein Vermächtnis. Seine letzten Worte, die kein Zwergenohr je vernommen hat. Der letzte Teil der Prophezeiung, den es vor zahllosen Schichten mit sich ins Grab genommen hat."

Fazzgadt war zwar der Meinung, dass diese Worte auch genau dort hingehörten und die Rüsselratte ruhig auch den Rest seiner Prophezeiung dorthin hätte mitnehmen können. Unter den gegebenen Umständen behielt er diese Meinung jedoch lieber für sich, da sowohl der Hohepriester, der seit jeher anfällig für jede Art von Aberglauben war, als auch der Ferkelbändiger, der sich am Grab dieser Kreatur der Wurzel seiner Ferkelbändigerbestimmung gegenübersah, vor Ehrfurcht erstarrt waren. Selbst der blinde General schien begierig den Worten Dreibarts zu lauschen. Einzig Glimmboldt kaute teilnahmslos auf einem der Schlüssel herum, die er dem Troll vom Gürtel gerissen hatte.

Dreibart nickte in Richtung der steinernen Platte.

„Ergreift den Stein, unter dem die Gruft des Erzferkels verborgen liegt. Auf mein Zeichen hebt ihr ihn an und lauscht in das Dunkel hinab, das seit Tausenden von Jahren die Erinnerung seiner Worte bewahrt …"

Blechboldt und der Höchste griffen nach zwei Ecken der Platte. Meister Dreibart ergriff die dritte und wies Flammrank die vierte zu, während Fazzgadt trotzig die Arme vor der Brust verschränkte und Glimmboldt sich quietschend den Rest des Schlüssels in die Nase schob.

Dann nickte der oberste der Schaufelbrüder den Gefährten zu, und unter immenser Anstrengung wuchteten sie gemeinsam die schwere Platte zur Seite. Darunter kam ein gähnendes, dunkles Loch zum Vorschein … aus dem im nächsten Moment bereits eine gespenstische Stimme hervorhallte!

Die Zwerge in der Kammer erstarrten und schlugen das Zeichen des Hammers über ihrer Brust. Wie aus weiter Ferne klang aus den Tiefen der Gruft ein uraltes Echo herauf, das seit Ewigkeiten zwischen den Steinen und den längst zu Staub zerfallenen Knochen des Großen Erzferkels gefangen gewesen war.

„Der Stein der Weisen und ein Zwerg, dem mehr als hundert Jahre an Geist fehlen."

Dreimal vernahmen sie deutlich diese Worte, die bis hinaus zu den Kuttenträgern hallten. Dann wurden sie ganz allmählich leiser, und das Echo, das eine halbe Ewigkeit vor der Welt verborgen gewesen war, verstummte zwischen Kutten und Schaufeln.

Doch noch bevor die letzten Worte des Erzferkels ganz verklungen waren, verdrängte ein anderes Geräusch sie aus den Höhlen. Unverwechselbar, bedrohlich und dunkel. Die Alarmhörner am Ufer des Magmasees!

Sofort gerieten die Mönche der Schaufel in Bewegung.

INTERMEZZO

Seit dem misslungenen Anschlag Ghrob Zweischlags musste Blutklump sich nicht mehr um seine Herrschaft sorgen. Es brauchte sogar weniger Bier als zuvor, um sein Volk ruhig zu halten, denn nun, da sich die Zwerge der Gottgewolltheit ihres irrtümlich an die Macht gelangten Herrschers gewiss waren, begaben sie sich freiwillig in die Sklaverei. Und sie hätten sich sogar mit Freuden als seine Latrinenbrenner und Leibspeiwischer verdingt, nur um seiner göttlichen Gnade teilhaftig zu werden. Harrm Blutklump, dessen Wille durch Trümmerboldts Adern toste, war sich der Treue seines Volkes gewiss.

Inzwischen hatten die Zwerge bereits begonnen, mit Hilfe schwerer Maschinen, erbaut von eisernen Armen auf der Wächterebene, das Magma aus den Tiefen des Vergessens emporzupumpen, das bald schon die eisernen Adern Blutklumps durchspülen sollte.

Vermutlich hätte er ihnen sogar die Ketten wieder abnehmen können, ohne dass einer von ihnen fortgelaufen wäre. Tatsächlich kehrten einige Geflohene, kaum dass sie vom Axtwunder gehört hatten, wieder ins Imperium zurück und bettelten darum, ihre Ketten wieder anlegen zu dürfen. Sie waren die Untertanen ihres Herrschers und glaubten, durch ihn dem Willen der Götter zu dienen. Und der ehemalige Krugk Trümmerboldt ließ sie in diesem Glauben, obwohl sein Bestreben ein ganz anderes war. Nämlich, sie auf ewig von ihren Göttern zu entzweien.

Und weil das Eherne Volk nunmehr die Vorzüge des Zusammenhalts erkannt hatte und mit Freuden an einem Strang zog, vermochte sich Blutklump beruhigt auf die Ebene des Verwalters zurückzuziehen.

KAPITEL XI

IN DEM DIE SCHAUFEL DEN PIRATEN TROTZT, KRUMMDINGK EISENKEIMS ERINNERUNG WIEDERKEHRT UND DIE KAMMER DER HOFFNUNG SICH ALS ANSTRENGEND ERWEIST

Innerhalb weniger Schläge hatten die Mönche die Waffenständer leer geräumt und nahmen nun, während die Gefährten das Grab des Großen Erzferkels verließen, mit geschulterten Schaufeln Aufstellung in der Halle.

„Es ist so weit", sagte Dreibart an den Hohepriester gewandt. „Sie stürmen die Siedlungen. Entweder sind es Schwartzbarth und seine Leute oder die Trolle. Doch das ist einerlei. Wichtig ist, dass ihr die Kammer der Hoffnung betretet!"

Laute Befehle wurden durch die Halle gebrüllt, Dreibart bedeutete dem Schlüsselmeister und Zinkk Zweibart, zu ihnen herüberzukommen, und wandte sich dann an den Schicksalszwerg: „Euer Weg ist kein leichter. Womöglich sollte der blinde General bei uns bleiben. Und ebenso der kleine Wirrbart. Die beiden würden euch bloß aufhalten. Wir werden auf sie achtgeben, das verspreche ich euch."

Fazzgadt Eisenbart wollte protestieren, doch der blinde General winkte ab.

„Er hat recht. Ich werde zusammen mit den Mönchen die Halle verteidigen und die Angreifer zurückschlagen. Sorgt euch nicht. Niemand wird Glimmboldt etwas zuleide tun."

Fazzgadt aber schien immer noch nicht recht überzeugt.

„Ich kann ihn doch nicht zurücklassen!", rief er.

Flammrank trat auf ihn zu und legte ihm die schwielige Hand auf die Schulter.

„Hör zu, Fazzgadt, manchmal ist es besser, die Dinge geschehen zu lassen, um sein Ziel zu erreichen. Nimm zum Beispiel die vierschwingige Tatzelassel. Sie ist ein überaus launisches und aggressives Tier. Aber wenn man …"

Fazzgadt riss sich los.

„Lass mich in Frieden mit deinem Tatzelgeraffel."

Nun ergriff Blechboldt ihn bei der Schulter.

„Vertrau ihnen", sagte er.

Schweren Herzens blickte Fazzgadt zu seinem Zögling hinüber, der zwischen den umhereilenden Kuttenträgern hockte und vergnügt nach ihren Schaufeln schnappte.

Da ergriff Dreibart wieder das Wort und wies dabei auf das silberne Gefäß, das zwischen den Hörnern seines Helms baumelte: „In diesem Behältnis ruht die Erinnerung und das Wissen Krummdingk Eisenkeims. Auf seinen Wunsch hin haben wir es aus seinem Seelenstein extrahiert, um es dem zu geben, der seiner würdig ist. Nun ist die Schicht gekommen. Denn der, der das Zeichen der Schaufel trägt, ist zugleich auch jener, dem mehr als hundert Jahre an Geist fehlen."

Fazzgadt schaute zweifelnd zu seinem Zögling hinüber.

„Und was ist der Stein der Weisen?", wollte Blechboldt wissen.

„Das wissen allein die Gottzwerge …", antwortete Meister Dreibart. „Doch dies soll euch nicht kümmern. Denn eure Aufgabe ist es, die Kammer der Hoffnung zu betreten!", fuhr Dreibart fort. „Sie führt zu einer Höhle, durch die ihr den Weg des Nimmerzwergs beschreiten werdet. Sie lässt sich allein mit dem Schlüssel aus dem Sarkophag öffnen, den ich in die Obhut des Schlüsselmeisters geben werde. Er und Zinkk Zweibart werden euch begleiten, während wir die Angreifer aufhalten werden."

Gefolgt von dem klimpernden Troll waren Zweibart und der Schlüsselmeister inzwischen bei der kleinen Gruppe angelangt. Feierlich übergab Meister Dreibart den Schlüssel des Nimmerzwergs an den Schlüsselmeister, der ihn mit gewichtiger Geste in seinen Bart knotete.

„Nun ist es an der Zeit“, sagte Dreibart an den Schicksalszwerg gewandt. „Ihr habt ein Volk zu retten. Schlüsselmeister, öffne alle Kammern. Und dann folgt dem Weg des Nimmerzwergs!“

Mit diesen Worten ging er von einem zum anderen und umarmte sie herzlich. Um sie herum eilten die bewaffneten Schaufelbrüder auf ihre Posten. Der Schlüsselmeister öffnete unterdessen die Kammer des Werdens. Fazzgadt warf noch einen wehmütigen Blick auf Glimmboldt, der sich an irgendeiner Schaufel festgebissen hatte.

Der Schlüsselmeister war unterdessen zum Tor des Erwachens hinübergegangen, und die Gefährten hörten ihn leise schimpfen: „Wo ist nur dieser vermaledeite Schlüssel abgeblieben? Er kann doch nicht weg sein!“ Eilig feilte er einen neuen Schlüssel, während der blinde General Abschied von seinen Freunden nahm und nacheinander den Ferkelbändiger, den Hohepriester und Fazzgadt an seine Brust zog.

Nachdem er schließlich das Tor des Erwachens mit dem neu gefeilten Schlüssel geöffnet hatte, ging der Schlüsselmeister zu dem Tor mit der Flammenkugel, um die Kammer der Hoffnung aufzuschließen. Von einem der zahllosen Haken an seinen Gurten nahm er einen Schlüssel und sperrte auf. Hinter der Tür lag ein von Flammsteinfackeln gesäumter langer Gang, an dessen Ende die Kameraden eine schmale, steile Treppe erkennen konnten.

Auf Zweibarts Zeichen hin setzten sich Fazzgadt, der Hohepriester und Blechboldt in Bewegung und eilten durch die Tür den Gang hinunter. Ihnen folgte, nachdem sie die massive Tür von innen ins Schloss gezogen hatten, der Schlüsselmeister und sein trollischer Gehilfe.

Hastig stiegen sie die schmale Treppe hinauf, die zu einer weiteren Treppe führte, die auf einem höhergelegenen Plateau unter einer Felsenkuppel endete, von wo aus sie auf die Siedlungen der Entzwergten hinabblicken konnten. In einiger Entfernung sahen sie das blaue Licht der Blitzkanonen, das inmitten der roten Glut des Magmasees aufflammte.

Während der Troll die letzten Stufen der Treppe emporgeeilt kam, trat Zweibart an den Rand des Plateaus heran, zog die Handschaufel aus seinem Gürtel und schraubte ihren Griff ab. Aus seinem Inneren ließ er ein kleines Fernrohr in seine Hand gleiten, hob es ans Auge und richtete den Blick auf den weit entfernten Steinstrand, wo die Magmapiraten in diesem Moment an Land sprangen.

Nachdem Zweibart die Piraten genau in Augenschein genommen hatte, wandte er sich den anderen zu.

„Dachte ich's mir doch! Sie haben ihre Stiefel mit Totmoos gepolstert."

„Ja und?", fragte Fazzgadt verwirrt. „Kann man das etwa rauchen?"

Zweibart erklärte es ihnen eilig: „Totmoos isoliert. Irgendjemand hat ihnen verraten, wie sie sich gegen Eisenkeims Kanonen schützen können. Jemand, der sich mit Blitzbasalt und seinen Eigenschaften auskennt …"

Der Hohepriester trat neben ihn, ergriff das Fernrohr und setzte es an seine Augengläser.

„Aber was bedeutet das?"

Die Augen Zweibarts verengten sich zornig, als er antwortete: „Nichts Gutes. Sie wissen Dinge, die sie eigentlich nicht wissen sollten."

Fazzgadt ballte wütend die Fäuste. Seine Hände zitterten, und er knirschte mit den Zähnen. Als Nächster ergriff Blechboldt das Fernrohr und blickte ungläubig auf die Piraten hinab, die über das steinerne Ufer in Richtung der Wohnhöhlen der Entzwergten eilten.

„Beim Großen Erzferkel noch eins, das darf doch nicht wahr sein …“, rief er plötzlich aus.

„Warum, was siehst du?“, fragte Fazzgadt.

„Dort, zwischen diesen tollwütigen Piraten, das ist doch Nattergriff!“

Fazzgadt riss ihm das Fernrohr aus der Hand und blickte hindurch. Und tatsächlich, inmitten der tobenden Piratenmeute, die wie eine flammende Welle der Vernichtung heranbrandete, erkannte er Bragk Nattergriff, den letzten legendären Dieb des Ehernen Imperiums, der einen Enterhammer schwang und johlend auf die Behausungen der Entzwergten zustürmte!

„Darum hat er uns also nicht befreit … Er hat einen Pakt mit seinesgleichen geschmiedet, diese treulose Stollenassel.“

Zinkk Zweibart nickte grimmig.

„Es sieht düster aus, Freunde. Aber habt Vertrauen. Diese Ungeheuer werden die geschliffene Seite der Schaufel zu spüren bekommen. Wir hingegen müssen uns beeilen. Dort unten beginnt der Untergang unseres Volkes. Uns jedoch erwartet die Hoffnung!“

Mühsam rissen die Gefährten den Blick von der *Sturmgluth* und ihrer Mannschaft los, die ins Innere der Höhlensiedlungen stürmte.

Zweibart ließ das Fernrohr zurück in den Griff seiner Schaufel gleiten und eilte voran, auf einige an der Felswand emporführende Stufen zu.

Begleitet von dem grobschlächtigen untoten Troll, betrat Glimmspan, der frischgeschmiedete halbbohrige Kapitän der *Sturmgluth*, das Festland. Der Troll trug den magischen Transporter in seinem Gürtel und Pilzgrimms Buch unter dem Arm.

Jetzt, da er es in seinem Besitz hatte, würde Harrm Blutklump es nicht mehr aus den Augen lassen. Zumal die Ratte mit Pilzgrimms Seelenstein immer noch nicht wieder aufgetaucht war. Sie hatten die ganze *Sturmgluth* auf den Kopf gestellt, in jedes Fass und jeden Stiefel geschaut. Und dennoch war die kleine, krummschwänzige Plage davongekommen. Obwohl sie damals noch nicht einmal vor Anker gelegen hatten. Es war ein Rätsel, wohin die Ratte verschwunden war. Doch wenn sich Blutklumps vielrohriger Wille erst bis in die hintersten Winkel der Welt erstreckte, wäre es nur noch eine Frage der Zeit, bis einer seiner zahllosen Arme die Ratte ergriff und in der Luft zerriss. Dann würde Pilzgrimms Seelenstein ihm gehören. Er würde dem Gelehrten keine Gelegenheit geben, einen weiteren Zwerg seine Zeichen zu lehren.

Der Troll und der Halbohrige standen nebeneinander an den Gestaden der Entzwergten. Ihre dumpfen, leblosen Blicke schweiften über die zurückgelassenen Blitzkanonen, die gefesselten Zwerge und die Gänge, in denen die hammerschwingende Mannschaft johlend verschwunden war, um alles zu unterjochen und in Ketten zu schlagen, was sich ihnen in den Weg stellen mochte.

Die leblose Kälte ihrer Augen mischte sich mit einer eigentümlichen Zufriedenheit. Blutklumps Triumph stand kurz bevor. In Gestalt Thorf Glimmspans und des untoten Trolls würde er das Volk der Zwerge unter seiner Herrschaft wieder vereinen!

Glimmspan trat neben einen der Gefangenen und kniete nieder, um dessen Zustand zu begutachten. Gewaltsam öffnete er den Mund des Zwergs, der unter der Berührung des Untoten erschauerte. Die Hitze der Flammsteinsplitter, die durch seine Adern tosten, strahlte durch seine Haut nach außen. Mit glutheißen Fingern fuhr der Halbohrige über die Zähne des

Gefesselten. Dann riss er die ledernen Ärmel seines Gewandes auf und betastete seine Oberarme. Der Zwerg fuhr schmerzhaft zusammen, als Glimmspans Hände leichte Verbrennungen auf seiner Haut hinterließen. Furchtsam blinzelte der Zwerg Glimmspan an. Hinter dem Halbohrigen tauchte der Troll auf, in dessen Brust unter glimmendem grauem Fleisch das Einschussloch des Blitzes gähnte.

Mit zitternder Stimme sagte der Gefangene zu Glimmspan: „Wie kannst du nur Angehörige deines eigenen Volkes an diese Unholde verschachern? Wenn du doch weißt, dass sie uns in den Tiefen ihrer Minen zu Tode quälen und schließlich fressen, was am Ende von uns übrig bleibt …"

Glimmspans Mundwinkel hoben sich zu einem ausdruckslosen Lächeln.

Der Gefangene spuckte aus.

„Ein seelenloser, elender Magmateufel bist du. Verdammt sollst du sein …"

Glimmspan lachte dumpf. Und mit ihm lachte auch der Troll. Dann sagten beide wie aus einem Munde: „Oh, ich habe eine Seele, Zwerg. Doch sie ist aus Stein und schert sich nicht um deine kleine Verdammnis …"

Verwundert blickte der Gefangene die beiden an.

„Aber du irrst dich", fuhr Glimmspan mit funkelndem Blick fort. „Ich werde euch nicht an die Trolle verkaufen. Ihr werdet für ein höheres Ziel arbeiten als für die Bäuche schäbiger Stinkschädel! Ihr werdet Rohre schmieden, um dem Willen dessen den Weg zu ebnen, der das Eherne Volk als Einziger vor seinen Göttern zu bewahren vermag!"

Ein Teil der Gemeinschaft der schartigen Schaufel hatte sich in der Kammer des Erwachens versammelt. In der Mitte der Höhle, die nicht größer war als die Grabkammer des Erzferkels, stand eine Maschine, die an einen Thron erinnerte, dessen Lehne die Form eines Schaufelblattes hatte und an dessen Seiten einige schimmernde Metallspulen angebracht waren. Diese waren mit einem Gewirr aus Drähten und Zahnrädern verbunden, das zu einem rostigen Hebel an der Rückseite des Throns führte.

Um diesen Thron herum stand Meister Dreibart mit einem Dutzend seiner Mitbrüder, in ihrer Mitte der blinde General und Lunt Glimmboldt, der mit vor Furcht geweiteten Augen nach seinem Oheim suchte. Auch wenn er wenig von den Bedrohungen verstand, die er bis jetzt an Fazzgadts Seite durchgestanden hatte, so spürte er doch, dass in diesem Moment etwas fehlte: die Sicherheit und der Rückhalt jenes Zwergs, der ihn vom Zeitpunkt seines Schlüpfens an mit seinem Leben beschützt hatte. Die Augen des Zurückgebliebenen huschten von einem Kuttenträger zum nächsten und suchten nach dem vertrauten Gesicht. Da entdeckte er in der Menge den blinden General. Für einen kurzen Moment hellte sein Blick sich auf. Doch dann schluckte er, der furchtsame Ausdruck kehrte in seine Augen zurück, und zum ersten Mal überhaupt, seit er das Licht der Gänge erblickt hatte, vergaß er, vergnügt zu glucksen.

Die massive stählerne Tür der Kammer stand halb offen, sodass die Mönche im Inneren hinaus in die Halle blicken konnten, wo im Licht der Petroleumfeuer noch immer der offene Altar stand. Dort hatten die restlichen Mönche mit erhobenen Schaufeln Aufstellung genommen, bereit, den anstürmenden Gegnern zu trotzen.

Und dann kamen sie. Schreie drangen von draußen in die Halle herein, wüste, raue Rufe. Plötzlich hallte das Echo von Schritten von den Wänden wider, und dann ergoss sich die Flut der Piraten ins Innere der Halle. Es waren mindestens zwei Dutzend, die mit schmutzigen Kopftüchern, Enterhämmern, Krummäxten und finsteren Blicken in das Heiligtum der Schaufel gestürmt kamen.

Kühn stellte sich die Bruderschaft ihnen entgegen.

Schaufeln blitzten im Feuerschein auf und kreuzten sich mit Hämmern und Äxten. Ketten mit geschliffenen Schaufelblättern daran wurden geschwungen, und Wurfschaufeln prallten gegen Rüstungen. Krangk hieb mit einer mächtigen Trollschaufel um sich, während zwei der Mönche im Inneren der Kammer des Erwachens auf ein Zeichen Meister Dreibarts hin die massive Tür schlossen, deren schwere Riegel mit einem lauten Klicken einrasteten. Diese Tür war ein unüberwindliches Bollwerk zwergischer Baukunst. Geschaffen von niemand Geringerem als Krummdingk Eisenkeim dem Wissenden. Kein gewöhnlicher Zwerg vermochte sie zu überwinden, wenn er nicht den Schlüssel besaß. Und während die magmagestählten Halunken draußen in der Halle gegen die schaufelschwingenden Mönche kämpften, vollzogen die restlichen Brüder der Gemeinschaft der schartigen Schaufel unter den blinden Augen Garstholm Flammranks das Wunder des Erwachens.

Sie erhoben ihre Stimmen zum Gebet, und ein Geräusch erfüllte die Höhle, als ob jemand Sand in eine Grube schippte. Dazu schlugen die Mönche im Takt die Stiele ihrer Schaufeln auf den Boden, und ihr schippender Hymnus erfüllte die Kammer des Erwachens. Draußen war der erbitterte Kampf der übrigen Schaufler mit den Piraten zu hören, der in der Halle wütete.

Dreibart trat vor den zitternden Glimmboldt und zog aus seiner Kutte einen stählernen Humpen hervor. Er war grob geschmiedet, rau und unförmig. Beruhigend redete Dreibart auf den Zurückgebliebenen ein.

„Dieser Krug ist geschmiedet aus dem Stahl der ersten

Schaufel. Aus ihm wirst du trinken, wie die Schaufel einst die Erde aus dem Boden trank. Dein erster Schluck aus diesem Humpen, oh Auserwählter, ist der erste Spatenstich in deinem neuen Leben! Denn du bist der, dem mehr als hundert Jahre fehlen an Geist, ein Gefäß, das von der Schicht seiner Schlüpfung an darauf harrte, gefüllt zu werden. Ein halber Zwerg, der ganz sein wird im Geist der schartigen Schaufel!"

Glimmboldt blickte Dreibart verständnislos an, während dieser den Humpen an einen seiner Brüder weiterreichte, der ihn mit einer trüben Flüssigkeit aus einem kleinen stählernen Fass füllte. Dann führte Meister Dreibart den verwunderten Glimmboldt zu dem Thron und bedeutete ihm, darauf Platz zu nehmen. In feierlichem Tonfall sagte Dreibart, während er den Krug auf der schaufelförmigen Lehne des Throns abstellte und der Kampfeslärm vor der Tür weiter anschwoll: „Dieses Bier, gebraut aus Staub und Stein, ist das Wissen Krummdingk Eisenkeims, extrahiert aus seinem Seelenstein, den er opferte, um dir zu hinterlassen, was dir fehlt." Mit diesen Worten nahm er seinen Helm ab und löste den Kristallbehälter aus seinen Ketten. Er öffnete den Behälter und entleerte ihn in den Krug. „Hunderte Jahre Erfahrung, Hunderte Jahre Wissen. Seine Seele ist verloren, doch sein Wissen wurde bewahrt."

Damit hob er den Krug an und setzte ihn Glimmboldt an die Lippen, der ihn, einem zwergischen Reflex folgend, in einem Zug leerte.

Dieses Bier jedoch war anders als jedes andere, es trug weder Vergessen noch Kopfschmerz in sich, sondern Wissen und Verstehen. Und zum ersten Mal in seinem Leben wurde Lunt Glimmboldt von Wissen erfüllt. Vom Wissen Wutrich Pilzgrimms, Krummdingk Eisenkeims und Harrm Blutklumps. Mit einem Mal wusste er um das Kompendium der Erzwärtigen, die Zeichen, die es enthielt, und um die Wahrheit über den

Tod der Weibzwerge. Doch er spürte, wie dieses Wissen durch ihn hindurchfloss, wie es zu schwinden drohte, ohne dass er es halten konnte …

Meister Dreibart trat einen Schritt zurück und griff nach dem Hebel hinter dem Thron.

„Nun lass die Blitze das Wissen in deinen Körper schreiben! Du, Lunt Glimmboldt, bist anderen Zwergen stets hinterhergehinkt. Von nun an wirst du ihnen vorauseilen!"

Als er den Hebel umlegte, ertönte ein tiefes Summen, und kleine Blitze zuckten aus den Metallspulen hervor. Sie erfassten Glimmboldts Körper und wanderten an ihm auf und ab. Staunend sahen die Anwesenden, wie sich von Blitzen umzuckte Haare aus dem Kinn des Wirrbarts hervorzuschieben begannen. Innerhalb kürzester Zeit wuchs Glimmboldt inmitten des Blitzgewitters der Bart eines gestandenen Zwergs. Und dann wurden den Umstehenden von einem Moment auf den anderen die Schaufeln aus den Händen gerissen. Die Schaufeln, der Humpen, alles Metall wurde unerbittlich von den summenden, von Blitzen umzuckten Spulen angezogen und blieben daran kleben. In das Knistern der Blitze und das Brummen des Eisenfängers mischte sich das eintönige Beten der Schaufler, bis Dreibart erneut den Hebel betätigte, die Blitze verblassten und die Schaufeln klirrend zu Boden fielen.

Lunt Glimmboldt sackte erschöpft in sich zusammen.

In diesem Moment ertönte eine laute Explosion.

Das mächtige Tor zur Kammer des Erwachens wurde mit einem Schlag aus den Angeln gerissen, und eine dichte Staubwolke wallte ins Innere der Höhle.

Als der Staub sich zu legen begann, trat Thorf Glimmspan, der Halbohrige, in die Kammer. Mit einem selbstgefälligen Lächeln betrachtete er die Reste der Tür.

„Ja, Krummdingk Eisenkeim hat gute Arbeit geleistet“, sagte Blutklump durch Glimmspans Mund. „Aber ihm fehlte die Innovation. Dieser Mechanismus ist um kein Barthaar besser als die Schlösser Wutrich Pilzgrimms. Und die vermochte ich bereits zu sprengen, als ich noch keine zehn Schichten sein Hammer war.“

Blutklump wandte sich den Mönchen im Inneren der Kammer zu, die ihn mit furchtsamen Blicken ansahen.

„Wusstet ihr, dass Sprengkäfer, die man mit Sprengkäfern füttert, Stahl von einem Bart Dicke zu zerreißen vermögen?“, fragte er mit einem zufriedenen Grinsen. „Und ahnt ihr, was geschieht, wenn man diese Sprengkäfer erneut an Sprengkäfer verfüttert? Nun, ihr seht es ja selbst.“

In diesem Moment überwanden die Brüder ihren Schrecken und griffen nach ihren Waffen. Der Kapitän der *Sturmgluth* wurde von drei Wurfschaufeln in die Brust getroffen. Dunkles, zähes Blut, in dem rötliche Flammsteinsplitter glühten, lief über seinen Brustpanzer. Glimmspann aber wankte nicht einmal. Stattdessen zog er sich die Schaufeln aus dem Fleisch und lächelte Dreibart und dessen Brüder finster an.

Draußen vor der Kammer brach unter den wütenden Schlägen der Piraten das steinerne Abbild der Schaufel in sich zusammen. Ein Raunen ging durch die Mönche, und dann hoben sie erneut ihre Waffen, bereit, den Piraten zu zeigen, was eine Schaufel war!

Im selben Moment kam Lunt Glimmboldt auf dem Thron wieder zur Besinnung. In seinem Inneren spürte er das Wissen Krummdingk Eisenkeims, die Geheimnisse von Mechanik und Elektrizität. Er schaute sich um, betrachtete den Thron und die Metallspulen daran, die Brüder mit ihren erhobenen Schaufeln und den Piraten, der sich siegessicher vor ihnen aufgebaut hatte. Hinter dem Halbohrigen trat nun auch der untote Troll in die Kammer, und draußen in der Halle begannen die Piraten die besiegten Schaufler in Ketten zu legen.

„Ihr solltet euch ergeben", sagte Glimmspan an Dreibart gewandt. „Denn ich bin mächtiger, als ihr ahnt, und eure Waffen vermögen mir nichts anzuhaben."

„Und wer ist es, dem wir uns ergeben sollen?", knurrte Dreibart zurück.

Sein Gegenüber funkelte ihn triumphierend an.

„Ich bin niemand Geringeres als Harrm Blutklump, der Wächter der Hohen Höhle! Und ich bin gekommen, um euch vor dem Untergang zu bewahren. Darum würde ich euch auch nur ungern etwas zuleide tun ..."

Lunt Glimmboldt vernahm diese Worte, und jener Teil von ihm, der Krummdingk Eisenkeims Wissen beherbergte, wusste, dass Blutklump längst tot sein musste. Da fiel sein Blick jedoch auf das Blut, das aus den Wunden des Piraten troff, und die glühenden Splitter, die darin funkelten. Und Eisenkeims Wissen ließ Glimmboldt verstehen. Harrm Blutklump hatte seinen Seelenstein in fremde Körper eingepflanzt, ihr Blut mit Flammsteinsplittern versetzt und sie so in seine untoten Schergen verwandelt.

Blutklump gab seiner Mannschaft einen Wink, und einen Schlag später erschien eine Gruppe schwer bewaffneter Piratenzwerge in der Tür zur Kammer.

„Ich stelle euch frei, euch zu ergeben oder nicht", sagte er. „Ich finde sicher noch genügend andere Zwerge in eurer Welt, die meinen Willen schmieden werden ..."

Da erhob sich Glimmboldt von seinem Maschinenthron.

„Halte ein, Harrm Blutklump!", rief er.

Der untote Troll und Glimmspan hoben gleichzeitig den Blick und starrten Glimmboldt entgeistert an.

„Ich bin Lunt Glimmboldt", rief dieser laut. „Sohn Hrodborrks des Jüngeren, Zögling Fazzgadt Eisenbarts und Bewahrer des Wissens Krummdingk Eisenkeims. Ich bin das Erbe des linken Hammers von Wutrich Pilzgrimm!“

Der Kapitän der *Sturmgluth* zuckte mit den Schultern.

„Was schert es mich? Bald wirst du in Ketten liegen und Rohre schmieden, wer immer du sein magst und was immer du zu wissen glaubst …“

Glimmboldt aber wollte sich so schnell nicht geschlagen geben.

„Und wenn ich den Zwergen die Wahrheit erzähle? Wenn sie alle erfahren, dass du es warst, der die Weibzwerge auf dem Gewissen hat? Weil du Sprengkäfer mit Sprengkäfern gefüttert hast, die du zuvor mit Sprengkäfern gefüttert hattest? Würden sie einem solchen Herrn dienen? Pilzgrimm hat seinerzeit die Schuld auf sich genommen, weil er alt war. Er wollte, dass wir sein Wissen bewahren und es zum Wohl des Ehernen Volkes einsetzen.“

Blutklump ballte die Fäuste, und sein Gesicht verzog sich zu einer wütenden Fratze.

„Genau das tue ich doch, zum Rost noch eins!“, schrie er. „Du Zwerg, in dem die unselige Erinnerung eines noch unseligeren Zwerges ruht! Denn ich habe die Götter gesehen, und ich sage dir, sie sind fürchterlich! Ich werde unser Volk vor ihnen bewahren! Das Eherne Volk wird durch meine Rohre neu geschmiedet und zu einer unzerbrechlichen ewigen Einheit werden!“

Glimmboldt ging langsam auf den wütenden Piraten zu.

„Aber was ist mit dem Willen der Zwerge?“, fragte er.

„Ihr Wille ist Rauch in der Esse des Schicksals!“, schrie der Halbohrige. „Ich bin der Hammer, sie sind der Stahl!“

Glimmboldt lächelte.

„Ich fordere dich zum Zweikampf.“

Der Pirat stutzte. Er schaute kurz zu dem Troll hinüber und dann wieder zu Glimmboldt.

„Wahrhaftig? Sollte ich nach so vielen Hundert Jahren noch das Vergnügen haben, über dich zu triumphieren …?“ Er lachte laut und hässlich. „Wohlan denn, du kläglicher Rest Krummdingk Eisenkeims, wähle deine Waffen, wähle den Ort. Ich bin bereit!“

Lunt Glimmboldt blickte sich kurz um und nickte Blutklump dann entschlossen zu.

„Hier und jetzt. Und als Waffe wähle ich die Schaufel.“

Begleitet von Zweibart, dem Schlüsselmeister und seinem Troll stiegen Fazzgadt, Blechboldt und der Hohepriester weiter die Felsstufen empor. Zweibart schritt voran, während der Schlüsselmeister und der Troll ihnen den Weg mit ihren Flammsteinfackeln erhellten.

Plötzlich entfuhr es Fazzgadt, der sich um seinen Zögling sorgte und das Bild der heranstürmenden Piraten nicht vergessen konnte: „Wir sollten zurückgehen und ihnen helfen! Sie werden sie alle umbringen!“

Zweibart drehte sich zu ihm um und sagte beruhigend: „Nein, Fazzgadt. Vertrau auf das Erzferkel. Sie werden sich zu helfen wissen. Was Bestimmung ist, ist Bestimmung.“

„Du hast gut reden“, rief Fazzgadt ungehalten. „Zumal ja eigentlich keiner versteht, was diese Bestimmung nun genau ist!“

„Bestimmung ist es dennoch“, erwiderte Zweibart unerbittlich. „Es ist nicht unsere Aufgabe, am Schicksal zu rütteln. Wir sind hier, um es zu stützen.“

„Aber wir müssen doch etwas tun!“, schrie Fazzgadt verzweifelt.

Zweibart kam zu ihm zurück und legte ihm besänftigend die Hand auf die Schulter.

„Es sind zu viele. Sie würden uns genauso überwältigen wie alle anderen. Das Einzige, was sie zu bezwingen vermag, ist die Bestimmung."

Fazzgadt kaute einen Moment lang auf der Unterlippe und fragte Zweibart dann: „Und wenn du noch einmal scharf nachdenkst? Hat nicht vielleicht irgendjemand einmal bestimmt, dass wir umkehren und ihnen helfen sollen?"

Sein Gegenüber schüttelte entschieden den Kopf.

„Nein."

Fazzgadt packte ihn am Kragen und knurrte ihn zornig an: „Aber wenn Glimmboldt etwas passiert, dann verspreche ich dir, Zwipfelbart, wirst du deine Schaufel von einer anderen Seite kennenlernen!"

Wortlos riss sich Zweibart los und ging weiter.

Mit grimmigem Blick folgte Fazzgadt ihm, schimpfte dabei jedoch weiter lautstark und ausgiebig über Bestimmung, Schicksal und die schäbige Schippe, der sie all das zu verdanken hatten, während Blechboldt vergeblich versuchte, ihn zu beruhigen. Der Höchste, der immer wieder innehalten und durchatmen musste, folgte ihnen in einigem Abstand.

„Sag, der Schlüssel des Nimmerzwergs, wohin führt er eigentlich?", fragte Blechboldt ihren Führer nach einer Weile.

Ohne den Blick von den Stufen abzuwenden, erwiderte Zweibart: „In die Höhle, die alles verändert. Dorthin, wo das Erbe des Nimmerzwergs ruht und sein Weg beginnt."

„Und wo befindet sich diese Höhle?", erkundigte sich Blechboldt neugierig.

„Tief, tief unter den Dingen, noch unter der Ebene des Verwalters …", sagte Zweibart, während er weiter die Treppe emporstieg.

„Auf der anderen Seite des Abgrunds?", fragte der Ferkelbändiger entsetzt.

„Sorgt euch nicht. Alles ist bereit. Folgt der Schaufel. Denn sie hat den Weg für euch geebnet."

In diesem Moment erreichten die Zwerge auch schon das Ende der Felsentreppe. Sie führte schließlich wieder auf ein kleines Plateau hinaus, hoch über dem Abgrund des Vergessens, unter einer gigantischen Höhlenkuppel, die sich über einen großen Teil der Niederungen des Magmasees erstrecken musste. Tief unter ihnen war der See zu sehen. Sein grell leuchtendes Rot schmerzte beinahe in den Augen, wenn man hinuntersah. Auf halber Höhe spannte sich unter ihnen die Brücke der Verdammnis von einer Seite des Abgrunds zur anderen. Am Rand des Plateaus war in einen Felsblock ein mächtiger stählerner Haken eingelassen, an dem ein massives, fauststarkes Stahlseil hing, das straff und abwärts verlaufend über den gewaltigen Abgrund gespannt war.

„Was wollen wir hier?", fragte Fazzgadt misstrauisch, nachdem er sich umgesehen und keinen Weg gefunden hatte, der von dem Plateau hinunterführte.

Zweibart nickte in Richtung des Abgrunds.

„Wir kehren zurück auf die andere Seite. Heim ins Imperium."

Der Schlüsselmeister zog eine Handschaufel aus einem seiner Schlüsselgurte und hängte stattdessen die Fackel an den Gurt. Er legte die Schaufel über das Stahlseil, ergriff ihren Stiel an beiden Seiten und sprang.

Die Kameraden sahen ihn mit flatternder Kutte am Seil hinab auf die andere Seite sausen, während der Schaufelstiel Funken schlug und die Schlüssel an seinen Gurten munter aneinanderklimperten.

Der Hohepriester schluckte bei dem Gedanken daran, diesen Weg wählen zu müssen, der kaum für einen Tausendjährigen gemacht zu sein schien.

„Es ist einfach. Ihr müsst euch nur festhalten", sagte Zweibart aufmunternd.

„Muss das wirklich sein?", fragte der Hohepriester zweifelnd.

„Nun, über die Brücke werden die Menhire euch kaum zurücklassen …", sagte Zweibart.

Als Nächster schwang sich Blechboldt an das Seil und rauschte mit flatternder Kutte davon. Dann war Fazzgadt an der Reihe, der auf seinem Weg zur anderen Seite das Schicksal, die Schaufel und die Schwerkraft verfluchte. Seufzend folgte ihm der Höchste der Hohen, der vermutlich der erste Zwerg war, der den Abgrund des Vergessens mit über tausend Jahren zweimal überquert hatte. Er wäre zwar lieber würdevoll hinübergeschritten, so wie er es die meiste Zeit seines Lebens getan hatte, ihm blieb jedoch nichts anderes übrig, als mit schmerzenden Knochen ebenfalls diesen Weg zu bewältigen, und dann rauschte er auch schon mit flatternder Kutte zum anderen Ufer. Als Nächstes folgte Zweibart den Gefährten, und zuletzt kam der Schlüsselträgertroll, unter dessen kolossaler Gestalt sich das Stahlseil spannte und laut ächzte.

Als alle auf der anderen Seite angelangt waren, schoben sie die Schaufeln, in deren Stielen das Seil eine schwarze Rille hinterlassen hatte, zurück in ihre Gürtel. Im Licht der feuerlosen Fackeln, die Schlüsselmeister und Troll in ihren Gürteln trugen, konnten sie hinter einigen Felsformationen etwas weiter oben die Brücke der Verdammnis sehen. An das Plateau, auf dem sie gelandet waren, schloss sich eine kleine Höhle an, aus der es jedoch keine weiterführenden Gänge zu geben schien. Offenbar führte das Seil nicht direkt ins Imperium selbst, sondern lediglich zu dieser Höhle.

Als sie mit ihren Fackeln näher traten, konnten die Gefährten im Inneren der Höhle jedoch drei stählerne Rohre funkeln sehen, die von der Decke hinab zu einem Schacht verliefen, der im Boden der Höhle gähnte und vielleicht fünf Zwerg Durchmesser hatte.

Der Schlüsselmeister hängte seine Lampe an einen Haken in der Wand, sodass sie in den Schacht hineinblicken konnten. Dem Schein der Fackel folgte bodenlose Finsternis. Blechboldt stieß mit dem Fuß einen Stein in den Schacht.

Die Gefährten sahen ihn in der Dunkelheit verschwinden und warteten eine Weile. Es war jedoch kein Aufprall zu hören. Und wenn doch, dann war er sehr leise und weit entfernt.

Dieser Schacht musste bis ans Ende der Welt reichen. Womöglich sogar noch ein Stückchen darüber hinaus.

Zögernd blickten die Kameraden einander an.

Dann schwang sich der Schlüsselmeister an eines der Rohre und ließ sich daran hinuntergleiten. Der Troll folgte ihm mit klirrenden Schlüsseln, und beide verschwanden mit wehenden Kutten in der Finsternis.

Mit einem Seufzen griff Blechboldt nach einem der Rohre.

Und Fazzgadt, der seit der Überquerung des Abgrunds nicht mehr mit dem Fluchen innegehalten hatte, packte das nächste. Gefolgt vom Hohepriester und Zweibart, sprangen schließlich auch sie hinab in die gähnende Tiefe des Schachtes.

INTERMEZZO

In der Gestalt Krugk Trümmerboldts saß Harrm Blutklump vor dem nie verlöschenden Kamin auf der Ebene des Verwalters. Auf der steinernen Tafel vor sich hatte er die schweren Schieferplatten mit den Karten der Gänge ausgebreitet, die er sich aus den Höhlen der Kartographen hatte bringen lassen, nachdem er auch sie wie alle anderen in Ketten gelegt hatte.

Und nun hockte er mit einem Stück Kohle vor den insgesamt siebzehn Steintafeln, auf denen die Gänge des gesamten Imperiums abgebildet waren, und skizzierte darauf sein künftiges Nervensystem. Mit dünnen Strichen flocht er ein Netz aus Rohren in den Gängen, das seinem Willen den Weg bis in die letzten Winkel der Höhlen ebnen würde. Und während er dies tat, spülte sein heißes, flammsteinsplittererfülltes Blut von Zeit zu Zeit die Erinnerungen Krugk Trümmerboldts aus den Tiefen seines Körpers bis zu dem Stein in seinem Schädel empor.

Doch Blutklump war ein Zwerg von Geist. Der große Wutrich Pilzgrimm hatte ihn beinahe alles gelehrt, was ein Zwerg wissen konnte, und sein eigener Ehrgeiz hatte dieses Wissen noch vervollkommnet. Mit Hilfe dieses Wissens hatte er Dinge vollbracht, die kein Zwerg sich je hätte träumen lassen. Er hatte Grenzen überschritten und Unglaubliches geschaffen. Da scherten ihn die stumpfsinnigen Erinnerungen eines gewalttätigen Schutzgolderpressers nur wenig.

Doch als seine Hand mit der Kohle in die Nähe der Siechenstollen vorgedrungen war, kam ihm plötzlich eine Erinnerung, die Blutklump innehalten ließ. Und im selben Moment stutzten auch Glimmspan und der Troll. Sogar die Maschine der Wächterebene stand für einen kurzen Moment still, als Blutklump der Erinnerung an die verborgenen Kammern gewahr wurde.

Trümmerboldt war einst mit Klammgluth, Kiesgrimm und dem Verwalter hinab in die verwinkelten Gänge gestiegen, die ursprünglich nur dem Verwalter und dem Hohepriester offengestanden hatten. Dort unten befanden sich die drei verborgenen Kammern. Blutklump konnte sich daran erinnern, als hätte er das alles selbst erlebt. Er erinnerte sich an den Weg, den Trümmerboldts Körper genommen hatte, an die Dinge, die seine Augen erblickt und seine Ohren vernommen hatten. Er erinnerte sich daran, wie der Verwalter mit ihm und den anderen gesprochen hatte. Und was er ihnen über die erste Kammer erzählt hatte, in der entartete Zwerge hausten, die jeden nur erdenklichen Zwerg anhand eines einzelnen Barthaars zu erkennen vermochten.

Und Blutklump erinnerte sich daran, wie der Verwalter gemeinsam mit Trümmerboldt und den anderen Zwergen des Zwielichts die zweite Kammer geöffnet hatte. In ihr hatten sie die kupfernen Kolosse gefunden, die Wutrich Pilzgrimm einst geschaffen hatte, um die Fallen des gemeinen Ganges überwinden zu können. Der Verwalter hatte ihnen damals erzählt, dass nicht einmal er selbst den Schlüssel zur letzten der drei Kammern besaß und dass niemand wusste, was sich darin befand …

Die Erinnerung ließ Blutklump emporfahren.

Eine verborgene Kammer! Unter der Ebene des Verwalters! Und wenn sich bereits in der zweiten Kammer einige von Wutrich Pilzgrimms Wundermaschinen befunden hatten, was mochte dann erst in jener dritten verborgen sein?

Blutklump hatte immer gewusst, dass sein Mentor ihm einige Dinge vorenthalten hatte, dass Krummdingk Eisenkeim ihm stets der nähere und vertrautere Hammer gewesen war. Pilzgrimm war Blutklumps Ehrgeiz immer verdächtig erschienen. Doch mit Hilfe dieses Ehrgeizes war Blutklump bis zu den Göttern emporgestiegen! Mit seiner Hilfe hatte er die Grenzen der Vernunft gesprengt und war der geworden, der in Wahrheit vier war! Er hatte die vollkommenste Maschine geschaffen, die je in den Grenzen des Imperiums existiert hatte! Und bald würde er wahrhaftig überall sein. In jedem Gang, in jeder Höhle … Sein Ehrgeiz war der Schlüssel zur Rettung des Ehernen Volkes! Und das würde selbst Pilzgrimm erkennen müssen, wenn es Blutklump jemals gelang, seinen Seelenstein in seine Gewalt zu bringen …

Zuvor aber würde er der letzten Kammer ihr Geheimnis entreißen!

Er rief einige Menhire mit schwerem Schmiedegerät herbei, um mit ihnen gemeinsam in die geheimen Gänge hinabzusteigen und die Tür zur dritten verborgenen Kammer aufzubrechen.

KAPITEL XII

IN DEM EIN ZWEIKAMPF SICH ENTSCHEIDET UND DIE GESCHICHTE DES NIMMERZWERGS NEU GESCHRIEBEN WERDEN MUSS

Lunt Glimmboldt war bereit. Meister Dreibart reichte ihm seine Schaufel.

Harrm Blutklump zückte in der Gestalt Thorf Glimmspans seine Äxte und wog sie in der Hand. Er ließ sie einmal durch die Luft wirbeln und nutzte dabei die Erinnerungen von Glimmspans Körper. Dieser Körper kannte die Äxte. Sie waren ihm zahllose Male zu Diensten gewesen, und sie würden es wieder sein. Auch wenn ein anderer Geist in ihm steckte. Harrm Blutklump war sich vollkommen sicher.

Während die Piraten, Schaufelbrüder und der untote Troll die Kammer des Erwachens verließen, trat der Halbohrige seinem Gegner entgegen.

„Wisse, Zwerg, dass ich jener bin, der in Wahrheit vier ist!", sagte Blutklump durch den Mund Thorf Glimmspans. „Ich bin die neue Weltmaschine und gleichzeitig ein Troll, der Herrscher des Imperiums und Kapitän der *Sturmgluth*. Es hat keinen Sinn, mir zu trotzen. Ich habe bereits das Eherne Volk in Ketten gelegt, und wenn ich mit dir fertig bin, dann werde ich mir auch die Entzwergten untertan machen!"

Er hielt einen kurzen Moment inne und musterte den Thron und die Metallspulen daran. „Dieses Gerät hat Eisenkeim also gebaut, um seine Erinnerungen und sein Wissen in den Körper eines Wirrbarts zu bannen", fuhr er nachdenklich fort. „Und wie immer hat er einzig die Maschinen seines Meisters schlecht kopiert."

Lunt Glimmboldt hielt sich mit seiner Schaufel auf Abstand

zu den Äxten seines Gegners. Langsam ging er hinter den Thron, wo er vorsichtig den Hebel umlegte. Gleich darauf begann es in den Metallspulen zu knistern.

Interessiert betrachtete der Pirat die Maschine. „Ich erinnere mich, dass Eisenkeim mit einer kleineren Version einer solchen Maschine die Erinnerung von Leuchtkäfern in die Körper von Felsläufern übertragen hat. Am Ende waren unsere Experimentierhöhlen voller laufender Lampen …"

Im grellen Widerschein der Blitze wandte er sich seinem Gegner zu, der hinter der Maschine stand. „Nun, wissender Wirrbart, leuchte ein bisschen für mich." Wieder ließ Blutklump die Äxte kreisen, und seine leblosen Augen blitzten bedrohlich auf. Dann aber entglitt ihm plötzlich eine der Äxte und schlug polternd auf dem Boden auf.

Blutklump lächelte entschuldigend und hob die Waffe wieder auf.

„Verzeih. Ich verspreche dir, dass ich diesen Zweikampf dennoch mit einem einzigen gezielten Schlag beenden werde. Du sollst nicht mehr leiden als nötig …"

Doch noch während er das sagte, spürte er, dass irgendetwas mit seinem Körper vor sich ging. Verwundert blickte Blutklump auf die rechte Hand Glimmspans, mit der er gerade die Axt wieder aufgehoben hatte. Er streckte seine Finger. Oder besser, er versuchte es. Denn, wie es schien, konnte er nur noch zwei von ihnen bewegen.

Hastig machte er zwei Schritte auf seinen Gegner zu, als ihm plötzlich eine unsichtbare Kraft beide Äxte aus den Händen riss. Ungläubig starrte der Halbohrige auf seine leeren Hände, während die beiden Waffen mit einem lauten Knall gegen die magnetischen Metallspulen polterten und dort kleben blieben.

Verwundert hob er eine Braue.

„Eisenfänger? Du versuchst, mich mit Magneten zu entwaffnen? Du nutzt das jämmerliche Wissen toter Gelehrter für schmutzige Tricks?“ Er lachte finster. „Glaub mir, auch das wird dir nichts nützen! Ich besitze dir gegenüber nämlich einen unschätzbaren Vorteil: Ich bin bereits tot.“

Sein Gegner stand jedoch nur lächelnd auf seine Schaufel gestützt hinter der Maschine und machte keine Anstalten, sich zu bewegen.

„Du hast völlig recht“, sagte Glimmboldt. „Es sind Eisenfänger. Das Herz des Wiederwerdungsgenerators besteht tatsächlich aus zwei riesigen Magneten. Doch dass sie dich entwaffnet haben, war eher ein Nebeneffekt. Vor allem wirken sie nämlich auf etwas anderes: den unschätzbaren Vorteil, den du mir gerade so stolz offenbart hast.“

Blutklump versuchte, einen Schritt auf seinen Gegner zu zu machen.

Doch es gelang ihm nicht. Es war, als ob seine Muskeln erstarrt wären.

Die Piraten vor dem Tor der Kammer blickten sich verwundert an. Die Taktik, die Glimmspan anwandte, war ihnen vollkommen unbekannt.

Lunt Glimmboldt richtete sich auf und ging auf seinen Gegner zu.

„Vielleicht hättest du dich ein wenig mehr mit Pilzgrimms Erfindungen beschäftigen sollen, bevor du sie verbessert und deinen eigenen Weg beschritten hast.“

Mit einem verwunderten Ausdruck im Gesicht senkte der Pirat den Kopf und starrte auf seine reglosen Beine, die ihm den Dienst versagten. Im nächsten Moment vermochte er nicht einmal mehr den Kopf zu heben.

Glimmspan trat dicht an ihn heran und sagte so leise, dass nur er es hören konnte: „Das Steuern eines Körpers mit Hilfe eines Seelensteins hat, wenn ich dich daran erinnern darf, einen ganz entscheidenden Nachteil. Es bedarf des ungehinderten Flammsteinsplitterflusses."

Die ihm verbliebene Restmimik ließ erkennen, dass Harm Blutklump in Gestalt des Piraten in diesem Moment begriff, was Glimmboldt meinte.

Lächelnd schulterte dieser seine Schaufel.

„Und jetzt erinnerst du dich auch daran, wie Eisenfänger auf Flammsteine wirken, nicht wahr?"

Das Letzte, was in den toten Augen Thorf Glimmspans stand, war eine Ahnung von Verstehen. Und dann vermochte er nicht einmal mehr zu blinzeln.

Die Magnetfelder des Eisenfängers hatten die Flammsteinsplitter verändert, ihnen ihre Energie und ihre Hitze geraubt und sie in gewöhnliche Steinsplitter verwandelt, die nun im Blut des toten Piraten stecken blieben und Blutklumps Willen in seinem Inneren ersterben ließen. Der Seelenstein Blutklumps steckte fest im Schädel des Piraten. Doch nun, da sein versteinertes Blut des Flammsteinflusses beraubt war, war er dort gefangen. Der Zweikampf war vorüber.

Mit einer beiläufigen Bewegung fegte Glimmboldt Schwartzbarths blechernen Dreispitz vom Schädel des Halbohrigen und erblickte darunter sogleich den Seelenstein. Er wusste um seine Funktionsweise. Eisenkeims Erinnerungen waren voller seltsamer Experimente mit Stein, Stahl und Feuer. Es gab kaum ein Material, dessen Geheimnisse dem einstmals Schwachsinnigen jetzt noch verborgen waren.

Mit spitzen Fingern ergriff er den Stein und zog ihn aus dem Schädel Thorf Glimmspans, der im gleichen Augenblick leblos in sich zusammensackte.

Lunt Glimmboldt, erfüllt vom Wissen und der Erinnerung Eisenkeims, wog den Seelensteinsplitter in den Händen. Dann legte er ihn auf den Boden und zerschmetterte ihn mit der Schaufel.

„Jener, der in Wahrheit vier ist, ist also nun bloß noch drei …“, murmelte er.

Harrm Blutklump hatte einen seiner Körper verloren. Draußen in der Halle schrie der untote Troll wütend auf.

Glimmboldt blickte auf und eilte zur Tür. Der Troll riss das Kompendium der Erzwärtigen, das er unter dem Arm getragen hatte, in die Höhe und holte zu einem wütenden Schlag aus. Brüllend drehte er sich einmal um die eigene Achse und fegte dabei ein halbes Dutzend Schaufelmönche von den Stiefeln.

Glimmboldt stockte der Atem, und die Erinnerung Krummdingk Eisenkeims mischte sich mit seiner eigenen: das Buch! Das Vermächtnis Wutrich Pilzgrimms, das Wissen der Zwergenheit, das der Schicksalszwerg der kryptischen Kammer entrissen hatte!

Der Troll nutzte die neu gewonnene Bewegungsfreiheit, um sich das Buch unter den Arm zu klemmen und mit einer umständlichen Bewegung den Transporter aus seinem zerschlissenen Gürtel zu zerren. Er reckte ihn empor, um ihn mit Schwung auf den Boden zu schmettern und die darin befindlichen magischen Steine aneinanderzuschlagen.

Das zumindest war sein Plan, der bis zum Transporteremporrecken auch funktionierte. In diesem Augenblick löste sich aus den Reihen der Piraten jedoch ein Schatten. Glimmboldt erkannte Bragk Nattergriff, der von hinten auf den Stinkschädel zueilte, ihm auf den Rücken sprang, seinen untoten Händen die Transporterröhre entriss und dann in der wogenden Menge aus Schaufeln und Enterhämmern verschwand. Der untote Troll blickte sich verdutzt um und setzte dem Dieb über die am Boden liegenden Mönche hinweg nach.

Beide verschwanden in einem der Gänge, der aus der Halle hinausführte.

Die Mannschaft der *Sturmgluth* war nach dem zweiten Ableben ihres Kapitäns sichtlich demoralisiert, sodass es den Schauflern nach dem Verschwinden des Trolls ein Leichtes war, sie innerhalb kürzester Zeit zu überwinden und zu entwaffnen. Sie lösten die eisernen Fesseln ihrer Kameraden und legten sie stattdessen den Piraten an, die sie schließlich um den Altar in der Halle der Schaufel zusammentrieben.

Nattergriff rannte, den magischen Transporter fest in den Händen und seine zerschlissene lederne Beutetasche über der Schulter, mit schweißnassem Kopftuch durch die Gänge der Entzwergten. Vorbei an den Gefesselten, die die Piraten am Boden abgelegt hatten, um sie nach der Erstürmung ihrer Siedlungen einzusammeln, und die dem flüchtenden Dieb mit verwunderten Blicken hinterhersahen. Er konnte die wuchtigen Schritte des Trolls in seinem Rücken hören. Manchmal glaubte er sogar, eine Ahnung des Gestanks wahrzunehmen, der von seinem verwesenden Leib ausging. Der untote Unhold kam näher.

Und der Dieb geriet langsam außer Atem.

Hinzu kam, dass er sich in den Gefilden der Entzwergten nicht auskannte. Hinter jeder Biegung konnte er in eine Sackgasse geraten, und dann wäre es um ihn geschehen. Trolle, das hatte Nattergriff inzwischen begriffen, verstanden nur ein geringes Maß an Spaß. Und er ging davon aus, dass dies bei toten Trollen nicht anders war.

Nattergriff überlegte fieberhaft. Von seinem Standpunkt in der Halle der Schaufel aus hatte er sehen können, auf welch eigentümliche Art der einstmals Schwachsinnige den Piratenkapitän besiegt hatte. Wenn er es recht verstand, war dieser

Schurke nicht einmal lebendig gewesen. Und was immer ihn am Leben erhielt, war durch einige starke Eisenfänger außer Gefecht gesetzt worden …

Der Troll wirkte ebenso untot wie Glimmspan, weshalb Nattergriff annahm, ihn auf die gleiche Art besiegen zu können. Doch woher sollte er einen Eisenfänger nehmen? Während seiner Flucht blickte er sich immer wieder hektisch um und suchte nach irgendetwas am Wegesrand, das vielleicht einen Eisenfänger enthalten könnte. Doch er fand nichts …

Er erreichte eine Kreuzung und hörte in seinem Rücken bereits ganz nahe die wütende Kreatur. Hastig entschied er sich für den rechten Gang.

Er eilte voran, während seine Schultertasche hinter ihm herflatterte. Zwei Biegungen später, als der verrottende Troll ihn beinahe eingeholt hatte, begann sich der Gang zu verändern. Die Fackeln darin wurden weniger, und ganz allmählich wurde er enger. Offenbar handelte es sich um einen Stollen, an dem noch gearbeitet wurde.

Und dann konnte Nattergriff, während die Schritte des ihm nacheilenden Ungetüms den Boden erbeben ließen, im spärlichen Licht der Fackeln in einiger Entfernung plötzlich das Ende des sich verengenden Ganges erkennen.

Fluchend nahm er den Transporter in die linke Hand und zog mit der rechten den Enterhammer. Er, der das Undenkbare vollbracht hatte, dem Trollmarkt entkommen war und dem Zwergischen Zwielicht getrotzt hatte, der persönliche Zögling von Schnappsagk Silberkies, dem Urahn aller Halunken, sollte nun in den Gefilden der Entzwergten von einem untoten Stinkschädel zermalmt werden? Für den Bruchteil eines Schlages fragte er sich, womit er das verdient hatte.

Und dann kam ihm der rettende Gedanke!

Er hielt das Gelingen seiner Flucht doch in der eigenen

Hand! Der Transporter! Er würde ihn nur auf den Boden schlagen müssen, dann hätte er es geschafft.

Wo immer er ihn hinbringen würde, alles war besser als dieser Ort!

Das Brüllen des übel riechenden Kolosses war nun ganz nahe, und Nattergriff spürte bereits dessen Atem im Rücken.

Entschlossen riss er den Transporterzylinder hoch … und stutzte.

Etwas stimmte nicht. Das Brüllen des Trolls war nahe. Sehr nahe sogar. Aber es kam nicht näher. Und es hatte sich verändert. Es klang nicht mehr wie das eines Jägers, sondern wie das eines Gefangenen. Nattergriff war oft genug selbst in einer solchen Lage gewesen, um derlei zu erkennen.

Stirnrunzelnd fuhr der Meisterdieb herum, den Transporter in der Linken, den Hammer in der dreifingrigen Rechten. Bereit, zuzuschlagen und zu verschwinden.

Und dann sah er es. Der Troll hatte sich in dem verengenden Gang verkeilt. Er hing, das Buch noch immer unter dem Arm, hilflos zwischen den Wänden, die Arme eingeklemmt, unfähig, sie zu heben oder auch nur einen weiteren Schritt zu machen. Es ging weder vor noch zurück. Die Kreatur musste mit voller Wucht vorangestürmt sein, und ihr massiger Körper war zwischen den Wänden stecken geblieben.

Der Stinkschädel knurrte und wütete, wand seinen von Narben und Wunden überzogenen Körper und versuchte freizukommen, den leblosen Blick unablässig auf den Dieb gerichtet, der keine drei Zwerg entfernt von ihm am Ende des Ganges stand.

Nattergriff musste unweigerlich lächeln. Das Schicksal und der Gott des Zwielichts schienen also doch andere Pläne mit ihm zu haben. Zufrieden schob er den Enterhammer zurück in seinen Gürtel und näherte sich dem Troll. Er beobachtete ihn noch einen Moment lang, um sich zu vergewissern, dass sich der Unhold wirklich nicht bewegen konnte, und kletterte dann an ihm hinauf auf seine Schulter. Der Unhold knurrte und schrie, dass der Trollrotz nur so spritzte. Noch immer versuchte er mit aller Macht freizukommen und wand sich tobend zwischen den Felsen. Doch es war vergebens. Die Wucht seines Ansturms war zu groß gewesen. Er drehte den Kopf und starrte den Dieb auf seiner Schulter mit totem Blick an.

„Hör mir zu, Dieb!“, sagte er mit rauer Stimme. „Ich bin so viel mehr als dieses verwesende Stück Fleisch! Ich könnte dich reich machen, könnte dir geben, was immer du willst!“

Bragk Nattergriff grinste den Troll breit an.

„Ein wahrhaft verlockendes Angebot. Aber ich pflege mir Dinge lieber selber zu nehmen!“

Mit diesen Worten griff er an den Hinterkopf des Trolls, tastete kurz zwischen dem dünnen, verfilzten Haar herum und zog schließlich hervor, wonach er gesucht hatte: Harrm Blutklumps zweiten Seelensteinsplitter.

Nach einem schier endlosen Rutsch entlang der stählernen Rohre kamen die Gefährten schließlich mit schmerzenden Händen am Grunde des Schachtes an. Nach dem Schlüsselmeister und seinem trollischen Gehilfen erreichte Blechboldt als Erster den Boden. Seine Landung wurde durch eine bartdicke Schicht Knötelmoos gedämpft, das in Massen am Fuß der Rohre wuchs und vermutlich vor Urzeiten dort angepflanzt worden war, um zu gegebener Zeit prophezeite Hinterteile vor einem allzu harten Aufprall zu bewahren.

Der Aufprall blieb dennoch hart genug. Mit einem leisen Fluch sprang der Ferkelbändiger beiseite, um dem Hohepriester Platz zu machen, den die Rutschpartie sichtlich mitgenommen hatte. Blechboldt musste ihm aus dem Moos aufhelfen und ihn stützen, bis er das Gleichgewicht wiedererlangt hatte. Neben ihnen kam der fluchende Fazzgadt an, der, wie es schien, nicht ein einziges Mal Luft geholt und den ganzen Weg über geflucht hatte. Er sprang beiseite, um Zweibart Platz zu machen, der mit wallender Kutte durch das Dunkel von oben herabgerauscht kam.

Während sie sich das Knötelmoos aus den Kutten klopften, schaute der Hohepriester schwer atmend den finsteren Schacht hinauf. Irgendwo hoch über ihnen, sehr weit entfernt, leuchtete die Fackel des Schlüsselmeisters an der Wand der Höhle, die sie hinter sich gelassen hatten. Der Hohepriester wischte sich den Schweiß von der Stirn. Diese Reise war wahrlich nichts für einen Tausendjährigen. Eigentlich sollte er in irgendeiner Höhle sitzen, sich in seinem Lehnstein zurücklehnen und sich den Bart massieren lassen, während er irgendwelchen Schlüpflingen von den Abenteuern seiner bewegten Vergangenheit erzählte. Das Schicksal aber hatte sich als launisch erwiesen, und die Abenteuer des Höchsten hatten auf sich warten lassen. Jetzt musste er sie, wie es schien, allesamt am Ende seines Lebens abarbeiten. Und dass morsche Knochen und wilde Röhrenritte nicht recht zueinander passten, scherte das Schicksal dabei offenbar nur wenig.

In diesem Moment hob der Schlüsseltroll seine Flammsteinfackel, und die Zwerge sahen in ihrem roten Schein eine Tür, die sich in der grob behauenen Wand vor ihnen befand.

„Seid ihr bereit?“, fragte Zweibart feierlich.

„Bereit für was? Ich dachte, das Schlimmste liegt hinter uns …“, murmelte Fazzgadt mürrisch.

„Bereit, dieses Tor zu durchschreiten, das die Zukunft von der Vergangenheit und die alte Welt von der neuen trennt? Bereit für die Wahrheit und den Weg des Nimmerzwergs?“

Erwartungsvoll schaute Zweibart in die Runde.

„Ich bin bereit", sagte der Ferkelbändiger mit einem Nicken.

„Auch ich wäre froh, wenn wir das Ganze bald hinter uns hätten", erwiderte der Allerhöchste schnaufend und mit hochrotem Kopf.

„Und da ich annehme, dass du ein Nein nicht akzeptieren würdest, bin ich also ebenfalls bereit", entgegnete Fazzgadt als Letzter.

Zweibart nickte dem Schlüsselmeister zu.

„So sei es!"

Der Schlüsselmeister wandte sich der stählernen Tür zu, auf der, wie auf den Türen in der Halle der Schaufel, sämtliche Stammeszeichen des Ehernen Volkes prangten. Darüber hinaus war in diese Tür auch noch das Hammerzepter, das höchsteigene Wappen des Großen Verwalters, eingraviert. Eine Einheit wie in alten Tagen. Als wäre die Zeit hier stehen geblieben und nie ein Stamm von den anderen getrennt worden.

Der Schlüsselmeister löste den langstieligen Schlüssel des Nimmerzwergs aus seinem Bart und warf einen bedeutungsvollen Blick in die Runde. Er hob den Schlüssel vor die Augengläser und blinzelte.

„Wirklich erstaunlich. Er ist vollkommen anders als alle anderen Schlüssel, die ich kenne. Womöglich könnte ich ihn nicht einmal kopieren … Es muss wahrlich eine ganz besondere Höhle sein, die hinter dieser Tür liegt."

Er nickte anerkennend, schob den Schlüssel dann langsam in das Schlüsselloch und drehte ihn mit einem entschlossenen Ruck herum.

Die Tür begann zu vibrieren, und einen Schlag später sprangen unter lautem Klackern und Rattern nacheinander verschiedene wuchtige Riegel zurück.

Das Rattern hallte von den Wänden des Schachtes wider, während der Blick der Kameraden geradezu an der Tür festgeschmiedet zu sein schien, die sich gleich darauf langsam öffnete. Der Schlüsseltroll eilte mit seiner Fackel voran, um die dahinter liegende Höhle zu beleuchten. Fazzgadt, Blechboldt und der Allerhöchste folgten ihm in Begleitung des ehrfürchtig staunenden Zweibarts.

Die Höhle hatte einen Durchmesser von vielleicht zwölf Zwerg. Sie war außerdem nicht sonderlich hoch. In ihrer Mitte war ein Kreis in den Boden geritzt, in dessen Inneren alle Stammeszeichen des Ehernen Imperiums den alten Traditionen entsprechend abgebildet waren. Im Zentrum des Kreises befand sich ein Hebel, der mit einem rostigen metallenen Rohr verbunden war – eine Vorrichtung, die die Anwesenden sofort als magischen Transporter erkannten. Im Inneren des Eisenrohrs wirkten magische Steine, deren Kraft sich durch einen einzigen Schlag freisetzen ließ und jeden Zwerg im näheren Umkreis innerhalb eines Wimpernschlags an den Ort brachte, wo sich die Zwillingssteine des Transporters befanden. Die Mitglieder des Schicksalszwergs erschauerten. Sie waren mit diesen Überbleibseln zwergischer Magie bereits durch das halbe Imperium gereist. Doch bei den meisten Transportern hatten sie gewusst, wohin sie sie bringen würden. Dieser hier war in einer verborgenen Höhle versteckt, die seit Tausenden Jahren niemand mehr betreten hatte.

Der Transporter aber war nicht das einzige Bemerkenswerte im Inneren der Höhle.

Abgesehen von der Tür, durch die sie sie betreten hatten, gab es noch eine weitere, beinahe identische, die dieser genau gegenüberlag.

Fragend blickte der Hohepriester Zweibart an und wies auf die Tür. Ihr Begleiter nickte.

„Da ursprünglich niemand wusste, welcher Teil unseres Volkes tatsächlich der verlorene sein würde, ist diese Höhle von zwei Seiten aus zu erreichen. Jene Tür dort ist der Zugang aus dem Inneren des Imperiums. Es gibt jedoch nur einen Schlüssel. Nämlich den im Grab des Nimmerzwergs."

Die Gefährten ließen die Blicke durch die Höhle schweifen und sahen, dass sich an ihren Wänden eigentümliche Zeichnungen befanden, die mit weißer Farbe, vermutlich mit geronnener Madenmilch, auf den rauen Fels aufgebracht worden waren. Auf der unteren Hälfte der Wand waren die vereinfachten Abbilder zahlreicher Zwerge zu erkennen. Es waren lediglich Umrisse, die jedoch aufgrund der angedeuteten Bärte, Helme und Äxte und ihrer zwergischen Proportionen ohne Schwierigkeiten zu erkennen waren. Diese Figuren waren über verschiedene gemalte Höhlen verteilt, die in der Mitte der Wand zusammenliefen. Im Zentrum dieser Höhlen stand eine einzelne Figur, die größer war als die der Zwerge und von ihren Proportionen her an den Nimmerzwerg erinnerte. Die Figur stand unterhalb eines gezeichneten Schachts, der senkrecht bis zu einem waagerechten Strich emporführte, der den unteren Teil des Bildes vom oberen trennte. Und hier, über den Höhlen, waren auf einer weiten Fläche weitere Figuren von der Art des Nimmerzwergs angeordnet, deren Anzahl in etwa der der Zwerge im unteren Teil des Bildes entsprach.

Das bemerkenswerteste Detail jenes Bildes befand sich jedoch über dieser Ansammlung von Nimmerzwergen: Hoch über den Figuren war ein großer Ball zu erkennen, dessen Umrisse von angedeuteten Flammen umkränzt waren. Es war das gleiche Symbol wie auf der Tür zur Kammer der Hoffnung.

„Was mag das bedeuten …?", murmelte der von Staunen ergriffene Hohepriester.

Ehrfürchtig trat Zweibart an die Wand und legte eine Hand auf die Zeichnungen.

„Es ist unglaublich. Das Erbe des Nimmerzwergs. Dies ist

das Bild zu seiner Geschichte. All die Jahrhunderte habe ich nur von diesen Dingen gehört. Und hier finde ich nun den Beweis, die getreulichen Abbilder seiner Worte …“

Auch Blechboldt trat näher, um im Schein der Fackel des Trolls besser sehen zu können.

„Schaut nur, diese Figuren sehen gar nicht aus wie Zwerge …“

Fazzgadt murrte missmutig.

„Ja. Aber nur weil irgendjemand keine richtigen Zwerge malen kann, ist das noch lange kein Grund, so ein Aufhebens darum zu machen!“

„Und was ist deiner Meinung nach das da?“, fragte Blechboldt und wies auf die flammende Kugel im oberen Teil des Bildes.

„Eine Grubenlampe“, antwortete Fazzgadt schulterzuckend.

„Vergleiche sie doch mal mit den Figuren, du Kieskopf!“, erwiderte Blechboldt und deutete aufgeregt auf die Zeichnung.

„Dann ist es von mir aus eben eine besonders große Grubenlampe“, entgegnete Fazzgadt.

Nun kam Zweibart zu ihnen hinüber.

„Es ist die Welt des Nimmerzwergs. Er hat von ihr erzählt. Von seinem Stamm und seinem Volk. Sie sind weder Troll noch Zwerg, weder Echse noch Olm. Und sie leben in einer Welt ohne Höhlen …“

Fazzgadt verdrehte die Augen.

„Ja, und wie soll das bitte möglich sein? Die Welt besteht schließlich aus Höhlen …“

Zinkk Zweibart schüttelte ruhig den Kopf.

„Ihre nicht. Ihre Welt ist anders. Und die höheren Wesen jener Welt schlüpfen auch nicht aus Eiern …“

„Ach? Und was tun sie dann? Werden sie vielleicht lebend geboren? So wie Ratten? Oder Erzferkel?“, polterte Fazzgadt verächtlich.

Zweibart nickte.

„Ganz genau. Es ist eine andere Welt, mit anderen Gesetzen, und sie wird beherrscht von jenem flammenden Ball, den sie Sonne nennen.“

Fazzgadt verschränkte die Arme vor der Brust und wandte sich kopfschüttelnd ab.

„Sonne, pah! Wie kann man einer Lampe nur einen Namen geben? Das ist doch der Beweis. Diese Zwerge müssen einfach krank sein!“

Zweibart aber ließ sich nicht beirren. Mit glänzenden Augen schaute er zu dem gemalten Flammenball empor.

„Die Erzählungen des Nimmerzwergs bilden das Herz des Glaubens der Schaufel. Wir wissen ein wenig über seine höhlenlose Welt und haben Hunderte Jahre damit verbracht, die Geschichte der Zwerge ihren Gesetzen entsprechend zurechtzubiegen …“

Jetzt wurde Blechboldt hellhörig.

„Ihr habt was wie zurechtgebogen?“

Zinkk Zweibart versuchte es ihm zu erklären.

„Die Nimmerzwergischen sind anders als wir. Wenn wir ihnen begegnen, werden sie unsere Welt nicht verstehen. Der Nimmerzwerg hat uns von ihren Vorlieben berichtet, von ihren Schwächen, ihren Geschichten, und wie sie sie erzählen. Sie nehmen Dinge anders wahr, ihre Sprache unterscheidet sich von unserer. Um in jener Welt bestehen zu können, werden wir uns anpassen müssen. Uns, unsere Sprache und unsere Geschichte. Sogar unsere Namen.“

„Wie bitte?“ Blechboldt glaubte, seinen Ohren nicht trauen zu können.

„Nun ja, den meisten von ihnen werden allein schon unsere Namen zu kompliziert sein“, verriet Zweibart.

Fazzgadt fuhr herum und schnauzte ihn an.

„Hätte mein Oheim mir etwa einen Trollnamen geben sollen?“

Zweibart hob abwehrend die Hände.

„Nein, aber es würde schon helfen, wenn wir unsere eigenen Namen kürzen und auf einfache Silben wie -dil oder -drigk enden lassen …“

Das aber machte sein Gegenüber noch wütender: „Soll ich mich etwa Fazzdil nennen? Ist es das, was du willst? Soll ich am Ende dieser Reise auch noch meine Würde verlieren?“

Blechboldt legte ihm beruhigend die Hand auf die Schulter.

„Ich denke, wir sollten auf ihn hören …“

Fazzgadt aber riss sich wütend los.

„Also, ich finde, Farrndrigk klingt gar nicht so schlecht“, ließ sich der Allerhöchste vernehmen, der sich aufgrund der Tatsache, dass er keinen Namen hatte, der von irgendwelchen Silben verunstaltet werden konnte, nur wenig um das Phänomen der Nimmerzwergsprache scherte. „Aber wohin führt dieser Transporter?“, fragte er mit einem Nicken in Richtung des Hebels im Zentrum der Höhle.

Zinkk Zweibart trat neben ihn.

„Direkt in den schrundigen Schacht, den Weg des Nimmerzwergs, durch den er einst zu uns herabgestiegen ist.“

Der Hohepriester legte die Stirn in Falten.

„Aber liegt nicht am Ende des Schachtes die Hohe Höhle, die Heimstatt der Götter, der Ort, an den die Seelen der Zwerge einkehren, wenn …“

Zinkk Zweibart schüttelte den Kopf.

„Das ist Religion, Alter, Aberglaube. In Wahrheit befindet sich dort die Welt des Nimmerzwergs.“

„Die vermaledeite Welt der Dils und Drigks, verdammte Kieslaus noch eins!“, fauchte Fazzgadt. „Da ist mir doch selbst der Aberglaube dieses alten Olmtreibers noch lieber!“

Zweibart streckte beschwichtigend die Hände aus.

„Hört zu. Meine Mitbrüder und ich haben beschlossen, dass es das Beste sein wird, wenn wir den Nimmerzwergischen gegenüber das Eherne Volk als glorreiche Schmiede und Krieger darstellen und gewisse Einzelheiten unserer Geschichte weglassen.“

„Was meinst du mit ‚gewisse Einzelheiten unserer Geschichte‘?“, fragte Fazzgadt und trat bedrohlich an den Schaufelbruder heran.

„Willst du ihnen etwa erzählen, dass wir von Wahnsinnigen beherrscht und von unseresgleichen an Trolle verkauft werden?“, fragte Blechboldt.

Zinkk Zweibart schüttelte den Kopf.

„Ein bisschen Ehre, ein bisschen Stolz und ein wenig Gold. Vielleicht noch etwas liebenswerten Starrsinn und eine gewisse Freude am Bier. Das wird für sie das Volk der Zwerge sein. Mehr müssen sie nicht wissen. Hauptsache ist, dass sie nie erfahren, dass wir aus Eiern schlüpfen.“

„Ich bin stolz, aus einem Ei geschlüpft zu sein!“, blaffte Fazzgadt ihn an.

„Glaube mir, Fazzgadt, in ihrer Welt würde dir das kaum zum Vorteil gereichen“, entgegnete Zweibart ruhig. „Dinge, die aus Eiern schlüpfen, braten die Nimmerzwergischen in der Pfanne …“

Fazzgadt starrte ihn mit offenem Mund und schreckensgeweiteten Augen an.

Zinkk Zweibart ging zum Hebel des Transporters hinüber.

„Atmet ein letztes Mal die Luft der Stollen eurer Heimat, Freunde“, sagte er an die Kameraden gewandt. „Macht euch bereit, die Höhlen des Ehernen Volkes zu verlassen und eure Stiefel auf den Boden einer höhlenlosen Welt zu setzen!"

Fazzgadt hob zornig den Zeigefinger.

„Ich werde nirgendwo hingehen, wo ich Fazzdil heiße und nicht so, wie es sich gehört, geschlüpft sein darf!"

Zweibart senkte den Blick und zuckte mit den Schultern.

„Es steht dir frei, in den Ketten Krugk Trümmerboldts dein Ende unter deinesgleichen zu finden."

Der Ferkelbändiger beugte sich zu Fazzgadt hinüber und flüsterte ihm zu: „Vielleicht ist es wirklich an der Zeit, etwas vollkommen Neues zu wagen."

Fazzgadt biss sich auf die Unterlippe und fuhr sich über das stoppelige Kinn. Etwas Neues. Zwerge waren nicht geschaffen für etwas Neues. Sie waren die Bewahrer von Traditionen und Gebräuchen, fleischgewordener Stein, trunkene bärtige Bollwerke gegen jede Form der Veränderung. Und jetzt kamen diese Schaufelbrüder daher und forderten ihn auf, etwas Neues zu wagen … Andererseits war das Imperium am Ende. Das Volk der Zwerge hatte sich für den Erhalt einer Ahnung dessen, was es einst gewesen war, in Ketten schlagen lassen, um dem kläglichen Rest seiner Tradition zu dienen und jener Arbeit nachgehen zu dürfen, die es immer schon ausgeübt hatte. Auch dies war nicht die Welt, in der ein echter Zwerg leben wollte.

Die Gefährten tauschten nachdenkliche Blicke. Wenn irgendwo dort draußen, in jener höhlenlosen Welt, die Hoffnung bestand, einen eigenen Stollen zu graben, dann wäre das allemal besser als ein Dasein in Ketten zu fristen, verfolgt zu werden oder auf ewig ein Spielball der Vorsehung zu sein.

Die Zwerge blickten einander schicksalsergeben an.

Zinkk Zweibart nickte zufrieden.

„Gut, dann lasst uns den Weg bereiten für jene, die uns folgen werden!"

Doch als er die Hand nach dem Transporterhebel ausstreckte, wurde ohne Vorwarnung und mit einem gewaltigen Knall die Tür, die zum Imperium führte, aus den Angeln gesprengt. Die Wucht der Explosion fegte sie alle von den Füßen, Schlüssel flogen wie Geschosse durch den Raum, und die Zwerge wurden gegen die Wände geschleudert.

INTERMEZZO

Kaum dass der Rauch sich verzogen hatte, trat Krugk Trümmerboldt in Begleitung zweier schwer bewaffneter Menhire durch die Tür. Verwundert blickte er sich um. Und durch seine Augen sah Harrm Blutklump in diesem Moment Dinge, wie er sie während seines gesamten unsterblichen Daseins noch nicht zu Gesicht bekommen hatte.

Es waren vor allem die Zeichnungen an den Wänden der Höhle, die in ihm sofort eine dunkle Erinnerung an die Legende vom Nimmerzwerg wachriefen. Blutklump verzog das Gesicht zu einer ausdruckslosen Grimasse. Der Nimmerzwerg war jener, der nie Zwerg gewesen war, und wie er selbst eng mit dem dritten Teil der großen Erzferkelprophezeiung verknüpft. Und die Prophezeiung war das Einzige, was Blutklumps Herrschaft noch im Wege stand. Das letzte bisschen Hoffnung, das den aufrührerischen Gemütern der Zwerge geblieben war. Den Worten des Erzferkels zufolge gab es zweierlei, was das Eherne Volk noch zu retten vermochte. Doch Blutklump wusste es besser. Das Einzige, was die Zwerge retten konnte, war eiserne Disziplin. Kettenglied um Kettenglied!

Er deutete auf die Wand und sagte an seine bewaffneten Begleiter gewandt: „Übermalt diese Zeichnungen."

In diesem Moment rappelte sich der Schlüsseltroll auf, schüttelte sich und stürzte sich brüllend und mit erhobenen Pranken auf den untoten Zwergenherrscher. Doch bevor er ihn erreichen konnte, ließen die Menhire ihre Handkanonen sprechen, sodass der Troll von zwei Dutzend stählernen Kugeln durchsiebt zu Boden stürzte. Gleich darauf eilten weitere Menhire in die Höhle und überwältigten die am Boden liegenden Zwerge.

Blutklump ging zu ihnen hinüber und baute sich vor ihnen auf.

„Das ist er also. Der Schicksalszwerg. In Begleitung eines Schaufelschwenkers, eines Schlüsselschmieds und eines verblichenen Trollgehilfen. Und allesamt sind sie am Ende ihres Ganges angelangt." Er funkelte die Zwerge triumphierend an. „Womöglich wird es euch freuen zu hören, dass es dem Rest eurer Gefährten unlängst gelungen ist, zwei meiner Körper zu besiegen."

Die Gefährten blickten einander verwundert an. Sie verstanden nicht, wovon Blutklump sprach.

Doch der falsche Herr der Zwerge fuhr unbeirrt fort: „Jener, der in Wahrheit vier ist, ist ein wenig übersichtlicher geworden. Aber seid versichert, das, was er ist, reicht vollkommen aus, um sein Ziel zu erreichen und das Volk der Zwerge auf ewig zu vereinen!"

Langsam ging er vor den Gefangenen auf und ab, während seine Leute die Zwerge in Ketten legten.

„Bald werdet auch ihr Teil der Einheit werden", fuhr er fort. „Obwohl ich die Einswerdung der Entzwergten mit dem Ehernen Volk nach dem Ende Glimmspans und meines Trolls wohl ein wenig aufschieben muss. Aber glaubt mir, es ist nur eine Frage der Zeit, bis sich mein stahlgewordener Wille auch durch ihre Niederungen erstreckt."

Dann fiel sein Blick auf den Transporter in der Mitte der Kammer, und Blutklump lächelte finster.

„Hier ist er also … Ich muss sagen, dass diese dritte verborgene Kammer mich ein wenig enttäuscht."

Er fuhr wieder herum und beugte sich zu seinen Gefangenen hinunter. „Ich hätte euch eure jämmerliche Hoffnung lassen sollen. Denn spätestens, wenn ihr diesen Hebel umgelegt hättet, wäre sie zunichte gewesen …“

Verwirrt blickten die Gefährten einander an, während einige Menhire mit Eimern in die Höhle traten und die Zeichnungen an den Wänden mit Pech zu überstreichen begannen.

„Es wäre nämlich gar nichts geschehen“, fuhr Blutklump mit triumphierendem Lachen fort. „Denn dieser Transporter hat kein Ziel. Sein Gegenstück habe ich bereits vor vielen Hundert Schichten gefunden, als ich mich den Schacht hinauf zu den Göttern begeben habe. Ich habe es zerstört, kaum dass ich es gefunden hatte. Denn ich musste auf schmerzliche Weise erfahren, dass der Weg zu den Göttern den Zwergen nicht offenstehen sollte …“

Fazzgadt spie trotzig vor Blutklump aus.

„Wer immer du bist, wir werden dich besiegen!“

Blutklumps Lachen wurde noch lauter.

„Wer? Ihr wisst doch nicht einmal, *was* ich bin! Und ihr ahnt auch nicht, was ich sein werde!“

Fazzgadt schnaubte verächtlich.

„Zwei, drei oder vier, was auch immer du bist, du bist nicht mehr als ein Haufen toter Zwerge!“

Blutklump kniete sich neben ihm nieder und blickte ihm starr und kalt in die Augen.

„Ich, Zwerg, bin die Zukunft!“, sagte er.

Dann erhob er sich wieder und baute sich gebieterisch vor seinen Gefangenen auf. „Ich denke, bevor ihr zum Zusammenhalt der zwergischen Gemeinschaft beitragen könnt, werde ich euch noch staunen lassen, um jeden Keim einer Rebellion in der Wurzel ersticken! Es ist an der Zeit, dass ihr mein wahres Antlitz seht. Macht euch bereit, die Wächterebene zu betreten und die wahre Macht Harrm Blutklumps zu schauen!“

Auf einen Wink ihres untoten Herrn hin zerrten die Menhire die gefesselten Zwerge in den Gang hinaus, um sie mit niedersausenden Schlagstöcken zur Wächterebene emporzutreiben.

Lunt Glimmboldt, dessen Bart die übrigen Kuttenbrüder inzwischen ehrfürchtig zu vier strammen Zöpfen geflochten hatten, schritt zusammen mit Dreibart die Reihen der gefangenen Piraten ab.

„Jetzt, Meister Vierbart, da wir von der *Sturmgluth* und ihrer Mannschaft nichts mehr zu befürchten haben“, sagte Dreibart gerade, „sollten wir so schnell wie möglich in das Eherne Imperium zurückkehren und die verbliebenen Eier aus dem kalten Schoß holen, um so viele Angehörige unseres Volkes wie möglich in die neue Welt hinüberzuretten!“

Glimmboldt nickte nachdenklich, während er die feindseligen, hitzegegerbten Gesichter der Piraten betrachtete.

„Gewiss, Dreibart. Aber sag, warum nur die Eier? Weshalb wagen wir es nicht, das gesamte Eherne Volk von seinen Ketten zu befreien?“

Dreibart blieb stehen und legte Glimmboldt beide Hände auf die Schultern.

„Glaub mir, wir alle haben diesen Wunsch. Aber schau dich um. Fünf Dutzend Jünger sind es, die der schartigen Schaufel dienen. Trümmerboldt hingegen befehligt mehr als tausend Menhire in Rüstung mit tödlichen Handkanonen. Wenn wir versuchen, das Imperium anzugreifen, würden wir nur das Wenige gefährden, das uns noch geblieben ist. Und darum retten wir so viele Ungeschlüpfte, wie wir können, und bewahren so zumindest das Erbe des Ehernen Volkes.“

Glimmboldt nickte verbittert.

„Gut. Dann brecht auf, während ich dem Dieb und dem

Troll folge, um das Wissen unseres Volkes zu retten, das in dem Buch verborgen ist, das der Stinkschädel bei sich trägt!"

Dreibart verneigte sich und wandte sich ab, um mit seinen Mönchen alles Nötige zu besprechen, als vom Eingang der Halle her eine bekannte Stimme erklang.

„Ich denke, das wird nicht nötig sein, Wirrbart."

Inmitten des offenen Tors, zwischen besiegten Piraten und verwundeten Schaufelbrüdern stand, eine brandfleckige Tasche über der Schulter, der erschöpfte Bragk Nattergriff. Er hatte sich das Buch unter den Arm geklemmt, und in seinem Gürtel steckte der magische Transporter.

„Ich habe mich bereits darum gekümmert."

Er ließ das riesige Kompendium zu Boden fallen und wischte sich den Schweiß von der Stirn.

Glimmboldt eilte zu dem Dieb hinüber.

„Nattergriff! Am Ende scheinst du also doch auf der richtigen Seite zu stehen."

Nattergriff holte tief Luft, warf dem Vierbart den roten Steinsplitter zu und lachte.

„Nun, ich vermute, das ist das Talent eines Diebs. Ich hätte übrigens nicht geglaubt, dich jemals sprechen zu hören, Wirrbart."

Mit einem wuchtigen Schlag zerschmetterte Glimmboldt den Stein und grinste den Dieb breit an.

„Ich ebenso wenig. Und glaube mir, auch das Denken ist ungewohnt. Es kribbelt unter der Schädeldecke."

„Aber mit Verlaub, werter Wirrbart", fuhr Nattergriff fort. „Ich habe mich nie wirklich auf die Seite dieser Halunken geschlagen. Doch indem ich mich ihnen angeschlossen habe, ist es mir gelungen, etwas vor ihnen zu verbergen, das sie nur allzu gern in ihren Besitz gebracht hätten."

Mit diesen Worten zog sich der Meisterdieb seine brandfleckige lederne Tasche von der Schulter, aus der dem verdutzten Glimmboldt im nächsten Moment eine Ratte entgegengesprungen kam. Die Ratte des Kapitäns der *Sturmgluth*. Und zwischen Schnauze und rechtem Vorderlauf trug sie einen Seelenstein, den Glimmboldt sogleich als den Wutrich Pilzgrimms erkannte!

„Es war nicht leicht", fuhr Nattergriff fort. „Erst habe ich Schwartzbarth die silberne Schatulle mit dem Barthaar seiner Gefangenen gestohlen, dann hat Glimmspan dem Kapitän das Leben gestohlen und zuletzt die Ratte den Stein …" Mit diesen Worten zog Nattergriff die silberne Flammenankerschatulle hervor und reichte sie Glimmboldt. „Es ist eben eine dieser Diebesgeschichten. Aber ich denke, das Ergebnis spricht für sich."

Glimmboldt ergriff die Schatulle und nickte anerkennend. Der Dieb, der sich vom Schicksalszwerg abgewandt hatte, um seinen eigenen Stollen zu graben, hatte tatsächlich das komplette Kompendium mitsamt seinem Schöpfer vor Harrm Blutklump gerettet.

Als Glimmboldt die silberne Schatulle öffnete, sprang die Ratte in seine offene Hand, ließ den Stein fallen und versenkte die Schnauze gierig in den Barthaaren. Glimmboldt hob den Stein vom Boden auf und betrachtete ihn.

Wutrich Pilzgrimm. Befreit aus den Fängen der Magmapiraten. Sein Wissen vereint mit dem seines Schülers.

„Herr, wir sollten uns eilen", gab in diesem Moment Meister Dreibart zu bedenken. „Die Brüder sind bereit. Wenn der übrige Schicksalszwerg bereits den Weg des Nimmerzwergs beschreitet, sollten wir uns bemühen, dem neuen Zeitalter seine Nachfahren zu bescheren."

Hinter ihm hatten etwa zwei Dutzend Schaufelbrüder Aufstellung genommen. Die besten der besten. Sie hatten alle siebenunddreißig Kammern durchschritten und kannten sämtliche Geheimnisse der Schaufel – selbst jene, die zwischen Stiel und Schaufelblatt verborgen lagen. Sie trugen stabile, mit dichten Netzen aus Bitterginster umsponnene Eisengestelle auf dem Rücken.

Nattergriff betrachtete die Mönche.

„Es geht um die Eier im kalten Schoß?"

Glimmboldt nickte.

„Die letzten ungeschlüpften Nachfahren des Ehernen Volkes. Wir wollen ins Eherne Imperium zurückkehren, um den Menhiren so viele wie möglich von ihnen zu entreißen." An Meister Dreibart gewandt sagte er: „Gut, lasst uns aufbrechen, aber vorher bitte ich dich noch, mir eine Pfeife und einen Beutel Gottkraut zu besorgen!"

Dreibart gab einem seiner Männer ein Zeichen. Der Schaufelbruder zog einen Lederbeutel und eine Pfeife unter seiner Kutte hervor und reichte sie dem Vierbart mit gesenktem Haupt. Glimmboldt ließ die Schatulle zuschnappen. Die Ratte sprang auf seine Schulter, während ihr Blick zwischen Schatulle und Stein hin- und herhuschte. Der Zwerg bückte sich nach dem Kompendium, das neben Nattergriff im Staub lag. Ehrfürchtig reckte er das Buch empor, und die Blicke aller Anwesenden richteten sich auf ihn, als seine Worte durch die Halle der Schaufel klangen: „Dies ist die Enzyklopädie der Erzwärtigen, das Wissen des Ehernen Volkes und das Erbe des größten Gelehrten der Zwergenheit, das die Gemeinschaft der Schaufel fortan mit ihrem Leben beschützen wird!"

Dann nahm er von einem nahen Schaufelständer einige Lederriemen, schnallte sich das Buch auf den Rücken und nickte Dreibart zu. Gemeinsam eilten sie in die Kammer des Werdens, gefolgt von Bragk Nattergriff und zwei Dutzend zwergischen Kriegermönchen mit geschulterten Schaufeln, um zum kalten Schoß vorzudringen und einige der letzten Nachfahren der Zwerge vor der Knechtschaft unter dem stählernen Arm des Fortschritts zu bewahren.

INTERMEZZO

Unter dem leblosen Blick ihres Herrn und mithilfe ihrer Schlagstöcke trieben die Menhire die Mitglieder des Schicksalszwergs, Zweibart und den Schlüsselmeister mitsamt seinem trollischen Gehilfen durch die Gänge und prügelten dabei ein blaurotes Muster der Unterdrückung auf ihre Rücken.

Und während sie sich voranschleppten, sahen die Gefangenen, was der Fortschritt Harrm Blutklumps aus dem Imperium gemacht hatte. Das Eherne Volk lag in Ketten und rückte unter den strengen Blicken der bewaffneten Wachen aus, um Rohre an die Stollenwände zu schmieden. Alles, was den Zwergen als persönlicher Besitz geblieben war, war ein Stück Kette von vier Bart Länge, das sie mit ihrem Vordermann verband. Sie trugen keine Helme mehr und schlurften mit verfilzten Haaren oder nackten Schädeln durch die Gänge. Ihre Bärte waren verdreckt, ihre Kleidung zerschlissen und von Flecken übersät. Auf ihrer Brust baumelten ihre schartigen Stammeszeichen.

Dies waren die jämmerlichen Überreste des Ehernen Volkes, die ihre eigenen Ketten auf Hochglanz polierten und ihre letzte Kraft dazu benutzten, darauf zu achten, dass sie sich bei der Arbeit nicht verhedderten. Der Stolz der Schürfenden war gebrochen und hatte sich in den Gehorsam der Kriechenden verwandelt, die den Worten eines entseelten Herrschers folgten, der sie ihr eigenes Gefängnis schmieden ließ.

Ängstlich duckten sich die geketteten Zwerge unter den Peitschenhieben der Menhire oder standen mit furchtsamen Blicken am Ausschank des Arbeitsbiers, das Blutklump ausschenken ließ, weil Angst und Trunkenheit eine Mischung bildeten, die zusammen mit einer vier Bart langen Kette die besten Untertanen machte. Das Trinken zwang die Gedanken an eine kurze Kette. Und wenn sich ein unzufriedener betrunkener Feigling in Ketten entschloss, handgreiflich zu werden, dann verprügelte er allenfalls seinen Vordermann. Wenn es ein kräftiger unzufriedener betrunkener Feigling war, womöglich auch noch seinen Hintermann. Aber damit hatte es sich dann auch.

Mit riesigen Kellen gossen die Menhire das dunkle Bier in wurzelhölzerne Humpen, die die Kettenzwerge, mit dünnen Lederriemen befestigt, neben ihrem Werkzeug an ihren Gürteln trugen. Mit glasigem Blick tranken die Sklaven ihre Humpen aus und wurden dann weitergetrieben. Misstrauisch beäugten die jämmerlichen Reste des Ehernen Imperiums den Schicksalszwerg und die Schaufler, als ob sie ihnen ihr Bier wegtrinken oder ihre vier Bart lange Kette beschmutzen wollten.

Die Zwerge selbst aber waren nur ein Teil dessen, was der Ehrgeiz Harrm Blutklumps aus den Gängen des Imperiums gemacht hatte. Überall an den Wänden befanden sich Halterungen für zukünftige Rohre. In den einstigen Schankhöhlen standen inzwischen Schmelzöfen, die mit fremdartiger Technologie angetrieben wurden, welche auf die verbotenen Erfindungen Wutrich Pilzgrimms zurückging. Ihre Hitze strahlte bis in die Gänge, während schwitzende Kettenzwerge das flüssige Metall in längliche, halbrunde Formen laufen ließen, die von anderen zu Rohren zusammengeschmiedet wurden.

Neben den Schmelzöfen türmten sich Äxte und Prunkhämmer, Prachtrüstungen und Helme. Alles Metall, dessen die Menhire hatten habhaft werden können. Die prachtvollen Relikte einer zigtausendjährigen Geschichte – Zeremonienhelme, Ritualäxte, selbst den schwarzen Thron des Verwalters entdeckten die Zwerge auf einem der Haufen. All das wurde in die glühenden Hochöfen geschüttet. Die Zwerge verrieten ihre eigene Geschichte und verfütterten ihre Tradition an den Fortschritt Harrm Blutklumps.

Mit jedem Gang, den die Kameraden durchschritten, mit jeder Ebene, die sie weiter nach oben stiegen, wurden sie mutloser. Nachdem die Kammer der Hoffnung sich als Sackgasse erwiesen hatte und sie mit ansehen mussten, was aus ihrem Volk geworden war, begannen sogar Zweibart und der Schlüsselmeister allmählich an der Schaufel zu zweifeln.

Blechboldt hingegen fragte sich, was in dieser Welt aus seinen Tieren geworden sein mochte. Was war ein Erzferkel in einer Welt noch wert, in der nicht mehr geschürft werden durfte? Er ahnte die Antwort bereits, doch mussten sie sie einige Gangbiegungen später auch mit eigenen Augen ansehen. Denn damit sie arbeiten konnten, mussten selbst betrunkene Feiglinge in Ketten bei Kräften gehalten werden. Und ebenso wie die Relikte des Imperiums wurden auch die Gesetze des Reiches in Blutklumps Hochöfen eingeschmolzen. Das alte Gesetz, nach dem jeder Kreatur in den Gängen ein gottzwergegewollter Sinn innewohnte, der Grund dafür, dass sich die Zwerge von alters her nur von Wurzeln, Pilzen und Rinde ernährt hatten, war hinfällig geworden. Jede Kreatur war gut genug, um die Kettensklaven bei Kräften zu halten.

Am Tor der Halle der Helme stieg den Gefährten der Geruch gerösteten Fleisches in die Nase, und dann sahen sie, was aus der Halle selbst geworden war: Zwischen den Ketten und Fackelkörben an der Decke schimmerten Spinnweben. Das mythische eherne Drachenhorn auf dem Plateau der Priester war nur noch halb vorhanden. Den Rest schnitten Zwerge in Ketten gerade mit Funken sprühenden Maschinen in Stücke, die vom nächsten Kettenzug abtransportiert wurden. Kein Feuer brannte in den Ölrinnen. Stattdessen steckten grellweiß leuchtende Blitzbasaltfackeln im Boden der Halle, in deren Schein die Menhire standen und mit finsteren Blicken die vorüberziehenden Kettenzwerge beobachteten, um willkürlich ihre Schlagstöcke auf dem ein oder anderen Rücken zu polieren.

Im Zentrum der Halle aber, zwischen den drei letzten mächtigen Säulen, die die ehrbaren Stämme des Imperiums symbolisierten und irgendwo in der Finsternis hoch über ihnen die Gewölbedecke stützten, waren riesige Feuerstellen eingerichtet worden, über denen sich an Spießen Schieferspringer, Erzferkel und Grottenolme drehten. Darum herum saßen abgerissen wirkende Zwerge, die das Fleisch mit gierigen, trunkenen Blicken betrachteten.

Beim Anblick seiner einstigen Schützlinge, jener Kreaturen, denen er stets näher als den meisten Zwergen gewesen war und die nun zwischen den malmenden Kiefern knechtbärtiger Trunkenbolde verschwanden, füllten sich die Augen Farrnwart Blechboldts mit Tränen.

Die Halle der Helme bot einen wahrhaft schrecklichen Anblick. Das Heiligtum der Zwerge seit Anbeginn der Zeiten, der Ort, wo Recht und Wahrheit gesprochen und die Visionen des Höchsten aller Hohen verkündet worden waren, war entweiht und geschändet worden von denen, die einst ehrfürchtig darin niedergekniet waren.

Die Halle der Helme war ein Ort des Frevels geworden, an dem das Eherne Volk auch noch den Rest all dessen verriet, was ihm einst heilig gewesen war.

Und angesichts der schwelenden Trümmer des höchsten zwergischen Heiligtums verzweifelte nun selbst der Schicksalszwerg. Was immer bestimmt, was immer prophezeit war – ein

Volk zu erretten, das jämmerlich genug war, sich selbst für etwas Fleisch, Bier und vier Bart Kette aufzugeben, war wahrlich keine dankbare Aufgabe …

KAPITEL XIII

IN DEM DIE SCHARTIGE SCHAUFEL DEN KALTEN SCHOSS ERSTÜRMT, EIN EISERNER WALD DEN SCHICKSALSZWERG BEZWINGT UND DER STEIN DER WEISEN SEINEN PLATZ EINNIMMT

Gemeinsam mit Dreibart und einigen Schaufelbrüdern gelangten Nattergriff, Glimmboldt und der blinde General mithilfe eines magischen Transporters durch die Kammer des Werdens an den Rand des kalten Schoßes. Sie befanden sich in einer kleinen, provisorischen Höhle, die lediglich durch eine Wand aus Stein und bläulich funkelndem Eis vom kalten Schoß getrennt wurde. Die Schaufelkerben in der Wand legten Zeugnis davon ab, wie lange die Brüder hier unten bereits am Werk sein mussten. Seit vielen Hundert Jahren schmolz diese Wand unter den Schaufeln der Gemeinschaft dahin, während sich die Entzwergten unermüdlich durch Eis und Stein der verdorrenden Wurzel des Zwergentums genähert hatten. Es war kaum noch ein Bart Wand, der sie von den stählernen Eiern der letzten Nachfahren ihres Volkes trennte, und in der Höhle befanden sich zwei Schaufelbrüder, die durch kleine Bohrlöcher in der Wand das Innere der angrenzenden Höhle überwachten.

Als Glimmboldt, Nattergriff, Flammrank und die anderen vor den Brüdern in der Höhle auftauchten, knieten diese angesichts des frisch geflochtenen Vierbarts nieder. Die schicksalhafte Schicht war gekommen, in der die schartige Schaufel ihre Hand nach den Kindern ihres Volkes ausstrecken würde.

Einer der beiden Brüder trat mit gebeugtem Haupt auf Meister Dreibart zu.

„Herr, Blutklump hat eine ganze Hundertschaft Menhire zum Schutz des Schoßes entsandt. Sie wachen vor den Toren, haben aber noch keinen Verdacht geschöpft. Wir sind bereit durchzubrechen, um die Ungeschlüpften zu retten."

Meister Dreibart nickte zufrieden.

„Dann brecht durch. Lasst das Schicksal die Schaufel spüren."

Und während die Brüder ihre Schaufeln hoben, um so leise wie möglich den Weg freizulegen, ließ sich Glimmboldt, Pilzgrimms Buch auf den Rücken geschnallt, von einem der Zwerge Feuer reichen. Gemächlich begann er die erste Pfeife seines Lebens zu schmauchen, und sein Barthaar kräuselte sich ob des bitteren Geschmacks des Gottkrautes. Er schüttelte sich und zog Pilzgrimms Seelenstein aus dem Ärmel seiner Kutte, während sich die kleine Höhle aus Eis und Stein langsam mit Rauch füllte. Verwundert blinzelte Trolltöter aus Glimmboldts Ärmelöffnung hervor, während dieser leise zu dem Stein zu sprechen begann: „Ehrwürdiger Pilzgrimm, ich, der ich in mir Wissen und Erinnerung Eures rechten Hammers trage, beuge in dieser schwersten aller Schichten demütig das Knie vor Euch."

Doch statt des Gelehrten war es Schwartzbarth, der ihn aus dem Inneren des Steins anblaffte.

„Pilzgrimm, Pilzgrimm! Und was ist mit mir? Ich bin der Kapitän der *Sturmgluth*, zum Magmadrummel noch eins! Wer beugt das Knie vor mir?"

Bevor er jedoch weiterschimpfen konnte, schnitt ihm das Gedächtnis das Wort ab.

„Schweig, Pirat, und lass die beiden in Ruhe, sonst bekommst du gleich was gebeugt!"

Angesichts der Anzahl der Persönlichkeiten im Inneren des Steins riss Glimmboldt verwundert die Augen auf. Und dann war es wahrhaftig Pilzgrimms hörbar gerührte Stimme, die ihm entgegenklang.

„Du beschämst mich, Lunt Glimmboldt. Ich habe dich und den Schicksalszwerg angelogen, euch etwas vorgemacht, und nun begegne ich durch dich meinem werten Eisenkeim, und ihr habt sogar das Buch wieder in euren Besitz gebracht. Die Gänge des Schicksals sind wahrlich unergründlich …"

Und während sich die beiden nun in aller Eile über die Entwicklungen in den Gängen und die zersplitterte Unsterblichkeit Harrm Blutklumps austauschten, widmeten sich die übrigen Anwesenden inmitten des Gottkrautdunstes der verbliebenen Wand.

Wenig später war es so weit.

Mit einem leisen Poltern lösten sich die letzten Brocken aus der Wand und gaben den Blick auf den kalten Schoß frei, die Heimstatt der Ungeschlüpften.

Glimmboldt schob Pilzgrimms Seelenstein zurück in seinen Ärmel und gab seinen Begleitern ein Zeichen. Einer nach dem anderen begaben sie sich durch das Loch in der Wand ins Innere des kalten Schoßes.

Die Höhle war lediglich vom bläulichen Leuchten des Eises erfüllt, das die steinernen Wände in armdicken Adern durchzog. Der matte blaue Schimmer erhellte den runden Felsendom, in dessen Mitte sich zwei Dutzend steinerne und mit Ornamenten verzierte Säulen erhoben. In diesen Säulen befanden sich zahllose Nischen, in denen stählerne Eier ruhten, welche die letzten Ungeschlüpften des Ehernen Volkes bargen. Nach all den Unruhen und Intrigen der vergangenen Schichten waren kaum noch fünfhundert Eier übrig geblieben.

Schweigend machten sich die Schaufelbrüder ans Werk.

Sie gönnten sich keinen Moment des Staunens, sondern luden eilig die Eier in ihre Rückentragen und banden sie mit Lederriemen sorgsam fest.

Dumpf spiegelte sich das blaue Licht in den blinden Augen des Generals, während Nattergriff ihm die eigentümliche Pracht des zwergischen Heiligtums schilderte.

Meister Dreibart trieb unterdessen die Schaufelbrüder zur Eile an, und ebendieser Eile entschlüpfte wenige Schläge später schon die erste Unachtsamkeit. Vor lauter Hast band einer der Schaufelbrüder nachlässige Knoten ins Leder seiner Trage, sodass sich, als er sie anhob, plötzlich beide Eier daraus lösten und mit dumpfem Poltern zu Boden fielen.

Laut hallte das Echo durch den von Eisadern durchzogenen Felsendom.

Die Schaufelbrüder erstarrten vor Schreck.

Und dann öffnete sich langsam knarrend das riesige Eingangstor.

Die zwei Dutzend Kuttenträger sammelten sich, bildeten eilig einen Kreis um Dreibart, Glimmboldt, Flammrank und Nattergriff und hoben ihre Schaufeln, bereit, sie gegen die Hundertschaft der Menhire zu verteidigen. In schwarzen stahldornenbewehrten Rüstungen brachen die Menhire mit angelegten Handkanonen, käferlosen Lampen und heruntergeklappten Visieren in den Felsendom ein. Sie begriffen sofort, was in der Höhle vor sich ging: Die Kuttenträger beraubten das Imperium seiner Nachfahren und Harrm Blutklump seiner zukünftigen Diener!

„Was jetzt?", flüsterte Glimmboldt Meister Dreibart zu, während Nattergriff dem blinden General schilderte, was gerade geschah.

„Kämpfen und sterben", gab Dreibart mit grimmiger Miene zur Antwort.

„Unsinn", knurrte plötzlich Flammrank, und seine blinden Augen blitzten im Licht der käferlosen Lampen verwegen auf. „Das hier ist mein Heldentod, verdammte Axt. Und ich bin nicht bereit, ihn mit einem von euch zu teilen!“ Er streckte die Hände aus. „Gebt mir zwei Schaufeln und seht zu, dass ihr euch aus dem Stollen macht!“

Stirnrunzelnd blickte Dreibart sich um.

„Aber wie sollen wir das schaffen? Bevor wir den Wanddurchbruch erreichen, haben sie uns mehr als einmal niedergeschossen!“, sagte er halblaut. In diesem Moment zog Nattergriff den Trolltransporter aus seinem Gürtel und blickte in die Runde.

„Ich weiß nicht, wohin dieser Transporter uns bringen wird. Aber mit Sicherheit ist dies der schnellste Weg, diese Höhle zu verlassen …“

Die Schaufelbrüder nickten. Dann gaben sie Flammrank zwei Schaufeln, während die Menhire den zahlenmäßig weit unterlegenen Mönchen gegenüber Aufstellung nahmen.

„Ergebt euch!“, hallte die Stimme ihres Anführers gebieterisch durch den Felsendom.

Glimmboldt zog Flammrank zu sich heran und drückte ihn kurz an seinen Bart.

„Ich danke dir, Drachenjäger.“

Flammrank klopfte ihm lächelnd auf die Schulter.

„Nein. Ich danke dem Schicksalszwerg, dass meine Reise auf diese Art zu Ende geht!“

„Legt die Schaufeln nieder, und euch wird nichts geschehen!“, rief der Anführer der Menhire.

Und dann begann Garstholm Flammrank, seine Schaufeln kreisen zu lassen. Der ehemalige Drachenjäger ließ seine alten Muskeln spielen und verwandelte sich einen Schlag später in ein wild wirbelndes lachendes Stahlrad.

Die Schaufelbrüder ergriffen einander bei den Händen, und Nattergriff aktivierte den Transporter. Im selben Moment drückten die Menhire die Abzüge ihrer Waffen. Und während stählerne Kugeln durch die Luft schossen und von den wirbelnden Schaufeln Garstholm Flammranks abprallten, verschwand das in rote Kutten gehüllte Grüppchen hinter ihm in einem grellen blauen Lichtblitz.

Die Transporterröhre fiel polternd zu Boden.

Unterdessen feuerten die Menhire weiter. Einige der Kugeln durchdrangen den Schild der wild kreisenden Schaufeln und bohrten sich durch Flammranks Kutte in sein tätowiertes Fleisch. Er hielt sich verbissen aufrecht, schwang weiter seine Schaufeln und stürmte wütend auf die Schützen zu, die erneut die Abzüge ihrer Waffen durchdrückten und den blinden General somit davor bewahrten, sein Leben als stotternder Wirrbart bei schalem Gnadenbier beschließen zu müssen.

Mit Zinkk Zweibart und dem Schlüsselmeister der Schaufelbrüder standen Blechboldt, Fazzgadt und der Hohepriester auf der Wächterebene, umringt von den schwer bewaffneten Menhiren, die ihre käferlosen Handkanonen auf sie gerichtet hielten. Mit offenen Bärten betrachteten sie die Maschine, durch die Blutklumps Geist toste. Und das Staunen, das auf ihrer Reise durch die Niederungen der Entzwergten ihr steter Begleiter gewesen war, wuchs bei ihrem Anblick noch mehr.

Ungläubig betrachteten sie die endlos scheinenden Rohre, die sich durch die Höhle wanden, und die darauf montierten Arme, die unablässig in Bewegung waren, um andere Arme zu reparieren oder zusammenzusetzen, Rohre zu flicken und zu verschrauben. Wofür auch immer diese Maschine gut sein mochte, es musste die größte sein, die je von Zwergenhand geschaffen worden war! Sie mussten an das denken, was sie auf ihrem Weg durch die Gänge gesehen hatten: ihr geknechtetes Volk, das im Dunkel der Gänge Rohre schmiedete und dieses Ungetüm noch weiter wachsen ließ.

Diese Maschine hätte es verdient, das fünfte Höhlenwunder genannt zu werden, und vermochte es in Größe und Pracht gewiss selbst mit der Weltenmaschine der Götter aufzunehmen!

Fazzgadt war dieser Anblick nicht geheuer. Er hatte in seinem Leben in den Stollen viele Maschinen gesehen, bei den wenigsten davon den Mechanismus verstanden und dabei eines gelernt: Je größer und komplizierter eine Maschine war, desto unheimlicher war sie! Außerdem nahmen Maschinen ehrlichen Zwergen die Arbeit weg.

Und dieses Ungetüm von Maschine war derart gigantisch, dass es zweifellos verdammt vielen ehrlichen Zwergen die Arbeit wegnehmen konnte … Was immer diese Maschine auch war, sie war nicht gut. Und ihr Anblick ließ ihn bis ins Erz erschauern.

Blechboldt, der hatte mit ansehen müssen, wie die Zwerge jene Tiere, die er über alles schätzte, an Spießen über ihren Feuern rösteten, starrte apathisch auf das Röhrengeflecht. Jener kurze Moment am Grab des Großen Erzferkels war der Höhepunkt seines Ferkelbändigerlebens gewesen. Doch die Welt, in der Zwerge und Ferkel in Eintracht miteinander gelebt hatten und das Eherne Volk Respekt vor der prophetischen Gabe der Tiere gehabt hatte, war längst untergegangen.

Der Höchste der Hohen wiederum glaubte, einer Maschine gegenüberzustehen, die womöglich sogar das Schicksal selbst zu beugen vermochte. Sie war so gewaltig und eindrucksvoll, dass sie dasselbe Gefühl in ihm wachrief, wie es die Zwerge einst in der Halle der Helme vor dem Thron des Verwalters ergriffen hatte. Er spürte, wie im Inneren der Rohre die Mächte des Schicksals pulsierten und sich hier, am Fuß des schrundigen Schachtes, im Angesicht dieser Maschine, die die Verbindung zwischen Zwergen und Göttern darstellte, alles zusammenfügte. Er, der einst den Lauf des Olms gedeutet und dem Ehernen Volk die Andeutungen der Götter übersetzt hatte, war der festen Überzeugung, dass dies der Ort war, an dem sich alles entscheiden würde. Hier endeten das Eherne Imperium und der Weg des Schicksalszwergs.

Zweibart, der die Erfindungen Krummdingk Eisenkeims und damit auch einen großen Teil der mechanischen Wunder Wutrich Pilzgrimms kannte, war hingegen weniger beeindruckt. Er wusste um die Experimente, die der Gelehrte und seine beiden Hämmer mit Seelensteinen unternommen hatten. Er hatte von niemand Geringerem als dem greisen Eisenkeim selbst davon gehört. Und schon Pilzgrimm hatte einst, wenn auch in einem weit kleineren Rahmen, mit Seelensteinen und magmatischem, flammsteinangereichertem Willensfluss experimentiert. Zinkk Zweibart wusste, was für eine Maschine er vor sich hatte. Obwohl sie größer war, als er es sich hätte vorstellen können.

Der Blick des Schlüsselmeisters hatte sich unterdessen nicht lange bei der unglaublichen Maschine aufgehalten. Er ärgerte sich noch immer über den Verlust seines trollischen Gehilfen und zwei Drittel seiner Schlüsselsammlung. Doch dann hatte er plötzlich etwas gesehen, das seiner Bestimmung deutlich näher war: Hoch über dem Geflecht aus Rohren und Armen entdeckte er frohlockend eine Luke, die mit Ketten und einem knappen Dutzend schwerer Schlösser gesichert war. Eine Herausforderung! Es juckte ihn in den Fingern, einen Blick in diese Schlösser zu werfen und seine Feile an einige Rohlinge zu setzen! Es hatte allerdings nicht den Anschein, als ob der Herrscher der Zwerge und seine Wachen ihn seine Fertigkeiten an diesen Schlössern ausprobieren lassen würden.

Krugk Trümmerboldt stand vor ihnen und musterte die Gefangenen mit seinen leeren, toten Augen, während seine Wächter die Gruppe mit ihren Waffen in Schach hielten. Die schwarzen Visiere hatten sie vor die Gesichter geklappt, während die stählernen Stacheln an ihren Rüstungen und ihre silbernen Schlagstöcke im käferlosen Licht bedrohlich schimmerten. Sie würden nicht zögern, auf einen Wink ihres bedingt rechtmäßigen Herrschers hin jedem, der sich zu bewegen wagte, mit stählernen Kugeln eine Rüstung aus Löchern zu stricken.

Und dann begannen sich die Eisenarme der Maschine in Bewegung zu setzen. Sie drängten einige der Menhire beiseite, damit andere, mit schwarzen Kristallen bestückte Arme sich in Richtung der Gefangenen durchschieben und sie mit blinzelnden Eisenkugeln mustern konnten. Als Nächstes erschien zwischen den Menhiren ein weiterer Eisenarm, an dessen Ende ein metallener Trichter funkelte, in dem sich zwei eiserne Walzen gegeneinanderzudrehen begannen.

Im selben Moment machte Krugk Trümmerboldt einen Schritt nach vorn.

Dann hörten die Kameraden zwei Stimmen. Und während eine die Trümmerboldts war, klang die andere sonderbar blechern und schnarrend.

„Willkommen, Schicksalszwerg", sagten die Stimmen im Chor. „Im Herzstein dessen, was ist und was sein wird. Willkommen im Angesicht Harrm Blutklumps! Hebt eure Augen und schaudert beim Anblick der Zukunft! Jedes Rohr, jeder Arm und jede Schraube dieser Maschine ist ein Teil von mir und trägt den Geist des Fortschritts in sich. Ich werde die Gänge nach meinem Bilde formen und das Volk der Zwerge vor seinen Göttern bewahren und darüber hinaus vor allem, was sich im Inneren des unheiligen Schachtes verbirgt!"

Der Gleichklang der zwergischen und eisernen Stimme ließ die Gefährten vor Schreck erstarren. Diese Maschine sollte Harrm Blutklump sein? Der Wächter der Hohen Höhle? Aber wie war das möglich?

Trümmerboldt und der Trichter fuhren fort: „Ich sehe Fragen in euren Augen, sehe eure Furcht und euer Unverständnis! Das ist der Grund, weshalb die Zukunft in den eisernen Händen von Zwergen wie mir liegt … Es ist eure Bestimmung, wie der Rest eures Volkes Diener meines überlegenen und allgegenwärtigen Willens zu sein und ihm den Weg zu ebnen!"

Fazzgadt spie wütend auf eines der Rohre, sodass es zischte.

„Wir werden dir niemals dienen!", schrie er trotzig.

Aus dem Trichter dröhnte ein schnarrendes Lachen.

„Nun, ihr werdet viel Zeit haben, darüber nachzudenken …"

„Aber wenn du tatsächlich bei den Göttern gewesen bist und ihre Pracht geschaut hast", sagte der Hohepriester an die Maschine gewandt, „weshalb verrätst und versklavst du dann dein Volk?"

Und aus dem Munde Krugk Trümmerboldts und den Tiefen des Trichters kam dröhnend Blutklumps Antwort: „Die Stollen der Götter sind anders als unsere. Wir sind nicht dazu geschaffen, in ihren Höhlen zu wandeln. Und wenn tatsächlich sie es waren, die uns erschaffen haben, dann taten sie es jedenfalls nicht nach ihrem Bilde! Sie sind verzerrte Zwerge, und ihre Stollen sind heller erleuchtet als die hellsten unserer Höhlen. Ihr Handwerk gleicht nicht im Mindesten dem unseren. Die Hohe Höhle ist der schrecklichste aller denkbaren Orte, der jeden ehrbaren Schürfbruder auf das Furchtbarste zu verwirren vermag. Darum habe ich den Zugang zu ihr verschlossen, den schrundigen Schacht, auf dass kein Zwerg je das Antlitz seiner entstellten Götter schauen muss!"

Die beiden Stimmen hallten im Chor durch die Wächterhöhle, während ihr Echo von den Rohren zurückgeworfen wurde.

Kurze Zeit herrschte Schweigen

„Aber was ist, wenn diejenigen, die dort am anderen Ende des Schachtes hausen, gar nicht unsere Götter sind?", wagte der Hohepriester, der an die Zeichnungen in der Transporterhöhle denken musste, erneut einen Vorstoß.

Blutklump ließ sich jedoch nicht beirren.

„Es ist einerlei. Was immer sie sind, das Volk, das dort oben lebt, verdirbt allein durch seinen Anblick das gesunde zwergische Gemüt, so wie zu viel Wasser gutes Bier und Pilzspliss guten Tabak verdirbt. Ich habe beschlossen, das zwergische Gemüt vor dem Verderben zu bewahren."

Er machte eine bedeutsame Pause, fuhr jedoch fort, bevor seine Worte ganz zwischen den Rohren verhallt waren.

„Mein Wille zieht die Grenze. Die Welt der Zwerge endet hier, und so wird es bis ans Ende aller Zeiten bleiben! Wenn die letzten Angehörigen unseres Volkes den Weg alles Zwergischen gegangen sind, werde ich immer noch über diese Schwelle wachen, wie es mir einst aufgetragen wurde! Denn auch wenn ich nicht mehr die Götter vor ihren Zwergen, sondern nunmehr die Zwerge vor ihren Göttern beschütze, erfülle ich lediglich meine Bestimmung."

Die Kameraden blickten sich schaudernd an, während der Trichter weiterschnarrte: „Ich werde die Zwerge überdauern und selbst die Götter, wenn es sein muss! Denn ich bin die Ewigkeit!"

Fazzgadt kniff die Augen zusammen, ließ den Blick über das Rohrgeflecht schweifen und knurrte finster: „Versuch erst einmal, mich zu überdauern, du rostiges Gerümpel!"

Dann lief er los, direkt auf die Menhire zu, sprang in die Luft und trat dem ersten Menhir mit beiden Stiefeln gegen den Brustpanzer. Der Getroffene verlor das Gleichgewicht, Fazzgadt entriss ihm seine Handkanone, wirbelte herum und drückte ab. Der nicht ganz rechtmäßige Herrscher der Zwerge wurde von drei Eisenkugeln getroffen, die ihm in Auge, Brust und Schulter schlugen und ihn von den Füßen fegten. Fazzgadts vierte Kugel zerriss den eisernen Trichter. Die letzte Kugel aus seiner Waffe schlug schließlich in eines der Rohre ein, das im selben Augenblick von zwei emsigen Armen wieder geflickt wurde.

Sofort legten die übrigen Menhire auf Fazzgadt an, der mit rauchender Handkanone vor ihnen stand und sie grimmig anfunkelte.

„Nicht schießen!"

Die Stimme, die den Wachen Einhalt gebot, gehörte niemand anderem als Krugk Trümmerboldt, der sich unter den entsetzten Blicken der Gefährten wieder aufrichtete, während sein verbliebenes Auge sie leblos anstarrte.

Die Menhire, die bereits Zeuge der Unsterblichkeit ihres Herrn geworden waren, beugten ehrfürchtig das Knie.

„Engbärtige, helmlose Stumpfdenker seid ihr", sagte Blutklump durch den Mund des Untoten. „Und verdammt dazu, in den kurzen Stollen zwergischer Sterblichkeit zu schürfen!"

Der Anblick des angeschossenen Zwergs vor ihnen ließ die Gefährten erschauern. Gleich darauf sackte ihnen der Herzstein jedoch noch tiefer in die Stiefel, als sich zwischen den Rohren neue Trichter hervorschoben und einer nach dem anderen in die Worte Blutklumps mit einstimmte: „Ihr werdet mir dienen. Ihr werdet dem Ehernen Volk ein Beispiel sein, und vier Bart Kette werden von nun an eure Heimat sein! Und wenn es hundert Schichten braucht, euren Willen zu brechen!"

Mit jedem Wort entfalteten sich mehr stählerne Arme, packten die Gefährten brutal und rissen sie zwischen den Rohren empor.

Fazzgadt verlor seine Waffe, und zahllose Schlüssel fielen

klirrend zu Boden. Dann brannte sich die Hitze der Rohre zischend durch die Kutten in die Rücken der Kameraden.

Zufrieden betrachtete der untote Blutklump seine Gefangenen, die hilflos und von stählernen Klauen gehalten inmitten der Rohre hingen. Dann gab er seinen Menhiren ein Zeichen, und sie setzten sich in Bewegung, um ihrem Herrn zurück in die Gänge des Imperiums zu folgen, während der Schicksalszwerg in der Wächterhöhle hängen bleiben würde, bis er bereit war, sich Harrm Blutklump zu unterwerfen.

Die finstere Gruppe war kaum am Ausgang der Höhle angelangt, als plötzlich ein greller Lichtblitz das Dunkel erhellte.

Harrm Blutklump fuhr herum und sah, wie sich Lunt Glimmboldt mitsamt Bragk Nattergriff und zwei Dutzend Schaufelbrüdern, die gefüllte Eierkiepen auf dem Rücken trugen, in der Höhle manifestierte.

Die kalten Augen des Untoten verengten sich, und sein Gesicht verzog sich zu einer Grimasse des Zorns, während aus den Schatten der Rohre seine Arme hervorschossen. Bewegung kam in die Höhle, schwarze Kristallaugen spiegelten sich in schimmernden Schaufelblättern, und eiserne Klauen streckten sich unerbittlich nach roten Kutten und geflochtenen Bärten aus. Ehe die Mönche sich versahen, schlossen sich Blutklumps Arme bereits um ihre Hand- und Fußgelenke.

Hilflos und von stählernen Armen zu vollkommener Unbeweglichkeit verdammt, mussten Fazzgadt, Blechboldt und der Hohepriester mit ansehen, wie die Menhire unter Führung ihres untoten Führers zurück in die Höhle gestürmt kamen und ihre Handkanonen und Schlagstöcke zückten.

Dann feuerten die Menhire die erste Salve.

Doch selbst Blutklumps käferlose Handkanonen waren nicht schneller als die Routine der zwölften Kammer der schartigen Schaufel, die auch „der Wall“ genannt wurde, zu der die Mönche in diesem Moment übergingen. Als die Menhire abdrückten, standen die Mönche bereits wie ein Zwerg zusammen, und zwanzig Schaufelblätter schoben sich schützend übereinander, um den heransausenden Kugeln zu trotzen.

Der Wall überstand eine zweite und eine dritte Salve, dann begannen die stählernen Arme der Maschine die Kuttenträger auseinanderzuzerren. Der Wall wurde brüchig. Schaufelblätter hieben auf schwarze Kristalle und stählerne Pranken ein und trennten sie von den Armen. Funken sprühten, als Stahl auf Stahl traf, während die Wächterebene vom donnernden Widerhall von Schüssen und Schlägen erfüllt war.

Die Schüsse prallten von Eiern und Schaufeln ab, streckten vereinzelt Zwerge nieder oder schlugen in die Rohre ein, aus denen das Magma in dünnen, heißen Strahlen hervorzuschießen begann.

Sofort schoben sich neue Arme vor, um die Löcher mit kleinen Stahlplatten zu vernieten.

Blutklump ließ die Maschine jedoch seinen Zorn nicht mit voller Kraft entfalten. Denn noch glaubte er, dass die Menhire ausreichen würden, um die Emporkömmlinge zu bezwingen. Bald schon zeigte sich jedoch der Nachteil dieser Taktik. In der Gewissheit, dass die Handkanonen ihnen den sicheren Sieg bescheren würden, hatten die Menhire ihre Waffen innerhalb kürzester Zeit leer geschossen. Ihnen blieb nur noch, nachzuladen oder auf ihre silbernen Schlagstöcke zurückzugreifen. Beides gereichte jedoch den Schaufelbrüdern zum Vorteil. Sie gingen zur Routine der neunzehnten Kammer, dem „Luftschaufler“ über, streckten einige der nachladenden Menhire mit Hilfe von Wurfschaufeln nieder und verbeulten deren Helme, Rüstungen und Stahlstacheln.

Unterdessen hielten die anderen Schaufelbrüder die von allen Seiten herandrängenden Arme der Maschine in Schach.

Im Nahkampf hatten die Kuttenträger den Menhiren gegenüber siebenunddreißig Kammern Vorsprung. Die Schaufeln triumphierten, keiner der Menhire vermochte auch nur einen Schuss seiner zweiten Ladung abzufeuern. Wenig später hatten die Mönche sie alle, bis auf Trümmerboldt, zurück zur Tür und aus der Höhle gedrängt. Einer der Schaufelbrüder schloss die Tür und ließ den schweren Riegel zuschnappen.

Nun jedoch wurde der Zorn der Maschine zur Gänze entfesselt.

Der Mönch, der die Tür geschlossen hatte, wurde von einem der Eisenarme emporgerissen und mit voller Wucht an die gegenüberliegende Wand der Höhle geschleudert. Aus seiner Kiepe lösten sich die Eier und fielen klirrend auf die Rohre hinab, während der leblose Körper des Zwergs zu Boden glitt. Die kleine Gruppe Kuttenträger in der Mitte der Wächterhöhle geriet in immer ärgere Bedrängnis. Gewaltsam drangen die Arme auf sie ein, wurden von Schlag zu Schlag mehr und bildeten einen undurchdringlichen stählernen Wald, den wenig später schon keine Schaufel mehr zu lichten vermochte.

Bragk Nattergriff, der nicht mit einer Schaufel umzugehen vermochte, wich geschickt umherwirbelnden Schaufeln und herandrängenden Eisenarmen aus. Kurz darauf erwischte es jedoch auch ihn. Mit einem Aufschrei wurde er vom Boden hochgezerrt und zwischen seine Kameraden gegen die Rohre geschmettert, wo er zappelnd in der Luft hing.

Inmitten der stählernen Arme schwang Blutklump in der Gestalt Krugk Trümmerboldts das Hammerzepter des Verwalters und verbeulte wutschnaubend eine Schaufel nach der anderen. Aus dem Stahlwald schnellten eiserne Arme hervor und rissen den Mönchen die Schaufeln aus den Händen. Keine ihrer Kammern hatte sie auf den Wald aus Stahl und seine gierigen Pranken vorbereitet, und wehrlos wurden die

Schaufler mit wehenden Roben zwischen die Rohre gezerrt, wo Fazzgadt, Blechboldt und der Höchste mit schreckgeweiteten Augen verfolgten, wie der Vorteil der Mönche mit jedem Schlag weiter schwand.

In diesem Moment schritt Lunt Glimmboldt durch das Stahlgewitter auf Krugk Trümmerboldt zu und schwang dabei zwei Schaufeln wie Stahlschneider im Kreis um seinen Körper. Um ihn herum brach der Stahl. Pranken fielen zerschmettert zu Boden.

„Ich habe dich einmal besiegt, und ich werde es wieder tun!“, schrie Glimmboldt seinem Widersacher entgegen. „Ich fordere deinen Körper zu einem Duell, Harrm Blutklump!“

Ein Ruck ging durch den untoten Körper Trümmerboldts, und kaum dass Glimmboldts Worte zwischen den Rohren verhallt waren, begann sich der Stahlwald zu lichten. Die Arme zogen sich zurück, und der Vierbart musste erkennen, dass inzwischen alle Schaufelbrüder zwischen den Rohren gefangen waren.

Harrm Blutklump richtete den Körper Krugk Trümmerboldts zu seiner ganzen Größe auf. Ein stählerner Trichter tauchte zwischen den Rohren auf und sprach mit Trümmerboldt im Chor: „Und weshalb sollte ich diese Herausforderung annehmen, statt euch bis ans Ende aller Zeiten zwischen meinen Rohren gefangen zu halten?“

„Weil ich mich daran erinnere, wie du einst mit Krummdingk Eisenkeim beisammengesessen und Steine geworfen hast“, erwiderte Glimmboldt grimmig. „Selbst in dir muss ein letztes Stäubchen Ehre stecken! Auch wenn du Pilzgrimm in den Tod geschickt und niemals zugegeben hast, dass du die Weibzwerge auf dem Gewissen hast!“

„Der Alte hat seinen Schierling freiwillig getrunken!“, erwiderte die Stimme Blutklumps.

„Um uns die Chance zu geben, den Zwergen sein Wissen zu bringen! Er war alt und wusste, dass ihm nicht mehr viel Zeit blieb! Er hat die Schuld auf sich genommen, um uns den Stollen in die Zukunft zu ebnen!"

„Dann werde ich dir diesen Zweikampf mit dem Körper Krugk Trümmerboldts im Namen Pilzgrimms und der alten Zeiten zugestehen!"

„So sei es."

„Aber rechne dir keine allzu großen Chancen aus, Zwerg, der du Eisenkeims Erinnerung in dir trägst. Denn hier wird kein Eisenfänger dir zur Seite stehen, um meinen Willen zu schwächen!"

Lunt Glimmboldt legte die beiden Schaufeln zu Boden und zog an ihrer statt eine eigentümlich gebogene Wurfschaufel hinter seinem Rücken hervor. Dann nickte er seinem Gegner zu.

Der bedingt rechtmäßige Herrscher der Zwerge runzelte unter seinem schwarzen Helm die Stirn, hob drohend das Hammerzepter und machte einen Schritt auf Glimmboldt zu.

Wie vom Hunger getriebene Beutelbeißolme umkreisten die beiden einander, bis Trümmerboldt wenig später mit dem Rücken zu den Rohren stand. In diesem Moment griff der Vierbart an. Die Wurfschaufel schnellte aus seiner Hand, blitzschnell duckte sich Trümmerboldt, und die Schaufel prallte klirrend von den Rohren über ihm ab.

„Du hast, wie es scheint, nicht nur die Erinnerung, sondern auch die Unfähigkeit Krummdingk Eisenkeims geerbt!", rief Blutklump verächtlich durch Trümmerboldts Mund.

Mit einem bösen Lächeln richtete er sich auf und wollte sich gerade wieder auf seinen vermeintlich waffenlosen Gegner stürzen, als in dessen Hand plötzlich erneut die Schaufel aufblitzte. Es handelte sich dabei nämlich um das Geheimnis der dreiundzwanzigsten Kammer, den „Heimkehrer", eine Schaufel, die nach einem korrekt ausgeführten Wurf stets zu ihrem Besitzer zurückkehrte!

Harrm Blutklump hob verwundert eine Braue und wich zu den Rohren zurück.

Glimmboldt zögerte keinen Schlag, wieder schnellte die Wurfschaufel durch die Luft, verfehlte Trümmerboldt jedoch von Neuem.

Der lachte laut auf und hob das Zepter, während die Schaufel in die Hand seines Gegners zurückkehrte.

Erst als auch der nächste Wurf Trümmerboldt verfehlte, wurde Blutklump misstrauisch. Er hob den Blick und sah, wie ein weiterer Wurf eine mächtige stählerne Schraube aus einer der Rohrverbindungen herausschlug. Und es war nicht die erste! Jeder Schaufelwurf Glimmboldts hatte eine Schraube zerstört, und das Rohrstück über dem untoten Krugk Trümmerboldt senkte sich bereits ächzend einen halben Bart weit nach unten.

Entsetzt begriff Blutklump, was sein Gegner vorhatte. Hastig sprang er von der Wand fort, doch Glimmboldt trat dem Untoten in den Weg, warf ein letztes Mal die Schaufel und stieß Trümmerboldt zurück unter das Rohrstück, das sich in diesem Moment krachend aus seiner Halterung löste. Ein zäher Fluss heißen Magmas ergoss sich über Trümmerboldts Kopf. Ein gutes Dutzend Eisentrichter mit rostigen Walzen heulte wütend auf, während der Körper Krugk Trümmerboldts im Magmastrom verging und einzig der Seelensteinsplitter zurückblieb.

Glimmboldt hob eine seiner langstieligen Schaufeln vom Boden auf, richtete sich auf und zerschmetterte den Steinsplitter mit einem wuchtigen Schlag.

Tausende Trichter jaulten auf, Eisenarme schossen vor, packten Glimmboldt und rissen ihn zwischen die Rohre, während andere begannen, das zerstörte Rohrstück zu reparieren.

Aus Glimmboldts wehenden Ärmeln heraus hatten die Ratte und Pilzgrimms Seelenstein das Geschehen verfolgt. Und kaum dass die stählernen Klauen den Vierbart ergriffen, schrien der Gelehrte, das Gedächtnis und der Piratenkapitän im Inneren des Steins wie aus einem Bart „Jetzt!“, und Trolltöter sprang, den Stein zwischen Vorderlauf und Schnauze, aus Glimmboldts Ärmel auf die Rohre und tippelte hastig davon.

Eines der schwarzen Kristallaugen bemerkte die Ratte und versuchte, sie zu verfolgen. Arme schnellten vor und wollten das Tier ergreifen. Doch Trolltöter schlängelte sich auf drei Beinen zwischen ihnen hindurch, sprang von einem Rohr zum nächsten und entzog sich jedem Zugriff. Weitere Kristallaugen öffneten sich, weitere Klauen schnappten zu, doch die Ratte entkam ihnen mühelos. Immer weiter tippelten ihre kleinen Pfoten über das heiße Metall der Rohre. Aus dem Inneren des Steins hörte Trolltöter, durch dessen Adern noch immer die Gottkrautessenz toste, drei Stimmen:

„Höher, du musst höher! Du musst den Herzstein der Maschine finden!“, rief Pilzgrimm der Ratte zu.

„Vorsicht, Eisenarm von rechts“, schrie Tihf Schwartzbarth.

„Obacht! Einer von links!“, erklang die Stimme des Gedächtnisses.

„Such, Trolltöter! Such den Sitz von Blutklumps Seelenstein!“, ließ sich dann wieder Pilzgrimm vernehmen.

Die Stimmen befahlen der Ratte, zu springen, auszuweichen und sich zu ducken, und die Ratte rannte und wechselte die Ebenen, über höhere Rohre und tiefere Rohre. Hinter ihr schnappten die Eisenhände ins Leere. Und dann irgendwann kam hoch über ihr die Stelle in Sicht, an der die Rohre zusammenliefen. Sie wurden geradliniger und führten allesamt auf einen stählernen offenen Kasten zu, dem Zentrum der Maschine.

Die Ratte hastete weiter darauf zu, wurde beinahe von einem heransausenden Arm vom Rohr gefegt, sprang stattdessen über ihn hinweg, stieß sich noch einmal vom Rohr ab und landete mit heißen Pfoten auf dem Rand des Kastens.

Unter sich erblickte sie einen viereckigen eisernen Bottich, in dem inmitten brodelnden Magmas der größte Splitter vom Seelenstein Harrm Blutklumps steckte. Dies war der Herzstein der Maschine, Ursprung des Willens von Harrm Blutklump, dem Wächter der Hohen Höhle und ehemaligen rechten Hammer Wutrich Pilzgrimms.

Trolltöter ließ den Seelenstein Pilzgrimms in den Bottich hinab, wo der Geist des Schülers auf den des Meisters traf.

Kaum dass das Magma die beiden vereinte, wütete Pilzgrimm los: „Blutklump! Du liederlicher Zwerg! Bin ich etwa dafür gestorben, dass du in unheiligen Selbstversuchen die Unsterblichkeit erringst und deine Macht missbrauchst?"

„Ach, schweig, Alter!", entgegnete Blutklump verächtlich. „Du hast dich doch selbst durch die Zeiten geschmuggelt und dabei deine erzhehren Prinzipien gewiss mehr als einmal außer Acht gelassen!"

„Ich habe mein Leben gegeben, damit Eisenkeim und du das Wissen der Ehernen bewahren und ihr Schicksal zum Besseren wenden könnt …"

„Aber ich wende es doch zum Besseren!", fiel ihm Blutklump zornig ins Wort. „Ich bewahre die Zwerge vor …"

Doch Pilzgrimm ließ ihn nicht ausreden.

„Du bist anmaßend, Blutklump! Du hast nicht das Recht, die Zwerge von ihren Götter oder der Welt des Nimmerzwergs zu trennen!"

„Pilzgrimm hat recht!", ließ sich die Stimme des Gedächtnisses vernehmen. „Auch wenn ich das nur ungern zugebe."

Sogar Schwartzbarth schien mit den beiden einer Meinung zu sein und rief wütend: „Oh ja, der alte Schlaubart spricht die Wahrheit! Und jetzt werden wir dir zeigen, wie wir mit treulosen, anmaßenden Schülern verfahren!"

Blutklump lachte auf.

„Wagt es, und meine eisernen Arme werden eure Freunde töten!"

Mit diesen Worten, die allein von einem Stein und einer Ratte vernommen wurden, begann Blutklump, die eisernen Klauen an den Kehlen seiner Gefangenen zusammenzupressen. Doch bevor die Zwerge das Bewusstsein verlieren konnten, machte Pilzgrimm Gebrauch von seinen neuen Fähigkeiten. Im Zentrum der Maschine mischte sich der Wille Harrm Blutklumps mit dem seines Lehrers, und als dies geschah, begannen die Arme auf den Rohren plötzlich miteinander zu kämpfen.

Eiserne Klauen schossen auf jene Arme zu, die den Schicksalszwerg und die Schaufelbrüder gefangen hielten und versuchten, sie von den Hälsen der Gefangenen wegzureißen. Ein Arm packte einen anderen und bog ihn, bis er brach. Und diese Arme wurden wiederum von anderen Armen gepackt, sodass sich zwischen den Rohren ein zerstörerisches Chaos ausbreitete.

Als ihre stählernen Fesseln sich lockerten, gelang es den Gefangenen, sich loszureißen.

Zinkk Zweibart war der Erste, der halbwegs wohlbehalten auf dem Boden der Höhle anlangte. Er hob den Arm und deutete zu der Luke mit den Schlössern empor.

„Eilt euch, Brüder! Bringt den Schlüsselmeister dort hoch!"

Inmitten der umherwirbelnden Arme sprangen die Kuttenträger einer nach dem anderen zu Boden, sammelten Eier und

Schaufeln ein, um gleich darauf über die Rohre hochzuklettern und, auf dem obersten Rohr angelangt, ihre Schaufeln in die Wand zu rammen. Ein Schaufler trat auf die Schaufel des vorhergehenden, um seine Schaufel einen Bart höher in die Wand zu stoßen, und der nächste hieb die seine über dieser in den Stein. Schaufel um Schaufel, Stufe um Stufe wuchs eine Treppe am Fels der mit zahlreichen Schlössern verschlossenen Luke entgegen.

Immer wieder schnappten vereinzelt Arme nach den Mönchen, doch es fiel ihnen nicht schwer, sie abzuwehren, zumal aus dem Dunkel sogleich weitere Eisenklauen hervorgeschossen kamen und die angreifenden Arme packten.

Derweil versuchte Blutklump, mit Hilfe anderer eiserner Arme den Seelenstein Pilzgrimms aus dem Magma zu ziehen, doch gleich waren von seinem Gegner gesteuerte Klauen zur Stelle, um seinen Plan zu vereiteln. Geschützt von einigen Schauflern eilte der Schlüsselmeister über die Treppe aus Schaufeln zu der Falltür empor und zog im Lauf einige Schlüsselrohlinge und sein Werkzeug hervor. Auf der obersten Stufe angelangt, streckte er die Hand nach dem ersten Schloss aus und hob es vor sein Auge. Nachdem er es kurz betrachtet hatte, verdrehte er verächtlich die Augen – für diese Stümperschlösser würde er nicht lange brauchen!

Fazzgadt und Blechboldt stützten den am Boden liegenden Hohepriester, den die Ereignisse schwer mitgenommen hatten. Glimmboldt, der sich ebenfalls hatte befreien können, kletterte an einigen kämpfenden Armen vorbei von einem höher gelegenen Rohr zu ihnen hinunter.

„Was ist mit ihm?“, fragte er Blechboldt.

Der Ferkelbändiger blickte ihn traurig an und schüttelte den Kopf.

„Es geht ihm nicht gut.“

Als er den schweren Atem des Alten hörte, senkte Glimmboldt betroffen den Blick.

Fazzgadt schloss die Augen und murmelte: „Wir haben ihn wie einen Grünbart durch das halbe Imperium getrieben. Solche Abenteuer sind zu anstrengend für einen Tausendjährigen …“

Der Höchste ergriff mit schwacher Hand seinen Arm.

„Lass es gut sein, Fazzgadt. Ich … ich habe viel erlebt, und seit ich mein treues Gedächtnis verloren habe, war ohnehin nichts mehr, wie es früher mal war. Vielleicht ist die Schicht gekommen, in die Hohe Höhle einzuziehen oder an welchen Ort auch immer …“

Der Atem des Alten wurde flacher. In diesem Moment schob sich, an den kämpfenden Eisenarmen vorbei, ein eiserner Trichter auf sie zu. Verwundert blickten die Gefährten auf. Blechboldt wollte den Trichter gerade packen und zerstören, als Glimmboldt ihm bedeutete innezuhalten.

Irgendwo über ihnen stieß der Schlüsselmeister, der inzwischen bereits seinen zweiten Schlüssel fertiggestellt hatte, einen triumphierenden Schrei aus.

Und als sich im nächsten Augenblick die eisernen Walzen des Trichters schnarrend in Bewegung setzten, da war die metallische Stimme nicht vom Zorn Harrm Blutklumps erfüllt, sondern von etwas ganz anderem: „Ehrwürdiger! Ich werde während Eurer letzten Schläge bei Euch sein …“

Der Hohepriester, der die Stimme sogleich erkannte, lächelte matt und streckte eine kraftlose Hand nach dem Trichter aus. „Mein treues Gedächtnis“, hauchte er.

Der Trichter schnarrte leise weiter: „Glaubt mir, Herr, ein Gedächtnis ohne einen dazugehörigen Zwerg ist ebenso verloren wie ein Zwerg ohne Gedächtnis.“

Der Alte tätschelte das kühle Metall des Trichters. Tränen

traten ihm in die Augen. Der Trichter näherte sich dem Ohr des Höchsten und fuhr fort: „Ihr wart der beste Herr, den ein Gedächtnis sich wünschen kann. Und ich habe Euch mit ganzem Herzstein gedient …"

Die Augen des Tausendjährigen leuchteten ein letztes Mal auf. Dann sackte seine Hand schlaff herab. Sanft strich der kalte Trichter über seine Wange.

Im Inneren des magmagefüllten Bottichs tobte unterdessen noch immer der Streit zweier Steine. Pilzgrimm schimpfte auf Blutklump ein, der seinerseits zurückgiftete, während sie einander die Arme brachen. Hierbei erwiesen sich die Kenntnisse Tihf Schwartzbarths, der auf der *Sturmgluth* die höheren Weihen der Gewalt erhalten hatte, als durchaus vorteilhaft. Während die Weisheit Pilzgrimms und des Gedächtnisses außer Frage stand, entpuppte sich seine als die Weisheit der Gewalt.

Der leblose Körper des Höchsten lag in Fazzgadts Armen, während Blechboldt und Glimmboldt über ihm knieten. Die Gefährten schwiegen bedrückt.

In diesem Moment vollendete der Schlüsselmeister einen weiteren Satz Schlüssel, und das letzte Schloss fiel polternd zu Boden. Von der Schaufeltreppe her winkten die Mönche den Schicksalszwerg zu sich herüber. Schweren Herzsteins lösten sie ihre Blicke vom Leichnam des Hohepriesters und brachen schließlich auf.

An den eisernen Armen vorbei, die sich immer noch gegenseitig zerstörten und wieder reparierten, sprangen sie von Rohr zu Rohr, kletterten immer höher und wichen dabei angreifenden Eisenklauen aus. Der Schlüsselmeister öffnete die Luke, die zum schrundigen Schacht führte, und die Schaufelbrüder begannen einer nach dem anderen mitsamt ihren Eiern nach oben zu verschwinden.

Ihnen folgte Bragk Nattergriff, der dem Schlüsselmeister die ganze Zeit über bewundernd bei der Arbeit zugeschaut hatte.

Die Kameraden warfen einen letzten Blick auf den Leichnam ihres toten Gefährten, der verkrümmt zwischen den Rohren lag. Sie wussten, dass sie ihn zurücklassen mussten, weil niemand sagen konnte, wie lange der Kampf der Arme weitergehen und der Wille welchen Steines am Ende obsiegen würde.

Fazzgadt blickte zu der eisernen Tür hinüber, die aus der Wächterhöhle hinausführte.

„Aber was ist mit dem Rest unseres Volkes?", fragte er an Glimmboldt gewandt. „Sollen wir es einfach so zurücklassen …?"

Der einstmals Wirrbärtige sagte mit ruhiger Stimme: „Ein Volk, Fazzgadt, muss gerettet werden wollen, damit man es retten kann. Solange diese Zwerge ihre vier Bart Kette höher schätzen als ihren Nächsten, ist dieses Volk noch nicht so weit."

Sein Blick verriet, wie ernst es ihm mit diesen Worten war. Und Fazzgadt verstand, was er meinte. Man konnte die Freiheit nicht geschenkt bekommen. Man musste sie selbst aus dem Stein schlagen, dafür schwitzen und bangen.

„Sie wollen dem Fortschritt dienen, nicht der Freiheit", fuhr Glimmboldt fort. „Lass sie den Preis dafür bezahlen, bis sie des tausendarmigen Willens ihres neuen Herrn überdrüssig sind!"

Fazzgadt warf einen weiteren Blick auf den Eingang der Höhle, während Blechboldt über die Schaufeltreppe zur Luke hochkletterte.

Im selben Moment wurde die Tür aufgerissen. Menhire ergossen sich in den Raum und kamen in ihre Richtung geeilt, verloren sich jedoch sogleich im Chaos der miteinander ringenden eisernen Arme.

Fazzgadt riss den Blick los und folgte eilig Glimmboldt, der vor ihm durch die Luke im Schacht verschwand.

Von einem schmalen Sims auf der anderen Seite der Luke aus schauten die Gefährten ein letztes Mal in die Tiefe der Wächterhöhle hinab, wo der Wille Harrm Blutklumps immer noch mit dem Wutrich Pilzgrimms kämpfte.

„Was ist mit Pilzgrimm?", fragte Blechboldt an Glimmboldt gewandt.

„Er, das Gedächtnis und Schwartzbarth bilden zusammen den Stein der Weisen, von dem das Große Erzferkel gesprochen hat, und auch ihre Rolle war vorherbestimmt. Wer, wenn nicht der Fortschritt selbst, hätte dem Fortschritt zu trotzen vermocht?"

„Aber was wird mit ihm geschehen?", fragte Blechboldt.

Glimmboldt schlug die Augen nieder.

„Womöglich werden die beiden ewig im Widerstreit liegen und die Arme in den Gängen für immer uneins bleiben. Und dann wird sich das Eherne Volk vielleicht besinnen. Bis dahin ist dies die Grenze, die Harrm Blutklump und die Gottzwerge gezogen haben."

Dann hob er den Kopf und blickte bedeutungsvoll in die Runde.

„Und wir haben sie überschritten …"

In diesem Moment sprang aus dem Durcheinander aus Eisenarmen und Menhiren Trolltröter zu ihnen empor. Glimmboldt schloss die Luke hinter der Ratte und richtete den Blick nach oben.

Der Schacht, in dem sie standen, hatte vielleicht vier Zwerg Durchmesser, und an seinen Wänden schlängelte sich eine schmale steinerne Treppe empor. Am oberen Ende des Schachtes war eine Lichtquelle zu sehen, wie die Gefährten sie noch nie zuvor erblickt hatten. Die verbliebenen Schaufelbrüder, an ihrer Spitze Zinkk Zweibart, standen bereits auf den ersten Stufen und blickten erwartungsvoll zu den Gefährten hinüber.

„Und wenn sie uns verfolgen?“, wollte Fazzgadt wissen.

Glimmboldt schüttelte den Kopf.

„Sie werden uns nicht verfolgen. Sie sind die Diener ihres Herrn, und sein Wort ist ihnen Gesetz. Ganz gleich, ob es aus seinem Bart oder dem Herzen einer Maschine dringt. Und er hat ihnen ihre Grenze gezogen.“

Er nickte den anderen zu und deutete auf die Treppe.

„Lasst uns die letzten Schritte tun! Wohin sie uns auch führen mögen …“

Er gab den Schaufelbrüdern ein Zeichen, und diese setzten sich in Bewegung. Und Glimmboldt, Fazzgadt und der Ferkelbändiger folgten ihnen nach, um die letzten Stufen auf dem Weg des Nimmerzwergs zu beschreiten …

EPILOG

Der Weg über die Stufen empor ins Licht dauerte eine gute Schicht. Zwischendurch verschnauften die Schaufelbrüder und die verbliebenen Mitglieder des Schicksalszwergs immer wieder und lauschten in den Schacht hinab, ob die Menhire ihnen nicht etwa doch folgten. Aber unter ihnen blieb alles still. In der Dunkelheit war nur Trolltöters leises Trippeln zu hören.

Während der Rast sicherten sie die Eier in den Tragen und unterhielten sich leise, beinahe, als ob sie fürchteten, vom Geist einer neuen Welt belauscht zu werden.

Immer wieder fielen Lunt Glimmboldt und Fazzgadt Eisenbart einander in die Arme und wuchsen, da Eisenkeim Fazzgadts Zögling nun Geist und Worte verliehen hatte, noch enger zusammen. Die anderen sprachen derweil über die Welt der Zwerge und die der Entzwergten, warfen sich gegenseitig ihre Erinnerungen an den Helm und aßen sich, da sie nichts anderes hatten, daran satt.

Und dann, als alle alten Geschichten aufgebraucht und verdaut waren und ihnen nicht länger als Wegzehrung taugten, da begannen die Schaufelbrüder von den Legenden zu berichten, die sie fortan den Nimmerzwergischen erzählen würden.

Mit jeder Rast erfuhren die Zwerge von den Mönchen mehr über das Bild, das sie der neuen Welt über ihr Volk eröffnen würden. Manches wurde angenommen, einiges diskutiert und anderes verworfen. Die Schlüpflinge würden niemals erfahren, dass sie aus Eiern gekrochen waren, der Tod der Weibzwerge würde ein Geheimnis bleiben, und den Nimmerzwergischen sollte der Zugang zum Ehernen Imperium als unrettbar verschüttet gelten. Eine Rast später einigten sie sich darauf, auch den Ruhm der Brau- und Schmiedekunst des Ehernen Volkes zu bewahren.

Irgendwann erlosch das Licht am oberen Ende des Schachtes, und Fazzgadt äußerte die Vermutung, dass jene gigantische Grubenlampe, welche die Welt der Nimmerzwergischen beleuchtete, soeben kaputt gegangen war.

Doch sie kletterten im Dunkeln weiter hinauf und ersannen während der nächsten Pausen in mehrheitlichen Abstimmungen Heldentaten und Schlachten des Ehernen Volkes, erschufen Mythen, wie die Legende von Flammrank dem Drachenjäger, und schrieben die Geschichte der Zwerge um, damit sie gefällig und den Gemütern der Nimmerzwergischen genehm wurde.

Während der letzten Rast schließlich schmiedeten die Zwerge auch ihre Namen neu, auf dass sie Ohren und Zungen der Nimmerzwergischen schmeichelten.

Irgendwann hatten die Nimmerzwergischen offenbar ihr Licht wieder repariert, und wenig später kam das Ende des Schachts in Sicht.

Das in den Schacht einfallende Licht erstrahlte hier in beinahe unerträglicher Helligkeit.

Doch unermüdlich stiegen Schicksalszwerg und Schaufelbrüder weiter empor auf dem Weg des Nimmerzwergs.

Und als sie den Schacht schließlich verließen, hatte jener, der nie ein Zwerg gewesen war, tatsächlich jene geführt, die es nicht mehr waren.

Wenig später traten sie in das hinaus, was ihr Volk seit Urzeiten die Hohe Höhle genannt hatte. Um sie herum war tatsächlich keine Spur von der ruhmreichen, bierbeladenen Tafel der Gottzwerge, da war nichts als Fels, Licht und Gestein. Hinter ihnen gähnte der Schacht, und hoch über ihnen leuchtete unerbittlich hell die monströse Grubenlampe, die der Nimmerzwerg Sonne geheißen hatte. Und tief unter ihnen, am Fuß der Felsen, erstreckte sich eine unendlich scheinende Fläche aus sattem Grün – mehr Freiheit, als je ein Zwerg gesehen hatte.

Das Große Erzferkel hatte recht behalten. Der Schicksalszwerg und seine Begleiter waren am Ende ihres Wegs und dem des Ehernen Imperiums angelangt. Bald schon würde das Reich der Zwerge dem großen Steinsterben anheimfallen, und zwergische Tradition, die über Tausende Jahre und zahllose Schichten in den Fels gewachsen war, würde mit einem Schlag null und nichtig werden.

Dies war die Aufkunft, ihre ersten Schritte in einer neuen Welt. Sie waren die Botschafter eines untergegangenen Volkes, und ihre Zukunft würde daraus bestehen, an nimmerzwergischen Feuern erlogene Geschichten zu verbreiten.

Die verbliebenen Mitglieder des Schicksalszwergs, der Meisterdieb und die Schaufelbrüder mit den stählernen Eiern auf dem Rücken blinzelten in das Licht und betrachteten verwundert die tanzenden Schatten im wogenden Grün tief unter ihnen. Sie würden den Geist der Zwerge in diese Welt tragen und die Erinnerung an jene Teile des Schicksalszwergs, die auf dem Amboss des Schicksals zerschmettert worden waren.

Das waren sie ihren Kameraden schuldig.

Bragk Nattergriff nahm unterdessen den Schlüsselmeister beiseite, um – für den Fall, dass es in dieser Welt auch verschlossene Türen gab – ein zukunftsweisendes Gespräch mit ihm zu führen.

Trolltöter sprang über die Felsen hinab in Richtung Grün. Er würde es von ihnen allen zweifellos am leichtesten haben. Denn Ratten gab es wahrhaftig überall.

Glimmboldt, der nicht nur dem sterbenden Imperium, sondern auch dem Schwachsinn entronnen war, hielt die Enzyklopädie der Erzwärtigen, das geistige Vermächtnis Wutrich Pilzgrimms und das Wissen des Ehernen Volkes, fest in Händen und blickte stolz mit vierfach geflochtenem Bart hinauf ins Licht einer neuen Welt.

Fazzgadt hingegen gedachte schweigend und mit tränennassen Augen seines Bartbruders Hrodborrk des Jüngeren, dessen Tod den Untergang des Imperiums und die Bildung des Schicksalszwergs überhaupt erst in Gang gesetzt hatte. Schließlich blickte er sich auf der Suche nach einer Stollendecke oder der nächsten Wand um. Doch wo immer sie hier gelandet waren, was immer die Welt der Nimmerzwergischen ihnen bringen würde, eines musste er ihnen zugestehen: Sie bauten verdammt breite Gänge …

DRAMATIS PERSONAE

Krugk Trümmerboldt

Gegenwärtig Herrscher über die gesamte Zwergenheit. Mitglied des Zwergischen Zwielichts und ein zwergischer Halunke. Trümmerboldt ist ein großer, kräftiger und ungehobelter Zwerg, der ursprünglich Schutzgolderpresser war. Inzwischen ist er jedoch infolge eines Putsches und einiger Verwicklungen irrtümlicherweise zum Herrscher über das Eherne Volk aufgestiegen und versucht, dieser Aufgabe trotz mangelnder Qualifikation gerecht zu werden. Hierbei erweist es sich als vorteilhaft, dass sich das Erheben von Steuern und das Eintreiben von Schutzgold nicht unähnlich sind. Nach trollischen Maßstäben ist Trümmerboldt ein gerechter und weiser Herrscher.

Der Schicksalszwerg

Der Schicksalszwerg ist eine Gruppe aus fünf Zwergen, die, einer improvisierten Prophezeiung des Höchsten der Hohen entsprechend, dazu ausersehen sind, das Volk der Zwerge zu retten. Aufgrund verschiedener fataler Entwicklungen hat der Schicksalszwerg inzwischen allerdings einige Umbesetzungen durchmachen und Verluste verzeichnen müssen. Außerdem sind alle seine Mitglieder entzwergt, geächtet und aus dem Ehernen Imperium verbannt worden.

Der Höchste der Hohen

Ursprünglicher Titel der geistigen Zierde der Zwergenheit, des Flammenden unter den Glimmenden, des Träumenden unter den Schlafenden und des Einen unter den Anderen, der zugleich der Andere unter den Einen ist und kurz auch *der Höchste* genannt wird. Nach dem Ende der klassischen, olmorientierten Orakeltradition hat er zunächst an Bedeutung verloren. In dem Glauben, im Namen des Ewigen Schmieds zu handeln, hat er den Schicksalszwerg dazu überredet, das Undenkbare zu vollbringen, womit er dessen komplette Entzwergung verursachte und den Unmut seiner Begleiter auf sich zog.

Fazzgadt Eisenbart
Einstmals ein ehrbarer Braunbart, der inzwischen sichtlich gealtert ist. Er ist Angehöriger des Erdclans und versucht allen Widrigkeiten zum Trotz, Lunt Glimmboldt, den verbliebenen Nachfahren seines Bartbruders und Leibfeindes Hrodborrk, großzuziehen. Im Vergleich zu anderen Zwergen ist Fazzgadt ein Hüne und gilt gemeinhin als übellaunig und streitlustig. Er ist ein aufgeklärter Zwerg und ein entschiedener Gegner des Aberglaubens sowie sinnentleerten rituellen Brauchtums. Die Tatsache, dass er Teil des Schicksalszwergs ist, missfällt ihm außerordentlich, und er lässt keine Gelegenheit aus, sich über Bestimmung, Prophezeiungen und ähnlichen Dumpfkies aufzuregen.

Farrnwart Blechboldt
Angehöriger des Stahlclans. Von Beruf Ferkelbändiger, der sich ursprünglich um Aufzucht und Einsatz der Erzferkel kümmerte. Aufgrund seiner Entzwergung ist er inzwischen jedoch von seinen Tieren getrennt. Darunter leidet er sehr, da er die meisten Erzferkel höher schätzt als die Zwerge. In seinem gesamten Zwergenleben war Blechboldt bemüht, nicht weiter aufzufallen, weil er ein großes und vergleichsweise unzwergi-

sches Problem hat, das nicht bekannt werden soll: Er verträgt keinen Alkohol und ist somit der Untrunkene aus der großen Erzferkelprophezeiung.

Garstholm Flammrank

Ein tätowierter und von Narben übersäter, übellauniger Zwerg, der dem geächteten Stamm des Sandes angehört. Einstmals einer der besten Drachenjäger des Imperiums, ist er nach dem Überzwergdebakel zum General der Freiwilligen Felswehr befördert worden. Und das, obwohl die jüngsten Vorfälle zu seiner vollständigen Erblindung geführt haben. Nichtsdestotrotz ist er wahrscheinlich noch immer einer der gefährlichsten Zwerge des gesamten Imperiums, der nichts mehr fürchtet als die Langeweile. Ursprünglich auf der Suche nach gut bezahlten Abenteuern, führt sein zunehmendes Alter dazu, dass er sich auch schon mit einem ordentlichen Heldentod zufriedengeben würde.

Lunt Glimmboldt

Aufgrund eines Fluches bei seiner Geburt um zweihundert Jahre gealtert, ist Glimmboldt ein leicht zurückgebliebener Zwerg. Er ist der Zögling von Fazzgadt Eisenbart und hat aufgrund einiger schicksalhafter Verwicklungen keine eigenen Zähne. Stattdessen verfügt er über ein Gebiss aus schwarzem Feiertagsstahl, verbringt den größten Teil der Schicht damit, dümmlich vor sich hin zu glucksen und kann weder rechts von links noch eine Axt von einem Hammer unterscheiden.

Die Magmapiraten

Die skrupellose Mannschaft der *Sturmgluth*, des einzigen Piratenschiffs im Reich der Zwerge, kreuzt auf dem Magmasee im Abgrund des Vergessens und lebt davon, Entzwergte als

Sklaven an die Trolle und Dracheneier an die Echsenmenschen zu verkaufen.

Tihf Schwartzbarth
Der unerbittliche Kapitän der *Sturmgluth*, der keine Gnade kennt und abgesehen von seinem Eisenbein auch noch einen Handhaken und nur ein Auge hat. Der misstrauische und zynische Magmapirat hat für gewöhnlich einen rostigen Dreispitz auf, und die Spitzen seines schwarzen Bartes sind mit seinen buschigen Augenbrauen verknüpft. Darüber hinaus trägt er zahlreiche Ohrringe und wird von einer Ratte namens Trolltöter begleitet.

Thorf Glimmspan
Glimmspan ist Schwartzbarths rechte Hand und sein zwergischer Vertrauter. Aus diesem Grund hat der Kapitän der *Sturmgluth* ein besonderes Auge auf ihn, und sein Versagen fällt mehr auf als das eines jeden anderen. Deshalb hat Glimmspan auch nur noch ein Ohr, da das andere der grimmen Willkür seines Kapitäns zum Opfer fiel. Seitdem pflegt Glimmspan seinem Herrn gegenüber eine gewisse Unterwürfigkeit, während er den Rest der Mannschaft mindestens ebenso und die Gefangenen doppelt so schlecht behandelt wie Schwartzbarth ihn.

SONSTIGE ZWERGE

Bragk Nattergriff
Der zweite Zögling von Schnappsagk Silberkies, dem Ahnherrn des Zwergischen Zwielichts. Nattergriff gilt als bester Dieb des Imperiums. Er trägt den Titel *der Erhabene Entwender* und ist ein Schatten und ein Geheimnis. Allerdings ist er, nachdem

er gemeinsam mit dem Schicksalszwerg das Undenkbare vollbracht hat, nunmehr ebenfalls ein Geächteter und versucht sich gemeinsam mit den anderen in der Welt der Entzwergten durchzuschlagen.

Das zweibeinige Gedächtnis
Dies ist die Bezeichnung für den Zwerg, dem ursprünglich die undankbare Aufgabe oblag, sich sämtliche Titel des Höchsten der Hohen und die Legenden des Ehernen Volkes einzuprägen. Das letzte Gedächtnis war ein unauffälliger, gebeugter Zwerg, der trotz aller Entwicklungen im Orakelgeschäft treu zu seinem Herrn stand. Bis er bei dem Versuch, mit dem Rest des Schicksalszwergs das Undenkbare zu vollbringen, von Harrm Kiesgrimm, einem Mitglied des Zwergischen Zwielichts, erschossen wurde.

Wutrich Pilzgrimm
Der größte Gelehrte der Zwergenheit, der vor siebenhundert Jahren verstarb, seine Seele jedoch mitsamt seinem Wissen in einen Stein zu bannen vermochte. Er wurde einst dazu verurteilt, einen Trunk aus schwarzem Splitterschierling zu sich zu nehmen, nachdem er den Tod der Weibzwerge verschuldet hatte. Seine Seele befindet sich nunmehr in einem Seelenstein, mit dem Zwerge zu kommunizieren vermögen, wenn sie Gottkraut geraucht haben. Diesen Umstand machte sich Pilzgrimm zunutze und belog einige rauchende Zwerge über seine wahre Identität. Er war es auch, der den Schicksalszwerg dazu brachte, das Undenkbare zu wagen.

Harrm Blutklump
Einstiger Gehilfe und Vertrauter Wutrich Pilzgrimms, der nach dem Tod seines Herrn zum Wächter der Hohen Höhle und des

schrundigen Schachtes ernannt wurde, der dem Glauben der Zwerge nach die Verbindung zu den Göttern darstellte. Später löste er sich vom Einfluss des Großen Verwalters und erklärte die Wächterhöhlen zu seinem Reich. Gerüchten zufolge soll Blutklump inzwischen selbst bei den Göttern gewesen und nunmehr unsterblich geworden sein.